HEYNE <

JOHN GRISHAM

DAS ORIGINAL

ROMAN

Aus dem Amerikanischen von
Kristiana Dorn-Ruhl, Bea Reiter
und Imke Walsh-Araya

WILHELM HEYNE VERLAG
MÜNCHEN

Die Originalausgabe erschien unter dem Titel
Camino Island
bei Doubleday, New York

FSC www.fsc.org
MIX
Papier aus verantwortungsvollen Quellen
FSC® C014496

Verlagsgruppe Random House FSC® N001967

Vollständige deutsche Taschenbuchausgabe 02/2019

Neumarkter Straße 28, 81673 München
Das Zitat auf Seite 256 stammt aus Virginia Woolf:
Ein eigenes Zimmer/Drei Guineen, S. Fischer Verlag, Frankfurt am Main 2001,
Übersetzung: Heidi Zerning, herausgegeben von Klaus Reichert.
Redaktion: Oliver Neumann
Umschlaggestaltung: Nele Schütz Design, München,
unter Verwendung von shutterstock (De Visu, Katyan)
Satz: Schaber Datentechnik, Austria
Druck und Bindung: GGP Media GmbH, Pößneck
Printed in Germany

ISBN 978-3-453-43952-8

www.heyne.de

Für Renée

Danke für die Geschichte

KAPITEL 1

DER RAUB

1.

Der Betrüger benutzte den Namen eines tatsächlich existierenden Juniorprofessors für Amerikanistik der Portland State University, der in Kürze zur Promotion nach Stanford wechseln würde: Neville Manchin. In seinem Schreiben, das einen perfekt gefälschten Briefkopf der Universität trug, stellte sich »Professor Manchin« als angehender Spezialist für F. Scott Fitzgerald vor, der sich darauf freue, im Rahmen einer geplanten Reise an die Ostküste die Originalmanuskripte und -schriften des berühmten Autors einsehen zu dürfen. Adressiert war der Brief an Dr. Jeffrey Brown, Leiter der Manuskriptsammlung, Abteilung für Sammlungen und Rara, Firestone Library, Princeton University. Das Schreiben wurde mit den übrigen Postsendungen des Tages gewissenhaft sortiert und weitergeleitet, bis es auf dem Schreibtisch eines Bibliotheksassistenten landete, zu dessen überwiegend monotonen Aufgaben es gehörte, Adressaten solcher Anfragen auf ihre Glaubwürdigkeit hin zu überprüfen.

Ed Folk bekam pro Woche mehrere solche Briefe, und sie waren im Grunde alle gleich. Alle stammten von Fitzgerald-Fans und -Experten, hin und wieder war sogar eine echte

Koryphäe darunter. Im vergangenen Jahr hatte Ed einhundertneunzig Besucher aus aller Welt überprüft und in die Bibliothek eingelassen. In ihren Augen stand ehrfürchtiges Staunen, wenn sie vor ihn traten, als wären sie Pilger im Angesicht eines Heiligtums. Seit vierunddreißig Jahren saß er an diesem Schreibtisch, niemand kam an ihm vorbei. Der Strom der Bewunderer riss nicht ab, denn die Faszination für F. Scott Fitzgerald war ungebrochen. Wie vor drei Jahrzehnten standen die Besucher seinetwegen Schlange. Ed fragte sich längst, ob es im Leben des großen Mannes noch etwas gab, was nicht erforscht, analysiert und veröffentlicht worden war. Erst kürzlich hatte ihm ein Experte erzählt, dass es inzwischen über hundert Bücher und mehr als zehntausend wissenschaftliche Artikel über Fitzgerald als Mensch und Schriftsteller, seine Werke und seine verrückte Frau gebe.

Dabei hatte er sich mit vierundvierzig Jahren zu Tode gesoffen! Was, wenn er bis ins hohe Alter hätte schreiben können? Ed hätte einen Assistenten gebraucht, vielleicht sogar zwei oder eine ganze Abteilung. Andererseits war ein früher Tod oft Garant für posthumen Ruhm (und höhere Tantiemen).

Nach Tagen kam Ed endlich dazu, sich Professor Manchin vorzunehmen. Ein kurzer Blick in das Mitgliederverzeichnis der Bibliothek ergab, dass es sich bei ihm um einen Unbekannten handelte, der zum ersten Mal anfragte. Einige Besucher kamen so regelmäßig, dass es Ed genügte, wenn sie sich kurz vorher telefonisch anmeldeten. »Hallo, Ed, ich komme nächste Woche vorbei.« Für die Stammgäste war das in Ordnung. Bei Manchin ging das natürlich nicht. Ed durchsuchte die Website der Portland State University und fand den Namen. Der Mann besaß einen Bachelor in Amerikanischer Literatur von der University of Oregon, einen Master von der University of California in Los Angeles und war seit drei Jahren Juniorprofessor. Das Foto zeigte einen unscheinbaren Mittdreißiger mit schmaler, rahmenloser Brille und dem leichten Ansatz eines Bartes, der nach vorübergehender Laune aussah.

In seinem Schreiben bat Professor Manchin um Rückantwort per E-Mail an seine private Gmail-Adresse, mit der Begründung, dass er seinen Uni-Account selten checke. Wird daran liegen, dachte Ed, dass er Hilfsprof ist und wahrscheinlich nicht mal ein eigenes Büro hat. Solche Gedanken gingen ihm öfter durch den Kopf, doch natürlich war er professionell genug, sie für sich zu behalten. Zur Sicherheit schickte er am nächsten Tag eine E-Mail an die Uni-Adresse des Professors, in der er ihm für sein Interesse dankte und ihn nach Princeton einlud. Er erkundigte sich, wann in etwa mit ihm zu rechnen sei, und wies auf die besonderen Richtlinien hin, die für die Fitzgerald-Sammlung gälten. Es sei eine ganze Menge zu beachten, deshalb empfehle er dem Professor, sich auf der Bibliothekswebsite damit vertraut zu machen.

Als Antwort kam eine automatische Abwesenheitsnotiz, der Ed entnehmen konnte, dass der Professor für einige Tage nicht erreichbar sei. Ein Mitglied von »Professor Manchins« Gang hatte sich in das System der Portland State University gehackt und den Server der Amerikanistik-Abteilung manipuliert, ein Kinderspiel für einen Profi. So wussten beide sofort Bescheid, dass Ed sich gemeldet hatte.

Aha, dachte Ed, nicht erreichbar. Am nächsten Tag schickte er die gleiche E-Mail noch einmal an Professor Manchins private Gmail-Adresse. Binnen einer Stunde reagierte dieser mit überschwänglichem Dank. Er freue sich sehr auf den Besuch, habe sich bereits ausgiebig auf der Bibliothekswebsite umgesehen und stundenlang im digitalen Fitzgerald-Archiv gestöbert. Er habe einige Jahre lang mit der mehrbändigen Faksimileausgabe erster handschriftlicher Entwürfe des großen Schriftstellers arbeiten dürfen und interessiere sich besonders für die kritischen Rezensionen des Erstlingswerks: *Diesseits vom Paradies.*

Alles klar, dachte Ed. Diese Sorte kannte er gut. Der Typ versuchte schon, ihn zu beeindrucken, ehe er überhaupt da war.

2.

F. Scott Fitzgerald nahm sein Studium in Princeton im Wintersemester 1913 auf. Gerade sechzehn Jahre alt, träumte er davon, *den* großen amerikanischen Roman zu schreiben, und hatte auch schon mit einer ersten Fassung von *Diesseits vom Paradies* begonnen. Vier Jahre später brach er das Studium ab, um Soldat zu werden und in den Krieg zu ziehen, der jedoch endete, bevor er zum Einsatz kam. Sein Klassiker, *Der große Gatsby*, erschien 1925, erlangte aber erst posthum Berühmtheit. Fitzgerald litt während seiner ganzen Karriere unter Finanznöten. Irgendwann konnte er sich nur noch mit dem Verfassen drittklassiger Drehbücher in Hollywood über Wasser halten, während es gesundheitlich und literarisch mit ihm bergab ging. Am 21. Dezember 1940 erlag er einem Herzinfarkt, Folge seines jahrelangen Alkoholmissbrauchs.

1950 übergab Scottie, seine Tochter und einziges Kind, alle originalen Manuskripte, Notizen und Briefe – seine gesammelten Schriften – an die Firestone Library der Princeton University. Fitzgerald hatte seine fünf Romane von Hand geschrieben, auf billigem dünnem Papier. Die Bibliothek erkannte rasch, dass es nicht sinnvoll war, Forscher ungehindert damit hantieren zu lassen, und so wurden hochwertige Abschriften angefertigt. Die Originale kamen in einen

Tresorraum im Untergeschoss, in dem sich Luft, Licht und Temperatur exakt einstellen ließen. Im Laufe der Jahre wurden sie nur wenige Male daraus entnommen.

3.

Der Mann, der sich als Professor Neville Manchin ausgab, traf an einem herrlichen Herbsttag Anfang Oktober auf dem Campus der Princeton University ein. Er erkundigte sich nach dem Weg zur Abteilung Sammlungen und Rara, wo ihn Ed Folk begrüßte und an einen Kollegen übergab. Der prüfte seinen aus Oregon stammenden Führerschein und fertigte eine Kopie davon an. Natürlich war der Führerschein eine Fälschung, wenn auch eine sehr gelungene. Der Fälscher, der zugleich Computerhacker war, hatte bei der CIA gelernt und blickte auf eine lange Karriere in der obskuren Welt der Privatspionage zurück. Die laxen Sicherheitsmaßnahmen einer Universität zu überwinden war für ihn alles andere als eine Herausforderung.

»Professor Manchin« wurde fotografiert und bekam einen Besucherausweis ausgehändigt, verbunden mit der Aufforderung, diesen ständig sichtbar bei sich zu tragen. Er folgte dem Bibliotheksmitarbeiter in den ersten Stock und in einen großen Raum mit zwei langen Tischen und Schubladenschränken aus Stahl, die mit Schlössern gesichert waren. Der Betrüger registrierte mindestens vier Überwachungskameras in den oberen Raumecken, die nicht zu übersehen waren. Vermutlich gab es weitere, die versteckt angebracht waren. Er versuchte, den Bibliotheksassistenten in einen Small Talk zu verwickeln, blitzte aber ab. In scherzhaftem Ton erkundigte er sich, ob er das Originalmanuskript von *Diesseits vom*

Paradies sehen dürfe. Der Mann erwiderte mit gönnerhaftem Lächeln, dass das nicht möglich sei.

»Haben Sie die Originale schon mal gesehen?«, erkundigte sich »Manchin«.

»Nur einmal.«

Eine weitere Erläuterung blieb aus, doch der Betrüger wollte es genauer wissen. »Bei welchem Anlass?«

»Ein renommierter Literaturwissenschaftler wollte sie sehen. Wir sind mit ihm in den Tresorraum gegangen und haben ihn einen Blick darauf werfen lassen. Angefasst hat er sie aber nicht. Nur unser Bibliotheksleiter darf das, und auch nur mit Spezialhandschuhen.«

»Selbstverständlich. Nun denn, machen wir uns an die Arbeit.«

Der Mitarbeiter öffnete zwei der großen Schubladen, die beide die Aufschrift »Diesseits vom Paradies« trugen, und entnahm ihnen große, dicke Notizbücher. »Das sind die Buchkritiken zur Erstausgabe. Wir haben aber auch eine Sammlung mit späteren Rezensionen.«

»Perfekt«, erwiderte der Mann, der sich Manchin nannte, lächelnd. Er öffnete seine Aktentasche, nahm einen Schreibblock heraus und schien es gar nicht abwarten zu können, in das Material auf dem Tisch einzutauchen. Eine halbe Stunde später – der Betrüger war in seine Arbeit vertieft – entschuldigte sich der Mitarbeiter und verschwand. Wegen der Kameras hielt »Manchin« die ganze Zeit über den Blick gesenkt. Irgendwann stand er auf, als wollte er zur Herrentoilette gehen, wählte dann aber einen anderen Weg und streifte durch die Abteilung, ohne mit jemand Kontakt aufzunehmen. Überall befanden sich Kameras. In diesem Moment sah höchstwahrscheinlich niemand zu, doch die Aufzeichnungen würden später mit Sicherheit für Ermittlungen herangezogen werden. Er sah einen Aufzug. Statt einzusteigen, nahm er die Treppe daneben. Das erste Untergeschoss ähnelte dem Parterre, aber im zweiten Untergeschoss, »B2« (Basement 2), endete die Treppe vor einer schweren Tür, auf der in großen Lettern »Nur im Notfall« stand. Neben der Tür befand sich ein Tastenfeld, und ein Schild warnte, dass sofort Alarm ausgelöst werde, sobald sich jemand ohne »volle Zugangsberechtigung« an der Tür zu schaffen mache. Zwei Kameras erfassten die Tür und den Bereich davor.

Der Betrüger machte kehrt und nahm denselben Weg zurück, den er gekommen war. Als er seinen Arbeitsplatz erreichte, wartete dort der Mitarbeiter auf ihn. »Alles in Ordnung, Professor Manchin?«

»Ja, ja. Ich habe mir wohl leider einen leichten Magen-Darm-Virus eingefangen. Hoffentlich nichts Ansteckendes.« Der Mann entfernte sich hastig, und »Manchin« verbrachte den Rest des Tages damit, in den Unterlagen aus den Stahlschubladen zu stöbern und alte Rezensionen zu lesen, die ihn nicht im Geringsten interessierten. Mehrmals stand er auf, um durch das Gebäude zu streifen, sich alles genau anzusehen, einzuprägen und im Geiste zu vermessen.

4.

Drei Wochen später war er wieder da, diesmal jedoch nicht als Professor Manchin. Glatt rasiert, die Haare rötlich blond gefärbt, trug er eine Fensterglasbrille mit rotem Gestell und hatte einen gefälschten Studentenausweis mit passendem Foto bei sich. Falls ihn jemand ansprach, womit er nicht rechnete, würde er behaupten, er sei Gaststudent aus Iowa. Im echten Leben hieß der Mann Mark. Von Beruf – falls man das so bezeichnen durfte – war er professioneller Dieb, spezialisiert auf sorgfältig geplante Überfälle zur Erbeutung teurer Kunstgegenstände und Raritäten, die den verzweifelten Opfern hinterher zurückverkauft werden konnten. Er gehörte zu einer Fünfergang, die von Denny angeführt wurde, einem ehemaligen Elitesoldaten, der die Verbrecherlaufbahn eingeschlagen hatte, nachdem er aus dem Militär geflogen war. Bislang war Denny nie erwischt worden und hatte keine Vorstrafen, ebenso wie Mark. Bei zwei ihrer Komplizen sah das anders aus: Trey war zweimal verurteilt worden und zweimal aus der Haft geflohen, zuletzt aus einem Bundesgefängnis in Ohio. Dort hatte er Jerry kennengelernt, einen Gelegenheitsdieb, der ebenfalls in Kunst machte und zurzeit auf Bewährung frei war. Von einem Langzeithäftling, der wegen Kunstraubs einsaß und mit dem er sich eine Zelle geteilt hatte, wusste er von den Fitzgerald-Schriften.

Die Voraussetzungen für den Coup waren perfekt. Es gab insgesamt nur fünf Originalmanuskripte, alle von Hand geschrieben, alle an einem Ort aufbewahrt. Und für Princeton waren sie Gold wert.

Das fünfte Gangmitglied bevorzugte es, von zu Hause aus zu arbeiten. Ahmed war Computergenie, Meisterfälscher und Schöpfer von Scheinwelten, allerdings fehlte ihm der Mut, eine Waffe zu tragen. Er arbeitete von seinem Keller in Buffalo aus und war noch nie ertappt oder verhaftet worden, weil er keine Spuren hinterließ. Fünf Prozent der Beute würden an ihn gehen, den Rest würden die anderen unter sich aufteilen.

An einem Dienstagabend um einundzwanzig Uhr befanden sich Denny, Mark und Jerry als Studenten getarnt in der Firestone Library, den Blick auf ihre Armbanduhren gerichtet. Ihre gefälschten Studentenausweise hatten sich bewährt und bei niemandem auch nur den leisesten Verdacht geweckt. Denny fand ein Versteck in einem Damen-WC im zweiten Stock, wo er über der Toilette ein Deckenpaneel hochdrückte.

Er warf seinen Rucksack in das Loch, kletterte hinterher und machte es sich für ein paar Stunden in der stickigen Enge bequem. Unterdessen öffnete Mark mithilfe eines Dietrichs die Tür zum zentralen Versorgungsraum im Erdgeschoss und wartete, ob der Alarm ausgelöst würde, was nicht geschah, weil Ahmed sich erfolgreich in das Sicherheitssystem der Uni eingehackt hatte. Mark ging zum Notstromgenerator und zog die Benzineinspritzleitungen ab. Zur gleichen Zeit fand Jerry einen Platz in einer abgelegenen Lesekabine, verborgen hinter Regalreihen voller Bücher, denen seit Jahrzehnten niemand Beachtung geschenkt hatte.

Trey schlenderte in seinem Studentenoutfit auf dem Campus umher, den Rucksack über der Schulter, und sah sich nach Stellen um, wo er seine Bomben deponieren konnte.

Um Mitternacht schloss die Bibliothek. Die vier Gangmitglieder und Ahmed in seinem Keller standen in Funkkontakt. Um 0.15 Uhr gab Denny, der Anführer, durch, dass alles so ablaufen könne, wie sie es geplant hätten. Um 0.20 Uhr betrat Trey das McCarren Residential College, ein Tagungs- und Bildungszentrum mit Schlafunterkünften, das mitten auf dem Unigelände lag. Die Kameras waren immer noch dort, wo er sie letzte Woche gesehen hatte. Er nahm die nicht überwachte Treppe zum ersten Stock, schlüpfte in ein Unisex-WC und schloss sich in eine Kabine ein. Um 0.40 Uhr holte er einen Blechzylinder von der Größe einer Halbliter-Getränkedose aus seinem Rucksack. Er aktivierte einen Zeitschalter und versteckte den Zylinder hinter der Toilette. Dann verließ er das WC und begab sich in den zweiten Stock, wo er in einer Duschkabine eine weitere Bombe deponierte. Um 0.45 Uhr entdeckte er in dem im ersten Stock untergebrachten Schlaftrakt des Zentrums einen schwach beleuchteten Flur und warf ein Päckchen aus zehn Black-Cat-Böllern hinein. Während er die Treppe hinunterhastete, krachte und knallte es bereits hinter ihm. Sekunden später detonierten beide Rauchbomben und füllten die Flure mit widerlich stinkendem Nebel. Auf dem Weg nach draußen hörte Trey erste panische Schreie. Er trat hinter ein Gebüsch in der Nähe des Gebäudes, nahm sein Wegwerfhandy aus der Tasche und wählte den Notruf der Universität, um eine schockierende Mitteilung zu machen. »Im ersten Stock des McCarren-Zentrums ist ein Kerl mit einer Waffe und schießt um sich!«

Aus einem Fenster im zweiten Stock drang Rauch. Jerry, der immer noch in der dunklen Lesekabine der Bibliothek saß, machte einen ähnlichen Anruf mit seinem Prepaidhandy. Je stärker die Panik um sich griff, umso mehr nahmen die Anrufe zu.

An jeder amerikanischen Schule oder Universität gibt es klare Anweisungen für die Bedrohung durch »bewaffnete Eindringlinge«, nur schreckt jeder im ersten Moment davor zurück, sie umzusetzen. Die diensthabende Beamtin brauchte ein paar Sekunden, um sich aus ihrer Schreckstarre zu lösen und die richtigen Tasten zu drücken, doch dann heulten die Sirenen los. Sämtliche Studenten, Professoren und Verwaltungsangestellten der Universität erhielten automatisch eine SMS und eine E-Mail mit Anweisungen. Alle Türen seien zu schließen und zu verriegeln, alle Gebäude zu sichern.

Jerry wählte noch einmal die Notrufnummer und gab durch, dass zwei Studenten angeschossen worden seien. Aus dem McCarren-Zentrum quelle Rauch. Trey warf drei weitere Bomben in verschiedene Mülleimer. Studenten rannten zwischen den Gebäuden hin und her; niemand wusste, wo man sicher war und wo nicht. Sicherheitsleute vom Campus und Polizeibeamte der Stadt Princeton strömten herbei, gefolgt von einem halben Dutzend Feuerwehrfahrzeugen und Krankenwagen. Das erste von vielen weiteren Fahrzeugen der New Jersey State Police traf ein.

Trey legte seinen Rucksack an der Tür zu einem Verwaltungsgebäude ab und wählte dann den Polizeinotruf, um einen verdächtigen Fund zu melden. Die Zeitschaltuhr an der Rauchbombe im Rucksack sollte in zehn Minuten losgehen, während die Bombenexperten bereits vor Ort waren und aus der Ferne zusehen konnten.

Um 1.05 Uhr funkte Trey an die anderen: »Panik ausgebrochen. Alles voller Rauch. Überall Polizei. Ihr könnt loslegen.«

»Schalt die Beleuchtung ab«, ordnete Denny an.

Ahmed, der in Buffalo bei starkem Tee auf dieses Zeichen gewartet hatte, klickte sich durch das Sicherheitssystem der Uni, loggte sich in die digitale Stromsteuerung ein und deaktivierte das gesamte Netz, nicht nur der Firestone Library, sondern auch von etwa einem halben Dutzend umliegender Gebäude. Zur Sicherheit legte Mark, der inzwischen eine Nachtsichtbrille trug, auch den Hauptschalter im Versorgungsraum um. Mit angehaltenem Atem wartete er, ob der Generator ansprang, und atmete auf, als nichts geschah.

Der Stromausfall löste in der Überwachungszentrale einen Alarm aus, doch niemand achtete darauf. Ein bewaffneter Eindringling trieb sein Unwesen. Für Bagatellen blieb da keine Zeit.

Jerry hatte in der letzten Woche zwei Nächte in der Firestone Library verbracht und herausgefunden, dass sich keine Wachen im Gebäude befanden, solange es geschlossen war. Nachts machte ein uniformierter Sicherheitsbeamter ein- oder zweimal einen Rundgang um das Gebäude, um mit seiner Taschenlampe kurz die Türen anzuleuchten und dann seinen Weg fortzusetzen. Auch ein Polizeifahrzeug drehte seine Runden, doch diesen Beamten ging es mehr darum, betrunkene Studenten aufzugreifen. Normalerweise ähnelte das Gelände von Princeton dem jeder anderen Universität – zwischen ein Uhr nachts und acht Uhr morgens war tote Hose.

In dieser Nacht jedoch herrschte der Ausnahmezustand. Jemand hatte es auf die klügsten Köpfe des Landes abgesehen. Trey schilderte den anderen das Chaos, das auf dem Gelände ausgebrochen war – überall Cops, SWAT-Teams in voller Kampfmontur, Sirenengeheul, krächzende Funkgeräte, Millionen rote und blaue Blinklichter. Rauch hänge in den Bäumen wie Nebel, und über ihnen seien Hubschrauber zu hören. Ein Riesentohuwabohu.

Denny, Jerry und Mark huschten durch die Dunkelheit und nahmen die Treppe in das Untergeschoss unterhalb der Abteilung Sammlungen und Rara. Alle trugen Nachtsichtbrillen und Stirnlampen. Jeder schleppte einen schweren Rucksack und Jerry außerdem einen kleinen Armeeseesack, den er zwei Nächte zuvor in der Bibliothek versteckt hatte. Im zweiten Untergeschoss hielten sie vor einer schweren Stahltür, schwärzten die Sicherheitskameras und warteten auf die magischen Kräfte aus Buffalo. Ahmed arbeitete sich ruhig durch das Alarmsystem der Bibliothek, bis er die vier Sensoren der Tür deaktivieren konnte. Ein lautes Klicken ertönte. Denny drückte die Klinke und zog die Tür auf. Dahinter fanden sie einen kleinen quadratischen Raum mit zwei weiteren Stahltüren vor. Mark leuchtete mit der Taschenlampe die Decke ab und entdeckte eine Kamera. »Da oben«, sagte er. »Eine.« Jerry, mit seinen über ein Meter neunzig der größte von ihnen, nahm eine kleine Spraydose mit schwarzer Farbe und besprühte die Linse.

Denny blickte zwischen den zwei Türen hin und her. »Wollen wir eine Münze werfen?«

»Was seht ihr?«, fragte Ahmed über Funk.

»Zwei identisch aussehende Stahltüren«, erwiderte Denny.

»Ich hab hier nichts, Leute«, gab Ahmed zurück. »Im System wird nichts angezeigt. Ihr könnt anfangen zu schneiden.«

Jerry holte aus seinem Seesack zwei Fünf-Liter-Flaschen, eine mit Sauerstoff, eine mit Acetylen gefüllt. Denny stellte sich vor die linke der beiden Türen, entzündete einen Schneidbrenner mit einem Gasanzünder und fing an, fünfzehn Zentimeter oberhalb der Klinke eine Stelle zu erhitzen. Binnen Sekunden sprühten Funken.

Unterdessen hatte sich Trey vom McCarren-Gebäude und dem Chaos dort entfernt und gegenüber der Bibliothek im Dunkeln Schutz gesucht. Zum Geheul der Alarmsirenen kamen die Sirenen der Rettungsfahrzeuge. Hubschrauberrotoren flappten laut über dem Campus, doch sehen konnte Trey sie nicht. Um ihn herum war die Straßenbeleuchtung aus und keine Menschenseele war zu sehen. Alle hatten anderswo zu tun.

»Draußen vor der Bibliothek ist alles ruhig«, berichtete er. »Wie kommt ihr voran?«

»Wir schneiden jetzt«, entgegnete Mark knapp. Je weniger gesprochen wurde, umso besser. Das wussten alle fünf. Langsam und geschickt trennte Denny das Metall mit dem Schneidbrenner, dessen Düse eine bis zu tausend Grad heiße und mit Sauerstoff angereicherte Flamme ausstieß. Minutenlang troff geschmolzenes Metall zu Boden. Rote und gelbe Funken sprühten. Irgendwann sagte Denny: »Das Türblatt ist zweieinhalb Zentimeter dick.« Er beendete den horizontalen Schnitt und bewegte sich geradewegs nach unten. Es ging langsam voran, die Minuten zogen sich zäh hin, und allmählich stieg bei allen die Anspannung. Trotzdem behielten sie die Nerven. Jerry und Mark kauerten hinter Denny und ließen ihn nicht aus den Augen. Als die untere Seite durchtrennt war, rüttelte Denny an der herausgeschnittenen Platte. Sie löste sich ein Stück weit, blieb dann jedoch hängen. »Da ist ein Bolzen«, erklärte er. »Ich schneide ihn durch.«

Fünf Minuten später schwang die Tür auf. Ahmed, der unentwegt auf seinen Bildschirm starrte, gab erneut Entwarnung. »Keine weitere Sicherung zu sehen.« Denny, Mark und Jerry betraten den Raum, in den sonst niemand mehr gepasst hätte. Ein schmaler Tisch, sechzig Zentimeter breit und drei Meter lang, stand darin, außerdem rechts und links jeweils ein Holzschrank mit vier Schubladen. Mark, der Tresorknacker, klappte die Nachtsichtbrille hoch, richtete die Stirnlampe aus und untersuchte den Schließmechanismus. Dann schüttelte er den Kopf. »Wie zu erwarten. Kombischlösser, wahrscheinlich mit computergenerierten Codes, die täglich wechseln. Die lassen sich nicht knacken. Wir müssen aufbohren.«

»Na, dann los«, sagte Denny. »Während du bohrst, schneide ich die andere Tür auf.«

Jerry förderte eine Akkubohrmaschine mit ¾-Zoll-Bohrer und zwei Extrahaltegriffen zutage. Er setzte die Spitze auf das Schloss, und Mark drückte mit aller Kraft dagegen. Der Bohrer glitt heulend von der Messingoberfläche ab, die zunächst unzerstörbar schien. Doch dann sprang ein Span nach dem anderen ab, bis sich der Bohrer unter dem Druck der Männer schließlich in das Metall fraß. Aber selbst als das Schloss nachgab, ließ sich die Lade nicht aufziehen. Mark stieß ein schmales Brecheisen in den Spalt oberhalb des Schließzylinders und zerrte mit aller Gewalt daran. Irgendwann splitterte der Holzrahmen, die Schublade öffnete sich und offenbarte eine Archivbox mit schwarzen Metallkanten, vierzig mal fünfzig Zentimeter groß, 7,5 Zentimeter hoch.

»Vorsichtig«, mahnte Jerry, als Mark die Box öffnete und behutsam ein dünnes gebundenes Buch herausnahm. »Die gesammelten Gedichte von Dolph McKenzie«, las Mark langsam vor. »Die wollte ich schon immer haben.«

»Wer ist das?«

»Keine Ahnung. Für Gedichte sind wir sowieso nicht gekommen.«

Denny blickte hinter ihnen durch die Tür. »Okay, macht weiter. Es sind noch sieben Schubladen in diesem Raum. Ich bin nebenan fast fertig.«

Sie begaben sich wieder an die Arbeit. Trey saß währenddessen auf einer Bank gegenüber dem Gebäude, rauchte zur Entspannung eine Zigarette und blickte immer wieder auf die Armbanduhr. Das Durcheinander auf dem Campus war nach wie vor in vollem Gange, doch es würde nicht ewig andauern.

Die zweite und dritte Schublade im ersten Raum offenbarten weitere Raritäten, von deren Schöpfern die Männer noch nie gehört hatten. Nachdem Denny den Weg in den zweiten Raum freigeschnitten hatte, wies er Jerry und Mark an, die Bohrmaschine zu bringen. Auch im zweiten Raum standen zwei Schränke mit je vier Schubladen, die genauso aussahen wie die im ersten Raum. Um 2.15 Uhr meldete sich Trey mit der Nachricht, dass der Campus noch immer abgeriegelt sei und sich neugierige Studenten auf dem Rasen versammelten, um das Spektakel zu verfolgen. Polizisten hätten sie über Megafon aufgefordert, zurück auf ihre Zimmer zu gehen, doch die Menge sei groß und lasse sich nicht wegschicken. Zwei weitere Hubschrauber seien hinzugekommen, die in der Luft standen und die Lage verkomplizierten. Er verfolge CNN auf seinem Smartphone, Princeton sei im Moment die Topmeldung. Ein aufgeregter Reporter berichte vom »Tatort«, erzähle von »unbestätigten Verletzten« und vermittle erfolgreich den Eindruck, dass »mindestens ein bewaffneter Täter« zahlreiche Studenten angegriffen habe.

»Mindestens ein bewaffneter Täter?«, murmelte Trey. Brauchte man für eine Schießerei nicht immer mindestens einen bewaffneten Täter?

Denny, Mark und Jerry besprachen, ob sie die Schubladen mithilfe der Lötlampe öffnen sollten, entschieden sich jedoch dagegen, jedenfalls vorläufig. Die Brandgefahr war zu hoch, verkohlte Manuskripte würden ihnen nichts nützen. Stattdessen zog Denny einen kleineren ¼-Zoll Bohrer heraus und fing an zu bohren. Mark und Jerry arbeiteten mit dem größeren. Die erste Schublade im zweiten Raum enthielt einen Stapel dünnes Papier, beschrieben von einem weiteren längst vergessenen Dichter, den sie nicht kannten und trotzdem hassten.

Um 2.30 Uhr bestätigte CNN, dass zwei Studenten tot und mindestens zwei weitere verletzt seien. Das Wort »Gemetzel« tauchte erstmals in der Berichterstattung auf.

5.

Als die erste Etage des McCarren-Gebäudes gesichert war, entdeckte die Polizei die Überreste von Feuerwerkskrachern. In WC und Dusche fanden sich die leeren Patronen der Rauchbomben. Treys abgelegter Rucksack wurde von Bombenentschärfern geöffnet, die die Überreste der Bombe sicherstellten. Um 3.10 Uhr benutzte der Einsatzleiter zum ersten Mal den Ausdruck »böser Scherz«, doch die Aufregung war immer noch so groß, dass niemand auf die Idee kam, es könnte sich um ein Ablenkungsmanöver gehandelt haben.

6.

Um 3.30 Uhr gab Trey durch: »Hier draußen scheint sich die Lage allmählich zu beruhigen. Wie läuft es bei euch? Wir sind schon seit drei Stunden hier.«

»Mühsam«, kam die knappe Antwort von Denny.

Die Arbeit im Tresorraum ging in der Tat nur langsam voran, doch sie ließen nicht nach. Die ersten vier Schubladen enthielten alte Manuskripte, teils handschriftlich, teils getippt, alle von bedeutenden Schriftstellern, die ihnen im Moment jedoch völlig egal waren. Die fünfte Schublade brachte endlich den Hauptgewinn. Denny nahm eine Box heraus und öffnete sie vorsichtig. Auf einem von der Bibliothek eingefügten Deckblatt stand: »Die Schönen und Verdammten – handschriftliches Originalmanuskript – F. Scott Fitzgerald«.

»Volltreffer«, sagte Denny ruhig. Er entnahm der Schublade eine zweite, identisch aussehende Box und stellte sie behutsam auf den schmalen Tisch, um sie zu öffnen. Darin lagen die Originalmanuskripte von *Zärtlich ist die Nacht* und *Der letzte Taikun*.

Ahmed, der immer noch an seinem Laptop klebte und inzwischen zu einem stark koffeinhaltigen Energydrink übergegangen war, freute sich über das, was aus dem Funkgerät drang: »Jungs, wir haben drei von fünf. Der *Gatsby* muss noch irgendwo sein, das *Paradies* auch.«

»Wie lange noch?«, wollte Trey wissen.

»Zwanzig Minuten«, antwortete Denny. »Hol den Transporter.«

Trey überquerte in aller Ruhe den Campus, mischte sich unter die Schaulustigen und sah einen Moment lang zu, wie die Polizisten durcheinanderliefen. Immerhin suchten sie nicht mehr Deckung oder warfen sich im Laufschritt mit vorgehaltener Waffe hinter Autos. Die akute Gefahr schien gebannt zu sein, doch noch immer blinkte überall Blaulicht. Trey setzte seinen Weg fort, bis er achthundert Meter weiter die Grenze des Campus erreichte. In der John Street stieg er in einen weißen Transporter mit der Aufschrift »Princeton University Printing« auf beiden Fronttüren. Daneben stand die Zahl 12. Er hatte keine Ahnung, was das bedeutete, aber das Fahrzeug sah genauso aus wie der Wagen, den er in der Woche zuvor hier fotografiert hatte. Er fuhr auf den Campus, machte einen Bogen um den Menschenauflauf am McCarren-Gebäude und parkte hinter der Bibliothek an einer Laderampe. »Transporter steht bereit«, gab er durch.

»Wir öffnen gerade die sechste Schublade«, informierte ihn Denny.

Während Jerry und Mark die Brillen hochklappten und sich mit ihren Stirnlampen über den Tisch beugten, öffnete Denny die Archivbox. Auf dem Deckblatt stand: »Der große Gatsby – handschriftliches Originalmanuskript – F. Scott Fitzgerald«.

»Na also«, sagte er ruhig. »Da ist er ja, Gatsby, der alte Schweinehund.«

»Yippie«, murmelte Mark, der sich wie die anderen mit Begeisterungsäußerungen zurückhielt. Jerry hob die zweite der beiden Boxen aus der Schublade. Darin befand sich das Manuskript von *Diesseits vom Paradies*, Fitzgeralds erstem Roman, erschienen im Jahr 1920.

»Wir haben alle fünf«, sagte Denny. »Jetzt nichts wie raus.«

Jerry packte Bohrmaschinen, Schneidbrenner, Sauerstoff- und Acetylenflaschen sowie Brechstangen wieder ein. Als er sich bückte, um den Seesack hochzuheben, blieb er mit dem Handgelenk am gesplitterten Holz der dritten Schublade hängen. In der Aufregung fiel ihm das kaum auf, und er rieb sich nur kurz über die Wunde, ehe er nach dem Sack griff.

Denny und Mark verstauten die fünf kostbaren Handschriften vorsichtig in den drei Rucksäcken. Dann huschten die Diebe eilends aus dem Tresorraum, mitsamt Werkzeugen und Beute, und hasteten die Treppen zum Erdgeschoss hoch. Sie verließen die Bibliothek über einen Lieferanteneingang, wo sie durch eine dichte Hecke vor Blicken abgeschirmt waren, sprangen in den Laderaum des Transporters, und Trey fuhr los. Als ihnen ein Wagen mit zwei Sicherheitsleuten der Uni entgegenkam, hob er lässig die Hand zum Gruß. Sie reagierten nicht einmal.

Trey blickte auf seine Uhr, die 3.42 Uhr anzeigte, und funkte an alle durch: »Melde Vollzug. Wir verlassen jetzt den Campus mit Mr. Gatsby und seinen Freunden.«

7.

Der Stromausfall löste überall in den betroffenen Gebäuden Alarm aus. Ein Elektrotechniker klickte sich durch die Computersteuerung des Uni-Stromnetzes, bis er das Problem verortete. Um vier Uhr konnte der Strom in allen Gebäuden wieder angestellt werden, nur in die Bibliothek musste der Sicherheitschef gesondert drei seiner Leute schicken. Innerhalb von zehn Minuten war auch dort die Ursache für den Alarm entdeckt und behoben.

Zur selben Zeit hielt die Gang bereits vor einem billigen Motel an der Interstate 295 nahe Philadelphia. Trey parkte neben einem Sattelzug, weit weg von der einsamen Kamera, die den Parkplatz überwachte. Mark nahm eine Dose mit weißer Farbe und übersprühte die Aufschrift »Princeton University Printing« auf den Fahrzeugtüren. In demselben Zimmer, in dem sie schon tags zuvor übernachtet hatten, schlüpften sie in Jagdmonturen und stopften alles, was sie während des Einbruchs getragen hatten – Jeans, Turnschuhe, Sweatshirts, schwarze Handschuhe – in einen Seesack. Im Bad musterte Jerry die kleine Schnittwunde an seinem linken Handgelenk. Auf der Fahrt hatte er den Daumen darauf gepresst, doch jetzt musste er feststellen, dass sie stärker blutete, als er gedacht hatte. Er wischte mit einem Handtuch darüber und überlegte, ob er den anderen davon erzählen sollte. Nicht jetzt. Vielleicht später.

Schweigend packten sie zusammen, löschten das Licht und verließen das Zimmer. Mark und Jerry stiegen in einen gemieteten Pick-up – ein größeres Modell mit Rücksitzbank –, Denny setzte sich ans Steuer, und sie folgten Mark und dem Transporter zurück zur Interstate. Sie ließen Philadelphia und seine Vorstädte im Süden hinter sich und drangen über einsame Highways in das ländliche Pennsylvania vor. In einer unbesiedelten Gegend nahe Quakertown erreichten sie ihr Ziel, eine Nebenstraße, der sie anderthalb Kilometer folgten, bis sie in einen unbefestigten Weg überging. Trey parkte den Transporter in einem Graben, nahm die gestohlenen Nummernschilder ab, schüttete einen Kanister Benzin über die Rucksäcke mit Werkzeug, Handys, Funkgeräten und Kleidung und entzündete ein Streichholz, das er darauf fallen ließ. Die Flammen züngelten sofort hoch, und als die Männer mit dem Pick-up wegfuhren, waren sie überzeugt, sämtliche Beweise vernichtet zu haben. Zwischen Trey und Mark auf der Rückbank lagen sicher verpackt die Manuskripte.

Während die Dämmerung langsam über die Hügel heraufkroch, fuhren sie schweigend dahin, die Blicke aufmerksam auf die Umgebung gerichtet, wo es jedoch wenig zu sehen gab, außer hin und wieder einem Fahrzeug, das ihnen entgegenkam, einem Farmer, der zu seinem Stall stapfte, ohne auf den Highway zu achten, oder einer alten Frau, die sich auf ihrer Veranda nach einer Katze bückte. In der Nähe von Bethlehem fuhren sie auf die Interstate 78 Richtung Westen. Denny hielt sich streng an das Tempolimit. Seit sie Princeton verlassen hatten, war ihnen keine Polizei begegnet. Sie hielten an einem Drive-in-Imbiss auf einen Kaffee und Sandwichs mit Hühnchen, dann fuhren sie auf der Interstate 81 nach Norden Richtung Scranton.

8.

Kurz nach sieben Uhr trafen die ersten beiden FBI-Beamten in der Firestone Library ein und wurden vom Sicherheitspersonal der Uni und der Polizei der Stadt Princeton über den Stand der Dinge informiert. Sie sahen sich den Ort des Geschehens an und rieten dringend, die Bibliothek bis auf Weiteres geschlossen zu lassen. Ermittler und Spurensicherer vom FBI-Büro im benachbarten Trenton seien schon unterwegs.

Der Präsident der Universität war gerade nach einer sehr langen Nacht in seine auf dem Campus gelegene Wohnung zurückgekehrt, als er die Nachricht erhielt, dass etwas Wertvolles entwendet worden sei. Er eilte in die Bibliothek, wo er den Bibliotheksleiter, das FBI und Beamte der örtlichen Polizei vorfand. Gemeinsam entschieden sie, diesen Teil der Geschichte so lange wie möglich geheim zu halten. Der Leiter der FBI-Abteilung in Washington, die für Kunstraub zuständig war, würde in Kürze eintreffen. Seiner Ansicht nach würden sich die Diebe bald bei der Uni melden, um einen Deal vorzuschlagen. Öffentliche Aufmerksamkeit würde es auch so schon genug geben. Es war besser, die Dinge nicht zu verkomplizieren.

9.

Die Feier wurde aufgeschoben, bis die vier vermeintlichen Jäger ihren Unterschlupf tief in den Pocono Mountains erreicht hatten. Denny hatte sich Geld geliehen und das Holzhaus für die Dauer der Jagdsaison gemietet. Den Betrag würde er zurückzahlen, sobald sie ihre Beute in Barmittel umgesetzt und zwei bis drei Monate dort ausgeharrt hätten. Von den vieren war Jerry der Einzige, der eine ständige Adresse hatte, eine kleine Mietwohnung in Rochester im Staat New York, wo er mit seiner Freundin lebte. Trey, der entlaufene Häftling, befand sich im Grunde auf der Flucht, seit er volljährig war. Mark wohnte zeitweise bei einer Exfrau in der Nähe von Baltimore, doch Nachweise gab es dafür nicht.

Alle vier besaßen mehrere falsche Identitäten, einschließlich Reisepässen, die jeder Zollkontrolle standhielten.

Im Kühlschrank standen drei Flaschen billiger Champagner. Denny öffnete eine davon, verteilte den Inhalt auf vier unterschiedliche Kaffeebecher und rief aus voller Brust: »Prost, Jungs, und Glückwunsch! Wir haben's geschafft!« Eine halbe Stunde später waren die drei Flaschen leer, und die erschöpften Männer fielen in einen langen, tiefen Schlaf. Die Manuskripte, die immer noch in ihren einheitlichen Archivboxen lagen, waren in einem Waffenschrank hinter Goldbarren sicher verstaut, wo sie für die nächsten Tage von Denny und Trey bewacht werden würden. Jerry und Mark würden morgen ausgepowert nach Hause aufbrechen. Eine einwöchige Jagd war anstrengend.

10.

Während Jerry schlief, setzte sich die Maschinerie der Bundesbehörden mit voller Wucht gegen ihn in Gang. Eine Mitarbeiterin der FBI-Spurensicherung entdeckte auf der ersten Stufe zum Untergeschoss der Firestone Library einen winzigen Fleck, den sie zu Recht für Blut hielt, so frisch, dass es noch nicht nachgedunkelt war. Sie sicherte die Spur und informierte ihren Vorgesetzten, der den Fund auf schnellstem Weg in ein FBI-Labor in Philadelphia schickte. Das Ergebnis eines unverzüglich durchgeführten DNA-Tests wurde mit der landesweiten Verbrecherdatenbank verglichen, und binnen einer Stunde lag aus Massachusetts ein Treffer vor: Es handelte sich bei dem Gesuchten um einen gewissen Gerald A. Steengarden, vor sieben Jahren verurteilt wegen Gemäldediebstahls bei einem Kunsthändler in Boston. Sofort nahm ein Team von Analytikern Steengardens Spur auf. Es gab landesweit fünf Personen dieses Namens, vier davon wurden rasch von der Liste gestrichen. Durchsuchungsbeschlüsse für Wohnung, Handydaten und Kreditkartenbewegungen wurden eingeholt. Als Jerry aus seinem langen Schlaf in den Pocono Mountains erwachte, hatte das FBI längst seine Wohnung in Rochester ins Visier genommen. Die Beamten beschlossen, trotz vorhandenen Durchsuchungsbeschlusses vorläufig nicht hineinzugehen, sondern abzuwarten.

Es bestand immerhin die Chance, dass Mr. Steengarden sie zu seinen Komplizen führte.

In Princeton wurde eine Liste der Studenten angefertigt, die die Bibliothek in der letzten Woche genutzt hatten. Das ging schnell, denn jeder Besuch wurde auf dem Ausweis gespeichert. Die Ausweise der Eindringlinge fielen dabei sofort auf, weil Studenten sie normalerweise nur fälschten, um Alkohol zu kaufen, nicht um unerkannt Bücher auszuleihen.

Es wurde der exakte Zeitpunkt ihres Einsatzes festgestellt und mit den Aufzeichnungen der Überwachungskameras verglichen. Gegen Mittag lagen dem FBI Standfotos von Denny, Jerry und Mark vor, mit denen jedoch vorläufig nichts anzufangen war, da sich die Männer gut maskiert hatten.

In der Abteilung für Sammlungen und Rara hatte Ed Folk zum ersten Mal seit Jahrzehnten alle Hände voll zu tun. Im Beisein von FBI-Beamten ging er emsig Anmeldelisten und Fotos der letzten Besucher durch. Jeder Einzelne erhielt zur Überprüfung einen Telefonanruf, auch Juniorprofessor Neville Manchin von der Portland State University, der dem FBI glaubhaft versichern konnte, dass er noch nie in Princeton gewesen sei. Von Mark besaß das FBI nun zwei Fotos. Nur sein Name war noch nicht bekannt.

Knapp zwölf Stunden nach dem erfolgreichen Coup waren vierzig FBI-Beamte mit vollem Einsatz dabei, Videoaufzeichnungen auszuwerten und Daten zu analysieren.

11.

Am späten Nachmittag versammelten sich die vier Männer in ihrer Jagdhütte in den Pocono Mountains um einen Kartentisch und machten jeweils ein Bier auf. Obwohl alles längst erschöpfend besprochen war, fing Denny noch mal von vorn an. Der Job sei erfolgreich erledigt, doch bei jedem Verbrechen blieben Spuren zurück. Jeder mache Fehler, und kein Genie der Welt könne sich ausmalen, was alles schiefgelaufen sein möge. Die gefälschten Ausweise würden identifiziert und untersucht werden. Damit wüssten die Cops, dass sie die Bibliothek schon Tage vor dem Raub ausgekundschaftet hatten. Außerdem könne man nicht wissen, was die

Aufzeichnungen der Überwachungskameras verrieten. Unter Umständen hätten sie Fasern ihrer Kleidung oder Fußabdrücke hinterlassen. Zwar gingen sie davon aus, keine Fingerabdrücke hinterlassen zu haben, aber ein Restrisiko bleibe immer. Sie seien alle erfahren genug, um sich keine Illusionen zu machen.

Das schmale Pflaster auf Jerrys linkem Handgelenk war den anderen nicht aufgefallen, woraufhin er beschlossen hatte, den kleinen Unfall zu ignorieren. Er redete sich ein, dass er unmöglich Folgen haben könne.

Mark holte vier Geräte hervor, die aussahen wie das iPhone 5 von Apple, einschließlich Firmenlogo. In Wahrheit waren es keine Smartphones, sondern sogenannte Sat-Traks, GPS-Ortungsgeräte, die über Satellit weltweit Empfang hatten und somit ohne Mobilfunknetz auskamen, sodass die Polizei sie nicht aufspüren oder abhören konnte. Mark erinnerte die Männer zum x-ten Mal eindringlich daran, dass sie alle, einschließlich Ahmed, in den nächsten Wochen unbedingt Kontakt halten müssten.

Die Sat-Traks hatte Ahmed über eine seiner zahlreichen Quellen besorgt. Sie hatten keinen Powerschalter, stattdessen musste man zur Aktivierung eine dreistellige PIN eingeben. Sobald das Gerät eingeschaltet war, brauchte man ein fünfstelliges Passwort, um Zugriff zu erhalten. Ab sofort würden sie sich zweimal am Tag, morgens und abends um acht Uhr, einloggen und ein kurzes »OK« durchgeben. Verzögerungen wurden nicht geduldet, weil man dann davon ausgehen musste, dass das Sat-Trak beziehungsweise sein Benutzer in Gefahr war und Unheil drohte. Nach fünfzehn Minuten Verspätung würde Plan B in Kraft treten, der vorsah, dass Denny und Trey die Manuskripte an einen zweiten sicheren Ort bringen sollten. Meldeten die beiden sich nicht rechtzeitig, würde die gesamte Operation – zumindest deren letzte

Phase – abgebrochen werden. Jerry, Mark und Ahmed müssten das Land sofort verlassen.

Die schlichte Mitteilung »Rot« stand für die höchste Alarmstufe und bedeutete, dass 1) etwas schiefgegangen war, 2) die Manuskripte sofort zum dritten sicheren Ort gebracht werden mussten und 3) man so schnell wie möglich das Land verlassen sollte, ohne Fragen zu stellen oder Zeit zu verlieren.

Für den Fall, dass einer von ihnen der Polizei in die Hände fiel, wurde absolutes Stillschweigen erwartet. Alle hatten sich die Namen von Verwandten der anderen und deren Adressen eingeprägt, um Verrat an der Sache und den Komplizen vorzubeugen. Wer redete, musste mit Vergeltung rechnen.

Trotz Dennys düsterer Ausführungen war die Stimmung gut, ja geradezu ausgelassen. Sie hatten einen brillanten Coup gelandet und eine perfekte Flucht hingelegt.

Trey, der Mehrfachausbrecher, schwelgte in Erinnerungen. Bei ihm sei es immer gut gelaufen, weil er nach seinen Ausbrüchen einen Plan gehabt habe, während die meisten anderen nur an die Flucht dächten und nicht darüber hinaus. Genauso sei es bei Verbrechen. Man verbringe Tage und Wochen mit der Planung, doch sobald es vorbei sei, wisse man nicht, was man tun solle. Sie bräuchten einen Plan.

Doch sie konnten sich nicht einigen. Denny und Mark waren dafür, rasch zu handeln und Princeton innerhalb einer Woche eine Forderung zukommen zu lassen. Dann wären sie die Manuskripte rasch los, müssten sich nicht überlegen, wie sie sie schützen und transportieren sollten, und kämen sofort an ihr Geld.

Jerry und Trey, die Routiniers, sprachen sich dafür aus, Geduld zu bewahren. Man solle abwarten, bis sich der Wirbel gelegt habe und die Neuigkeit auf den Schwarzmarkt gelangt sei. Es sei besser, etwas Zeit verstreichen lassen, bis sie sicher sein könnten, dass sie nicht unter Verdacht stünden.

Princeton sei nicht der einzige mögliche Abnehmer, es gebe mit Sicherheit noch andere Interessenten.

Die Diskussion war lang und hitzig, aber begleitet von Scherzen, Gelächter und großen Mengen Bier. Schließlich einigten sie sich auf einen vorläufigen Plan. Jerry und Mark sollten am nächsten Tag nach Hause aufbrechen, Jerry nach Rochester, Mark über Rochester nach Baltimore. Sie würden sich unauffällig verhalten, die Nachrichten verfolgen und sich natürlich zweimal am Tag beim Team melden. Denny und Trey würden sich um die Manuskripte kümmern und sie in einer Woche zum zweiten sicheren Ort bringen, einer billigen Wohnung in einem heruntergekommenen Viertel von Allentown, Pennsylvania. In zehn Tagen würden sie sich dann mit Jerry und Mark dort treffen, um einen endgültigen Plan zu fassen. In der Zwischenzeit würde Mark Kontakt zu einem alten Bekannten im Kunstraubmilieu aufnehmen, der ihnen als Mittelsmann dienen konnte. Er würde ihm zunächst nur im Jargon der Insider mitteilen, dass er »etwas über die Fitzgerald-Manuskripte wisse«. Details würden sie bei einem persönlichen Treffen besprechen.

12.

Um 16.30 Uhr verließ Jerrys Freundin Carole die gemeinsame Wohnung und fuhr zu einem nahe gelegenen Supermarkt. Die Beschatter entschieden, vorläufig nicht in die Wohnung zu gehen, weil zu viele Nachbarn in der Nähe waren. Eine einzige beiläufige Bemerkung würde genügen, um die Observierung auffliegen zu lassen. Carole ahnte nicht, dass sie aus nächster Nähe beobachtet wurde. Während sie einkaufte, befestigten die Beamten, die ihr gefolgt waren, zwei

Peilsender unter ihrer Stoßstange. Zwei weitere Beamte – Frauen in Jogginganzügen – sahen sich an, was sie einkaufte (nichts von Interesse). Eine SMS an ihre Mutter wurde gelesen und gespeichert. Einen Anruf bei einer Freundin hörten die Beamten Wort für Wort mit. Beim Besuch einer Bar lud ein Beamter in Jeans sie auf einen Drink ein. Als sie kurz nach einundzwanzig Uhr nach Hause kam, war jeder ihrer Schritte an diesem Tag beobachtet, gefilmt und dokumentiert worden.

13.

Unterdessen lag ihr Freund in einer Hängematte auf der Veranda einer Jagdhütte in den Pocono Mountains, ganz in der Nähe eines idyllischen Sees, trank Bier und las *Der große Gatsby*. Mark und Trey waren mit dem Boot hinausgefahren, um Brassen zu angeln, während sich Denny um die Steaks auf dem Grill kümmerte. Als die Sonne unterging, kam ein kühler Wind auf, und die vier Männer zogen sich ins Wohnzimmer zurück, wo ein Kaminfeuer prasselte. Um exakt zwanzig Uhr zogen sie ihre nagelneuen Sat-Traks heraus, loggten sich ein und tippten das Wort »OK«, genauso wie Ahmed in Buffalo, und alles war gut.

Tatsächlich lief alles reibungslos. Knapp vierundzwanzig Stunden zuvor waren sie noch auf dem nächtlichen Campus von Princeton herumgeschlichen, die Nerven zum Zerreißen gespannt und gleichzeitig fiebrig vor Aufregung. Ihr Plan war perfekt aufgegangen, die kostbaren Manuskripte waren in ihrem Besitz, und bald hätten sie das Geld. Die Übergabe würde nicht einfach werden, doch damit würden sie sich später befassen.

14.

Der Alkohol half nur kurz, alle vier schliefen schlecht. Früh am nächsten Morgen stand Denny bereits in der Küche, um Eier mit Speck zu braten und starken Kaffee aufzubrühen, während Mark mit einem Laptop an der Küchentheke saß und die Schlagzeilen der Ostküste überflog. »Nichts«, sagte er. »Alles Mögliche über das Geballere auf dem Unigelände, das jetzt offiziell als ›böser Scherz‹ bezeichnet wird, aber kein Wort über die Manuskripte.«

»Bestimmt wollen sie das unter der Decke halten«, mutmaßte Denny.

»Ja, nur für wie lang?«

»Die Presse wird bald darauf stoßen. Spätestens morgen sickert irgendwo etwas durch.«

»Bleibt nur die Frage, ob das für uns gut oder schlecht ist.«

»Ich würde sagen, weder noch.«

Trey trat mit frisch rasiertem Schädel in die Küche. Stolz rieb er sich über die Vollglatze. »Was sagt ihr?«

»Umwerfend«, scherzte Mark.

»Hoffnungslos«, warf Denny ein.

Keiner der vier sah noch so aus wie vierundzwanzig Stunden zuvor. Trey und Mark hatten sich alles abrasiert – Bart, Haare, Augenbrauen. Denny und Jerry hatten ihre Bärte ebenfalls abgenommen und sich die Haare gefärbt. Denny war von dunkelblond zu dunkelbraun übergegangen, Jerry hatte sich für ein weiches Kupferrot entschieden. Alle vier würden von jetzt an Schirmkappen und Brillen tragen, die sie täglich wechselten. Sie wussten, dass es Videoaufzeichnungen von ihnen gab und dass die Gesichtserkennungstechnologie des FBI sehr gut war. Sie wussten, dass sie Fehler gemacht hatten, doch es war zu verlockend, den Gedanken daran einfach auszublenden. Es war Zeit für den nächsten Schritt.

Zudem hatte sie ein gewisser Übermut erfasst, der ganz normal war nach einem perfekten Coup. Zusammengekommen waren sie erstmals vor einem Jahr, als Trey und Jerry, die beiden Profis, Denny kennenlernten. Denny kannte Mark, der wiederum Ahmed kannte. Stundenlang hatten sie zusammengesessen und den Plan ausgetüftelt, sich darüber gestritten, wer welche Aufgabe übernehmen würde, wann der beste Zeitpunkt wäre und wohin sie danach fahren würden. Es gab tausend Dinge zu beachten, und jedes winzige Detail war wichtig. Seit der Job erledigt war, war all dies Geschichte. Jetzt ging es nur noch darum, an das Geld zu kommen.

Am Donnerstagmorgen um acht Uhr sahen sie sich gegenseitig beim Sat-Trak-Ritual zu. Bei Ahmed war alles in Ordnung. Jerry und Mark verabschiedeten sich und brachen Richtung Rochester auf, dessen Außenbezirke sie vier Stunden später erreichten. Sie hatten keine Ahnung, dass ein Riesenaufgebot an FBI-Beamten geduldig nach dem Toyota Pick-up, Baujahr 2010, Ausschau hielt, den sie drei Monate zuvor gemietet hatten. Als Jerry vor seiner Wohnung parkte, zoomten verborgene Kameras heran, während er mit Mark in aller Ruhe den Parkplatz überquerte und die Treppe zum zweiten Stock nahm.

Die digitalen Fotos wurden sofort online an das FBI-Labor in Trenton übermittelt. Als Jerry Carole zur Begrüßung küsste, waren die Aufnahmen längst mit den Standbildern der Überwachungskameras aus der Princeton-Bibliothek verglichen. Mithilfe der Bilderkennungstechnik identifizierte das FBI Jerry alias Mr. Gerald A. Steengarden und bestätigte, dass Mark derjenige war, der sich für Professor Neville Manchin ausgegeben hatte. Da Mark keine Vorstrafen hatte, war er in der nationalen Verbrecherdatenbank nicht verzeichnet und konnte nicht identifiziert werden.

Doch das war nur eine Frage der Zeit.

Man beschloss, zunächst abzuwarten und zu beobachten. Jerry hatte ihnen Mark geliefert, vielleicht würde er sie zu weiteren Komplizen führen. Nach dem Mittagessen traten die beiden Männer aus dem Haus und gingen zum Toyota zurück. Mark trug eine billige braune Nylon-Sporttasche, Jerry hatte kein Gepäck dabei. Auf dem Weg in die Innenstadt hielt sich Jerry streng an die Geschwindigkeitsbegrenzung, beachtete peinlich genau alle Verkehrsregeln und machte einen großen Bogen um Polizisten.

15.

Unterwegs achteten sie auf jedes Detail, egal, ob es ein Fahrzeug oder ein alter Mann auf einer Parkbank war, der sich hinter einer Zeitung verbarg. Sie waren sicher, dass ihnen niemand folgte, doch in ihrem Gewerbe musste man stets wachsam bleiben. Dass der Hubschrauber, der in tausend Meter Höhe vermeintlich harmlos über ihnen schwebte, ihretwegen da war, ahnten sie nicht.

Am Amtrak-Bahnhof stieg Mark ohne ein weiteres Wort aus dem Wagen und eilte über den Gehsteig zum Haupteingang. Drinnen kaufte er ein Sparpreisticket für den Zug um 14.13 Uhr nach Manhattan, Pennsylvania Station. Beim Warten las er in einer alten Taschenbuchausgabe von *Der letzte Taikun*. Lesen war seine Sache nicht, aber diesen Fitzgerald fand er spannend. Beim Gedanken an die handschriftlichen Manuskripte musste er ein Lächeln unterdrücken.

Jerry hielt an einem Schnapsladen und kaufte eine Flasche Wodka. Als er den Laden verließ, versperrten ihm drei ziemlich große junge Männer in dunklen Anzügen den Weg, sagten »Hallo«, hielten ihm kurz ihre Dienstmarken hin und erklärten, sie würden sich gern mit ihm unterhalten. Als Jerry dankend ablehnte und sagte, er habe zu tun, wurden sie aktiv. Einer zückte Handschellen, ein anderer nahm ihm den Wodka ab, und der Dritte durchsuchte seine Taschen und holte Brieftasche, Schlüssel und Sat-Trak heraus. Jerry wurde zu einem großen schwarzen Chevrolet Suburban geführt und zum Stadtgefängnis gefahren, das nur vier Häuserblocks entfernt lag. Während der kurzen Fahrt sprach niemand ein Wort. Er stellte keine Fragen, sie nannten keine Erklärung. Als ein ehrenamtlicher Gefängnishelfer zu seiner Zelle kam, um ihn zu begrüßen, fragte Jerry: »Sagen Sie, haben Sie eine Ahnung, was das soll?«

Der Mann blickte links und rechts den Flur entlang und beugte sich näher an die Gitterstäbe. »Keine Ahnung, Kumpel, aber Sie müssen den hohen Tieren ganz schön auf den Schlips getreten sein.« Jerry legte sich auf seine Pritsche, starrte an die verschmierte Decke und fing an zu grübeln. Was war schiefgelaufen?

Während er in seiner dunklen Zelle lag und in seinem Kopf die Gedanken kreisten, klingelte es bei Carole an der Wohnungstür. Sie öffnete und stand einem halben Dutzend FBI-Beamten gegenüber. Einer hielt ihr einen Durchsuchungsbeschluss hin, ein anderer forderte sie auf, in ihrem Auto zu warten, ohne den Motor zu starten.

Um vierzehn Uhr stieg Mark in den Zug und suchte sich einen Platz. Die Türen schlossen sich um 14.13, doch der Zug bewegte sich nicht. Um 14.30 Uhr gingen die Türen wieder auf, zwei Männer in dunkelblauen Trenchcoats stiegen ein, die sich mit strengem Blick vor ihm aufbauten. Entsetzt wurde Mark klar, dass sich das Blatt gewendet hatte.

Mit gedämpften Stimmen gaben sich die Männer zu erkennen und baten ihn, ihnen aus dem Zug zu folgen. Der eine ergriff seinen Ellbogen, während der andere seine Tasche aus dem Gepäcknetz nahm. Auf dem Weg zum Gefängnis wurde nicht gesprochen. Irgendwann zehrte das Schweigen an Marks Nerven. »Bin ich jetzt verhaftet?«

Ohne sich umzudrehen, erwiderte der Fahrer: »Normalerweise führen wir unbescholtene Bürger nicht in Handschellen ab.«

»Aber warum bin ich verhaftet?«

»Das werden Sie im Gefängnis erfahren.«

»Ich dachte, ihr Jungs müsst mir das sagen, wenn ihr mir meine Rechte erklärt.«

»Sie sind neu in dem Metier, was? Wir müssen Ihnen Ihre Rechte nicht erklären, solange wir keine Fragen stellen. Im Moment möchten wir unsere Ruhe haben.«

Stumm beobachtete Mark den Verkehr. Er ging davon aus, dass Jerry geschnappt worden war. Andernfalls hätten sie nicht wissen können, dass er, Mark, in diesem Zug saß. Es konnte doch nicht sein, dass Jerry ausgepackt hatte – oder doch?

Bislang hatte Jerry keine Silbe gesagt, denn er hatte noch gar keine Gelegenheit dazu gehabt. Um 17.15 Uhr wurde er aus seiner Zelle geholt und zum FBI-Büro ein paar Straßen weiter gebracht. Man führte ihn in einen Verhörraum und setzte ihn an einen Tisch. Die Handschellen wurden ihm abgenommen, und er bekam eine Tasse Kaffee. Ein Beamter namens McGregor trat ein, zog seine Jacke aus, setzte sich und begann ein freundliches Gespräch, in dem er dem Verhafteten nebenbei dessen Rechte erklärte.

»Schon mal festgenommen worden?«, wollte McGregor wissen.

Allerdings. Deshalb wusste Jerry auch, dass der nette Mr. McGregor sein Vorstrafenregister längst kannte. »Ja.«

»Wie oft?«

»Hören Sie, Sie haben mir gerade gesagt, dass ich das Recht habe zu schweigen. Ich werde kein Wort sagen, und ich will einen Anwalt, und zwar sofort. Verstanden?«

McGregor sagte: »Klar«, und verließ den Raum.

Gleich um die Ecke saß in einem anderen Verhörraum Mark. McGregor trat ein und spulte das gleiche Programm ab wie bei Jerry. Sie hätten mit einem Durchsuchungsbeschluss Marks Tasche durchsucht und alle möglichen interessanten Dinge gefunden. McGregor öffnete einen großen Umschlag, zog ein paar Plastikkarten heraus und begann sie auf dem Tisch auszulegen. »Die stammen aus Ihrer Brieftasche, Mr. Mark Driscoll. Ein Führerschein aus Maryland, ein schlechtes Foto von Ihnen mit vollem Haar und Augenbrauen, zwei gültige Kreditkarten und eine zeitlich begrenzte Jagdlizenz für Pennsylvania.« Weitere Karten wurden ausgebreitet. »Die stammen auch aus Ihrer Tasche. Ein Führerschein aus Kentucky, ausgestellt auf Arnold Sawyer, auch hier mit üppigem Haar. Eine gefälschte Kreditkarte.« In aller Ruhe förderte er weitere Karten zutage. »Ein gefälschter Führerschein aus Florida, Foto mit Brille und Bart, ein Mr. Luther Banahan. Und dann noch dieser hochwertige Pass, ausgestellt in Houston auf Clyde D. Mazy, zusammen mit passendem Führerschein und drei falschen Kreditkarten.«

Der Tisch war vollständig mit Plastikkärtchen bedeckt. Mark war plötzlich speiübel, doch er biss die Zähne zusammen und versuchte, sich nichts anmerken zu lassen. Sie hatten in seiner Tasche Plastikkarten gefunden. Na und?

»Ganz schön beeindruckend«, sagte McGregor. »Wir haben alles überprüft und wissen, dass Sie in Wirklichkeit Driscoll heißen und keinen festen Wohnsitz haben. Sie sind wohl viel unterwegs.«

»Ist das eine Frage?«

»Nein, bislang nicht.«

»Gut, denn ich werde nichts sagen. Ich habe das Recht auf einen Anwalt. Besser, Sie besorgen mir einen.«

»Okay. Komisch, dass Sie auf all diesen Fotos ganz behaart sind, sogar im Gesicht, und immer mit Augenbrauen. Jetzt ist alles weg. Laufen Sie vor irgendetwas davon, Mark?«

»Ich will einen Anwalt.«

»Natürlich. Sagen Sie, Mark, wir haben gar keine Papiere für Professor Neville Manchin von der Portland State University gefunden. Klingelt bei dem Namen was?«

Und ob. Ein ganzes Glockenspiel.

Durch eine verspiegelte Glasscheibe war eine hochauflösende Kamera auf Mark gerichtet. In einem benachbarten Raum saßen zwei Verhörexperten, die durch Beobachtung feststellen konnten, ob Verdächtige oder Zeugen logen. Sie registrierten jede Regung von Mark, achteten auf seine Pupillen, seine Oberlippe, seine Kiefermuskeln, darauf, wie er den Kopf hielt. Ihnen entging nicht, dass er bei der Erwähnung von Neville Manchins Namen zusammenzuckte. Als er stammelte: »Äh, ich werde nichts sagen, ich will einen Anwalt«, nickten beide lächelnd. Volltreffer.

McGregor verließ den Raum, sprach mit den Kollegen und trat dann wieder bei Jerry ein. Er setzte sich, lächelte und ließ eine ganze Weile verstreichen, ehe er sprach. »Und, Jerry, immer noch keine Lust zu reden?«

»Ich will einen Anwalt.«

»Klar, natürlich, wir versuchen einen aufzutreiben. Sie sind nicht sehr gesprächig, was?«

»Ich will einen Anwalt.«

»Ihr Kumpel Mark ist wesentlich kooperativer als Sie.«

Jerry schluckte. Er hatte gehofft, dass es Mark gelungen war, mit dem Zug die Stadt zu verlassen. Das hatte wohl nicht geklappt. Was war passiert? Wie waren sie nur so schnell aufgeflogen? Um dieselbe Zeit am Vortag hatten sie noch miteinander Karten gespielt, Bier getrunken und ihr perfektes Verbrechen gefeiert.

Es konnte doch nicht sein, dass Mark jetzt schon sang.

McGregor deutete auf Jerrys linke Hand. »Sie haben da ein Pflaster. Haben Sie sich geschnitten?«

»Ich will einen Anwalt.«

»Brauchen Sie einen Arzt?«

»Einen Anwalt.«

»Okay, okay. Ich werde einen besorgen.«

Im Hinausgehen schlug McGregor die Tür hinter sich zu. Jerry sah auf sein Handgelenk. Das durfte doch nicht wahr sein!

16.

Als sich abendliche Schatten über den See legten, holte Denny die Angelrute ein und paddelte zum Haus zurück. Die Kühle des Wassers drang durch seine leichte Jacke. Er dachte an Trey, dem er nicht traute. Trey war einundvierzig, zweimal mit Diebesgut ertappt worden, hatte vier Jahre eingesessen, ehe er ausbrach, und erneut zwei Jahre, bevor er über die Gefängnismauer das Weite suchte. Das Schlimmste daran war, dass er beide Male bei der Vernehmung sofort eingeknickt war und seine Komplizen verpfiffen hatte, um Strafminderung zu erhalten. Eine Todsünde für einen Profi.

Von den fünf Mitgliedern der Gang hielt er Trey für das schwächste. Mit seiner Eliteeinheit hatte Denny in Kriegen gekämpft und grausige Gemetzel erlebt. Er hatte Freunde verloren und viele Menschen getötet. Er wusste aus Erfahrung, was Angst war. Doch Schwäche war ihm zuwider.

17.

Am Donnerstagabend spielten Denny und Trey zusammen Gin-Rummy und tranken Bier. Um Punkt acht Uhr holten sie ihre Sat-Traks heraus, tippten die PIN-Nummern ein und warteten. Binnen Sekunden meldete sich Ahmed mit einem »OK« aus Buffalo. Von Mark und Jerry kam nichts. Mark sollte im Zug sitzen, auf der sechsstündigen Reise von Rochester nach Manhattan, Jerry sollte in seiner Wohnung sein.

Die nächsten fünf Minuten verstrichen quälend langsam. Vielleicht rasten sie auch dahin. Was war los? Die Geräte funktionierten doch, oder? Sie hatten CIA-Qualität und ein Vermögen gekostet. Wenn zwei gleichzeitig nicht gingen, konnte das nur bedeuten … Ja, was eigentlich? Um 20.06 Uhr stand Denny auf. »Lass uns schon mal anfangen. Wir packen das Nötigste und richten uns darauf ein, dass wir abhauen müssen, okay?«

»Okay«, erwiderte Trey, der ganz offensichtlich nervös war. Sie rannten in ihre Zimmer und stopften ihre Sachen in Taschen. Ein paar Minuten später sagte Denny: »Es ist jetzt elf nach acht. Um zwanzig nach machen wir die Biege. Okay?«

»Einverstanden«, erwiderte Trey und blickte auf sein Sat-Trak. Nichts. Um 20.20 Uhr öffnete Denny die Vorratskammer und schloss den Waffenschrank auf. Sie verpackten die fünf Manuskripte in zwei grüne, mit Kleidung ausgestopfte Armeetaschen, die sie zu Dennys Pick-up trugen. Dann kehrten sie zum Haus zurück, um die Lichter auszuschalten und einen letzten hektischen Kontrollgang zu machen.

»Sollen wir die Hütte anzünden?«, fragte Trey.

»Um Gottes willen«, fauchte Denny, erbost über so viel Dummheit. »Das würde nur Aufmerksamkeit erregen. Sie werden beweisen können, dass wir hier waren. Na und? Da werden wir längst über alle Berge und die Bücher spurlos verschwunden sein.«

Sie löschten das Licht und schlossen die Tür ab. Auf dem Weg nach draußen verzögerte Denny kurz seine Schritte, um Trey vorangehen zu lassen. Dann stürzte er sich auf ihn, legte ihm beide Hände um den Hals, sodass sich die Daumen in die Halsschlagader bohrten, und drückte zu. Trey, der älter, schmaler gebaut, außer Form und völlig ahnungslos war, hatte gegen den Todesgriff der ehemaligen Kampfmaschine keine Chance. Ein paar Sekunden lang zuckte und wand er sich, ehe er erschlaffte. Denny stieß ihn zu Boden und zog ihm den Gürtel aus der Hose.

18.

In der Nähe von Scranton hielt Denny, um zu tanken und einen Kaffee zu trinken, ehe er auf der Interstate 80 weiter Richtung Westen fuhr. Einhundertzehn Stundenkilometer waren erlaubt, und er stellte den Tempomat auf einhundertsieben ein. Am Vorabend hatte er ein paar Bier getrunken, doch der Alkohol war inzwischen längst abgebaut. Das Sat-Trak lag auf der Zwischenkonsole, und er blickte alle dreißig Sekunden hin, obwohl ihm klar war, dass das Display schwarz bleiben würde. Mark und Jerry waren vermutlich zusammen hochgenommen worden, und ihre Sat-Traks wurden von irgendwelchen schlauen Leuten zerlegt und analysiert. Das von Trey lag auf dem Grund des Sees, zusammen mit seinem Besitzer, wasserdurchtränkt und auf dem besten Weg zu verrotten.

Wenn es ihm, Denny, gelang, die folgenden vierundzwanzig Stunden zu überleben und das Land zu verlassen, würde ihm die Beute allein gehören.

Er hielt vor einem rund um die Uhr geöffneten Frühstücksimbiss, parkte in der Nähe des Eingangs und wählte einen Tisch, von dem aus er den Pick-up im Blick behalten konnte. Dann öffnete er den Laptop, bestellte Kaffee und erkundigte sich, ob es WLAN gebe. Die Bedienung bejahte und nannte ihm das Passwort. Er beschloss, eine Weile sitzen zu bleiben, und bestellte Waffeln mit Speck. Im Internet recherchierte er, welche Flüge von Pittsburgh abgingen, und buchte einen nach Chicago sowie einen Anschlussflug nach Mexico City. Als Nächstes suchte er Lagermöglichkeiten mit Klimaregelung und stellte eine Liste auf. Um Zeit totzuschlagen, aß er möglichst langsam und bestellte Kaffee nach. Als er die Website der *New York Times* aufrief, las er erschrocken die Titelgeschichte, die vier Stunden zuvor online gegangen war. Die Schlagzeile lautete: »Princeton bestätigt Raub der Fitzgerald-Manuskripte«.

Einen Tag lang hatte die Universität entweder gar nichts oder widersprüchliche Dementis geäußert, doch nun hatte sie die Gerüchte bestätigt. Am vergangenen Dienstagabend seien Diebe in die Firestone Library eingedrungen, während zeitgleich bei der Polizei Notrufe eingingen, dass ein bewaffneter Eindringling um sich schieße, offenbar ein gelungenes Ablenkungsmanöver. Die Universität werde nicht dazu Stellung nehmen, wie viel von der Fitzgerald-Sammlung gestohlen worden sei, nur dass es sich um ein »beträchtliches Ausmaß« handle. Das FBI habe Ermittlungen aufgenommen. Einzelheiten seien bislang nicht bekannt.

Mark und Jerry wurden nicht erwähnt. Denny war plötzlich mulmig, und er wollte los. Nachdem er bezahlt hatte, ließ er auf dem Weg zum Wagen sein Sat-Trak in einen Mülleimer am Eingang fallen. Damit waren alle Verbindungen zur Vergangenheit gekappt. Er war allein und frei. Die Wendung der Ereignisse kam ihm zwar gelegen, doch der Zeitungsartikel machte ihn nervös. Das Wichtigste war jetzt, außer Landes zu gelangen. Das hatte er zwar nicht geplant, doch im Grunde hätte es gar nicht besser laufen können. Nichts läuft jemals so wie geplant, sinnierte er, und wer sich am schnellsten anpasst, hat die größten Überlebenschancen.

Mit Trey wäre Ärger vorprogrammiert gewesen. Er wäre schnell lästig und zum Problem geworden. Inzwischen dachte Denny nur noch flüchtig an ihn. Als er bei zunehmender Dunkelheit die Außenbezirke von Pittsburgh erreichte, hatte er Trey vollständig aus seinem Gedächtnis verbannt. Noch ein perfektes Verbrechen.

Um neun Uhr morgens betrat er in Oakmont, einem Vorort von Pittsburgh, das Büro eines Mietlagers namens East Mills Secured Storage und erklärte dem Mitarbeiter, dass er ein paar edle Weine lagern wolle und einen Raum mit überwachter Temperatur und Luftfeuchtigkeit brauche. Der Mann zeigte ihm eine dreizehn Quadratmeter große Zelle im Erdgeschoss. Die Miete betrug zweihundertfünfzig Dollar monatlich für mindestens ein Jahr Laufzeit. Denny lehnte dankend ab, so lange brauche er das Lager nicht. Sie einigten sich schließlich auf ein halbes Jahr für dreihundert Dollar im Monat. Er präsentierte einen Führerschein aus New Jersey, unterschrieb den Vertrag mit dem Namen Paul Rafferty und zahlte bar. Dann ging er mit dem Schlüssel wieder in den Lagerraum, stellte die Temperatur auf dreizehn Grad Celsius und die Luftfeuchtigkeit auf vierzig Prozent ein und schaltete das Licht aus. Die Überwachungskameras im Blick, kehrte er durch die Flure zurück und verließ das Gebäude, ohne von dem Mitarbeiter gesehen worden zu sein.

Als um zehn Uhr der Wein-Discounter öffnete, war Denny der erste Kunde des Tages. Er kaufte vier Kisten Fusel-Chardonnay, schwatzte dem Verkäufer zwei zusätzliche, leere Kisten ab und verließ den Laden. Eine halbe Stunde lang kreuzte er umher, auf der Suche nach einer guten Stelle abseits von Verkehr und Überwachungskameras. Schließlich fuhr er den Pick-up durch eine billige Waschanlage und parkte bei den Staubsaugern. *Diesseits vom Paradies* und *Die Schönen und Verdammten* passten wunderbar in eine der beiden Weinkisten. *Zärtlich ist die Nacht* und *Der letzte Taikun* kamen zusammen in die zweite. Der *Gatsby* bekam eine eigene Kiste, nachdem Denny die zwölf Weinflaschen entnommen und auf der Rückbank des Pick-ups deponiert hatte.

Um elf Uhr waren alle sechs Kisten in den Lagerraum verfrachtet. Auf dem Weg nach draußen traf Denny den Mitarbeiter, dem er mitteilte, dass er morgen noch einmal kommen werde, um mehr Wein zu bringen. Während er im Wegfahren Reihe um Reihe von Lagerwaben passierte, fragte er sich, was wohl sonst noch an Diebesgut hinter diesen Türen verborgen war. Wahrscheinlich ziemlich viel. Nur war nichts davon so wertvoll wie seines.

Auf dem Weg Richtung Stadtzentrum kam er durch eine verwahrloste Gegend und parkte vor einer Apotheke mit dicken Gitterstäben vor den Schaufenstern. Er öffnete die Autofenster, ließ den Schlüssel im Zündschloss und die zwölf Flaschen schlechten Wein im hinteren Fußraum, nahm seine Tasche und marschierte los. Es war kurz vor zwölf Uhr mittags, ein klarer, strahlender Herbsttag, und er fühlte sich relativ sicher. Als er ein Münztelefon entdeckte, rief er ein Taxi und stellte sich vor ein Soulfood-Café, um zu warten. Fünfundvierzig Minuten später erreichte er die Abflughalle des Pittsburgh International Airport, holte sein Ticket ab, ging unbehelligt durch die Security und setzte sich unweit vom Gate in ein Café. An einem Kiosk kaufte er eine *New York Times* und eine *Washington Post*. Auf der Titelseite der *Post* sprang ihm aus der unteren Hälfte eine Schlagzeile ins Auge: »Zwei Festnahmen im Princeton-Raub«, ohne Fotos oder Namen, was darauf hindeutete, dass die Universität und das FBI Einfluss auf die Berichterstattung nahmen. Der kurzen Meldung zufolge waren die beiden Männer tags zuvor in Rochester aufgegriffen worden.

Es werde nach weiteren Personen gefahndet, die an dem »spektakulären Coup« beteiligt gewesen seien.

19.

Während Denny auf seinen Flug nach Chicago wartete, ging Ahmed an Bord einer Maschine von Buffalo nach Toronto, wo er ein One-way-Ticket nach Amsterdam kaufte. Da er bis zum Abflug vier Stunden warten musste, setzte er sich in einer Lounge an eine Bar, verbarg sein Gesicht hinter einer Menükarte und fing an zu trinken.

20.

Am folgenden Montag wurden Mark Driscoll und Gerald Steengarden nach Trenton, New Jersey, gebracht, nachdem sie auf ihr Recht auf eine Auslieferungsanhörung in Minnesota verzichtet hatten. Vor einem Haftrichter versicherten sie schriftlich, dass sie kein Vermögen hätten und ihnen ein Verteidiger zugewiesen worden sei. Aufgrund ihrer Sammlung gefälschter Pässe wurde Fluchtgefahr angenommen, sodass eine Freilassung auf Kaution ausgeschlossen war.

Eine Woche zog ins Land, dann ein Monat, und die Ermittlungen gerieten zunehmend ins Stocken. Was zunächst nach einem klaren Fall ausgesehen hatte, erwies sich als zähe

Angelegenheit. Außer dem Blutstropfen, den Fotos der gut maskierten Diebe und natürlich den fehlenden Manuskripten gab es keinerlei Hinweise. Der ausgebrannte Transporter, das Fluchtfahrzeug, wurde gefunden, brachte aber keine neuen Erkenntnisse. Während Dennys gemieteter Pick-up gestohlen, zerlegt und in Einzelteilen verkauft wurde, reiste Denny selbst von Mexico City aus nach Panama, wo er Freunde hatte, die wussten, wie man erfolgreich untertauchte.

Es stand eindeutig fest, dass Jerry und Mark mehrfach mit gefälschten Studentenausweisen die Bibliothek besucht hatten. Mark hatte sich als Fitzgerald-Experte ausgegeben. Außerdem stand fest, dass die beiden am Abend der Tat zusammen mit einer dritten Person das Gebäude betreten hatten. Aber es gab keinerlei Hinweise darauf, wann oder wie sie es verlassen hatten.

Weil das Diebesgut fehlte, zögerte der Staatsanwalt den Verfahrensbeginn hinaus. Die Verteidiger von Jerry und Mark beantragten, die Anklage fallen zu lassen, doch der Richter lehnte den Antrag ab. Die Verdächtigen hielten weiterhin dicht. Drei Monate nach dem Coup bot der Staatsanwalt Mark schließlich einen sensationellen Deal an: Spuck alles aus, was du weißt, und du kommst auf freien Fuß. Da er nicht vorbestraft war und keine DNA-Spuren am Tatort hinterlassen hatte, war Mark von den beiden das kleinere Übel. Er musste nur aussagen, dann war er ein freier Mann.

Mark lehnte aus zwei Gründen ab. Erstens hatte ihm sein Anwalt versichert, dass die Behörden es schwer haben würden, genügend Beweise für die Anklage zu erbringen, und er deshalb wahrscheinlich ohnehin nicht belangt werden würde. Zweitens, was noch wichtiger war, dachte er an Denny und Trey, die nicht festgenommen worden waren. Das hieß, die Manuskripte waren in Sicherheit – andererseits müsste er mit Rache rechnen. Außerdem, selbst wenn Mark Dennys und Treys Namen preisgab, müsste das FBI sie erst einmal aufspüren. Und er hatte keine Ahnung, wo sich die Manuskripte befanden. Er kannte zwar die drei sicheren Orte, doch er wusste, dass sie aller Wahrscheinlichkeit nie dorthin gelangt waren.

21.

Sämtliche Spuren verliefen im Sand. Hinweise, die man zunächst für todsicher gehalten hatte, stellten sich als Schimären heraus. Das Warten begann. Wer auch immer die Manuskripte hatte, würde Geld dafür wollen, und zwar viel Geld. Irgendwann würde sich jemand melden, man wusste nur nicht, wann und wo und wie hoch die Forderung sein würde.

KAPITEL 2

DER HÄNDLER

1.

Bruce Cable, Student an der Auburn University in Alabama, war dreiundzwanzig Jahre alt und weit entfernt von einem Abschluss, als sein Vater unerwartet starb. Bruce' unzureichende akademische Fortschritte waren ein permanenter Reibungspunkt zwischen Vater und Sohn gewesen, und Mr. Cable hatte seinem Sohn mehrfach gedroht, ihn zu enterben. Irgendein Urahn hatte dereinst ein Vermögen mit Kies gemacht und, dem Tipp eines inkompetenten Bankberaters folgend, in ein verworrenes Netz aus Treuhandfonds investiert, von dem Generationen von Nachkommen zehrten, die nichts dazu beigetragen hatten. Jahrelang hatte die Familie die Fassade der reichen Dynastie aufrechterhalten, während sie zusehen musste, wie das Vermögen langsam schwand. Generationen von Nachkommen war mit Enterbung gedroht worden, doch gebracht hatte es nie etwas.

Mr. Cable indessen verstarb, ehe er den Notar aufsuchen konnte, und so erwachte Bruce eines Morgens mit der unverhofften Aussicht auf dreihunderttausend Dollar, die zwar ein warmer Geldregen waren, sein Auskommen jedoch nicht nachhaltig sichern konnten. Er überlegte, die Summe anzulegen, was ihm bei konservativer Investition zwischen fünf und zehn Prozent jährliche Rendite einbringen würde – längst nicht genug zur Finanzierung des Lebenswandels, den er sich plötzlich vorstellen konnte. Spekulativere Anlageformen wären wesentlich riskanter, und Bruce wollte das Geld auf keinen Fall verlieren. Es bewirkte seltsame Veränderungen bei ihm, und so kam es, dass er nach fünf Studienjahren die Uni verließ, ohne einmal zurückzublicken.

Irgendwann lockte ihn ein Mädchen an den Strand von Camino Island, einer fünfzehn Kilometer langen Barriereinsel vor der Küste Floridas nördlich von Jacksonville. Einen Monat lang wohnte er in einer hübschen Wohnung, die sie gemietet hatte, trank viel, spazierte am Strand entlang, blickte stundenlang auf den Atlantik oder las *Krieg und Frieden*. Er hatte Englisch im Hauptfach studiert, und es gab immer noch viel zu viele große Werke, die er noch nicht kannte.

Bei seinen Spaziergängen überlegte er, was es für Optionen gab, sein Vermögen zu erhalten oder, besser noch, zu vermehren. Klugerweise hatte er die Neuigkeit über seinen plötzlichen Reichtum für sich behalten – das Geld war immerhin aus dem Nichts aufgetaucht –, um sich Freunde vom Leib zu halten, die ihn mit guten Ratschlägen nervten oder ihn anpumpen wollten. Das Mädchen hatte jedenfalls keine Ahnung, außerdem wusste er bereits nach einer Woche, dass sie bald Geschichte sein würde. Ihm kamen die unterschiedlichsten Investitionsmöglichkeiten in den Sinn, angefangen vom Hühnerfarm-Franchise über Bauland in Florida, eine Eigentumswohnung in einem benachbarten Hochhaus bis hin zu Internet-Start-ups im kalifornischen Silicon Valley oder eine Ladenzeile in Nashville. Er las stapelweise Finanzmagazine, und dabei wurde ihm immer klarer, dass er keine Geduld zum Investieren hatte. Für ihn war es nichts als ein hoffnungsloses Labyrinth aus Zahlen und

Strategien. Schließlich gab es einen Grund, warum er Englisch und nicht Wirtschaft studiert hatte.

Jeden zweiten Tag spazierte er mit dem Mädchen in das pittoreske Örtchen Santa Rosa, um in einer der Bars in der Main Street zu Mittag zu essen oder etwas zu trinken. Es gab eine ganz gute Buchhandlung mit angeschlossenem Café, und bald gingen sie jeden Nachmittag dorthin, um bei einem Caffè Latte die *New York Times* zu lesen. Der Barista war gleichzeitig der Inhaber, ein älterer Mann namens Tim, eine echte Plaudertasche. Einmal erwähnte er nebenbei, dass er überlege, den Laden zu verkaufen und nach Key West zu ziehen. Am folgenden Tag gelang es Bruce, das Mädchen abzuschütteln, sodass er seinen Kaffee allein genießen konnte. Er setzte sich an die Theke und fing an, Tim über dessen Pläne für den Buchladen auszufragen.

Bücher zu verkaufen sei ein erbarmungsloses Geschäft, erklärte Tim. Die großen Ketten verkauften das gesamte Bestsellerprogramm zu Schleuderpreisen, gäben teils bis zu fünfzig Prozent Nachlass, und seit das Internet und Amazon existierten, shoppten die Leute sowieso von zu Hause aus. In den letzten fünf Jahren seien über siebenhundert unabhängige Buchhandlungen pleitegegangen. Nur wenige würden Gewinne machen. Je länger er redete, umso düsterer wurde seine Stimmung. »Einzelhandel ist brutal«, sagte er mindestens dreimal. »Und ganz gleich, was Sie heute tun, morgen müssen Sie wieder bei null anfangen.«

Bruce bewunderte seine Ehrlichkeit, bezweifelte allerdings seinen Geschäftssinn. Oder war das die Verkaufsstrategie?

Tim behauptete, mit dem Laden ganz gut Geld zu verdienen. Die Insel besitze eine etablierte Buchszene mit ein paar aktiven Autoren, einem Literaturfestival und gut sortierten Büchereien. Die Rentner läsen gern und gäben immer noch Geld für Bücher aus. Es gebe rund vierzigtausend

Einwohner, jährlich kämen eine Millionen Touristen hinzu, man habe also genügend Laufkundschaft. Irgendwann fragte Bruce nach dem Preis. Tim sagte, er verlange hundertfünfzigtausend Dollar, bar auf die Hand, mit Pachtübernahme des Ladens. Zurückhaltend erkundigte sich Bruce, ob er die Buchhaltung einsehen dürfe, nur die allgemeine Gewinn-und-Verlust-Rechnung, ganz oberflächlich. Tim war davon nicht begeistert. Er kannte Bruce nicht und hielt ihn für ein typisches reiches Söhnchen, das im Strandurlaub das Geld des Vaters ausgab. »Okay«, sagte er schließlich. »Sie zeigen mir Ihre Zahlen, dann zeige ich Ihnen meine.«

»In Ordnung«, erwiderte Bruce. Er verabschiedete sich mit dem Versprechen wiederzukommen, doch dann überkam ihn plötzlich die Lust, eine Reise zu machen. Drei Tage später sagte er dem Mädchen Lebewohl und fuhr nach Jacksonville, um sich ein neues Auto zu kaufen. Ein nagelneuer Porsche 911 Carrera weckte sein Begehren. Die Tatsache, dass er einfach einen Scheck dafür ausschreiben konnte, machte die Versuchung besonders groß. Doch er blieb standhaft. Nachdem er einen Tag lang verhandelt hatte, tauschte er seinen alten Jeep Cherokee gegen einen fabrikneuen ein. Vielleicht würde er einen großen Kofferraum brauchen. Der Porsche würde ihm nicht davonlaufen, und vielleicht verdiente er bald so viel, dass er sich einen leisten konnte.

Mit einem neuen fahrbaren Untersatz und Geld auf der Bank ließ Bruce Florida hinter sich, um sich in ein Abenteuer zu stürzen, auf das er sich mit jedem Kilometer mehr freute. Er hatte kein Ziel. Im Augenblick war er auf dem Weg Richtung Westküste und plante, die Fahrt am Pazifik entlang in nördlicher Richtung fortzusetzen, um irgendwann nach Osten abzubiegen und schließlich in den Süden zurückzukehren. Zeit spielte keine Rolle – er hatte keine Termine. Er begann, unabhängige Buchhandlungen zu suchen, und ging jeweils für ein, zwei Tage hin, um zu stöbern, Kaffee zu trinken und zu lesen, vielleicht zu Mittag zu essen, sofern ein Café dazugehörte. Er verwickelte die Inhaber ins Gespräch und horchte sie vorsichtig aus. Irgendwann erzählte er ihnen, dass er überlege, eine Buchhandlung zu kaufen, und ihren Rat brauche. Die Reaktionen waren unterschiedlich. Die meisten schienen ihre Arbeit zu mögen, doch selbst sie hatten Zukunftsängste. Die Branche sei extrem verunsichert, weil sich die Ketten immer mehr ausbreiteten und man nicht wisse, wie es mit dem Onlinehandel weitergehe. Er hörte Horrorgeschichten von alteingesessenen Buchläden, die Bankrott gemacht hatten, als sich in der Nachbarschaft eine große Discounterkette niederließ. Besonders gut ging es den unabhängigen Läden in Unistädtchen oder Orten, die für die großen Ketten zu klein waren. Andere wiederum waren menschenleer, selbst in größeren Städten. Die, die neu eröffnet hatten, stemmten sich dem Abwärtstrend voller Enthusiasmus entgegen. Die Kommentare reichten vom bekannten »Einzelhandel ist brutal« bis hin zu »Probieren Sie's aus, Sie sind noch jung«. Eine Konstante gab es: Alle, die einen Rat für ihn hatten, liebten ihren Job. Sie liebten Bücher, Literatur und Autoren, die ganze Literatur- und Verlagsszene, und sie waren bereit, viele Überstunden zu machen und sich mit den Kunden auseinanderzusetzen, weil sie das, was sie taten, für ein nobles Werk hielten.

Zwei Monate lang driftete Bruce kreuz und quer durch die Staaten, immer auf der Suche nach dem nächsten unabhängigen Buchladen. Ein Buchhändler kannte wiederum drei andere im selben Staat, die wieder welche kannten, und so ging es immer weiter. Bruce konsumierte literweise starken Kaffee, traf Autoren auf Lesereise, kaufte Dutzende signierte Bücher, schlief in billigen Motels, hin und wieder auch mit einem anderen Bücherwurm, den er zufällig kennengelernt hatte, verbrachte Stunden mit Buchhändlern, die bereitwillig ihr Wissen mit ihm teilten, trank viel schlechten Wein bei Signierstunden, zu denen nur eine Handvoll Interessierte kamen, machte Hunderte Fotos drinnen und draußen, füllte stapelweise Blätter mit Notizen und führte ein Tagebuch. Am Ende seines Abenteuertrips, als er das Autofahren endgültig leid war, hatte er fast dreizehntausend Kilometer abgespult und einundsechzig unabhängige Buchhandlungen besucht, die unterschiedlicher nicht hätten sein können. Und er hatte einen Plan.

Als er nach Camino Island zurückkehrte, fand er Tim dort vor, wo er sich von ihm verabschiedet hatte, an seiner Bar. Er las bei einem Espresso Zeitung und sah noch müder aus als beim letzten Mal. An Bruce erinnerte er sich erst, als der seinem Gedächtnis auf die Sprünge half: »Ich war vor zwei Monaten hier und hatte überlegt, Ihren Laden zu kaufen. Sie wollten einhundertfünfzigtausend Dollar dafür.«

»Ach ja«, erwiderte Tim lahm. »Haben Sie das Geld zusammenbekommen?«

»Zum Teil. Ich schreibe Ihnen heute einen Scheck über einhunderttausend aus, in einem Jahr gibt es dann noch einmal fünfundzwanzig.«

»Schön, aber nach meiner Rechnung fehlen da fünfundzwanzig.«

»Das ist alles, was ich habe, Tim. Nehmen Sie's, oder lassen Sie's bleiben. Es gibt noch andere Buchhandlungen, die zum Verkauf stehen.«

Tim überlegte eine Sekunde und streckte dann langsam den rechten Arm vor. Sie einigten sich per Handschlag. Tim rief seinen Anwalt an und bat ihn, die Sache zügig abzuwickeln. Drei Tage später war der Vertrag unterzeichnet und das Geld geflossen. Bruce schloss den Laden für vier Wochen, um zu renovieren, und nutzte die Zeit für einen Crashkurs in Sachen Buchhandel. Tim blieb gern noch eine Weile, um sein Wissen über die Branche und ihre Eigenheiten weiterzugeben und Bruce in den Tratsch über Stammkunden und Geschäftsinhaber in der Umgebung einzuweihen. Er hatte zu allem und jedem eine Meinung, und nach zwei Wochen war Bruce froh, dass er ihn los war.

Am 1. August 1996 fand die Wiedereröffnung statt, und Bruce machte so viel Tamtam wie nur irgend möglich. Eine beachtliche Schar Gäste lauschte bei Champagner und Bier Jazz und Reggae, während Bruce den Moment genoss, mit dem ein neues Abenteuer für ihn begann: »Bay Books – Neues und Raritäten« war eröffnet.

2.

Bruce' Interesse an seltenen Büchern war durch Zufall geweckt worden. Auf die traurige Nachricht vom Herzinfarkttod seines Vaters hin war er sofort heimgereist – wobei er das Haus seiner Kindheit in Atlanta, in dem sein Vater gelebt hatte, nicht als Zuhause betrachtete. Er hatte nicht lange dort gewohnt. Und so war es für ihn nichts anderes als der letzte Wohnort seines Vaters, der häufig umgezogen war und dabei meist eine furchtbare Frau im Schlepptau gehabt hatte. Mr. Cable senior hatte nach zwei schlimmen Beziehungen dem Konzept der Ehe abgeschworen, doch offensichtlich konnte er nicht existieren, ohne sich von einer Xanthippe das Leben schwer machen zu lassen. Die Frauen ließen sich von seinem Reichtum verführen, mussten jedoch bald erkennen, dass er wegen der beiden hässlichen Scheidungen hoffnungslos verkorkst war. Zum Glück, zumindest für Bruce, war die letzte Freundin gerade ausgezogen, sodass niemand im Haus herumschnüffelte. Jedenfalls niemand außer ihm.

Der eindrucksvolle, hochmoderne Bau aus Stahl und Glas in einer angesagten Ecke der Innenstadt enthielt im zweiten Stock ein großes Atelier, wo Mr. Cable gemalt hatte, wenn er nicht gerade Investitionen plante. Er hatte nie wirklich einen Beruf erlernt, und da er im Grunde von seinem Erbe lebte, bezeichnete er sich selbst kurzerhand als »Investor«. Die Malerei hatte er in fortgeschrittenem Alter wiederentdeckt, doch seine Gemälde waren so scheußlich, dass ihn in ganz Atlanta keine Galerie ausstellen wollte. Eine ganze Wand des Ateliers war von Hunderten Büchern verdeckt, doch zunächst beachtete Bruce sie nicht. Er nahm an, dass sie nur Dekoration waren, Teil der erbärmlichen Maskerade seines Vaters, der sich als tiefsinniger Denker und Literaturexperte auszugeben versucht hatte. Doch bei näherem Hinsehen entdeckte er zwei Regale mit älteren Ausgaben bekannter Titel. Er fing an, ein Exemplar nach dem anderen von den oberen Böden herunterzuholen und genauer zu betrachten. Aus der beiläufigen Neugier wurde bald mehr.

Die Bücher waren allesamt Erstausgaben, einige mit Signaturen der Autoren. Joseph Hellers *Catch-22* von 1961, Norman Mailers *Die Nackten und die Toten* (1948), John Updikes *Hasenherz* (1969), Ralph Ellisons *Der unsichtbare Mann* (1952), Walker Percys *Der Kinogeher* (1961), Philip Roths *Goodbye, Columbus* (1959), William Styrons *Die Bekenntnisse des Nat Turner* (1967), Dashiell Hammetts *Der Malteser Falke* (1929), Truman Capotes *Kaltblütig* (1965) und J.D. Salingers *Der Fänger im Roggen* (1951).

Nach dem ersten Dutzend fing Bruce an, die Bücher nicht mehr zurückzustellen, sondern auf einem Tisch auszulegen. Seine Neugier war einer Welle der Erregung und schließlich hemmungsloser Gier gewichen. Unten im Regal stieß er auf Bücher und Schriftsteller, von denen er noch nie gehört hatte, bis er eine wahrhaft umwerfende Entdeckung machte. Hinter einer dicken dreibändigen Churchill-Biografie waren vier Bücher verborgen: William Faulkners *Schall und Wahn* (1929), John Steinbecks *Eine Handvoll Gold* (1929), F. Scott Fitzgeralds *Diesseits vom Paradies* (1920) und Ernest Hemingways *In einem anderen Land* (1929) – alles Erstausgaben in hervorragendem Zustand und vom Autor eigenhändig signiert.

Bruce kramte noch eine Zeit lang weiter, fand jedoch nichts mehr, was ihn interessiert hätte. Er ließ sich in den alten Ohrensessel seines Vaters sinken und starrte auf die Bücherwand. Während er dort saß – in einem Haus, das ihm immer fremd geblieben war, inmitten der grässlichen Machwerke eines augenscheinlich völlig talentfreien Künstlers – und überlegte, woher die Bücher stammten und was er tun sollte, wenn seine Schwester Molly kam, um die Beerdigung mit ihm zu organisieren, begriff er erschrocken, wie wenig er über seinen verstorbenen Vater wusste. Doch wie hätte er mehr wissen können? Sein Vater hatte nie Zeit für ihn gehabt. Mit vierzehn hatte er ihn ins Internat gesteckt und in den Sommerferien für sechs Wochen in ein Segelcamp und weitere sechs Wochen auf eine Ferienranch, nur um ihn von zu Hause fernzuhalten. Bruce hatte keine Ahnung gehabt, dass sein Vater nicht nur Schreckschrauben sammelte. Er hatte nur gewusst, dass er Golf und Tennis spielte und gern verreiste, wenn auch nie mit Bruce und seiner Schwester, sondern immer nur mit der gerade aktuellen Freundin.

Woher also stammten die Bücher? Wie lange hatte er sie gesammelt? Existierten alte Rechnungen, schriftliche Beweise für ihre Existenz? Würde der Testamentsvollstrecker sie zusammen mit dem restlichen Vermögen der Emory University überschreiben müssen?

Dass der gesamte Nachlass an die Universität gehen könnte, passte Bruce überhaupt nicht. Sein Vater hatte mehrfach erwähnt, dass er das vorhabe, ohne jedoch mehr dazu zu sagen. Mr. Cable hatte die abstruse Ansicht vertreten, dass man sein Geld in Bildung investieren solle, statt es seinen Kindern zum Verjubeln zu geben. Bruce war oft versucht gewesen, ihn daran zu erinnern, dass er selbst sein Leben lang Geld verpulvert hatte, das von jemand anders verdient worden war. Doch mit solchen Bemerkungen hätte er ihn nur noch mehr gegen sich aufgebracht.

In diesem Moment wollte Bruce nichts weiter als diese Bücher. Er beschloss, achtzehn der wichtigsten mitzunehmen und die restlichen zurückzulassen. Wenn er in seiner Gier zu große Lücken hinterließ, würde es vielleicht auffallen. Er legte sie vorsichtig in einen leeren Weinkarton. Sein Vater hatte jahrelang mit dem Alkoholismus gekämpft, bis er irgendwann ein Stadium erreicht hatte, in dem er sich auf ein paar Gläser Rotwein pro Tag beschränken konnte. In der Garage standen weitere leere Weinkartons herum. Bruce arrangierte die Regale stundenlang neu, damit nicht auffiel, dass etwas fehlte. Doch wer sollte es schon bemerken? Soweit er wusste, las Molly nicht. Vor allem aber hatte sie ihren Vater immer gemieden, weil sie seine Freundinnen hasste. Sie hatte keinen Einblick in seine persönlichen Angelegenheiten. (Wobei sie Bruce zwei Monate später in einem Telefonat fragte, ob er etwas über »Daddys alte Bücher« wisse, was er natürlich verneinte.)

Er wartete die Dunkelheit ab, um den Karton zum Jeep zu tragen. Mindestens drei Überwachungskameras blickten über Terrasse, Einfahrt und Garage. Falls ihn jemand ansprechen sollte, konnte er behaupten, er würde nur seine eigenen

Sachen abholen, Videos, CDs, solche Dinge. Sollte der Testamentsvollstrecker die fehlenden Erstausgaben vermissen, wäre Bruce natürlich völlig ahnungslos und würde ihm empfehlen, die Haushälterin darauf anzusprechen.

So wie es aussah, war ihm ein perfektes Verbrechen gelungen, wobei Bruce nicht der Ansicht war, kriminell gehandelt zu haben. Im Grunde stand ihm von dem Erbe ohnehin viel mehr zu. Dank mehrerer Familienanwälte und umfassender Testamente war das Vermögen seines Vaters sauber dokumentiert. Von einer Bibliothek war nirgendwo die Rede.

Bruce Cables unvermuteter Eintritt in die Welt der literarischen Raritäten stand unter einem guten Stern. Er fing an, sich näher mit dieser Handelssparte zu befassen, und fand heraus, dass der Kern seiner Sammlung, die achtzehn Bücher aus dem Haus seines Vaters, etwa zweihunderttausend Dollar wert war. Er scheute sich jedoch, die Bücher zu verkaufen, weil er fürchtete, dass jemand sie wiedererkennen und Fragen stellen würde. Da er nicht wusste, wie sein Vater sich die Ausgaben beschafft hatte, beschloss er, zunächst Gras über die Sache wachsen zu lassen. Er sollte bald lernen, dass in diesem Geschäft Geduld die höchste Tugend war.

3.

Das Gebäude stand im Herzen von Santa Rosa an der Ecke von Third und Main Street. Es war hundert Jahre alt und hatte ursprünglich die größte Bank der Stadt beherbergt, bis sie während der Großen Depression schließen musste. Danach enthielt es eine Apotheke, wieder eine Bank und schließlich eine Buchhandlung. Der erste Stock stand voll mit längst vergessenen Kartons, Kisten und Aktenschränken, die von einer dicken Staubschicht überzogen waren. Bruce mistete aus, zog ein paar Wände ein, stellte ein Bett auf und erklärte das Ganze zu seiner Wohnung. In den ersten zehn Jahren von Bay Books lebte er hier. Wenn er nicht unten war und Bücher verkaufte, war er oben und räumte, putzte, malerte, renovierte und dekorierte.

Nach der Eröffnungsfeier der Buchhandlung im August 1996 mit Wein und Käse herrschte ein paar Tage lang reger Andrang, doch die Neugier legte sich rasch, und der Kundenstrom flaute ab. Nach drei Wochen begann Bruce ernsthaft an seiner Entscheidung zu zweifeln. Als der August Nettoeinnahmen von gerade einmal zweitausend Dollar erbrachte, war Bruce am Rande einer Panik. Immerhin war gerade Hochsaison auf Camino Island! Er beschloss, Nachlässe anzubieten, was die meisten unabhängigen Buchhändler nicht taten. Wichtige Neuerscheinungen und Bestseller wurden um fünfundzwanzig Prozent ermäßigt. Er verlängerte die Öffnungszeit von neunzehn auf einundzwanzig Uhr und arbeitete nun fünfzehn Stunden am Tag. Er sprach mit den Leuten wie ein Lokalpolitiker. Er merkte sich die Namen der Stammkunden und notierte sich, was sie kauften. Außerdem war er bald ein versierter Barista, der hinten Espresso brauen konnte, während er vorn bediente. Er entfernte Regale mit alten Büchern, zumeist wenig gefragten Klassikern, und richtete an der Stelle ein kleines Café ein. Der Ladenschluss wurde auf zweiundzwanzig Uhr verschoben. Er verschickte Dutzende handgeschriebene Postkarten an Kunden, Autoren und Buchhändler, die er auf seinem großen Roadtrip kennengelernt hatte. Um Mitternacht saß er oft noch am Computer und verfasste neue Bay-Books-Newsletter. Er spielte mit der Idee, anders als die meisten unabhängigen Buchhändler auch sonntags zu öffnen. Scharf war er nicht darauf, weil er den freien Tag zur Erholung brauchte. Außerdem fürchtete er, die Idee könnte nach hinten losgehen. Camino Island lag im konservativen Bibelgürtel. Von der Buchhandlung aus konnte man ein Dutzend Kirchen bequem zu Fuß erreichen. Andererseits war die Insel eine Urlaubsgegend, und das Interesse der Touristen an der sonntäglichen Messe schien sich sehr in Grenzen zu halten. So beschloss er im September, den Schritt zu wagen, und öffnete am Sonntagmorgen um neun Uhr mit druckfrischen Ausgaben von *New York Times*, *Washington Post*, *Boston Globe* und *Chicago Tribune*, zu denen er belegte Brötchen von einem Café drei Häuser weiter anbot. Am dritten Sonntag war der Laden voll.

Im September und Oktober nahm er je viertausend Dollar ein, sechs Monate später verdoppelte sich das Ergebnis. Inzwischen machte Bruce sich keine Sorgen mehr. Binnen eines Jahres war Bay Books das am besten gehende Geschäft und der beliebteste Anlaufpunkt der Innenstadt von Santa Rosa. Verlage und Vertreter gaben seinen beständigen Bitten nach und fingen an, Camino Island in die Touren ihrer Autoren aufzunehmen. Bruce trat der American Booksellers Association bei und engagierte sich für deren Anliegen und Aktivitäten. Im Winter 1997 lernte er auf einer ABA-Tagung Stephen King kennen und überredete ihn zu einer Autogrammstunde in seinem Laden. Neun Stunden dauerte das Signierevent, während sich die Warteschlange der Fans draußen um den Häuserblock wand. Der Laden verkaufte zweitausendzweihundert Stephen-King-Titel und machte einen Umsatz von siebzigtausend Dollar. Es war ein furioses Ereignis, das Bay Books weithin Bekanntheit bescherte. Drei Jahre später wurde der Laden zur besten unabhängigen Buchhandlung Floridas gewählt, und 2004 erklärte *Publishers Weekly* ihn zur Buchhandlung des Jahres.

2005, nach neun Jahren harter Vereinsarbeit, wurde Bruce Cable in den Vorstand der ABA gewählt.

4.

Zu dieser Zeit war Bruce in Santa Rosa längst stadtbekannt. Er besaß ein Dutzend Seersucker-Anzüge in verschiedenen Farben, die er täglich trug, zusammen mit einem gestärkten weißen Haifischkragenhemd und einer schrillen Fliege, entweder in Rot oder Gelb. Ein Paar klassische helle Wildlederhalbschuhe vervollständigte sein Outfit. Socken trug er grundsätzlich keine, nicht einmal im Januar, wenn die Temperaturen auf einstellige Werte fielen. Seine dichten Locken reichten ihm fast bis zu den Schultern. Er rasierte sich einmal die Woche, immer sonntags. Mit dreißig Jahren zeigten sich die ersten grauen Strähnen sowohl im Bart als auch im langen Haupthaar, was ihm ziemlich gut zu Gesicht stand.

Jeden Tag, sobald es im Laden etwas ruhiger wurde, ging Bruce spazieren, zuerst zur Post, wo er mit den Frauen hinter dem Schalter flirtete, dann zur Bank, um dort den Mitarbeiterinnen Komplimente zu machen. Wenn ein neuer Laden öffnete, erschien Bruce zur Einweihung und danach regelmäßig, um mit den Verkäuferinnen zu schäkern. Mittagessen war ihm wichtig, sechsmal die Woche aß er auswärts, immer mit jemand anders, sodass er es als Betriebsausgabe absetzen konnte. Wenn ein neues Café eröffnete, war Bruce als Erster da, um die Speisekarte von A bis Z durchzuprobieren und mit den Bedienungen zu flirten. Normalerweise trank er zum Essen eine Flasche Wein, die er anschließend bei einer kleinen Siesta in seiner Wohnung im ersten Stock verdaute.

Bei Bruce lag zwischen Flirten und Stalken nur ein schmaler Grat. Er liebte die Frauen, die Frauen liebten ihn, und er wusste genau, wie er mit ihnen umgehen musste. Als Bay Books zur beliebten Etappe von Autoren auf Promotiontour wurde, taten sich ganz neue Optionen für ihn auf. Die Hälfte der Autoren, die nach Camino Island kamen, waren Frauen, die meisten unter vierzig, überwiegend Singles, allein auf Reisen und auf der Suche nach Abwechslung. Sie waren leichte und willige Beute, sobald sie die Schwelle seines Ladens übertreten hatten. Nach einer Lesung mit anschließender Signierstunde und einem ausgiebigen Abendessen kamen sie oft mit in Bruce' Wohnung, um sich der intensiven Suche nach menschlichen Gefühlen hinzugeben. Er hatte seine Favoritinnen, vor allem zwei junge Frauen, die erfolgreiche Erotikthriller schrieben. Und sie brachten jedes Jahr ein neues Buch heraus!

Bei all seinen Bemühungen, ein Image als belesener Playboy zu pflegen, war Bruce in Wahrheit ein ehrgeiziger Geschäftsmann. Das Geschäft warf gute Gewinne ab, aber das kam nicht von ungefähr. Ganz gleich, wie lange er abends unterwegs war, morgens stand er schon vor sieben Uhr im Laden, packte Kartons aus, räumte Regale ein, nahm Bestände auf und wischte sogar den Boden. Er liebte neue Bücher, liebte es, wie sie rochen und wie sie sich anfühlten, wenn er sie aus dem Karton zog. Für jede neue Ausgabe fand er den idealen Platz. Er berührte jedes Buch, das frisch in den Laden kam, und mit einem Gefühl des Bedauerns auch jedes Buch, das er verpacken und an den Verlag zurückschicken musste. Er hasste Remittenden, denn er betrachtete jedes nicht verkaufte Buch als persönliches Versagen, als verpasste Chance. Titel, die bei den Kunden nicht ankamen, strich er nach und nach aus dem Bestand, der sich innerhalb von ein paar Jahren bei rund zwölftausend Büchern einpendelte. In manchen Ecken des Ladens drängten sich vollgestopfte alte Regale mit durchhängenden Böden und Bücherstapel auf dem Boden, doch Bruce behielt stets den Überblick. Schließlich hatte er alles persönlich eingeräumt. Jeden Morgen um 8.45 Uhr eilte er nach oben in seine Wohnung, duschte und schlüpfte in einen seiner Seersucker-Anzüge. Um Punkt neun Uhr schloss er die Ladentür auf und begrüßte seine Kundschaft.

Nur selten nahm er sich frei. Urlaub bestand für Bruce darin, nach Neuengland zu reisen, um Antiquare in ihren staubigen alten Läden zu treffen und über den Buchmarkt zu debattieren. Er liebte seltene Ausgaben, vor allem von amerikanischen Autoren des zwanzigsten Jahrhunderts, und sammelte sie voller Leidenschaft. Seine Sammlung wuchs immer weiter, nicht zuletzt weil es ihm schwerfiel, sich von etwas zu trennen. Er betrachtete sich durchaus als Händler, aber eben als einer, der vor allem kaufte. »Daddys alte Bücher«, die achtzehn Bände, die er aus dem Atelier seines Vaters gemopst hatte, bildeten eine wunderbare Grundlage für seine Raritätensammlung, die, als er vierzig wurde, einen Wert von zwei Millionen Dollar erreicht hatte.

5.

Während seiner Zeit als Vorstandsmitglied der ABA verstarb der Eigentümer des Gebäudes. Bruce kaufte es aus der Erbmasse und fing an, den Laden auszubauen. Er verkleinerte seine Wohnung und verlegte das Café in den ersten Stock. Dann riss er eine Wand heraus und erweiterte die Kinderbuchabteilung auf die doppelte Größe. An Samstagvormittagen war der Laden von nun an voller Kinder, die Bücher kauften und sich vorlesen ließen, während ihre jungen Mütter oben unter den wachsamen Augen des leutseligen Ladenbesitzers Caffè Latte schlürften. Um seine Raritätenabteilung kümmerte er sich hingebungsvoll. Er riss eine Wand im Erdgeschoss ein und richtete einen gesonderten Raum für Erstausgaben ein, mit hübschen Eichenregalen, holzgetäfelten Wänden und teuren Teppichen. Im Keller ließ er für seine wertvollsten Stücke einen Tresorraum einbauen.

Nach zehn Jahren in seiner Wohnung über dem Laden überkam Bruce die Lust auf etwas Größeres, Schöneres. Er hatte schon länger ein Auge auf die alten viktorianischen Villen in der historischen Altstadt von Santa Rosa geworfen und bereits zweimal mitgeboten. Beide Male hatte sein Einsatz nicht gereicht, die Häuser waren an andere Käufer gegangen. Die herrlichen Altbauten, um die Jahrhundertwende von Eisenbahnmagnaten, Transportunternehmern, Ärzten und Politikern errichtet, waren wunderbar erhalten. Zeitlos schön säumten sie Alleen mit von Spanischem Moos behangenen alten Eichen. Als Mrs. Marchbanks im Alter von einhundertdrei Jahren verstarb, nahm Bruce Kontakt zu ihrer Tochter auf, die einundachtzig war und in Texas lebte. Der Kaufpreis, den sie nannte, war viel zu hoch, doch er war fest entschlossen, beim dritten Anlauf nicht wieder den Kürzeren zu ziehen.

Zwei Straßen nördlich und drei Straßen östlich der Buchhandlung gelegen, war das Marchbanks House 1890 von einem Arzt als Geschenk für seine junge Frau erbaut worden und seither in Familienbesitz gewesen. Die Villa war riesig, hatte über achthundert Quadratmeter Wohnfläche, die sich über vier Etagen erstreckten, mit einem hohen Turm an der Südseite und einem kleineren Türmchen im Norden, dazu eine großzügige Veranda, die sich um das gesamte Parterre spannte. Außerdem gehörten eine Dachterrasse, zahlreiche

Giebel, ein echt historisches Holzziegeldach und Erkerfenster dazu, viele davon mit Buntglas. Sie stand auf einem Eckgrundstück, das von einem weißen Palisadenzaun umgeben war. Schatten spendeten drei alte Eichen und Spanisches Moos.

Bruce fand das Innere deprimierend, mit seinen dunklen Böden und noch dunkleren Wänden, den abgetretenen Teppichen, durchhängenden verstaubten Vorhängen und unzähligen braunen Ziegelsteinkaminen. Der größte Teil der Möbel gehörte zur Verkaufsmasse, und er machte sich sofort daran, sie zu veräußern. Die alten Brücken, die noch nicht zu fadenscheinig waren, kamen in den Laden, um dort echt viktorianisches Flair zu verbreiten. Die Vorhänge und Gardinen waren nicht mehr zu gebrauchen und wurden weggeworfen. Als das Haus ausgeräumt war, engagierte er eine Malercrew, die zwei Monate damit beschäftigt war, sämtliche Innenwände hell zu streichen. Als sie fertig waren, ließ er einen Schreiner kommen, der zwei weitere Monate lang jeden Quadratzentimeter des Bodenbelags aus Eichen- und Kiefernkernholz abschliff und polierte.

Bruce hatte das Haus genommen, weil er wusste, dass dessen Innenleben – Rohrleitungen, Elektrik, Wasser, Heizungs- und Belüftungsanlagen – in Ordnung war. Er hatte weder die Zeit noch den Mut für eine Komplettsanierung und auch keine Lust, Unsummen dafür auszugeben. Er selbst war handwerklich nicht besonders geschickt und wusste Besseres mit seiner Zeit anzufangen. Bis zum Einzug verging ein Jahr, in dem er weiterhin in seinem Apartment über der Buchhandlung wohnte und darüber nachdachte, wie er die Villa einrichten sollte. Leer, licht und prachtvoll stand sie da, doch sie in sein Heim zu verwandeln erschien ihm als fast unlösbare Aufgabe. Das Musterbeispiel für viktorianische Baukunst passte nicht zu dem modernen, minimalistischen

Design, das er bevorzugte, und der Stil der Epoche war ihm viel zu verschnörkelt und verspielt. Konnte man nicht das prachtvolle alte Gebäude so lassen, wie es war, zumindest außen, und nur das Innere modern ausstatten? Etwas an dieser Vorstellung irritierte ihn. Er kam nicht weiter mit seinen Gestaltungsüberlegungen. Jeden Tag streifte er durch die Villa, von einem Raum zum anderen, geplagt von Zweifeln und Unsicherheit. War sie am Ende nichts weiter als ein Luftschloss, weil sie mit ihrer Pracht seinen ungeübten Geschmack überforderte?

6.

Zu Hilfe kam ihm schließlich eine gewisse Noelle Bonnet, Antiquitätenhändlerin aus New Orleans, die mit ihrem neuen Buch tourte, einem fünfzig Dollar teuren, edlen Hochglanzband. Bereits Monate zuvor war Bruce auf Noelles Katalog gestoßen und von ihrem Foto fasziniert gewesen. Weil er wie immer seine Hausaufgaben gemacht hatte, wusste er, dass sie siebenunddreißig Jahre alt war, geschieden, kinderlos, aus New Orleans stammte, aber Tochter einer Französin war und als Expertin für provenzalische Antiquitäten galt. Ihr Geschäft lag im French Quarter in der Royal Street, und laut ihrer Biografie verbrachte sie die Hälfte des Jahres im Süden und Südwesten Frankreichs auf der Suche nach Antiquitäten. Sie hatte bereits zwei Bücher zum gleichen Thema veröffentlicht; Bruce hatte beide ausführlich unter die Lupe genommen.

Es war eine Angewohnheit von ihm, wenn nicht geradezu seine Berufung. Sein Laden veranstaltete zwei, manchmal auch drei Signierevents pro Woche, doch sobald ein Autor den Laden betrat, hatte Bruce bereits alles gelesen, was jemals von ihm veröffentlicht worden war. Er las wie ein Irrer, und obwohl er Romane bevorzugte, am liebsten von lebenden Schriftstellern, weil er sie persönlich treffen, bewerben, abonnieren und sich mit ihnen anfreunden konnte, verschlang er auch Biografien, Ratgeber, Kochbücher und historische Dramen. Er fand, es war das Mindeste, was er tun konnte. Er bewunderte alle Autoren und noch mehr die Autorinnen, und wenn sie sich die Zeit nahmen, in seinen Laden zu kommen, mit ihm zu Abend zu essen und zu trinken oder ihm anderweitig Gesellschaft zu leisten, dann wollte er auch in der Lage sein, kompetent mit ihnen über ihre Werke zu diskutieren.

Er las bis spät in die Nacht und schlief häufig mit einem aufgeschlagenen Buch im Bett ein. Er las frühmorgens, wenn er allein im Laden war, und trank starken Kaffee dazu, vorausgesetzt, er war nicht mit dem Aus- oder Einpacken von Büchern beschäftigt. Auch während des Tages las er, und mit der Zeit entwickelte er die skurrile Angewohnheit, sich dafür immer an dieselbe Stelle zu begeben, ganz vorn hinter das Frontschaufenster, um, lässig gegen die lebensgroße Statue eines Timucuan-Häuptlings gelehnt, einen Espresso nach dem anderen zu trinken, den Blick halb auf den Seiten, halb auf dem Eingang. Er begrüßte seine Kunden, suchte Bücher für sie heraus und plauderte mit jedem, der Lust hatte. Wenn viel Betrieb war, half er im Café oder an der Kasse aus, um dann sofort wieder seinen Platz neben dem Häuptling einzunehmen und weiterzulesen. Nach eigener Einschätzung las er im Schnitt vier Bücher pro Woche, und es gab keinen Grund, daran zu zweifeln. Wenn ein Bewerber nicht mindestens zwei Bücher die Woche schaffte, konnte er gleich wieder gehen.

Jedenfalls war Noelle Bonnets Besuch ein voller Erfolg, zwar nicht in finanzieller Hinsicht, doch dafür umso mehr wegen der nachhaltigen Konsequenzen, die er für Bruce und Bay Books bedeutete. Die Anziehung war plötzlich, heftig und beruhte auf Gegenseitigkeit. Nach einem schnellen Abendessen, das sogar vorzeitig abgebrochen wurde, zogen sie sich in seine Wohnung zurück, um wie wild zu schmusen. Noelle sagte unter dem Vorwand, krank zu sein, den Rest ihrer Tour ab und blieb eine Woche auf der Insel. Am dritten Tag führte Bruce sie zum Marchbanks House und zeigte ihr stolz seine Errungenschaft. Noelle war sprachlos vor Staunen. Für eine Innenausstatterin und Antiquitätenhändlerin ihres Formats waren achthundert Quadratmeter leere Böden und Wände in einer viktorianischen Prachtvilla der reinste Lottogewinn. Während sie durch die Etagen schlenderten, begann sie bereits, Visionen zu entwickeln, welche Wandfarbe oder Tapete und welche Möbel am besten zu den einzelnen Räumen passten.

Bruce meldete ein paar bescheidene Wünsche an, etwa einen großen Fernseher oder einen Poolbillardtisch, fand aber kein Gehör. Die Künstlerin war längst am Werk, beflügelt von den unbegrenzten Möglichkeiten, die sich hier boten. Am nächsten Tag kam sie allein zurück, um zu vermessen, Fotos zu machen und die weite Leere der Räume zu genießen. Bruce kümmerte sich unterdessen um seinen Laden, noch immer ganz bezaubert von ihr, doch schon mit leisen Bedenken, was für ein finanzielles Desaster ihn da möglicherweise erwartete.

Noelle überredete ihn, die Buchhandlung über das Wochenende zu schließen, und sie flogen zusammen nach New Orleans. Sie führte ihn durch ihren schicken, wenn auch vollgestopften Laden, wo jedes Stück, ob Lampe, Himmelbett, Kommode, Stuhl, Truhe, Teppich, Schrank, nicht nur eine stolze Vergangenheit in irgendeinem provenzalischen Dorf nachweisen konnte, sondern auch noch wie geschaffen war für das Marchbanks House. Sie streunten durch das French Quarter, aßen in Noelles Lieblingsbistros, trafen sich mit ihren Freunden und verbrachten viel Zeit im Bett. Nach drei Tagen flog Bruce heim, erschöpft, aber zum ersten Mal in seinem Leben ernsthaft verliebt. Es würde teuer werden? Und wenn schon. Ohne Noelle Bonnet konnte er sich das Leben jedenfalls nicht mehr vorstellen.

7.

Eine Woche später erschien ein großer Lkw in Santa Rosa und hielt vor dem Marchbanks House. Am folgenden Tag kam Noelle, um die Spediteure anzuweisen. Bruce wanderte zwischen Laden und Villa hin und her und sah mit großem Interesse, aber auch mit einem Anflug von Unbehagen zu. Die Künstlerin ging vollkommen auf in ihrem kreativen Schaffensdrang, sauste von einem Zimmer zum anderen, verrückte sämtliche Möbel mindestens dreimal, um irgendwann festzustellen, dass sie mehr davon brauchte. Kurz nachdem der erste Lkw verschwunden war, fuhr ein zweiter vor. Bruce, der gerade auf dem Weg zurück zum Laden war, murmelte vor sich hin, dass ihr Geschäft in New Orleans inzwischen praktisch leer sein müsse. Beim Abendessen bestätigte sie diese Vermutung und bestürmte ihn, gleich in den nächsten Tagen mit ihr nach Frankreich zu fliegen, zu einem weiteren Einkaufsabenteuer. Er lehnte ab, weil ein paar wichtige Autorenlesungen anstünden und er sich um den Laden kümmern müsse. In der Nacht schliefen sie zum ersten Mal in der Villa, in einem schmiedeeisernen Gebilde, das Noelle in der Nähe von Avignon aufgetrieben hatte, wo sie eine kleine Wohnung unterhielt. Jedes Möbel, jedes Accessoire, jede Brücke, jeder Pflanzentopf und jedes Gemälde hatte eine Geschichte, und ihre Liebe zu diesen Gegenständen war ansteckend.

Früh am nächsten Morgen tranken sie auf der hinteren Veranda Kaffee und sprachen über eine gemeinsame Zukunft, die im Augenblick ziemlich ungewiss aussah. Sie hatte ein Leben in New Orleans, er eines auf der Insel, und keiner von beiden schien bereit, für eine dauerhafte Beziehung alles aufzugeben. Es war ein heikles Thema, bei dem sie sich nicht lange aufhielten. Bruce gab zu, dass er noch nie in Frankreich gewesen sei, und sie machten sich daran, einen Urlaub dort zu planen.

Kurz nachdem Noelle abgereist war, kam die erste Rechnung, zusammen mit einem Brief, handgeschrieben in ihrer wunderschönen Schrift, in dem sie erklärte, dass sie auf ihre übliche Gewinnspanne verzichte und ihm die Sachen zum Einkaufspreis überlasse. Man muss wohl auch für kleine Gaben dankbar sein, murmelte er, aber wer weiß, auf welche Ideen sie kommt, wenn wir erst in Frankreich sind.

Drei Tage, bevor Hurrikan Katrina zuschlug, kehrten sie aus Avignon zurück. Weder Noelles Geschäft im French Quarter noch ihre Wohnung im Garden District hatten etwas abbekommen, doch die Stadt war schwer verwüstet. Sie verriegelte ihre Türen und floh nach Camino Island, wo Bruce sie tröstend in die Arme schloss. Tagelang verfolgten sie den Albtraum im Fernsehen – überflutete Straßen, im Wasser treibende Leichen, ölverseuchtes Meer, in Panik flüchtende Bevölkerung, entsetzte Helfer, Phrasen dreschende Politiker.

Noelle bekam Zweifel, ob sie zurückkehren konnte – wollte –, und begann vorsichtig, von einem Umzug nach Florida zu sprechen. Etwa die Hälfte ihrer Kunden wohne in New Orleans, doch viele hätten die Stadt verlassen, und sie mache sich ernsthaft Sorgen, ob sie ihr Geschäft unter diesen Umständen weiter betreiben könne. Andererseits lebe der Rest ihrer Kundschaft über das ganze Land verstreut. Sie sei in den ganzen USA bekannt, und das Onlinegeschäft laufe dank ihrer erfolgreichen Website bestens. Ihre Bücher verkauften sich gut, und unter ihren Fans seien viele aktive Sammler. Unterstützt durch Bruce' sanfte Überzeugungsarbeit, kam sie schließlich selbst zu dem Schluss, dass ein Umzug nach Camino Island ihr Unternehmen nicht nur retten, sondern beflügeln könnte.

Sechs Wochen nach der Katastrophe unterschrieb Noelle einen Mietvertrag für einen kleinen Laden in der Main Street von Santa Rosa, drei Häuser von Bay Books entfernt. Sie schloss das Geschäft in New Orleans und ließ sämtliche verbliebenen Lagerbestände an den neuen Standort bringen, den sie »Noelles Provence« nannte. Immer wenn neue Lieferungen aus Frankreich kamen, lud sie zum Empfang mit Champagner und Kaviar, und Bruce half ihr dabei, die Gäste zu unterhalten.

Alsbald kam ihr eine großartige Idee für ein neues Buch – die Metamorphose des Marchbanks House, während es sich mit provenzalischen Antiquitäten füllte. Fotos von der leeren Villa hatte sie in Hülle und Fülle gemacht, und jetzt wollte sie die triumphale Verwandlung dokumentieren. Bruce bezweifelte, dass das Buch jemals Gewinn abwerfen würde, aber Noelle hatte es sich in den Kopf gesetzt, und sie sollte es bekommen.

Irgendwann trafen keine Rechnungen mehr ein. Als er sie vorsichtig darauf ansprach, erklärte sie ihm voller Melodramatik, dass er mit ihr den Deal seines Lebens gemacht habe. Ihm gehöre die Villa, und alles, was darin stehe, sei ihrer beider Eigentum.

8.

Im April 2006 verbrachten sie zwei Wochen zusammen in Südfrankreich. Von Noelles Wohnung in Avignon aus erkundeten sie Dörfer und Märkte. Sie aßen Dinge, die Bruce bislang nur von Abbildungen kannte, tranken phänomenale Weine, die es zu Hause nicht gab, übernachteten in idyllischen Hotels, besichtigten Sehenswürdigkeiten und trafen sich mit Noelles Freunden. Natürlich kauften sie auch für Noelles Lager ein. Bruce, der für sein Leben gern recherchierte, stürzte sich in die Welt der französischen Landhausmöbel und Kunstgegenstände und entwickelte rasch einen Blick für gute Angebote.

In Nizza beschlossen sie zu heiraten, und zwar auf der Stelle.

KAPITEL 3

DIE REKRUTIN

1.

An einem strahlenden Frühlingstag Ende April überquerte Mercer Mann den Chapel-Hill-Campus der University of North Carolina. Sie war etwas nervös, denn sie war auf dem Weg zum Mittagessen mit einer Unbekannten. Zugesagt hatte sie nur, weil es um ein Jobangebot gehen sollte, und in zwei Wochen lief ihre Stelle als Literaturdozentin fürs erste Studienjahr aus. Die Regierung des Bundesstaates, die aus lauter Geizkrägen bestand, denen es nur um Steuererhöhungen und Einsparungen ging, hatte das Budget gekürzt. Mercer hatte sich vergeblich darum bemüht, einen neuen Vertrag zu bekommen. Bald wäre sie arbeitslos und ohne Dach über dem Kopf. Mit ihren einunddreißig Jahren war sie immer noch mehr oder weniger Single, und ihr Leben verlief alles andere als nach Plan.

Die erste E-Mail der Unbekannten, einer gewissen Donna Watson, war tags zuvor eingetroffen und mehr als vage. Ms. Watson stellte sich als Firmenberaterin vor, die im Auftrag einer Privatschule eine neue Lehrkraft für kreatives Schreiben im Abschlussjahrgang suche. Sie schrieb, dass sie gerade in der Gegend sei, und schlug vor, sich auf einen

Kaffee zu treffen. Das Gehalt bewege sich bei rund fünfundsiebzigtausend Dollar im Jahr, was relativ hoch angesiedelt sei, doch der Schulleiter liebe die Literatur und wolle unbedingt jemanden haben, der schon einen oder zwei Romane veröffentlicht hatte.

Mercer konnte einen Roman und eine Sammlung von Kurzgeschichten vorweisen. Das Gehalt war beeindruckend und überstieg das, was sie momentan verdiente. Mehr Details wurden in der E-Mail nicht genannt. Mercer zeigte sich in ihrer Antwort interessiert und stellte ein paar Fragen über die Schule, wie sie heiße und wo sie liege.

Die zweite E-Mail enthielt kaum mehr Informationen als die erste, verriet aber immerhin, dass die Schule in Neuengland lag. Aus der Einladung zum Kaffee wurde ein »schnelles Mittagessen«. Ob Mercer sich mit ihr um zwölf Uhr im Spanky's treffen wolle, gleich in der Nähe des Campus in der Franklin Street?

Mercer musste sich beschämt eingestehen, dass die Aussicht auf ein gutes Mittagessen im Moment verlockender klang als die Vorstellung, einen Haufen reicher Zwölftklässler zu unterrichten. Trotz des stolzen Gehalts wäre der Job definitiv ein Rückschritt für sie. Sie war drei Jahre zuvor mit der Absicht nach Chapel Hill gekommen, zwar die Lehrtätigkeit ernst zu nehmen, parallel dazu aber ihren aktuellen Roman zu Ende zu schreiben. Drei Jahre später stand sie vor der Entlassung, und mit ihrem Buch war sie keinen Schritt weitergekommen.

Als sie das Restaurant betrat, winkte ihr eine elegante Frau um die fünfzig zu, die ihr im Näherkommen die Hand entgegenstreckte. »Ich bin Donna Watson«, sagte sie. »Freut mich, Sie kennenzulernen.« Mercer nahm ihr gegenüber am Tisch Platz und bedankte sich für die Einladung. Ein Kellner brachte die Speisekarten.

Donna verschwendete keine Zeit. »Ich muss gestehen, dass ich Ihnen nicht die Wahrheit gesagt habe. Mein Name ist nicht Donna Watson, sondern Elaine Shelby. Ich arbeite für eine Firma aus Bethesda.«

Mercer sah sie ausdruckslos an, wandte den Blick ab und dann wieder ihr zu, während sie fieberhaft nach einer geeigneten Erwiderung suchte.

Elaine fuhr rasch fort: »Ich habe gelogen, und dafür entschuldige ich mich. Ich verspreche, dass ich nicht wieder lügen werde. Aber die Einladung zum Mittagessen steht, und im Gegenzug dafür, dass ich die Rechnung übernehme, hören Sie mir bitte zu.«

»Ich nehme an, Sie hatten einen guten Grund zu lügen«, sagte Mercer verhalten.

»Einen sehr guten, und wenn Sie bereit sind, mir diesen Lapsus zu verzeihen, werde ich Ihnen alles erklären. Versprochen.«

Mercer zuckte mit den Schultern. »Ich habe Hunger, also werde ich zuhören, bis ich satt bin. Wenn Sie bis dahin keine zufriedenstellende Erklärung geliefert haben, stehe ich auf und gehe.«

Elaines Gesicht erhellte ein Lächeln, das jedem Vertrauen eingeflößt hätte. Sie hatte dunkle Augen und eine Haut, die auf südeuropäische oder nahöstliche Abstammung hindeuteten, vielleicht Italien oder Griechenland, dachte Mercer. Andererseits klang ihr Akzent uramerikanisch, nach nördlichem Mittlerem Westen. Ihr Haar war kurz und grau, aber apart geschnitten, und es hatten sich schon mehrfach Männer nach ihr umgedreht. Sie war eine schöne Frau, die mit ihrer eleganten Kleidung in der lässigen Studentenschar völlig deplatziert wirkte.

»Was den Job angeht«, fing sie an, »habe ich nicht gelogen. Ich bin wirklich gekommen, um Ihnen eine Arbeit anzubieten und sogar noch bessere Konditionen als in der E-Mail.«

»Was wäre meine Aufgabe?«

»Schreiben. Ihren Roman zu Ende schreiben.«

»Welchen?«

Der Kellner kam zurück, und beide bestellten Salat mit gegrilltem Hühnchen und dazu Sprudelwasser. Er nahm die Speisekarten und entfernte sich. Mercer ließ eine Weile verstreichen, ehe sie sprach. »Ich höre.«

»Es ist eine lange Geschichte.«

»Dann fangen wir mit dem interessantesten Punkt an: mit Ihnen.«

»Okay. Ich bin für ein Unternehmen tätig, das sich auf Sicherheit und Ermittlungen spezialisiert hat. Eine alteingesessene Firma, von der Sie aber noch nie gehört haben, weil wir keine Werbung machen und nicht einmal eine Website besitzen.«

»So kommen wir nicht weiter.«

»Bitte, haben Sie Geduld, es wird besser. Vor sechs Monaten hat eine Diebesbande die Originalhandschriften von F. Scott Fitzgerald aus der Firestone Library der Princeton University gestohlen. Zwei der Diebe wurden gefasst und sitzen in Untersuchungshaft. Die anderen sind spurlos verschwunden. Ebenso wie die Manuskripte.«

Mercer nickte. »Das war überall in der Presse.«

»Richtig. Alle fünf Manuskripte waren bei unserem Auftraggeber versichert, einem Großunternehmen, das sich auf Kunst, Raritäten und Wertgegenstände spezialisiert hat. Auch von dieser Firma werden Sie noch nie gehört haben.«

»Ich befasse mich nicht mit Versicherungsunternehmen.«

»Sie Glückliche. Jedenfalls ermitteln wir seit sechs Monaten in Zusammenarbeit mit dem FBI. Der Druck ist groß, weil unser Auftraggeber in einem halben Jahr fünfundzwanzig Millionen Dollar an Princeton zahlen soll. Die Uni will das Geld aber gar nicht. Sie will die Manuskripte zurück, die, wie Sie sich denken können, von unschätzbarem Wert sind. Es gab ein paar Spuren, aber nichts wirklich Handfestes. Zum Glück ist das Milieu um den Bücher- und Handschriftenklau recht überschaubar. Wir haben einen bestimmten Händler ins Visier genommen.«

Der Kellner stellte eine große Flasche San Pellegrino zwischen sie, dazu zwei Gläser mit Eis und Zitrone. Als er gegangen war, fuhr Elaine fort. »Es ist jemand, den Sie möglicherweise kennen.«

Mercer sah sie an, schnaubte leicht und zuckte mit den Schultern. »Das würde mich sehr wundern.«

»Sie sind eng mit Camino Island verbunden. Als Kind haben Sie oft die Sommerferien bei Ihrer Großmutter dort verbracht, in deren Strandhaus.«

»Woher wissen Sie das?«

»Sie haben darüber geschrieben.«

Mercer griff seufzend zu der Flasche und füllte beide Gläser, während in ihrem Kopf die Gedanken Karussell fuhren. »Lassen Sie mich raten. Sie haben alles gelesen, was ich je geschrieben habe.«

»Nein. Nur das, was Sie veröffentlicht haben. Das ist Bestandteil unserer Vorbereitungsarbeit, und es war äußerst unterhaltsam.«

»Danke. Tut mir leid, dass nicht mehr erschienen ist.«

»Sie sind jung und talentiert und stehen ganz am Anfang.«

»Dann lassen Sie mal hören, ob Sie Ihre Hausaufgaben ordentlich gemacht haben.«

»Gern. Ihr erster Roman, *Oktoberregen*, erschien 2008 bei Newcombe Press. Sie waren damals vierundzwanzig. Er verkaufte sich gut, achttausendmal als Hardcover, sechzehntausendmal als Taschenbuch, dazu ein paar E-Books. Nicht gerade ein Bestseller, aber die Kritiker waren begeistert.«

»Der Todesstoß für jedes Buch.«

»Er wurde für den National Book Award nominiert und schaffte es in die Endrunde der PEN/Faulkner Awards.«

»Und ging beide Male leer aus.«

»Ja, aber Erstlingswerke bekommen ganz selten so viel Würdigung, insbesondere das einer so jungen Autorin. Die *New York Times* nahm es in die Liste der zehn besten Bücher des Jahres auf. Im Anschluss brachten Sie eine Kurzgeschichtensammlung heraus, *Die Musik der Wellen*, die ebenfalls von der Kritik gefeiert wurde. Leider verkaufen sich Kurzgeschichten nicht so gut, wie Sie wissen.«

»In der Tat.«

»Danach haben Sie Agenten und Verlage gewechselt, und bis heute wartet die Welt auf ein Nachfolgewerk. In der Zwischenzeit haben Sie drei Kurzgeschichten in Literaturmagazinen veröffentlicht, einschließlich eine darüber, wie Sie mit Ihrer Großmutter Tessa am Strand Schildkröteneier bewachen.«

»Sie wissen von Tessa?«

»Schauen Sie, Mercer, wir wissen alles, was es zu wissen gibt. Alle unsere Quellen sind öffentlich zugängig. Ja, wir haben viel herumgeschnüffelt, doch wir sind nur so weit in Ihr Privatleben vorgedrungen, wie es jedem anderen auch offensteht. Dank Internet gibt es heutzutage nicht mehr viel Privatsphäre.«

Die Salate kamen, und Mercer griff zu Messer und Gabel. Sie aß ein paar Bissen, während Elaine Wasser trank und sie beobachtete. Irgendwann fragte Mercer: »Wollen Sie nicht auch anfangen zu essen?«

»Sicher.«

»Also, was wissen Sie über Tessa?«

»Sie war Ihre Großmutter mütterlicherseits. Mit ihrem Mann baute sie 1980 das Strandhaus auf Camino Island. Beide stammten aus Memphis, wo auch Sie geboren sind, und verbrachten jedes Jahr ihre Ferien dort. Als Ihr Großvater 1985 starb, verließ Tessa Memphis, um dauerhaft am Strand zu wohnen. Als kleines Mädchen bis ins Teenageralter verbrachten Sie lange Sommer mit ihr dort. Aber wie gesagt, das haben Sie ja selbst geschrieben.«

»Und es ist die Wahrheit.«

»Tessa kam 2005 bei einem Segelunfall ums Leben. Ihre Leiche wurde zwei Tage nach dem Sturm am Strand entdeckt. Weder ihr Segelpartner noch sein Boot wurden je gefunden. Das stand alles in der Zeitung, hauptsächlich in der *Times-Union* aus Jacksonville. Laut Behördenauskunft hat Tessa alles, einschließlich Strandhaus, ihren drei Kindern vermacht, darunter Ihre Mutter. Das Haus ist immer noch in Familienbesitz.«

»Genau. Mir gehört die Hälfte eines Drittels davon, aber ich war seit ihrem Tod nicht mehr dort. Ich würde es gern verkaufen, nur kann sich die Verwandtschaft nicht einigen.«

»Wird es überhaupt noch genutzt?«

»Und ob. Meine Tante lebt im Winter dort.«

»Jane.«

»Ja. Und meine Schwester verbringt die Sommerferien im Haus. Rein interessehalber, was wissen Sie über meine Schwester?«

»Connie lebt mit ihrem Mann und zwei halbwüchsigen Töchtern in Nashville. Sie ist vierzig und arbeitet im Unternehmen ihres Mannes mit, einer gut gehenden Frozen-Yogurt-Kette. Sie hat einen Abschluss in Psychologie von der Southern Methodist University, wo sie wohl ihren Mann kennengelernt hat.«

»Und mein Vater?«

»Herbert Mann gehörte früher das größte Ford-Autohaus in Memphis und Umgebung. Offenbar war genug Geld da, um Connie ein Studium an der SMU zu finanzieren, ohne sich in Schulden zu stürzen. Aus irgendeinem Grund aber ging es mit dem Unternehmen den Bach runter, und Herbert musste verkaufen. Seit zehn Jahren arbeitet er als Teilzeit-Scout für das Baseballteam der Baltimore Orioles. Inzwischen lebt er in Texas.«

Mercer legte ihr Besteck auf den Tisch und atmete tief durch. »Bitte entschuldigen Sie, aber ich habe das ungute Gefühl, ausspioniert zu werden. Was wollen Sie von mir?«

»Bitte, Mercer, alle diese Auskünfte wurden durch gute alte Detektivarbeit zusammengetragen. Wir haben nichts gesehen, was wir nicht sehen sollten.«

»Gruselig ist es trotzdem. Profispione, die in meiner Vergangenheit herumwühlen. Was ist mit der Gegenwart? Was wissen Sie über meine aktuelle berufliche Situation?«

»Ihre Stelle läuft aus.«

»Ich brauche also einen Job?«

»Das nehme ich an.«

»Diese Information ist nicht öffentlich. Woher wissen Sie, wer wann an der University of North Carolina entlassen oder eingestellt wird?«

»Wir haben unsere Quellen.«

Mercer runzelte die Stirn und schob ihren Teller von sich, als wäre sie mit dem Essen fertig. Sie verschränkte die Arme vor der Brust und sah ihr Gegenüber finster an. »Ich kann nur sagen, ich fühle mich in meiner Privatsphäre verletzt.«

»Bitte, Mercer, lassen Sie mich zu Ende erzählen. Wir brauchen einfach so viel Hintergrundinformation wie möglich.«

»Wozu?«

»Für den Job, den wir Ihnen anbieten. Wenn Sie Nein sagen, werden wir uns verabschieden und Ihr Dossier vernichten. Wir würden niemals Daten von Ihnen an Dritte weitergeben.«

»Worin besteht der Job?«

Elaine nahm einen kleinen Bissen in den Mund und kaute ausgiebig. Nach einem Schluck Sprudel sagte sie: »Zurück zu den Fitzgerald-Manuskripten. Wir glauben, dass sie auf Camino Island versteckt sind.«

»Wer könnte sie da versteckt haben?«

»Sie müssen mir versprechen, dass alles, was wir von jetzt an bereden, unter uns bleibt. Es steht viel auf dem Spiel. Die geringste Kleinigkeit, die durchsickert, könnte irreparablen Schaden anrichten, nicht nur, was unseren Auftraggeber oder die Uni Princeton betrifft, sondern auch die Manuskripte selbst.«

»Wem um alles in der Welt sollte ich davon erzählen?«

»Bitte, Sie müssen mir das versprechen.«

»Vertraulichkeit basiert auf Vertrauen. Warum sollte ich Ihnen vertrauen? Bislang finde ich Sie alles andere als vertrauenswürdig.«

»Das verstehe ich. Aber bitte hören Sie sich die Geschichte zu Ende an.«

»Also gut, ich höre zu, aber mittlerweile bin ich satt. Sie sollten sich beeilen.«

»Okay. Sie kennen die Buchhandlung im Zentrum von Santa Rosa, Bay Books. Sie gehört einem Mann namens Bruce Cable.«

Mercer zuckte mit den Schultern. »Ja. Ich war als Kind ein paarmal mit Tessa dort. Aber wie gesagt, ich war nicht mehr auf der Insel, seit sie gestorben ist, und das ist elf Jahre her.«

»Der Laden ist eine Erfolgsstory, einer der erfolgreichsten unabhängigen Buchläden des Landes. Cable ist in der Branche wohlbekannt und ein Hansdampf in allen Gassen. Er hat weitverzweigte Verbindungen, und viele Autoren machen auf ihren Lesetouren bei ihm halt.«

»Ich sollte *Oktoberregen* dort vorstellen. Aber das ist eine andere Geschichte.«

»Nun, Cable ist ein äußerst aktiver Sammler moderner Erstauflagen. Er betreibt regen Handel damit, und wir gehen davon aus, dass er mit diesem Geschäftszweig eine Menge Geld verdient. Zudem dealt er mit gestohlenen Büchern, als einer von wenigen in diesem eher zwielichtigen Milieu. Vor zwei Monaten haben wir seine Spur aufgenommen, nachdem wir einen Tipp von einem anderen Sammler bekommen hatten. Wir glauben, dass Cable im Besitz der Fitzgerald-Manuskripte ist und dass er sie einem Mittelsmann abgekauft hat, der sie dringend loswerden wollte.«

»Jetzt ist mir der Appetit komplett vergangen.«

»Wir kommen nicht an den Kerl heran. Seit vier Wochen sind Leute von uns dabei, seinen Laden zu beobachten, herumzuschnüffeln, heimlich Fotos und Videos zu machen, aber wir kommen keinen Schritt weiter. Er hat einen schönen großen Verkaufsraum im Erdgeschoss, wo er Raritäten ausstellt, vor allem Titel amerikanischer Autoren des zwanzigsten Jahrhunderts, und die holt er auch gern hervor, wenn man ehrliches Kaufinteresse zeigt. Wir haben sogar versucht, ihm ein seltenes Buch zu verkaufen, ein signiertes und personalisiertes Exemplar von Faulkners erstem Roman, *Soldatenlohn*. Cable wusste aus dem Stegreif, dass es weltweit nur noch ganz wenige Exemplare davon gibt, einschließlich drei in einer Unibibliothek in Missouri, eines, das einem Faulkner-Experten gehört, und eines, das sich im Besitz von Faulkners Nachkommen befindet. Der Marktpreis liegt bei um die vierzigtausend Dollar. Wir haben es Cable für fünfundzwanzig angeboten. Zuerst schien er interessiert, doch dann fing er an, Fragen zur Herkunft des Exemplars zu stellen.

Richtig gute Fragen. Am Ende bekam er kalte Füße und lehnte ab. Er war von Anfang an äußerst vorsichtig, doch inzwischen ist er misstrauisch geworden. Wir tun uns sehr schwer, in seine Welt einzudringen. Wir brauchen dringend einen Insider.«

»Mich?«

»Ja, Sie. Wie Sie wissen, nehmen Autoren oft beruflich eine Auszeit, um irgendwohin zu reisen und sich ganz dem Schreiben zu widmen. Sie haben die perfekte Tarnung. Sie sind praktisch auf der Insel aufgewachsen und Miteigentümerin einer Immobilie dort. Sie haben einen Ruf als Autorin. Ihre Geschichte ist hundertprozentig plausibel. Sie kommen für ein halbes Jahr an den Ort Ihrer Kindheit zurück, um das Buch zu vollenden, auf das alle Welt wartet.«

»Mir fallen etwa drei Leute ein, die darauf warten.«

»Wir zahlen Ihnen hunderttausend Dollar für die nächsten sechs Monate.«

Einen Moment lang verschlug es Mercer die Sprache. Sie schüttelte den Kopf, schob den Salat noch weiter von sich weg und nahm einen Schluck Wasser. »Tut mir leid, aber ich bin keine Spionin.«

»Sie sollen auch nicht spionieren, nur beobachten. Sie sollen etwas tun, was vollkommen logisch und glaubhaft ist. Cable liebt Schriftsteller. Er führt sie zum Essen aus, unterstützt sie. Viele der Autoren, die auf Lesereise bei ihm Station machen, übernachten in seiner Villa, die übrigens spektakulär ist. Seine Frau und er laden oft Freunde und Schriftsteller zum Abendessen zu sich nach Hause ein, wo man dann bis spät in die Nacht zusammensitzt.«

»Und ich soll da einfach reinspazieren, sein Vertrauen erschleichen und ihn fragen, wo er die Fitzgerald-Manuskripte versteckt hat.«

Elaine ging lächelnd über die Bemerkung hinweg. »Wir stehen unter enormem Druck, okay? Ich habe keine Ahnung, was Sie herausfinden werden, doch im Moment sind wir auf die kleinste Kleinigkeit angewiesen. Es kann gut sein, dass Cable und seine Frau sogar von sich aus Kontakt zu Ihnen aufnehmen und Ihnen ihre Freundschaft anbieten. Sie könnten sich langsam Zugang zu ihrem engsten Kreis verschaffen. Er trinkt gern einen über den Durst. Vielleicht verplappert er sich mal dabei. Oder einer seiner Freunde erwähnt den Tresorraum im Keller seines Ladens.«

»Tresorraum?«

»Nur ein Gerücht, nichts weiter. Wir können schlecht hingehen und ihn danach fragen.«

»Woher wissen Sie, dass er zu viel trinkt?«

»Eine Menge Autoren gehen bei ihm ein und aus, und Autoren sind bekanntermaßen schreckliche Klatschbasen. Es hat sich herumgesprochen. Wie Sie wissen, ist die Verlagsbranche eine Welt für sich.«

Mercer hielt Elaine die erhobenen Handflächen hin und schob ihren Stuhl zurück. »Tut mir leid. Das ist nichts für mich. Ich weiß, dass ich Schwächen habe, aber Verschlagenheit gehört nicht dazu. Ich kann nicht lügen, und ich schaffe es auf keinen Fall, mich unter einem Vorwand da einzuschleichen. Ich bin die Falsche für den Job.«

»Bitte.«

Mercer stand auf, um zu gehen. »Danke für die Einladung.«

»Mercer, bitte.«

Doch da war sie schon weg.

2.

Irgendwann im Laufe des Mittagessens war die Sonne verschwunden, und der Wind hatte zugenommen. Ein Frühlingsschauer kündigte sich an, und Mercer, die wie immer keinen Schirm bei sich hatte, beeilte sich, nach Hause zu kommen. Sie wohnte nur knapp einen Kilometer entfernt in der Altstadt von Chapel Hill, in einer unbefestigten dunklen Gasse unweit vom Campus hinter einem schönen alten Anwesen. Ihr Vermieter, der Eigentümer des Anwesens, vermietete das kleine Haus auf seinem Grundstück nur an Studenten oder darbendes Lehrpersonal mit befristeter Stelle.

Sie erreichte ihre schmale Veranda genau in dem Moment, als die ersten Tropfen auf das Blechdach platschten. Unwillkürlich blickte sie um sich, ob jemand sie beobachtete. Wer waren diese Leute? Vergiss es, beschwor sie sich selbst. Drinnen kickte sie die Schuhe von den Füßen, machte sich eine Tasse Tee und saß dann lange Zeit auf dem Sofa, wo sie tief durchatmete und der Musik des Regens lauschte, während sie in Gedanken das Gespräch Revue passieren ließ.

Der erste Schock darüber, unter Beobachtung zu stehen, ließ allmählich nach. Elaine hatte recht – durch Internet, soziale Netzwerke, allgegenwärtige Hacker und die ewige Forderung nach Transparenz gab es heutzutage wirklich nicht mehr viel Privatsphäre. Mercer musste sich eingestehen, dass der Plan ziemlich clever war. Sie war die ideale Besetzung – als Autorin mit enger Verbindung zur Insel, ja sogar Eigentum dort, und einem unvollendeten Roman, dessen Abgabetermin lange verstrichen war. Und als einsame Seele, die neue Freunde suchte. Bruce Cable würde niemals auf die Idee kommen, dass sie eingeschleust war.

Sie erinnerte sich gut an ihn, den attraktiven Mann mit dem coolen Anzug, der stets Fliege und Schuhe ohne Socken trug, mit den langen Locken und der ganzjährigen Florida-Bräune. Sie sah ihn förmlich vor sich, wie er neben seiner Eingangstür stand, ein Buch in der Hand, Kaffee trinkend, und beim Lesen alles im Blick behielt. Aus irgendeinem Grund hatte Tessa ihn nicht gemocht und war selten in seinen Laden gegangen. Sie hatte ohnehin nie Bücher gekauft. Warum kaufen, wenn man sie in der Bücherei umsonst bekam?

Mercer dachte an Signierstunden und Lesereisen und wünschte sich, sie hätte einen neuen Roman, den sie promoten könnte.

Als *Oktoberregen* 2008 bei Newcombe Press herauskam, hatte der Verlag, der drei Jahre später pleite war, keine Mittel für Werbung und Promotiontouren. Nach einer enthusiastischen Rezension in der *New York Times* hatten ein paar Buchhandlungen angerufen und sich erkundigt, ob eine Tour geplant sei, und man hatte auf die Schnelle eine zusammengestellt. Bay Books sollte Mercers neunte Etappe sein. Doch dann ging der Tour gleich zu Beginn die Puste aus. Bei der ersten Signierstunde in Washington erschienen gerade einmal elf Leute, fünf Bücher wurden verkauft. Und das war noch ihr größtes Publikum. Beim zweiten Mal, in Philadelphia, standen vier Fans vor ihr, und Mercer plauderte eine Stunde lang mit den Angestellten. Ihre dritte und, wie sich herausstellen sollte, letzte Signierstunde fand in einer großen Buchhandlung in Hartford, Connecticut, statt. Mercer hatte in einer Bar gegenüber zwei Martinis getrunken, während sie auf Gäste wartete. Niemand kam. Irgendwann überquerte sie die Straße und betrat den Laden, zehn Minuten nach Beginn der Veranstaltung, und musste entmutigt feststellen, dass ausschließlich Mitarbeiter anwesend waren, kein einziger Leser.

Was für eine Blamage. Nie wieder würde sie sich in die peinliche Lage bringen, einsam an einem Tisch sitzen zu müssen, einen Stapel hübscher Bücher neben sich, und zu versuchen, möglichst die Blicke der Ladenkunden zu meiden, die ihr auf keinen Fall zu nah kommen wollten. Sie kannte andere Autoren, ein paar zumindest, die ähnliche Horrorgeschichten erlebt hatten. Die beim Betreten der Buchhandlung den erwartungsvollen Mienen von Angestellten und ehrenamtlichen Helfern entgegenblickt und überlegt hatten, wie viele davon wohl zum Zuhören und Kaufen gekommen waren – um dann zu beobachten, wie sich die Anwesenden nervös umblickten, selbst auf der Suche nach potenziellen Fans, und schließlich auf Nimmerwiedersehen verschwanden, sobald klar war, dass der gefeierte Autor eine Niete war. Eine totale Niete.

Jedenfalls sagte sie den Rest der Signierreise ab. Sie war ohnehin nicht scharf darauf gewesen, nach Camino Island zurückzukehren. Sie verband viele wunderschöne Erinnerungen mit der Insel, die jedoch für immer vom tragischen Tod ihrer Großmutter überschattet sein würden.

Das monotone Prasseln des Regens lullte sie ein, bis sie in einen tiefen Schlaf hinüberglitt.

3.

Geweckt wurde sie von Schritten. Um fünfzehn Uhr polterte der Briefträger, pünktlich wie ein Uhrwerk, über ihre holprige Veranda und steckte die Post in den kleinen Kasten neben der Tür. Mercer wartete einen Augenblick, bis er weg war, dann holte sie die tägliche Sendung herein, wie immer eine deprimierende Mischung fast nur aus Werbung und Rechnungen. Sie warf die Werbung auf einen Beistelltisch und öffnete das Schreiben der Uni. Es kam von der englischen Fakultät, und man teilte ihr in freundlichen, weitschweifigen Worten mit, dass ihre Stelle gestrichen worden sei. Sie sei ein »wertvolles Mitglied« des Kollegiums gewesen, eine »kompetente Lehrkraft«, die von Kollegen »bewundert« und von den Studierenden »angebetet« worden sei. Die »gesamte Fakultät« hätte sie gern behalten und betrachte sie als »großartige Bereicherung«, doch leider gebe das Budget keine Vertragsverlängerung her. Man wünschte ihr alles Gute und äußerte die leise Hoffnung, dass sich im nächsten Jahr vielleicht eine »andere Position« auftun könnte, sofern die Fördermittel wieder den »gewohnten Umfang« erreichten.

Der Inhalt des Schreibens entsprach weitgehend der Wahrheit. Der Fakultätsleiter war ihr Verbündeter gewesen, zeitweise sogar ein Mentor, und Mercer hatte im Minenfeld des akademischen Mittelbaus überlebt, weil sie den Mund gehalten hatte und den Kollegen mit den unbefristeten Stellen möglichst aus dem Weg gegangen war.

Doch sie war Schriftstellerin und keine Unidozentin, und es war an der Zeit, etwas Neues zu wagen. Was, das wusste sie nicht genau, doch nach drei Jahren am Lehrerpult sehnte sie sich nach der Freiheit, nichts anderes tun zu müssen, als zu schreiben.

Der zweite Umschlag enthielt die Kreditkartenabrechnung, in der sich ihr bescheidener Lebensstil widerspiegelte. Nur wenn sie an allen Ecken und Enden sparte, konnte sie ihre Rechnungen bezahlen, ohne dass ihr Konto in die roten Zahlen stürzte und sie die horrenden Überziehungszinsen zahlen musste, die die Banken abgebrannten Kunden aus der Tasche zogen. Ihr Gehalt deckte die Ausgaben halbwegs, einschließlich Miete, Autoversicherung und -reparaturen sowie eine Krankenversicherung, die sie jeden Monat, wenn der Beitrag fällig war, aufs Neue kündigen wollte angesichts der mickrigen Leistungen, die sie bot. Ihre finanzielle Lage würde gar nicht so schlecht aussehen, und sie könnte sich sogar hin und wieder etwas Neues zum Anziehen leisten oder mal ausgehen, wenn da nicht der dritte Umschlag wäre.

Er kam von der National Student Loan Corporation, einer miesen kleinen Kreditklitsche, die sie seit acht Jahren verfolgte. Mercers Vater hatte ihr das erste Studienjahr in Sewanee bezahlen können, doch nach seinem unerwarteten Bankrott und Nervenzusammenbruch war sie mittellos gewesen. Die restlichen drei Jahre hatte sie mit Studiendarlehen, Stipendien, Nebenjobs und Tessas bescheidenem Erbe finanziert. Mit den mickrigen Vorschüssen, die sie für *Oktoberregen* und *Die Musik der Wellen* bekam, konnte sie die Zinsen bezahlen, doch mit der Tilgung hatte sie bislang nicht begonnen.

Als sie eine Zeit lang arbeitslos war, hatte sie das Darlehen neu abgeschlossen, doch mit jeder Umschuldung stiegen die Beträge, und sie musste zwei bis drei Jobs gleichzeitig annehmen, um mit den Zinsraten nicht in Rückstand zu geraten. In Wahrheit war es so – aber das hatte sie noch niemandem gegenüber geäußert –, dass sie keinen kreativen Gedanken fassen konnte, solange sie unter dieser Schuldenlast ächzte. Ein neuer Tag, ein leeres Blatt beinhalteten nicht das Versprechen auf ein neues Kapitel in einem großen Roman, sondern nur einen weiteren kümmerlichen Versuch, ihre Gläubiger zu befriedigen.

Sie hatte mit einem Freund sogar schon über Privatinsolvenz gesprochen, doch er hatte ihr erklärt, dass der Kongress auf Drängen von Banken und Kreditinstituten Studiendarlehen unter besonderen Schutz gestellt habe, sodass sie von einem Schuldenschnitt ausgenommen seien. Mercer erinnerte sich noch an seine Worte: »Verdammt, sogar wenn man Spielschulden hat, kann man sich leichter für bankrott erklären lassen.«

Wussten die Leute, die sie ausspionierten, von dem Studiendarlehen? Unterlagen solche Dinge nicht dem Bankgeheimnis? Trotzdem wurde sie das Gefühl nicht los, dass Profis imstande waren, an jede Information zu kommen, wenn sie nur wollten. Sie hatte schlimme Geschichten darüber gelesen, wie vertrauliche medizinische Daten an die falschen Leute weitergegeben worden waren. Und Kreditkartenfirmen waren berüchtigt dafür, dass sie Informationen über ihre Kunden weiterverkauften. Was war wirklich noch sicher und geheim?

Mercer nahm die Werbepost, warf sie in den Papierkorb, legte das Entlassungsschreiben der Uni ab und steckte die zwei Rechnungen in ein Gestell neben dem Toaster. Sie machte sich eine Tasse Tee und wollte gerade einen Roman aufschlagen, da summte ihr Handy.

Ein Anruf von Elaine.

4.

»Es tut mir leid wegen des Mittagessens«, begann Elaine. »Ich wollte nicht mit der Tür ins Haus fallen, aber es war die beste Möglichkeit, mit Ihnen ins Gespräch zu kommen. Was sollte ich tun? Ihnen auf dem Campus auflauern?«

Mercer schloss die Augen und lehnte sich an die Küchentheke. »Ist schon okay. Es kam einfach nur so unerwartet, verstehen Sie?«

»Ich weiß, ich weiß, und es tut mir wirklich leid. Hören Sie, Mercer, ich bin noch bis morgen früh hier, dann fliege ich zurück nach Washington. Ich würde unser Gespräch gern beim Abendessen fortsetzen.«

»Nein danke. Ich bin nicht die richtige Person dafür.«

»Mercer, Sie sind die *ideale* Person dafür, und um ehrlich zu sein, haben wir auch niemand anders. Bitte, lassen Sie es mich Ihnen in Ruhe erklären. Sie haben noch nicht alles gehört, und wie gesagt, wir stehen gehörig unter Druck. Wir versuchen, die Manuskripte zu retten, ehe sie beschädigt oder, schlimmer noch, stückweise an ausländische Sammler verkauft werden und damit für immer verloren sind. Geben Sie mir noch eine Chance.«

Mercer musste sich eingestehen, dass Geld ein gutes Argument war. Ein wahrhaft schlagendes Argument. Sie zögerte eine Sekunde. »Also gut«, sagte sie, »wie lautet der Rest der Geschichte?«

»Es wird eine Weile dauern, das zu erzählen. Ich habe einen Wagen mit Fahrer und komme Sie um sieben abholen. Ich kenne mich hier nicht aus, aber ich habe gehört, The Lantern soll das beste Restaurant der Stadt sein. Waren Sie schon mal da?«

Mercer kannte es dem Namen nach, doch die Preise konnte sie sich nicht leisten. »Wissen Sie, wo ich wohne?«, fragte sie und schämte sich im nächsten Moment für ihre Naivität.

»Natürlich. Wir sehen uns um sieben.«

5.

Wie nicht anders zu erwarten, war der Wagen eine schwarze Limousine, die in der Straße höchst verdächtig wirkte. Mercer trat ihm auf der Einfahrt entgegen und schlüpfte eilig neben Elaine auf die Rückbank. Im Wegfahren sah sie sich geduckt um, entdeckte aber niemand, der ihr nachblickte. Warum kümmerte sie das überhaupt noch? Ihr Mietvertrag lief in drei Wochen aus, und sie würde für immer von hier wegziehen. Bislang hatte sie nur eine vage Vorstellung davon, wohin sie gehen wollte – vielleicht erst einmal nach Charleston zu einer alten Freundin mit einem kleinen Apartment über der Garage, wo sie unterkommen konnte.

Elaine, die jetzt leger gekleidet war, mit Jeans, dunkelblauem Blazer und teuren Pumps, begrüßte sie mit einem strahlenden Lächeln. »Ein Kollege von mir hat hier studiert und redet von nichts anderem, vor allem wenn Basketballsaison ist.«

»Die Fans sind wirklich fanatisch, aber mich lässt das ziemlich kalt. Ich habe ja nicht hier studiert.«

»Haben Sie sich denn wohlgefühlt?«

Sie rollten langsam über die Franklin Street, die sie durch den historischen Bezirk mit seinen pittoresken Häusern und gepflegten Rasenflächen führte, und erreichten dann das Univiertel mit seinen großzügigen Verbindungshäusern. Es hatte aufgehört zu regnen, und auf den Veranden und in den Gärten saßen überall Studenten, die Bier tranken und Musik hörten.

»Es war okay«, sagte Mercer ohne einen Hauch von Wehmut. »Aber ich bin nicht geschaffen für ein Leben an der Uni. Je länger ich unterrichtet habe, umso mehr wollte ich schreiben.«

»Sie haben in einem Interview mit der Unizeitung gesagt, dass Sie hofften, Ihren Roman während Ihrer Zeit in Chapel Hill vollenden zu können. Sind Sie vorangekommen?«

»Wo haben Sie denn diese Geschichte hervorgekramt? Das Interview stammt von vor drei Jahren, als ich hier angefangen habe!«

Elaine sah lächelnd aus dem Fenster. »Uns ist nicht viel verborgen geblieben.« Sie war ruhig und entspannt und sprach mit tiefer, vertrauenerweckender Stimme. Sie und ihre mysteriöse Firma hatten alle Trümpfe in der Hand. Mercer fragte sich, wie viele solche geheimen Missionen Elaine im Laufe ihrer Karriere wohl schon geplant und geleitet hatte. Sicher hatte sie es bereits mit weitaus gefährlicheren und schwierigeren Gegnern zu tun gehabt als mit einem Kleinstadt-Buchhändler.

Das Lantern lag in der Franklin Street, ein paar Häuserblocks entfernt vom Zentrum des studentischen Lebens. Der Fahrer setzte sie vor dem Eingang ab, und sie betraten einen praktisch menschenleeren, gemütlich eingerichteten Gastraum. Ihr Tisch stand am Fenster, das unmittelbar auf Gehsteig und Straße hinausblickte. In den letzten drei Jahren hatte Mercer in der örtlichen Presse viele begeisterte Bewertungen über das Restaurant gelesen, das einen Preis nach dem anderen gewann. Sie hatte sich die Speisekarte auf der Website angesehen und kam um vor Hunger. Eine Bedienung begrüßte sie herzlich und schenkte ihnen Wasser aus einer Karaffe ein.

»Darf ich Ihnen einen Aperitif bringen?«, erkundigte sie sich.

Elaine bedeutete Mercer, dass sie ihr den Vorrang ließ. »Ich brauche einen Martini«, sagte Mercer rasch. »Dirty. Mit Gin, ohne Eis.«

»Ich nehme einen Manhattan«, ergänzte Elaine.

»Ich schätze, Sie reisen viel?«, fragte Mercer, als die Bedienung gegangen war.

»Ja, wahrscheinlich zu viel. Ich habe zwei Kinder auf dem College. Mein Mann arbeitet für das Energieministerium und sitzt fünf Tage die Woche im Flugzeug. Mir wurde langweilig allein zu Hause.«

»Und jetzt spüren Sie beruflich Diebesgut auf?«

»Wir tun alles Mögliche, aber ja, das ist in der Tat mein Hauptarbeitsgebiet. Ich habe mich mein ganzes Leben lang mit Kunst beschäftigt und bin eher zufällig in diese Branche geraten. Die meisten unserer Fälle haben mit gestohlenen oder gefälschten Gemälden zu tun. Hin und wieder ist auch eine Statue dabei, doch die sind schwieriger zu stehlen. Oft gestohlen werden heutzutage Bücher, Handschriften und alte Karten. Aber nichts kommt an den Fitzgerald-Fall heran. Wir müssen alle Register ziehen, und das aus gutem Grund.«

»Ich habe viele Fragen.«

Elaine zuckte mit den Schultern. »Ich habe Zeit.«

»Um irgendwo anzufangen: Warum leitet in so einem Fall nicht das FBI die Ermittlungen?«

»Das tut es. Es hat eine eigene Abteilung für Kunstraub, die hervorragende Arbeit leistet. Sie hätte den Fall um ein Haar binnen vierundzwanzig Stunden gelöst. Einer der Diebe, ein Mr. Steengarden, hatte einen Blutstropfen am Tatort hinterlassen, gleich vor der Tür zum Tresorraum. Das FBI hat ihn und einen Komplizen, einen Mark Driscoll, gefasst und eingesperrt. Wir vermuten, dass die anderen Diebe daraufhin nervös wurden und untergetaucht sind, zusammen mit den Manuskripten. Ehrlich gesagt glauben wir, dass das FBI übereilt gehandelt hat. Hätten sie die ersten beiden Täter ein paar Wochen lang intensiv beschattet, wären sie vermutlich irgendwann zum Rest der Gang geführt worden. Aus jetziger Sicht wirkt das sogar noch logischer. Aber im Nachhinein ist man bekanntlich immer schlauer.«

»Weiß das FBI, dass Sie mich anheuern wollen?«

»Nein.«

»Hat es Bruce Cable unter Verdacht?«

»Nein, zumindest glaube ich das nicht.«

»Sie ermitteln also parallel.«

»Da wir nicht alle Erkenntnisse miteinander teilen, kann man sagen, dass wir häufig unabhängig voneinander vorgehen.«

»Warum?«

Die Getränke kamen, und die Bedienung erkundigte sich, ob sie Fragen hätten. Da keine der beiden die Speisekarte bislang aufgeschlagen hatte, schickten sie sie höflich weg. Das Restaurant füllte sich rasch, und Mercer blickte sich nach bekannten Gesichtern um, entdeckte aber keine.

Elaine trank einen Schluck, lächelte, stellte ihr Glas auf den Tisch und dachte über die Antwort nach. »Wenn wir den Verdacht haben, dass jemand im Besitz eines gestohlenen Objekts ist, sei es ein Gemälde, ein Buch oder eine Landkarte, können wir das auf verschiedene Arten überprüfen. Wir nutzen die neueste Technologie, die schicksten Apparate und die schlauesten Leute. Einige unserer Techniker waren früher beim Geheimdienst. Wenn wir den Verdacht bestätigt sehen, benachrichtigen wir entweder das FBI oder greifen selbst zu. Das kommt ganz auf den Fall an, und die Fälle sind sehr unterschiedlich.«

»Sie greifen zu?«

»Ja. Vergessen Sie nicht, Mercer, wir haben es mit Kriminellen zu tun, die versuchen, Wertgegenstände, die unser Auftraggeber für hohe Summen versichert hat, möglichst schnell für möglichst viel Geld zu verkaufen. Wir stehen also oft unter Druck. Obwohl die Uhr tickt, müssen wir Geduld bewahren.« Ein weiterer kleiner Schluck. Elaine wählte ihre Worte sorgfältig. »Polizei und FBI müssen gewisse Dinge beachten. Sie müssen prüfen, ob ein hinreichender Verdacht besteht, oder Durchsuchungsbeschlüsse beantragen. Wir sind nicht so stark an rechtliche Formalien gebunden.«

»Das heißt, Sie brechen einfach ein?«

»Wir brechen nicht ein, aber manchmal gehen wir rein, wenn auch nur zum Zweck der Überprüfung und Wiederbeschaffung. Es gibt kaum Gebäude, in die wir nicht geräuschlos eindringen können, und was das Verstecken von Beute angeht, sind die meisten Diebe längst nicht so clever, wie sie glauben.«

»Zapfen Sie Telefone an und hacken Computer?«

»Sagen wir mal, wir spitzen die Ohren.«

»Das heißt, Sie handeln gesetzeswidrig?«

»Wir arbeiten in einer Grauzone. Wir hören ab, wir sehen uns um, wir überprüfen, und in den meisten Fällen schalten wir das FBI ein. Die kommen dann mit gerichtlichen Anordnungen, und das Kunstobjekt wird wieder seinem rechtmäßigen Eigentümer zugeführt. Der Dieb wandert ins Gefängnis, und das FBI heimst das Lob ein. Alle sind glücklich, abgesehen von dem Dieb, aber dessen Gefühle sind uns egal.«

Mit dem dritten Schluck begann der Gin seine Wirkung zu entfalten, und Mercer entspannte sich. »Wenn Sie so gut sind, wieso schleichen Sie sich nicht einfach in Cables Tresorraum und schauen sich um?«

»Cable ist kein Dieb, und er scheint cleverer zu sein als die meisten Kriminellen. Er ist extrem vorsichtig, und das macht ihn für uns noch verdächtiger. Ein unachtsamer Schritt von unserer Seite, und die Manuskripte könnten erneut von der Bildfläche verschwinden.«

»Aber wenn Sie ihn abhören und hacken und beobachten, wieso können Sie ihn dann nicht stellen?«

»Ich habe nicht gesagt, dass wir das alles tun. Wir könnten, und möglicherweise tun wir es bald, doch im Moment brauchen wir erst einmal mehr Informationen.«

»Ist jemals jemand aus Ihrer Firma wegen illegaler Aktivitäten angeklagt worden?«

»Nein, nicht mal ansatzweise. Wie gesagt, wir arbeiten in einer Grauzone. Und wen interessiert das schon noch, wenn das Verbrechen aufgeklärt ist?«

»Vielleicht den Dieb. Ich bin kein Anwalt, aber könnte nicht der Dieb die Ermittlungsmethoden anfechten?«

»Vielleicht sollten Sie Anwältin werden.«

»Ich kann mir nichts Schlimmeres vorstellen.«

»Die Antwort lautet Nein. Der Dieb und sein Anwalt haben keine Ahnung, dass wir überhaupt beteiligt sind. Sie haben nie von uns gehört, und wir hinterlassen keine Fingerabdrücke.«

Es entstand eine lange Pause, in der sie sich auf ihre Cocktails konzentrierten und die Speisekarten studierten. Die Bedienung nahte beflissen, doch Elaine gab ihr höflich zu verstehen, dass sie es nicht eilig hätten. »Der Job, den Sie mir anbieten«, sagte Mercer schließlich, »bringt mich also unter Umständen in eine Grauzone, wie Sie das nennen. Ist das nicht einfach eine harmlose Umschreibung dafür, dass ich Gesetze übertreten müsste?«

Zumindest denkt sie darüber nach, dachte Elaine. Nach dem abgebrochenen Mittagessen hatte sie Mercer Mann fast schon abgeschrieben, doch jetzt sah es so aus, als könnte sie den Deal noch unter Dach und Fach bringen. »Keineswegs. Welches Gesetz würden Sie denn übertreten?«

»Sagen Sie's mir. Sie haben doch noch mehr Leute da unten im Einsatz. Bestimmt werden die nicht einfach abgezogen, wenn ich komme. Sie werden mich genauso unter die Lupe nehmen wie Cable. Es ist also eine konzertierte Aktion, Teamwork, nur dass ich keine Ahnung habe, was meine unsichtbaren Kollegen treiben.«

»Machen Sie sich um die keine Gedanken. Das sind hoch qualifizierte Profis, die noch nie gefasst wurden. Hören Sie, Mercer, Sie haben mein Wort. Nichts von dem, worum wir Sie bitten, ist auch nur im Entferntesten illegal. Versprochen.«

»Sie stehen mir nicht nahe genug, um mir etwas versprechen zu können. Ich kenne Sie doch gar nicht.« Mercer leerte ihren Martini. »Ich brauche noch einen.« Alkohol spielte immer eine bedeutende Rolle bei solchen Treffen, deshalb trank auch Elaine aus und winkte die Bedienung heran. Als die zweite Runde Drinks kam, bestellten sie die Vorspeisen, Schwein vietnamesischer Art und Frühlingsrollen mit Krabbenfleisch.

»Erzählen Sie mir von Noelle Bonnet«, bat Mercer, um einen lockeren Ton bemüht. »Ich wette, Sie haben auch da Nachforschungen angestellt.«

Elaine lächelte. »Ja, und *ich* wette, Sie waren heute Nachmittag auch im Internet, um ihretwegen zu recherchieren.«

»Stimmt.«

»Sie hat inzwischen vier Bücher herausgebracht, alle über Antiquitäten und Einrichtung im provenzalischen Stil, das heißt, sie hat schon einiges über sich preisgegeben. Sie tourt viel, spricht viel, schreibt viel und verbringt sechs Monate im Jahr in Frankreich. Mit Cable ist sie seit zehn Jahren zusammen, und die beiden scheinen sich perfekt zu ergänzen. Keine Kinder. Sie war schon einmal verheiratet, er nicht. Er reist nicht oft nach Frankreich, weil er seinen Laden kaum verlässt. Ihr Geschäft liegt direkt neben seinem. Das Gebäude gehört ihm, vor drei Jahren hat er dem Inhaber des Kurzwarenladens, der nebenan war, gekündigt und ihr die Räume gegeben. Offenbar hält er sich aus ihrem Geschäft genauso heraus wie sie sich aus seinem, wenn man von den gemeinsamen Dinnerpartys absieht. Ihr viertes Buch ist ein Fotoband über beider Haus, eine viktorianische Villa ein paar Häuserblocks entfernt von der Innenstadt. Ist einen Blick wert. Wie wär's mit ein paar schmutzigen Details?«

»Gern. Immer.«

»Seit zehn Jahren erzählen sie, sie wären verheiratet, hätten sich im hügeligen Hinterland von Nizza trauen lassen.

Das ist eine romantische Geschichte, entspricht aber nicht der Wahrheit. Sie sind nicht verheiratet, und sie scheinen sogar eine ziemlich offene Beziehung zu führen. Er geht fremd, sie geht fremd, doch am Ende finden sie immer wieder den Weg zurück ins heimische Bett.«

»Woher um alles in der Welt wissen Sie das?«

»Wie gesagt, Autoren sind Plappermäuler. Und offenbar sind manche auch promiskuitiv.«

»Ich nicht.«

»Das habe ich auch nicht gemeint. War eine ganz generelle Feststellung.«

»Fahren Sie fort.«

»Wir haben überall nachgeforscht, aber es waren keine Heiratsdokumente zu finden, weder hier noch in Frankreich. Autoren kommen in Scharen auf die Insel, vor allem auch Autorinnen, die Bruce umgarnt, während Noelle sich um die Männer kümmert. Ihr Haus hat einen Turm mit einem Schlafzimmer im zweiten Stock, dort übernachten die Besucher. Und oft nicht allein.«

»Ich soll also fürs Team zum Äußersten gehen?«

»Sie sollen nur so nahe wie möglich herankommen. Wie Sie das tun, bleibt Ihnen überlassen.«

Die Frühlingsrollen kamen. Mercer bestellte Hummerklößchen in Bouillon. Elaine entschied sich für Pfeffershrimps und wählte eine Flasche Sancerre dazu. Mercer nahm zwei Bissen und stellte fest, dass der Martini ihre Geschmacksnerven abgetötet hatte.

Elaine ließ ihren zweiten Drink unbeachtet. »Darf ich Sie etwas Persönliches fragen?«

Mercer lachte, fast ein wenig zu laut. »Warum nicht? Gibt es denn etwas, was Sie noch nicht wissen?«

»Viel. Warum waren Sie seit Tessas Tod nicht mehr in dem Strandhaus?«

Mercer wandte traurig den Blick ab und überlegte, was sie antworten sollte. »Es tut zu weh. Ich habe alle Sommerferien dort verbracht, zum ersten Mal mit sechs Jahren, zum letzten Mal mit neunzehn, immer allein mit Tessa. Wir waren am Strand, schwammen im Meer und redeten nonstop. Sie war viel mehr für mich als eine Großmutter. Sie war mein Fels in der Brandung, meine Mutter, meine beste Freundin, mein Ein und Alles. Ich verbrachte neun schlimme Monate mit meinem Vater, in denen ich die Tage bis zum Schuljahresende herunterzählte, um wieder zum Strand zu fliehen und bei Tessa sein zu können. Ich habe meinen Vater angebettelt, mich zu ihr ziehen zu lassen, aber er hat es nicht erlaubt. Ich nehme an, Sie wissen über meine Mutter Bescheid.«

Elaine zuckte schwach die Schultern. »Nur was öffentlich zugänglich ist.«

»Man hat sie abgeholt, als ich sechs war. Ihre Dämonen und wahrscheinlich auch mein Vater haben sie um den Verstand gebracht.«

»Ist Ihr Vater mit Tessa ausgekommen?«

»Absurde Vorstellung. Meine Familie kommt mit niemandem aus, nicht mal mit sich selbst. Mein Vater hasste Tessa, weil sie ein Snob war. Sie fand, dass meine Mutter unter ihren Verhältnissen geheiratet hat. Herbert war ein armer Junge aus einem üblen Viertel von Memphis, der mit dem Verkauf von Gebrauchtwagen und später Neuwagen ein Vermögen angehäuft hat. Tessa entstammte einer alten Dynastie der Stadt, mit langer Geschichte, geziertem Getue und allem Pipapo, nur ohne Geld. Sie kennen bestimmt den alten Spruch: ›Zu arm zum Leben, zu stolz zum Betteln.‹ Er passt auf Tessas Familie wie die Faust aufs Auge.«

»Sie hatte drei Kinder.«

»Ja, meine Mutter, meine Tante Jane und meinen Onkel Holstead. Wer um Himmels willen nennt sein Kind Holstead? Tessa. Das war der Einfluss ihrer Familie.«

»Holstead lebt in Kalifornien?«

»Ja, er ist vor fünfzig Jahren aus dem tiefen Süden in den Westen geflohen, um in eine Kommune zu ziehen. Irgendwann hat er eine Drogenabhängige geheiratet und vier Kinder mit ihr bekommen, alle total durchgeknallt. Wegen meiner Mutter halten uns alle für geisteskrank, aber in Wahrheit sind sie die Irren. Eine echte Musterfamilie.«

»Klingt ziemlich hart.«

»Dabei bin ich noch ziemlich nett. Keiner davon hat sich die Mühe gemacht, zu Tessas Beerdigung zu kommen, ich habe sie also seit meiner Kindheit nicht gesehen. Und Sie dürfen mir glauben, es ist keine Wiedersehensfeier in der Planung.«

»In *Oktoberregen* geht es um eine zerrüttete Familie. Sind das autobiografische Verweise?«

»Die Verwandtschaft hat es jedenfalls so gesehen. Holstead hat mir einen bösen Brief geschrieben, in dem er mir alles Mögliche vorwarf. Da war für mich endgültig der Ofen aus.« Sie aß eine halbe Frühlingsrolle und ließ einen Schluck Wasser folgen. »Reden wir über etwas anderes.«

»Gute Idee. Sie sagten, Sie haben noch Fragen.«

»Und Sie wollten wissen, warum ich nie mehr im Strandhaus war. Ich werde es Ihnen sagen: Es wird nie wieder so sein, wie es war, und die Erinnerungen werden schmerzen. Überlegen Sie mal. Ich bin einunddreißig, und die schönste Zeit meines Lebens liegt lange zurück, die Zeit mit Tessa in diesem Strandhaus. Ich bin nicht sicher, ob ich wieder dorthin kann.«

»Sie müssen nicht. Wir können Ihnen für sechs Monate eine andere nette Unterkunft mieten. Doch Ihre Tarnung wäre schlüssiger, wenn Sie im Strandhaus wohnen würden.«

»Vorausgesetzt, das geht überhaupt. Meine Schwester nutzt es jedes Jahr im Juli für zwei Wochen, hin und wieder ist es auch vermietet. Tante Jane kümmert sich darum und überlässt es gelegentlich Freunden. Eine kanadische Familie kommt jedes Jahr im November. Und Tante Jane selbst verbringt den Winter dort, von Januar bis März.«

Elaine aß einen Bissen und nahm dann einen Schluck von ihrem Drink.

»Rein interessehalber«, sagte Mercer. »Haben Sie das Haus mal gesehen?«

»Ja. Vor zwei Wochen. Im Rahmen meiner Vorbereitung.«

»Wie sieht es aus?«

»Hübsch. Gepflegt. So, dass ich selbst dort einziehen würde.«

»Gibt es die Ferienhäuser entlang des Strandes noch?«

»Klar. Da hat sich in den letzten elf Jahren bestimmt nicht viel getan. Die Gegend strahlt einen gewissen Retrocharme aus. Der Strand ist wunderschön und nicht überlaufen.«

»Wir haben an diesem Strand gelebt. Tessa ließ mich bei Sonnenaufgang aufstehen, damit ich nach den Schildkröten sehe, die in der Nacht an Land gekommen waren, um ihre Nester in den Sand zu graben.«

»Davon haben Sie geschrieben. Eine wunderbare Geschichte.«

»Danke.«

Als der Hauptgang kam, leerten sie ihre Drinks. Elaine probierte den Wein, und die Bedienung füllte ihre Gläser. Mercer nahm einen Bissen und legte dann die Gabel hin. »Hören Sie, Elaine, ich habe einfach keine Lust. Sie haben die falsche Person, okay? Ich kann ganz schlecht lügen, und ich bin nicht gut darin, anderen was vorzuspielen. Ich bin nicht imstande, mich bei Bruce Cable und Noelle Bonnet und ihrem kleinen Literaturzirkel einzuschleichen und irgendetwas Substanzielles in Erfahrung zu bringen.«

»Das sagten Sie bereits. Sie sind eine Schriftstellerin, die für ein paar Monate im Strandhaus ihrer Familie lebt. Sie konzentrieren sich auf die Arbeit an Ihrem Roman. Es ist die perfekte Story, Mercer, weil sie wahr ist. Und Sie sind die ideale Besetzung, weil Sie authentisch sind. Wenn wir einen Hochstapler bräuchten, würde ich jetzt nicht hier sitzen und mich mit Ihnen unterhalten. Haben Sie Angst?«

»Nein. Ich weiß nicht. Sollte ich Angst haben?«

»Nein. Ich habe Ihnen versprochen, dass wir nichts Illegales von Ihnen verlangen und dass es nicht gefährlich für Sie wird. Ich werde Sie jede Woche besuchen …«

»Sie werden da sein?«

»Ich werde regelmäßig vorbeikommen, und wenn Sie einen Freund oder eine Freundin in der Nähe brauchen, können wir auch das arrangieren.«

»Ich brauche keinen Babysitter, und das Einzige, wovor ich Angst habe, ist, dass ich versage. Sie würden mir einen Haufen Geld dafür bezahlen, dass ich etwas tue, von dem ich keine Ahnung habe, und ich wette, Sie wollen Ergebnisse sehen, bei einer Operation von solchen Ausmaßen. Was, wenn Cable so schlau und abgebrüht ist, wie Sie glauben, und überhaupt nichts verrät? Was, wenn ich irgendeine Dummheit begehe, er misstrauisch wird und die Manuskripte aus dem Weg schafft? Ich kann mir viele Möglichkeiten vorstellen, das zu vermasseln, Elaine. Ich habe weder Erfahrung noch Ahnung.«

»Mir gefällt, dass Sie so aufrichtig sind. Genau deshalb sind Sie die Richtige, Mercer. Sie sind direkt, ehrlich und leicht zu durchschauen. Sie sind außerdem sehr attraktiv. Cable wird sofort ein Auge auf Sie werfen.«

»Sind wir jetzt wieder beim Sex? Gehört das zur Jobbeschreibung?«

»Nein. Wie gesagt, was Sie tun, bleibt ganz Ihnen überlassen.«

»Aber ich habe keine Ahnung, was ich tun soll!« Mercer hatte die Stimme erhoben, und ein Gast vom Nachbartisch blickte herüber. Sie senkte den Kopf. »Entschuldigen Sie.«

Sie aßen ein paar Minuten lang schweigend. »Schmeckt Ihnen der Wein?«, erkundigte sich Elaine.

»Sehr gut, danke.«

»Das ist einer meiner Lieblingstropfen.«

»Was, wenn ich ablehne? Was tun Sie dann?«

Elaine tupfte sich den Mund mit der Serviette ab und trank einen Schluck Wasser. »Wir haben ein paar Autoren, die alternativ infrage kommen, aber keiner davon passt so gut wie Sie. Um ehrlich zu sein, Mercer, wir sind so von Ihnen überzeugt, dass wir alles auf eine Karte gesetzt haben. Wenn Sie Nein sagen, werden wir wahrscheinlich alles über den Haufen werfen und zu Plan B übergehen.«

»Und der wäre?«

»Ich kann Ihnen keine Details nennen. Sagen wir so: Wir sind erfinderisch und stehen unter Druck, was bedeutet, wir können uns blitzschnell umorientieren.«

»Ist Cable der einzige Verdächtige?«

»Darüber darf ich nicht reden. Ich kann Ihnen mehr erzählen, wenn Sie erst einmal dort sind, sich eingelebt haben, in die Sache eingestiegen sind und wir zwei zusammen am Strand spazieren gehen. Wir haben viel zu besprechen, unter anderem, wie Sie vorgehen könnten. Aber jetzt werde ich das nicht vertiefen. Immerhin ist die Angelegenheit höchst vertraulich.«

»Das habe ich verstanden. Ich kann Geheimnisse bewahren. Es war die erste Lektion, die ich von meiner Familie gelernt habe.«

Elaine lächelte verständnisvoll, als wüsste sie genau, was in Mercer vorging. Die Bedienung schenkte Wein nach, und sie machten sich über den Hauptgang her. Nach dem bislang längsten Schweigen des Abends schluckte Mercer und atmete tief durch. »Ich habe einundsechzigtausend Dollar Darlehensschulden, die ich nicht loswerde. Es ist eine Belastung, die ich nicht aus dem Kopf bekomme, und das macht mich wahnsinnig.«

Wieder lächelte Elaine wissend. Mercer wollte schon fragen, ob sie davon Kenntnis habe, doch im Grunde war es ihr lieber, das nicht zu erfahren. Elaine legte die Gabel hin, stützte sich auf die Ellbogen und legte die Fingerspitzen leicht aneinander. »Wir werden uns um die Schulden kümmern, die Hunderttausend gehen extra. Fünfzig sofort, fünfzig in sechs Monaten. Bar, als Scheck, in Goldbarren, ganz wie Sie wollen. Und natürlich am Finanzamt vorbei.«

Mit einem Mal fiel Mercer eine Riesenlast von den Schultern und löste sich in Wohlgefallen auf. Sie unterdrückte ein Keuchen, legte die Hand auf den Mund und zwinkerte mit den Augen, die sich mit Tränen füllten. Sie wollte etwas sagen, wusste aber nicht, was. Ihr Mund war trocken, und sie nahm rasch einen Schluck Wasser. Elaine beobachtete aufmerksam jede ihrer Regungen.

Mercer war überwältigt von der Vorstellung, die Bürde ihres Studienkredits, die ihr acht Jahre lang den Schlaf geraubt hatte, von jetzt auf gleich los zu sein. Sie atmete tief durch – fiel ihr das Atmen tatsächlich schon leichter? – und spießte ein weiteres Hummerklößchen auf. Dann ließ sie einen Schluck Wein folgen, dessen Geschmack sie jetzt zum ersten Mal richtig wahrnahm. In den nächsten Tagen, so nahm sie sich vor, würde sie sich ein oder zwei Flaschen davon gönnen.

Elaine witterte Morgenluft und setzte zum finalen Schlag an. »Wann können Sie frühestens dort sein?«

»Die Prüfungen dauern noch zwei Wochen. Aber ich möchte gern darüber schlafen.«

»Natürlich.« Die Bedienung stand abwartend vor ihnen. »Ich würde gern die Pannacotta probieren«, sagte Elaine. »Und Sie, Mercer?«

»Ich auch. Und dazu ein Glas Dessertwein.«

6.

Da sie nicht viel zu packen hatte, war der Auszug in wenigen Stunden erledigt. Den VW Beetle vollgeladen mit Kleidung, Computer und Drucker, Büchern und ein paar Küchenutensilien, verließ Mercer Chapel Hill ohne die geringste Wehmut. Es gab keine besonderen Erinnerungen, die sie mit dem Ort verband, und nur zwei Freundinnen von der Sorte, die sich noch ein paarmal meldeten und dann nie wieder von sich hören ließen. Mercer war so oft umgezogen, dass sie wusste, welche Freundschaften hielten und welche nicht. Diese beiden Frauen würde sie bestimmt nie wiedersehen.

Übermorgen würde sie Richtung Süden aufbrechen, aber jetzt nahm sie erst einmal die Interstate nach Westen. In dem hübschen Städtchen Asheville machte sie Pause, um zu Mittag zu essen und sich die Beine zu vertreten. Anschließend fuhr sie über kleinere Landstraßen Richtung Tennessee in die Berge hoch. Es war bereits dunkel, als sie vor einem Motel am Stadtrand von Knoxville hielt. Sie nahm ein kleines Zimmer, das sie bar bezahlte, und ging dann nebenan in einem Taco-Kettenrestaurant essen. Danach schlief sie acht Stunden durch, und als sie am anderen Morgen wach wurde, war sie fit für einen neuen, langen Tag.

Hildy Mann war seit zwanzig Jahren Patientin im Eastern State Hospital. Mercer besuchte sie mindestens einmal im

Jahr, manchmal auch zweimal, aber nie öfter. Andere Besucher gab es nicht. Als Herbert klar geworden war, dass seine Frau nie wieder nach Hause kommen würde, hatte er klammheimlich die Scheidung eingereicht. Und wer wollte ihm das verdenken? Obwohl Connie nur drei Stunden entfernt lebte, hatte sie ihre Mutter seit Jahren nicht besucht. Als Hildys ältestes Kind war sie deren gesetzliche Vertreterin, doch um zu ihr zu fahren, fand sie nicht die Zeit.

Geduldig ließ Mercer die langwierige bürokratische Anmeldungsprozedur über sich ergehen, dann sprach sie fünfzehn Minuten lang mit einem Arzt und hörte dieselbe niederschmetternde Diagnose wie immer. Die Patientin sei Opfer einer kräftezehrenden Form von paranoider Schizophrenie. Eingebildete Stimmen, Wahnvorstellungen und Halluzinationen gehörten zu ihrem Krankheitsbild. Es sei seit fünfundzwanzig Jahren keine Verbesserung zu beobachten, und es gebe keinerlei Anzeichen für Hoffnung. Sie stand permanent unter Medikamenten, und Mercer fragte sich bei jedem Besuch, welchen Schaden die vielen Pillen über die Jahre angerichtet hatten. Doch es gab keine Alternative. Hildy war Dauerpatientin dieser psychiatrischen Klinik und würde dort den Rest ihres Lebens verbringen.

Aus Anlass ihres Besuchs hatten die Pflegerinnen ihrer Mutter statt dem alltäglichen weißen Überziehkittel ein Sommerkleid aus hellblauer Baumwolle angezogen, das Mercer ihr einmal mitgebracht hatte, wie viele andere über die Jahre. Barfuß saß sie am Bettrand und starrte zu Boden, als ihre Tochter eintrat und sie auf die Stirn küsste. Mercer setzte sich neben sie, tätschelte ihr Knie und sagte ihr, wie sehr sie sie vermisst habe.

Hildys einzige Reaktion war ein freundliches, leeres Lächeln. Wie immer war Mercer irritiert von ihrem Aussehen. Obwohl sie erst vierundsechzig war, wirkte sie wie achtzig.

Sie war dünn, ausgezehrt, hatte schneeweißes Haar und die Haut eines Gespenstes. Aber wie sollte es auch anders sein? Sie kam aus ihrem Zimmer nie heraus. Noch vor Jahren hatten die Pflegerinnen sie einmal am Tag für eine Stunde in den Garten geschoben, doch irgendwann hatte Hildy angefangen, sich zu sträuben. Etwas da draußen jagte ihr panische Angst ein.

Mercer hielt den gleichen Monolog wie immer, berichtete von ihrem Leben, ihrer Arbeit, ihren Freunden, von diesem und jenem, Dichtung und Wahrheit, doch Hildy schien nichts davon aufzunehmen. Ihr Gesicht war zu einer lächelnden Maske geronnen und starr zu Boden gerichtet. Mercer redete sich ein, dass die Mutter ihre Stimme erkannte, doch sicher war das nicht. Warum kam sie überhaupt noch zu Besuch?

Weil sie ein schlechtes Gewissen hatte. Connie hatte ihre Mutter aus dem Gedächtnis gestrichen, doch Mercer fühlte sich schuldig, weil sie nicht öfter kam.

Fünf Jahre waren vergangen, seit Hildy zuletzt mit ihr geredet hatte. Damals hatte sie sie erkannt, sie mit Namen angesprochen und sich sogar dafür bedankt, dass sie gekommen war. Monate später hatte sie während eines Besuchs einen Tobsuchtsanfall bekommen, sodass eine Pflegerin eingreifen musste. Mercer fragte sich oft, ob sie inzwischen die Medikamentendosis erhöhten, wenn sie wussten, dass sie kam.

Laut ihrer Großmutter hatte Hildy als junges Mädchen die Gedichte von Emily Dickinson geliebt. Tessa hatte ihre Tochter anfangs oft besucht und ihr stets Gedichte vorgelesen. Damals hatte Hildy noch zugehört und reagiert, doch im Lauf der Jahre hatte sich ihr Zustand immer weiter verschlechtert.

»Wie wär's mit ein bisschen Poesie, Mom?« Mercer holte einen dicken Emily-Dickinson-Sammelband hervor. Es war dasselbe Buch, das Tessa jahrelang ins Eastern State Hospital mitgebracht hatte. Mercer zog einen Schaukelstuhl heran und setzte sich nahe ans Bett.

Hildy lächelte, während sie vorlas, blieb aber stumm.

7.

Später traf sich Mercer in einem Restaurant im Stadtzentrum von Memphis mit ihrem Vater zum Mittagessen. Herbert wohnte irgendwo in Texas mit einer neuen Frau, von der Mercer nichts hören und die sie schon gar nicht kennenlernen wollte. Als er noch Autos verkauft hatte, hatte er über nichts anderes als Autos gesprochen, und seit er Talentsucher bei den Orioles war, redete er nur noch über Baseball. Mercer war nicht sicher, welches Thema sie langweiliger fand, doch sie hielt sich wacker und versuchte, das Treffen so angenehm wie möglich zu gestalten. Sie sah ihren Vater nur einmal im Jahr, und nach einer halben Stunde wusste sie wieder, warum. Angeblich war er »geschäftlich« in der Stadt, doch das erschien ihr äußerst unrealistisch. Sein Geschäft war mit Pauken und Trompeten untergegangen, als sie im ersten Semester war, und sie hatte sich von Kredithaien abhängig machen müssen, um ihr Studium zu finanzieren.

Doch die Schulden waren weg! Sie musste sich immer noch kneifen, um sich zu vergewissern, dass es kein Traum war.

Herbert kam wieder auf Baseball zurück und schwadronierte über sein neuestes Highschool-Talent. Nicht ein einziges Mal fragte er nach ihrem neuesten Buch oder Projekt. Falls er etwas von ihr gelesen hatte, behielt er es für sich.

Eine quälend lange Stunde später war Mercer so weit, dass sie sich ins Eastern State Hospital zurückwünschte. Obwohl sie nicht sprach, war ihre arme Mutter nicht halb so langweilig wie ihr geschwätziger, egozentrischer Vater. Trotzdem verabschiedeten sie sich mit Umarmung und Küsschen und dem üblichen Versprechen, sich von nun an öfter zu treffen. Mercer fügte an, dass sie für die nächsten Monate an den Strand ziehen würde, um einen Roman zu Ende zu schreiben, doch er war längst wieder am Handy.

Nach dem Mittagessen fuhr sie zum Rosewood-Friedhof und legte Rosen auf Tessas Grab. Sie setzte sich mit dem Rücken an den Grabstein und weinte bitterlich. Tessa war vierundsiebzig gewesen, als sie starb, und doch war sie in vielen Dingen immer jung geblieben. Heute wäre sie fünfundachtzig und zweifellos so fit und aktiv wie eh und je, würde am Strand herumstreifen, um Muscheln zu sammeln und Schildkröteneier zu bewachen, im Garten arbeiten, bis der Schweiß triefte, und darauf warten, dass ihre geliebte Enkelin zum Spielen kam.

Es war Zeit, zurückzukehren, Tessas Stimme zu hören, ihre Sachen zu berühren, ihre gemeinsamen Erinnerungen aufleben zu lassen. Zuerst würde es wehtun, doch Mercer wusste seit elf Jahren, dass dieser Tag kommen würde.

Sie aß mit einer alten Freundin aus der Highschool zu Abend, schlief in deren Gästezimmer und verabschiedete sich früh am anderen Morgen. Camino Island war fünfzehn Autostunden entfernt.

8.

Sie blieb über Nacht in einem Motel in der Nähe von Tallahassee und kam wie geplant gegen Mittag beim Strandhaus an. Es hatte sich nicht viel verändert, allerdings war es jetzt weiß gestrichen und nicht mehr zartgelb wie zu Tessas Zeiten. An die schmale Einfahrt aus grob gemahlenen Austernschalen grenzte ordentlich gemähter Rasen. Tante Jane hatte erzählt, dass Larry, der Gärtner, sich immer noch um das Grundstück kümmere und dass er später vorbeikommen wolle, um Mercer zu begrüßen. Zwischen Eingangstür und Fernando Street war nicht viel Platz, und Tessa hatte Zwergpalmettopalmen und Holunderbüsche am Zaun gepflanzt, die inzwischen so groß und dicht geworden waren, dass die Häuser der Nachbarn nicht zu sehen waren. In den Blumenbeeten, die Tessa immer am Vormittag gepflegt hatte, wenn sie noch im Schatten lagen, wuchsen Begonien, Katzenminze und Lavendel. An den Pfosten der überdachten Veranda rankte sich Blauregen empor. Ein Amberbaum war so in die Höhe geschossen, dass er die kleine Rasenfläche vor dem Haus fast völlig beschattete. Jane und Larry kümmerten sich wirklich gut um den Garten. Tessa hätte sich darüber gefreut, aber mit Sicherheit etwas gefunden, was sie verbessern konnte.

Der Schlüssel funktionierte, allerdings klemmte die Tür. Erst als Mercer sich mit der Schulter dagegenwarf, ging sie auf. Sie betrat das Wohnzimmer, einen langen, offenen Raum mit einem alten Sofa und Stühlen in einer Ecke, vor denen ein Fernseher stand, dann kam ein rustikaler Esstisch, den Mercer noch nicht kannte. Dahinter lag der Küchenbereich, umgeben von einer Wand aus hohen Fenstern, mit Blick Richtung Meer, das sechzig Meter entfernt hinter den Dünen lag. Die Möbel waren anders, genau wie die Bilder an den Wänden und die Teppiche auf dem Boden. Es fühlte sich eher an wie ein Mietobjekt und nicht wie ein Zuhause, aber damit hatte Mercer gerechnet. Tessa hatte fast zwanzig Jahre lang sommers wie winters hier gelebt und das Haus tipptopp in Schuss gehalten. Jetzt wurde es nur für Urlaube genutzt und musste mal wieder gründlich geputzt werden. Sie ging durch die Küche nach draußen auf die große Holzterrasse, die mit altersschwachen Korbmöbeln bestückt und von Palmen und Kreppmyrthen umgeben war. Sie wischte Schmutz und Spinnweben von einem Schaukelstuhl und setzte sich. Dann starrte sie auf die Dünen und den Atlantik und hörte den Wellen zu, die auf den Strand zurollten. Sie hatte sich geschworen, nicht zu weinen, also tat sie es auch nicht.

Am Strand spielten Kinder. Sie konnte sie lachen hören, aber nicht sehen; die Dünen versperrten die Sicht auf die Brandung. Möwen und Fischkrähen krächzten heiser, während sie über dem Sand und dem Wasser kreisten.

Überall waren Erinnerungen, goldene, kostbare Gedanken an ein anderes Leben. Tessa hatte sie praktisch adoptiert, als sie mutterlos wurde, und zu sich an den Strand geholt, zumindest für drei Monate im Jahr. Die übrigen neun Monate hatte Mercer sich danach gesehnt, wieder an diesem Fleckchen Erde zu sein und am späten Nachmittag, wenn die Sonne hinter ihnen an Kraft verlor, in diesen Schaukelstühlen zu sitzen. Die Abenddämmerung war immer ihre liebste Tageszeit gewesen. Die glühende Hitze hatte sich gelegt, der Strand war leer. Sie waren dann immer eineinhalb Kilometer zum South Pier und zurück gelaufen und hatten dabei nach Muscheln gesucht, in der Brandung geplanscht und mit Tessas Freunden geplaudert, anderen Einheimischen, die ebenfalls erst spät aus ihren Häusern kamen.

Diese Freunde gab es jetzt auch nicht mehr; sie waren entweder tot oder in Seniorenheimen untergebracht.

Mercer schaukelte lange, dann stand sie auf. Sie ging weiter durchs Haus und fand nicht viel, was sie an Tessa erinnerte. Was gut war, wie sie feststellte. Es gab kein einziges Foto ihrer Großmutter, nur ein paar gerahmte Schnappschüsse von Tante Jane und deren Familie in einem der Schlafzimmer. Nach der Beerdigung hatte Jane ihr einen Karton mit Fotos, Zeichnungen und Puzzles geschickt, weil sie dachte, Mercer wollte die Sachen haben. Mercer hatte einige der Bilder in ein Album geklebt. Sie packte es aus, zusammen mit ihren restlichen Habseligkeiten, und fuhr zu dem kleinen Supermarkt, wo sie das Nötigste einkaufte. Nach dem Mittagessen versuchte sie zu lesen, konnte sich aber nicht konzentrieren. Dann schlief sie in der Hängematte auf der Terrasse ein.

Larry weckte sie, als er über die Treppe an der Seite auf die Terrasse stampfte. Nach einer kurzen Umarmung machten beide eine Bemerkung darüber, wie der andere nun aussah. Larry sagte, sie sei genauso hübsch wie immer und inzwischen »eine erwachsene Frau«. Er hatte sich überhaupt nicht verändert, war nur etwas grauhaariger und runzliger als früher, die Haut sogar noch dunkler und gegerbter von zu viel Sonne. Er war klein und drahtig und schien immer noch denselben Strohhut zu tragen, an den sie sich aus ihrer Kindheit erinnerte. In seiner Vergangenheit gab es ein dunkles Kapitel, dessen Details Mercer gerade nicht einfielen, und er war von irgendwo weit oben im Norden, vielleicht Kanada, nach Florida geflohen. Larry arbeitete als Gärtner und Mädchen für alles, und er und Tessa hatten sich ständig darüber gestritten, wie die Blumen gepflegt werden sollten.

»Du hättest früher zurückkommen sollen«, sagte er.

»Ja, wahrscheinlich. Möchtest du ein Bier?«

»Nein danke. Ich habe vor ein paar Jahren mit dem Trinken aufgehört. Meine Frau hat mich dazu gezwungen.«

»Such dir eine andere Frau.«

»Das habe ich auch schon probiert.«

Wenn Mercer sich richtig erinnerte, hatte er mehrmals geheiratet und war Tessa zufolge ein Schürzenjäger. Sie ging zu einem Schaukelstuhl und sagte: »Setz dich. Lass uns reden.«

»Okay.« Seine Tennisschuhe waren mit grünen Flecken übersät, an den nackten Knöcheln klebte Grasschnitt. »Wasser wäre nicht schlecht.«

Mercer lächelte und holte die Getränke. Als sie wiederkam, öffnete sie eine Bierflasche. »Und? Wie läuft's bei dir so?«

»Alles beim Alten. Und bei dir?«

»Ich habe unterrichtet und geschrieben.«

»Dein Buch habe ich gelesen. Hat mir gefallen. Ich habe mir oft das Foto von dir auf der Rückseite angesehen und gesagt: ›Mann, das Mädchen kenn ich. Das kenn ich schon lange.‹ Tessa wäre stolz auf dich gewesen.«

»Ja, das wäre sie. Was erzählt man sich denn so auf der Insel?«

Larry lachte. »Du bist eine Ewigkeit weg gewesen, und jetzt willst du den Klatsch hören?«

»Was ist mit den Bancrofts von nebenan passiert?«, erkundigte sie sich, während sie über die Schulter zeigte.

»Er ist vor ein paar Jahren gestorben. Krebs. Sie lebt noch, aber ihre Kinder haben sie in ein Heim gesteckt und das Haus verkauft. Die neuen Besitzer mögen mich nicht, und ich mag sie nicht.«

Mercer fiel wieder ein, dass er direkt und wortkarg war. »Und die Hendersons von gegenüber?«

»Tot.«

»Mrs. Henderson und ich haben uns nach Tessas Tod ein paarmal geschrieben, aber dann ist der Kontakt irgendwie abgebrochen. Hier hat sich nicht viel verändert.«

»Die Insel verändert sich nicht. Zwischendurch mal ein paar neue Häuser. Die Grundstücke am Strand sind inzwischen alle bebaut, und unten am Ritz gibt es jetzt ein paar schicke Eigentumswohnungen. Es kommen mehr Touristen, schätze mal, dass das gut ist. Jane sagt, dass du einige Monate bleibst.«

»Das habe ich jedenfalls vor. Ich bin zurzeit arbeitslos und muss ein Buch fertig schreiben.«

»Bücher hast du schon immer geliebt, was? Ich kann mich daran erinnern, dass sie überall im Haus stapelweise herumlagen, sogar als du noch klein warst.«

»Tessa hat mich zweimal in der Woche in die Bücherei mitgenommen. Als ich in der fünften Klasse war, gab es in meiner Schule einen Lesewettbewerb für die Ferien. In dem Sommer habe ich achtundneunzig Bücher gelesen und den ersten Preis gewonnen. Michael Quon kam mit dreiundfünfzig auf den zweiten Platz. Ich hatte mir fest vorgenommen, hundert zu erreichen.«

»Tessa hat immer gesagt, dass du zu ehrgeizig bist. Dame, Schach, Monopoly, egal, was, du musstest immer gewinnen.«

»Stimmt. Jetzt kommt mir das irgendwie dumm vor.«

Larry trank noch einen Schluck Wasser und wischte sich mit dem Hemdsärmel über den Mund. Dann starrte er auf das Meer hinaus und sagte: »Ich vermisse das alte Mädchen. Wir haben uns pausenlos wegen der Blumenbeete und des Düngers gestritten, aber für ihre Freunde hätte sie sich zerreißen lassen.« Mercer nickte schweigend. »Tut mir leid, dass ich damit angefangen habe«, sagte er nach einer langen Pause. »Ich weiß, dass es immer noch schwer für dich ist.«

»Kann ich dich mal etwas fragen, Larry? Ich habe nie mit jemandem darüber gesprochen, was mit Tessa passiert ist. Später, lange nach der Beerdigung, habe ich die Artikel in den Zeitungen und all das gelesen, aber gibt es da etwas, was ich nicht weiß? Ist an der Geschichte mehr dran?«

»Das weiß niemand.« Er nickte in Richtung Meer. »Sie und Porter waren da draußen, fünf oder sechs Kilometer entfernt, vermutlich noch in Sichtweite, aber der Sturm kam aus dem Nichts. Einer von denen, die im Spätsommer am Nachmittag aufziehen, aber ein ziemlich übler.«

»Wo warst du?«

»Zu Hause, ein paar Reparaturen erledigen. Auf einmal war der Himmel schwarz, und der Wind hat gebrüllt. Der Regen fiel in Strömen und fast horizontal. Hat ein paar Bäume umstürzen lassen. Es gab einen Stromausfall. Porter hat angeblich noch einen Notruf abgesetzt, aber es war wohl schon zu spät.«

»Ich war ein Dutzend Mal auf diesem Boot, aber Segeln war einfach nicht mein Ding. Mir war es immer zu heiß und zu langweilig.«

»Porter war ein guter Segler, und du weißt, dass er verrückt nach Tessa war. Aber nichts Sexuelles. Schließlich war er zwanzig Jahre jünger als sie.«

»Da bin ich mir nicht so sicher. Sie waren sehr eng miteinander, und als ich älter wurde, habe ich Verdacht geschöpft. Einmal habe ich ein Paar von seinen alten Deckschuhen in ihrem Schrank gefunden. Ich habe herumgeschnüffelt, wie Kinder das eben so tun. Ich habe nichts gesagt, aber umso aufmerksamer zugehört. Ich hatte den Eindruck, dass Porter eine Menge Zeit hier verbracht hat, wenn ich nicht da war.«

Larry schüttelte den Kopf. »Nein. Glaubst du nicht, dass ich das wüsste?«

»Vermutlich schon.«

»Ich war dreimal in der Woche hier, und in der übrigen Zeit habe ich das Haus im Auge behalten. Wenn hier ein Kerl rumgehangen hätte, wäre mir das aufgefallen.«

»Okay. Aber sie hat Porter wirklich gern gehabt.«

»Das hat jeder. Anständiger Mann. Wurde nie gefunden. Das Boot auch nicht.«

»Hat man nach ihnen gesucht?«

»Und wie. Es war die größte Suchaktion, die ich je erlebt habe. Jedes Boot auf der Insel hat sich daran beteiligt, ich auch. Küstenwache, Hubschrauber. Bei Sonnenaufgang wurde Tessa von einem Jogger am North Pier gefunden. Wenn ich mich richtig erinnere, war das zwei oder drei Tage später.«

»Sie war eine gute Schwimmerin, aber wir haben nie Rettungswesten benutzt.«

»Bei diesem Sturm hätte das auch nichts geholfen. Um deine Frage zu beantworten – nein, wir werden nie erfahren, was passiert ist. Tut mir leid.«

»Schon gut, ich habe ja gefragt.«

»So, ich gehe jetzt besser. Kann ich irgendetwas für dich tun?« Er stand langsam auf und dehnte die Arme. »Meine Telefonnummer hast du.«

Mercer erhob sich ebenfalls und umarmte ihn kurz. »Danke, Larry. Es war schön, dich zu sehen.«

»Willkommen zu Hause.«

»Danke.«

9.

Am frühen Abend streifte Mercer ihre Sandalen ab und machte sich auf den Weg zum Strand. Der Holzsteg begann an der Terrasse und folgte dem Auf und Ab der Dünen, die nicht betreten werden durften und per Gesetz geschützt waren. Sie ging langsam und hielt wie immer Ausschau nach den Georgia-Gopher-Schildkröten. Die Tiere waren vom Aussterben bedroht, und Tessa hatte leidenschaftlich darum gekämpft, ihr Habitat zu erhalten. Sie ernährten sich von dem Plattährengras und dem Schlickgras, mit dem die Dünen bewachsen waren. Schon mit acht Jahren hatte Mercer jede einzelne Pflanzenart gekannt, die es hier gab – Büffelgras, Zypergras, Yuccas und Graue Palmlilien. Tessa hatte ihr die Vegetation erklärt und erwartete von ihr, dass sie sich auch im nächsten Sommer an die Namen erinnerte. Elf Jahre später wusste sie sie immer noch.

Mercer schloss das schmale Tor am Holzsteg hinter sich, ging zum Rand des Wassers und wandte sich dann nach Süden. Sie begegnete einigen Strandgutsammlern, die ihr zunickten und lächelten. Die meisten hatten einen Hund an der Leine dabei. Eine Frau kam direkt auf sie zu. Mit knitterfreien khakifarbenen Shorts, gebügeltem Leinenhemd und einem um die Schultern gelegten Baumwollpullover sah sie aus wie ein Model aus einem Katalog für Freizeitkleidung. Kurze Zeit später war ihr Gesicht zu erkennen. Elaine Shelby lächelte und begrüßte sie. Die beiden gaben sich die Hand und gingen zusammen weiter, die bloßen Füße in der schäumenden Brandung.

»Wie sieht das Strandhaus aus?«, erkundigte sich Elaine.

»Gut. Tante Jane führt ein strenges Regiment.«

»Hat sie viele Fragen gestellt?«

»Eigentlich nicht. Sie war froh, dass ich bleibe.«

»Und Sie können bis Anfang Juli dort wohnen?«

»Ungefähr bis zum vierten Juli. Connie kommt für zwei Wochen mit ihrer Familie, dann muss ich vorübergehend ausziehen.«

»Wir werden Ihnen ein Hotelzimmer in der Nähe besorgen. Gibt es sonst noch Buchungen für das Haus?«

»Nein, erst wieder im November.«

»Bis dahin ist alles vorbei, so oder so.«

»Wenn Sie meinen.«

»Zwei Ideen für den Anfang«, sagte Elaine und kam damit schnell zur Sache. Es sah aus wie ein netter Strandspaziergang, war aber in Wirklichkeit eine wichtige Besprechung. Ein Golden Retriever an der Leine wollte sie begrüßen. Sie strichen ihm über den Kopf und tauschten die üblichen Höflichkeiten mit seinem Besitzer aus. Als sie weitergingen, fuhr Elaine fort: »Erstens, ich würde mich von der Buchhandlung fernhalten. Es ist wichtig, dass Cable den Kontakt zu Ihnen sucht, nicht umgekehrt.«

»Und wie soll ich das hinbekommen?«

»Auf der Insel wohnt eine Frau namens Myra Beckwith, eine Schriftstellerin, von der Sie vielleicht gehört haben.«

»Nein.«

»Habe ich mir fast gedacht. Sie hat einen Stapel Bücher geschrieben, alles ausgesprochen schlüpfrige Liebesromane, und benutzt ein Dutzend Pseudonyme. Früher hat sie sich in dem Genre ganz gut verkauft, aber mit zunehmendem Alter veröffentlicht sie nicht mehr so viel. Sie lebt mit ihrer Partnerin in einem der alten Häuser im Stadtzentrum. Groß, kräftig gebaut, über eins achtzig, ein richtiges Mannweib. Wenn man sie sieht, glaubt man kaum, dass sie jemals Sex mit irgendjemand hatte, aber sie hat eine beeindruckende Fantasie. Ein echtes Original, sehr exzentrisch, laut und ausgesprochen farbenfroh gekleidet. Sie ist sozusagen die Bienenkönigin der hiesigen Literaturszene. Sie und Cable sind alte Freunde. Schicken Sie ihr eine kurze Nachricht, stellen Sie sich vor, erklären Sie ihr, was Sie hier machen, das Übliche eben. Sagen Sie, dass Sie auf einen Drink vorbeikommen möchten. Cable wird innerhalb von vierundzwanzig Stunden davon erfahren.«

»Wer ist ihre Partnerin?«

»Leigh Trane, noch eine Schriftstellerin, von der Sie vielleicht gehört haben.«

»Nein.«

»Wie auch … Sie beansprucht für sich, Texte mit literarischem Anspruch zu schreiben, ausgesprochen unzugängliches Zeug, das die Buchhandlungen nicht mal verschenken können. Von ihrem letzten Buch hat sie dreihundert Exemplare verkauft, das war vor acht Jahren. Die zwei sind in jeder Hinsicht ein seltsames Paar, aber es wird vermutlich zum Schreien komisch sein, sich mit ihnen zu treffen. Wenn Sie die beiden erst einmal kennen, wird es nicht lange dauern, bis Cable sich bei Ihnen meldet.«

»Klingt ganz einfach.«

»Die zweite Idee ist etwas riskanter, aber ich bin sicher, dass sie funktionieren wird. Es gibt da eine junge Schriftstellerin namens Serena Roach.«

»Von der habe ich schon gehört. Ich kenne sie nicht persönlich, aber wir sind beim selben Verlag.«

»Richtig. Ihr letzter Roman ist vor ein paar Tagen herausgekommen.«

»Ich habe eine Kritik gelesen. Er muss miserabel sein.«

»Das spielt keine Rolle. Das Interessante ist, dass sie gerade auf Promotiontour ist und Mittwoch nächster Woche hier sein wird. Ich habe ihre E-Mail-Adresse. Schreiben Sie ihr, schwafeln Sie ein bisschen, und sagen Sie, dass Sie sich auf einen Kaffee mit ihr treffen möchten und so weiter. Sie ist etwa in Ihrem Alter und Single. Es wird vielleicht ganz lustig. Die Signierstunde ist für Sie der perfekte Grund, in der Buchhandlung aufzutauchen.«

»Und weil sie jung und Single ist, können wir davon ausgehen, dass Cable sich von seiner besten Seite zeigen wird.«

»Da Sie für eine Weile auf der Insel sind und Miss Roach auf ihrer Lesereise hier Station macht, könnte es durchaus sein, dass Cable und Noelle nach der Signierstunde ein Essen geben. Übrigens, Noelle ist gerade in der Stadt.«

»Ich werde jetzt nicht fragen, woher Sie das wissen.«

»Ganz einfach. Wir haben uns heute Nachmittag ein paar Antiquitäten angesehen.«

»Sie sagten, es könnte riskant sein?«

»Na ja, bei einem Glas Wein könnte herauskommen, dass Sie und Serena sich bis jetzt nicht gekannt haben. Ein günstiger Zufall. Oder auch nicht.«

»Das glaube ich nicht«, wandte Mercer ein. »Da wir beide beim selben Verlag sind, ist es durchaus glaubhaft, dass ich vorbeikomme und Hallo sage.«

»Gut. Morgen früh um zehn wird Ihnen ein Karton geliefert. Ein Stapel Bücher, alle vier von Noelle und die drei, die Serena geschrieben hat.«

»Hausaufgaben?«

»Sie lesen doch gern, oder?«

»Das gehört zu meinem Beruf.«

»Ich lege noch ein bisschen was von Myras Mist dazu, nur so zum Spaß. Kompletter Schund, aber süchtig machend. Von Leigh Tranes Büchern konnte ich nur eines finden, das bekommen Sie auch. Ich bin sicher, dass der Rest vergriffen ist, und das aus gutem Grund. An Ihrer Stelle würde ich es, glaube ich, nicht lesen. Ich habe nicht einmal das erste Kapitel geschafft.«

»Ich kann es kaum erwarten. Wie lange sind Sie noch hier?«

»Morgen reise ich ab.« Sie gingen schweigend nebeneinanderher, immer noch am Rand des Wassers. In der Nähe spielten zwei Kinder mit Paddelbrettern in der Brandung. »Als wir in Chapel Hill miteinander zu Abend gegessen haben, hatten Sie Fragen zu den Ermittlungen. Ich kann nicht viel sagen, aber wir haben eine Belohnung für Informationen ausgesetzt, sehr diskret natürlich. Vor zwei Monaten haben wir eine Frau gefunden, die im Großraum Boston wohnt. Sie war einmal mit einem Sammler verheiratet, der mit seltenen Büchern handelt und dafür bekannt ist, dass er auch vor Exemplaren zweifelhafter Herkunft nicht zurückschreckt. Anscheinend ist die Scheidung noch nicht lange her, und sie hat noch ein Hühnchen mit ihm zu rupfen. Sie hat uns erzählt, dass ihr Exmann eine Menge über die Fitzgerald-Manuskripte weiß. Sie glaubt, dass er sie von den Dieben gekauft und aus Angst sofort weiterverkauft hat. Er soll eine Million Dollar dafür bekommen haben, aber bis jetzt konnten wir das Geld nicht finden und sie auch nicht. Falls es tatsächlich passiert ist, wurde das Ganze vermutlich über eine Offshorebank mit Geheimkonten und so abgewickelt. Wir sind noch am Suchen.«

»Haben Sie auch mit dem Exmann geredet?«

»Bis jetzt nicht.«

»Und er hat die Manuskripte an Bruce Cable verkauft?«

»Den Namen hat sie uns gegeben. Sie hat mit ihrem Ex zusammengearbeitet, bis die Ehe in die Brüche gegangen ist, daher weiß sie einiges über die Branche.«

»Warum sollte Cable die Manuskripte hierherbringen?«

»Warum nicht? Er ist hier zu Hause, hier fühlt er sich sicher. Ab sofort gehen wir davon aus, dass sie auf der Insel sind, aber das ist eine ziemlich gewagte These. Wir können uns auch irren. Wie gesagt, Cable ist sehr schlau, und er weiß, was er tut. Vermutlich ist er zu clever, um sie an einem

Ort zu verstecken, der ihn belasten könnte. Wenn es unter der Buchhandlung einen Tresorraum gibt, glaube ich nicht, dass er sie dort aufbewahren würde. Aber wer weiß? Das sind alles nur Vermutungen, und das werden sie auch bleiben, bis wir bessere Informationen haben.«

»Aber was für eine Art von Informationen?«

»Wir brauchen jemanden, der sich in der Buchhandlung umsieht, und dort vor allem in dem Raum mit den Erstausgaben. Wenn Sie Cable erst einmal kennen, können Sie anfangen, in die Buchhandlung zu kommen, Bücher zu kaufen, an anderen Autorenveranstaltungen teilzunehmen und so weiter, und dann werden Sie mit der Zeit eben neugierig auf seine Raritäten. Wir besorgen Ihnen ein paar alte Bücher, die angeblich aus Tessas Nachlass stammen, die können Sie als Einstieg benutzen. Wie viel sind sie wert? Hat er Interesse an einem Kauf? Wir haben keine Ahnung, wo solche Gespräche hinführen, aber wenigstens haben wir einen Insider, jemanden, den er nicht verdächtigt. Irgendwann werden Sie etwas erfahren. Wer weiß, was, wann und wo. Der Fitzgerald-Raub ist möglicherweise Tischgespräch bei einem Abendessen. Wie ich schon sagte, er trinkt eine Menge, und Alkohol lockert die Zunge. Vielleicht verplappert er sich.«

»Ich glaube kaum, dass er sich bei so etwas verplappern würde.«

»Stimmt, aber vielleicht verplappert sich jemand anders. Entscheidend ist, dass wir einen Insider haben, der Auge und Ohr für uns ist.«

Sie blieben am South Pier stehen, kehrten um und liefen wieder nach Norden. »Kommen Sie mit«, sagte Elaine. An einem Holzsteg öffnete sie ein Törchen, hinter dem sie über eine Treppe zu einer kleinen Plattform gelangten. Dort deutete sie auf drei Reihenhäuser am Ende des Stegs und erklärte:

»Die Maisonettewohnung ganz rechts gehört uns, fürs Erste jedenfalls. Dort wohne ich. In zwei Tagen kommt jemand anders. Ich werde Ihnen eine SMS mit der Handynummer des Mitarbeiters schicken.«

»Werde ich beobachtet?«

»Nein. Sie sind auf sich allein gestellt, aber sicherheitshalber wird immer jemand in Ihrer Nähe sein. Außerdem bekomme ich jeden Abend eine E-Mail von Ihnen, egal, was passiert. Okay?«

»Ja, sicher.«

»Ich werde gleich abreisen.« Sie gab Mercer die Hand. »Viel Glück, und versuchen Sie, das Ganze als Strandurlaub zu sehen. Wenn Sie Cable und Noelle erst einmal kennengelernt haben, finden Sie die beiden ja vielleicht sympathisch, und es wird ganz nett.«

Mercer zuckte mit den Schultern. »Abwarten«, meinte sie.

10.

Die Dumbarton Gallery lag einen Häuserblock von der Wisconsin Avenue in Georgetown entfernt. Es war eine kleine Galerie im Erdgeschoss eines alten Backstein-Reihenhauses, das einen guten Anstrich und vielleicht auch ein neues Dach gebrauchen konnte. Trotz des regen Fußgängerverkehrs ganz in der Nähe war die Galerie in der Regel leer, die Wände so gut wie kahl. Sie war auf moderne minimalistische Werke spezialisiert, die offensichtlich nicht sehr beliebt waren, zumindest nicht in Georgetown. Ihrem Besitzer war das eigentlich egal. Er hieß Joel Ribikoff, war zweiundfünfzig Jahre alt und zweimal wegen Hehlerei verurteilt worden.

Die Kunstgalerie war nur Fassade, ein Trick, um die zu täuschen, die ihn vielleicht beobachteten. Nach zwei Verurteilungen und acht Jahren Knast war Joel der Meinung, dass es immer jemanden gab, der ihn beobachtete und sich vergewissern wollte, dass er keine krummen Dinger mehr drehte, sondern inzwischen lediglich einer von vielen Galeriebesitzern in Washington war, die ums Überleben kämpften. Er spielte das Spiel mit, veranstaltete einige Ausstellungen, kannte eine Handvoll Künstler und nicht ganz so viele Kunden und pflegte sporadisch eine Website, die er ausschließlich für neugierige Augen angelegt hatte.

Joel wohnte im zweiten Stock des Hauses. Im ersten lag das Büro, in dem er sich seinen eigentlichen Geschäften widmete, der Abwicklung von Transaktionen, bei denen es um gestohlene Gemälde, Drucke, Fotografien, Bücher, Manuskripte, Landkarten, Skulpturen und gefälschte Briefe von berühmten Toten ging. Selbst die Zeit im Gefängnis und die beängstigende Aussicht, bei einer dritten Verurteilung für den Rest seines irdischen Daseins hinter Gitter zu wandern, konnten Joel Ribikoff nicht dazu bewegen, sich an die Regeln zu halten. Für ihn war das Leben in der Verbrecherwelt erheblich aufregender und profitabler als die Leitung einer kleinen Galerie, deren Kunstwerke auf wenig Interesse stießen. Er genoss den Nervenkitzel, Diebe mit ihren Opfern oder Mittelsmännern zusammenzubringen und komplexe Deals zu strukturieren, bei denen es um mehrere Phasen und Parteien ging und das Diebesgut im Geheimen verschoben wurde, während das Geld dafür auf Offshorekonten landete. Die Beute selbst nahm er nur selten in Verwahrung, er zog es vor, der clevere Mittelsmann zu sein, der sich nicht die Hände schmutzig machte.

Einen Monat nach dem Fitzgerald-Raub in Princeton war das FBI vorbeigekommen. Joel wusste natürlich von nichts.

Einen Monat später waren die Beamten wieder da, aber er wusste nach wie vor von nichts. Danach brachte er allerdings eine ganze Menge in Erfahrung. Da er befürchtete, dass das FBI seine Telefone abhörte, war er aus Washington, D.C., verschwunden und untergetaucht. Über Prepaid- und Wegwerfhandys hatte er Kontakt zu dem Dieb aufgenommen und ihn in einem Motel an einer Interstate in der Nähe von Aberdeen, Maryland, getroffen. Der Dieb hatte sich als Denny vorgestellt, sein Komplize hieß Rooker. Zwei harte Hunde. Auf einem billigen Bett in einem Doppelzimmer, das neunundsiebzig Dollar die Nacht kostete, hatte sich Joel die fünf Fitzgerald-Manuskripte angesehen, die mehr wert waren, als die drei sich vorstellen konnten.

Joel war klar gewesen, dass Denny – zweifellos der Anführer der Gang oder dessen, was davon noch übrig war – unter enormem Druck stand und die Manuskripte so schnell wie möglich loswerden musste, damit er das Land verlassen konnte. »Ich will eine Million Dollar«, hatte er gesagt.

»So viel kann ich nicht aufbringen«, hatte Joel abgewehrt. »Bis auf einen einzigen weigern sich meine Kontakte, über diese Ware auch nur zu reden. Im Augenblick ist jeder in meiner Branche ausgesprochen nervös. Das FBI ist überall. Mein bestes, nein, mein einziges Angebot ist eine halbe Million.«

Denny hatte geflucht und war wütend im Zimmer auf und ab gegangen. Hin und wieder war er stehen geblieben, hatte die Vorhänge zur Seite geschoben und einen Blick auf den Parkplatz geworfen. Irgendwann hatte Joel die Theatralik satt und sagte, dass er jetzt gehe. Denny gab nach, und sie redeten über die Details. Als Joel das Motelzimmer verließ, hatte er nur seine Aktentasche bei sich. Nach Einbruch der Dunkelheit fuhr Denny wie vereinbart mit den Manuskripten nach Providence und wartete dort. Rooker, der ein alter Freund aus der Army war, traf sich dort mit ihm. Drei Tage später erfolgte die Übergabe mit Unterstützung eines weiteren Mittelsmanns.

Jetzt war Denny wieder in Georgetown, zusammen mit Rooker, und suchte nach seinem Schatz. Ribikoff hatte ihn bei ihrem ersten Aufeinandertreffen aufs Kreuz gelegt. Das würde ihm nicht noch einmal passieren. Um neunzehn Uhr am Mittwoch, den 25. Mai, kurz bevor die Galerie schloss, trat Denny durch die Eingangstür, während Rooker ein Fenster zu Joels Büro aufbrach. Als alle Türen verriegelt und sämtliche Lampen gelöscht waren, trugen sie Joel in seine Wohnung im zweiten Stock, fesselten und knebelten ihn und begannen mit der hässlichen Arbeit, Informationen aus ihm herauszupressen.

KAPITEL 4

Der Strandgutsammler

1.

Als Tessa noch gelebt hatte, begann der Tag bei Sonnenaufgang. Sie zerrte Mercer aus dem Bett und eilte auf die Terrasse, wo sie Kaffee tranken und gespannt auf das erste Anzeichen des orangefarbenen Leuchtens am Horizont warteten. Wenn es hell war, gingen sie über den Holzsteg zum Strand und sahen dort nach dem Rechten. Am späten Vormittag, wenn Tessa in den Blumenbeeten auf der Westseite des Strandhauses arbeitete, schlich Mercer sich häufig noch einmal ins Bett und hielt ein langes Nickerchen.

Mercer trank ihre erste Tasse Kaffee mit etwa zehn Jahren, ihren ersten Martini mit fünfzehn, mit Tessas Erlaubnis. »Alles in Maßen« war einer der Lieblingssprüche ihrer Großmutter.

Doch jetzt war Tessa tot, und Mercer hatte genug Sonnenaufgänge gesehen. Sie schlief bis nach neun Uhr und stand nur widerwillig auf. Während der Kaffee durchlief, wanderte sie durch das Haus und suchte nach dem perfekten Platz zum Schreiben, fand ihn aber nicht. Sie spürte keinen Druck und war fest entschlossen, nur zu schreiben, wenn sie etwas zu sagen hatte. Ihr Roman war sowieso schon seit drei

Jahren überfällig. Wenn der Verlag in New York drei Jahre warten konnte, hatte er mit Sicherheit nichts dagegen, wenn es vier wurden. Ihre Agentin meldete sich gelegentlich bei ihr, aber die Abstände wurden immer größer. Die Gespräche waren kurz. Während der langen Fahrt von Chapel Hill nach Memphis und dann nach Florida hatte Mercer sich alles noch einmal durch den Kopf gehen lassen, über die Handlungsabläufe nachgedacht und manchmal den Eindruck gewonnen, als würde ihr Roman endlich seine Stimme finden. Sie hatte vor, die Teile zu verwerfen, die sie bereits geschrieben hatte, und noch einmal von vorn zu beginnen, dieses Mal aber mit einem völlig neuen Anfang. Jetzt, da sie keine Schulden mehr hatte und sich keine Sorgen um ihren nächsten Job machen musste, wurde ihr Gehirn nicht mehr mit den quälenden Irritationen des Alltags zugemüllt. Wenn sie sich erst einmal eingelebt hatte, wollte sie sich in die Arbeit stürzen und mindestens tausend Wörter am Tag schreiben.

Was ihren aktuellen Job anging, für den sie so fürstlich entlohnt wurde, hatte Mercer allerdings keinen Plan und auch keine Ahnung, wie lange es dauern würde, das zu tun, was sie tun sollte. Daher kam sie zu dem Schluss, dass es nichts brachte, wenn sie noch einen Tag vergeudete. Sie ging ins Internet und rief ihre E-Mails ab. Es war keine Überraschung, dass die stets so tüchtige Elaine während der Nacht eine Nachricht mit ein paar nützlichen Adressen geschickt hatte.

Mercer tippte eine E-Mail an die Bienenkönigin: »Liebe Myra, ich heiße Mercer Mann und bin Schriftstellerin. Ich wohne für ein paar Monate in einem Strandhaus, wo ich an einem Buch arbeite. Da ich praktisch niemanden hier kenne, wollte ich einfach mal Hallo sagen und vorschlagen, dass wir – Sie, Miss Trane und ich – uns auf einen Drink treffen. Ich bringe eine Flasche Wein mit.«

Schlag zehn Uhr klingelte es. Als Mercer die Haustür öffnete, lag ein Karton ohne Aufkleber auf der Veranda. Ein Bote war nicht zu sehen. Sie nahm den Karton mit in die Küche, wo sie ihn auf den Tisch stellte und auspackte. Wie versprochen enthielt er vier große Bildbände von Noelle Bonnet, drei Romane von Serena Roach, einen ziemlich dünnen Band von Leigh Trane und ein halbes Dutzend Liebesromane, deren Titelgestaltung ausgesprochen erotisch war. Es wurde viel nackte Haut zur Schau gestellt, die von jungen Schönheiten und ihren gut aussehenden Geliebten mit unglaublich flachen Bäuchen begrapscht wurde. Jeder Roman stammte von einer anderen Autorin, aber alle waren von Myra Beckwith geschrieben worden. Den Schund wollte sich Mercer für später aufheben.

Nichts, was sie sah, konnte sie dazu inspirieren, mit ihrem eigenen Roman weiterzumachen.

Sie aß eine Schüssel Müsli, während sie durch Noelles Buch über das Marchbanks House blätterte.

Um 10.37 Uhr klingelte ihr Handy, Anrufer unbekannt. Kaum hatte sie »Hallo« gesagt, verkündete eine hektische hohe Stimme auch schon: »Wir trinken keinen Wein. Ich mag Bier, und Leigh hat lieber Rum, außerdem ist der Barschrank voll, Sie brauchen also nichts mitzubringen. Willkommen auf der Insel. Hier ist Myra.«

Um ein Haar hätte Mercer gekichert. »Schön, Sie kennenzulernen, Myra. Ich hatte nicht erwartet, so schnell von Ihnen zu hören.«

»Tja, uns ist langweilig, und wir freuen uns immer über neue Gesichter. Können Sie es noch bis um sechs heute Abend aushalten? Wir fangen nie vor sechs zu trinken an.«

»Ich versuch's. Bis später.«

»Sie wissen, wo wir wohnen?«

»Ash Street.«

»Bis dann.«

Mercer legte das Handy auf den Tisch und versuchte, den Akzent einzuschätzen. Eindeutig Südstaaten, vielleicht Osttexas. Sie nahm eines der Taschenbücher, das angeblich von einer gewissen Runyon O'Shaughnessy geschrieben worden war, und begann zu lesen. Der Held – von »wilder Schönheit« – lief in einem Schloss herum, in dem er aus irgendeinem vagen Grund nicht willkommen war. Als sie auf Seite vier war, hatte er bereits zwei Kammerzofen flachgelegt und stellte einer dritten nach. Am Ende des ersten Kapitels waren alle erschöpft, einschließlich Mercer. Sie legte das Buch weg, als ihr auffiel, dass ihr Puls schneller schlug. Ihr fehlte die Ausdauer, fünfhundert Seiten quer zu lesen.

Sie nahm Leigh Tranes Roman mit auf die Terrasse und wählte einen Schaukelstuhl unter einem Schirm. Es war nach elf, und die Mittagssonne Floridas brannte unerbittlich. Alles, was nicht im Schatten lag, fühlte sich heiß unter den Fingern an. In Miss Tranes Roman ging es um eine junge, unverheiratete Frau, die eines Morgens aufwachte, feststellte, dass sie schwanger war, und nicht wusste, von wem. Sie hatte im letzten Jahr zu viel getrunken, häufig den Partner gewechselt, und ihr Erinnerungsvermögen war nicht das beste. Mithilfe eines Kalenders versuchte sie, die Ereignisse zu rekonstruieren, und erstellte schließlich eine Liste mit den drei wahrscheinlichsten Kandidaten. Sie nahm sich vor, jeden einzelnen von ihnen auszuspionieren und eines Tages, nachdem das Baby auf der Welt war, Kindesunterhalt zu verlangen. Es war ein guter Ansatz, aber der Schreibstil war so verworren und gekünstelt, dass jeder Leser Schwierigkeiten haben musste, der Handlung zu folgen. Keine Szene war eindeutig, sodass man nie wusste, was eigentlich passierte. Miss Trane hatte ihren Roman offensichtlich mit einem Stift in der einen und einem Thesaurus in der anderen Hand geschrieben, denn einige der ausgesprochen langen Wörter kannte Mercer nicht. Außerdem waren die Dialoge nicht mit Anführungszeichen gekennzeichnet, sodass häufig nicht klar war, wer was sagte.

Nach zwanzig Minuten harter Arbeit schlief sie erschöpft ein.

Schwitzend wachte sie auf und stellte dann fest, dass ihr langweilig war. Doch Langeweile kam nicht infrage. Sie hatte immer allein gelebt und gelernt, sich zu beschäftigen. Das Strandhaus musste gründlich geputzt werden, aber das konnte warten. Tessa hatte immer penibel darauf geachtet, dass das Haus blitzblank war, doch diesen Charakterzug hatte Mercer nicht von ihr geerbt. Warum sollte sie sich Gedanken darüber machen, wenn es nicht ganz sauber war? Schließlich lebte sie allein. Sie zog einen Badeanzug an und stellte bei einem Blick in den Spiegel fest, dass ihre Haut ziemlich blass aussah. Sie schwor sich, das zu ändern, und ging zum Strand. Es war Freitag, und die Wochenendmieter trafen allmählich ein, aber ihr Stück Strand war fast leer. Mercer schwamm lange und ging anschließend kurz spazieren, dann kehrte sie ins Haus zurück, duschte und beschloss, zum Mittagessen in die Stadt zu fahren. Sie zog ein leichtes Sommerkleid an und ließ das Make-up bis auf den Lippenstift weg.

Die Fernando Street zog sich acht Kilometer am Strand entlang. An den Dünen und am Meer war sie von einer Mischung aus alten und neuen Ferienhäusern, billigen Motels, großen neuen Häusern und hin und wieder einem Bed and Breakfast gesäumt. Auf der anderen Straßenseite gab es noch mehr Häuser und Ferienwohnungen, Geschäfte, einige Bürogebäude, weitere Hotels und Restaurants, die kleine Gerichte anboten. Während sie langsam dahinfuhr und sich dabei an das Tempolimit von fünfundfünfzig Stundenkilometern hielt, fiel Mercer auf, dass sich hier nichts verändert hatte. Es war noch genau so, wie sie sich aus ihrer Kindheit daran erinnerte. Die Stadtverwaltung von Santa Rosa hielt alles gut in Schuss, und jeweils im Abstand von zweihundert Metern gab es einen kleinen Parkplatz und einen Holzsteg, der zum öffentlichen Strand führte.

Hinter ihr, in Richtung Süden, lagen die großen Hotels, das Ritz und das Marriott, daneben Hochhäuser mit Eigentumswohnungen und die exklusiveren Wohngegenden der Stadt, alles Bauprojekte, die Tessa nie gutgeheißen hatte, denn sie glaubte, dass zu viel nächtliches Licht die Grünen Meeresschildkröten und die Unechten Karettschildkröten beim Nestbau störte. Tessa war aktives Mitglied von Turtle Watch gewesen, außerdem in so gut wie allen anderen Natur- und Umweltschutzorganisationen der Insel.

Mercer war keine Aktivistin, da sie Besprechungen nicht ausstehen konnte, ein weiterer Grund dafür, die Uni zu meiden. Sie erreichte die Stadtgrenze und schob sich mit dem restlichen Verkehr über die Main Street, wobei sie an der Buchhandlung und Noelles Provence daneben vorbeikam. Sie parkte in einer Seitenstraße und fand ein kleines Café mit Terrasse. Nach einem langen, ruhigen Mittagessen im Schatten vertrieb sie sich die Zeit in den Boutiquen und T-Shirt-Läden, wo sie sich unter die Touristen mischte, aber nichts kaufte. Sie schlenderte zum Hafen und sah den Booten eine Weile beim Ein- und Auslaufen zu. Sie und Tessa hatten sich hier oft mit Porter getroffen, ihrem Segelfreund, der eine zehn Meter lange Schaluppe besaß und sie immer gern mit hinaus nahm. Es waren stets lange Tage gewesen, zumindest für Mercer. So, wie sie es im Gedächtnis hatte, gab es nie genug Wind, und sie brutzelten alle in der Sonne vor sich hin. Sie hatte versucht, sich in der Kabine zu verstecken, aber das Boot hatte keine Klimaanlage. Porters Frau war an irgendeiner furchtbaren Krankheit gestorben. Tessa sagte, er rede nie darüber und sei nach Florida gezogen, um den Erinnerungen zu entkommen. Und dass er so traurige Augen habe.

Mercer hatte Porter nie die Schuld an dem gegeben, was passiert war. Tessa liebte es, mit ihm zu segeln, und die Risiken waren ihr bewusst. Sie fuhren nie so weit hinaus, dass das Land außer Sicht war, und hielten es deshalb für ungefährlich.

Um der Hitze zu entkommen, betrat sie das Hafenrestaurant und trank ein Glas Eistee an der leeren Bar. Sie starrte auf das Wasser hinaus und beobachtete ein Charterboot, das mit einer Ladung Mahi Mahi und vier glücklichen, rotgesichtigen Anglern zurückkam. Eine Gruppe auf Jetskis brach auf und fuhr viel zu schnell in der kielwasserfreien Zone. Und dann sah Mercer, wie eine Schaluppe langsam vom Pier ablegte. Sie hatte in etwa die gleiche Länge und Farbe wie Porters Boot, und an Deck befanden sich zwei Personen, ein älterer Herr am Steuer und eine Dame mit Strohhut. Für einen Moment war es Tessa, die mit einem Drink in der Hand dasaß und dem Kapitän ungebetene Ratschläge gab. Die vergangenen Jahre verschwanden, Tessa war wieder am Leben. Mercer sehnte sich so danach, sie zu sehen und zu umarmen und mit ihr zusammen über etwas zu lachen … In ihrer Magengegend machte sich ein dumpfer Schmerz bemerkbar, aber er war gleich wieder vorbei. Ihr Blick folgte der Schaluppe, bis sie verschwunden war, dann zahlte sie für den Tee und verließ den Hafen.

In einem Café setzte sie sich an einen Tisch und beobachtete Bruce Cables Buchhandlung auf der anderen Straßenseite. Die großen Schaufenster waren vollgepackt mit Büchern. Auf einem Transparent wurde die Signierstunde eines Autors angekündigt. Die Tür öffnete und schloss sich fast pausenlos. Unmöglich, dass die Manuskripte dort drin waren, weggesperrt in einem Tresorraum im Keller. Dass ausgerechnet sie sie finden sollte, kam ihr noch unwahrscheinlicher vor.

Elaine hatte Mercer geraten, sich von der Buchhandlung fernzuhalten und zu warten, bis Cable den ersten Schritt tat. Doch Mercer war jetzt ihre eigene Spionin; sie stellte die Regeln auf, obwohl sie immer noch keinen Schimmer hatte, was sie eigentlich tun sollte. Anweisungen hatte sie im Grunde genommen nicht bekommen. Anweisungen? Es gab ja nicht einmal eine eindeutige Strategie. Mercer war ins kalte Wasser geworfen worden, und man erwartete von ihr, dass sie sich auf die Situation einstellte und spontan etwas einfallen ließ. Um siebzehn Uhr kam ein Mann in einem Seersucker-Anzug mit Fliege – zweifelsohne Bruce Cable – aus der Buchhandlung und wandte sich nach Osten. Mercer wartete, bis er weg war, dann ging sie über die Straße und betrat zum ersten Mal seit vielen Jahren Bay Books. An ihren letzten Besuch konnte sie sich nicht mehr erinnern, schätzte aber, dass sie damals siebzehn oder achtzehn gewesen war und bereits den Führerschein hatte.

Wie immer, wenn sie in einer Buchhandlung war, ließ sie sich erst einmal ziellos treiben, bis sie die Regale für Belletristik fand. Dort überflog sie schnell die alphabetisch geordneten Reihen, ungefähr bis zur Mitte, bis zum Buchstaben *M*, um herauszufinden, ob eines ihrer beiden Bücher im Bestand war. Sie lächelte. Es gab ein Exemplar von *Oktoberregen*. Keine Spur von *Die Musik der Wellen*, aber das war zu erwarten gewesen. Die Sammlung ihrer Kurzgeschichten hatte sie nach Erscheinen nie wieder in einem Laden entdeckt.

Nachdem sie immerhin einen Teilsieg errungen hatte, schlenderte sie langsam durch das Geschäft und sog den Geruch von neuen Büchern, Kaffee und einem Hauch Pfeifenrauch in sich auf. Sie betrachtete die durchhängenden Regalbretter, die Bücherstapel auf dem Fußboden, die alten Teppiche, die langen Reihen von Taschenbüchern, die schreiend bunte Ecke mit heruntergesetzten Bestsellern (25 Prozent Rabatt!). Aus einiger Entfernung sah sie sich den Raum mit den Erstausgaben an, einen repräsentativen, holzgetäfelten Bereich mit offenen Fenstern und Hunderten der teureren Bücher. Oben im Café kaufte sie eine Flasche Mineralwasser und ging dann auf den Balkon hinaus, wo einige Kunden Kaffee tranken und den Spätnachmittag verbrachten. Ganz hinten saß ein rundlicher Mann, der Pfeife rauchte. Sie blätterte durch einen Reiseführer für die Insel und behielt die Zeit im Auge.

Um fünf Minuten vor sechs ging sie nach unten und entdeckte Bruce Cable, der am Ladentisch stand und mit einer Kundin plauderte. Sie bezweifelte, dass er sie erkennen würde. Sein einziger Anhaltspunkt war ihr Schwarz-Weiß-Foto auf dem Schutzumschlag von *Oktoberregen*, einem Roman, der inzwischen sieben Jahre alt war und seinem Geschäft nur ein paar Cents eingebracht hatte. Aber während ihrer abgebrochenen Reise hätte sie hier eine Signierstunde halten sollen, und angeblich las Cable alles von den Autoren, die in die Buchhandlung kamen. Außerdem wusste er mit Sicherheit von ihrer Verbindung zur Insel. Was am wichtigsten war, zumindest von seinem Blickwinkel aus: Sie war eine junge, attraktive Schriftstellerin. Daher bestand eine vielleicht fünfzigprozentige Chance, dass er sie bemerken würde.

Er bemerkte sie nicht.

2.

Die Ash Street lag einen Häuserblock südlich der Main Street. Das Haus stand auf einem Eckgrundstück an der Kreuzung zur Fifth Street. Es war alt und denkmalgeschützt, mit Giebeldächern und überdachten Veranden auf drei Seiten, die sich über zwei Stockwerke zogen. Die Fassade war in einem hellen Rosa gestrichen, mit dunkelblau abgesetzten Türen, Fensterläden und Geländern. Auf einem kleinen Schild über der Haustür stand »Vicker House 1867«.

Mercer konnte sich an kein rosafarbenes Haus in der Innenstadt von Santa Rosa erinnern, was aber an und für sich keine Rolle spielte. Häuser wurden jedes Jahr gestrichen.

Als sie an die Tür klopfte, begann auf der anderen Seite ein ganzes Rudel Hunde zu bellen. Eine sehr große und sehr dicke Frau riss die Tür auf, streckte die Hand aus und sagte: »Ich bin Myra. Kommen Sie rein. Die Hunde können Sie ignorieren. Außer mir beißt hier niemand.«

»Mercer«, erwiderte sie, während sie sich die Hand gaben.

»Habe ich mir gedacht. Rein mit Ihnen.«

Die Hunde liefen auseinander, als sie Myra in das Foyer folgte. Myra rief laut: »Leigh! Wir haben Besuch! Leigh!« Als Leigh nicht sofort antwortete, sagte sie: »Bleiben Sie hier stehen. Ich gehe sie suchen.« Sie verschwand durch das Wohnzimmer und ließ Mercer mit einer rattengroßen Promenadenmischung allein, die unter einem Nähtischchen kauerte und sie mit gefletschten Zähnen anknurrte. Mercer versuchte, sie oder ihn zu ignorieren, während sie sich umsah. In der Luft lag ein alles andere als angenehmer Geruch, eine Mischung aus kaltem Zigarettenrauch und schmutzigem Hund. Die Möbel stammten vom Flohmarkt und wirkten skurril, doch charmant. An den Wänden hingen Dutzende von schlechten Ölgemälden und Aquarellen, von denen kein einziges auch nur einen vagen Bezug zum Meer hatte.

Irgendwo in den Tiefen des Hauses rief Myra noch einmal nach Leigh. Aus dem Esszimmer kam eine erheblich kleinere Frau. »Hallo, ich bin Leigh Trane«, stellte sie sich vor, ohne die Hand auszustrecken.

»Freut mich, Sie kennenzulernen. Mercer Mann.«

»Ihr Buch gefällt mir sehr«, sagte Leigh mit einem Lächeln, das zwei perfekte nikotingelbe Zahnreihen enthüllte.

Das hatte Mercer schon lange nicht mehr gehört. Sie zögerte und antwortete verlegen: »Oh, danke.«

»Ich habe mir vor zwei Stunden ein Exemplar gekauft, im Laden. Ein echtes Buch – Myra ist süchtig nach ihrem kleinen Gerät und liest alles darauf.«

Eine Sekunde lang fühlte Mercer sich verpflichtet zu lügen und etwas Nettes über Leighs Buch zu sagen, aber Myra ersparte ihr die Mühe. Sie kam wieder ins Foyer getrampelt und meinte: »Da bist du ja. Jetzt, wo wir uns alle kennen, machen wir die Bar auf. Ich brauche einen Drink. Mercer, was möchten Sie?«

Da die beiden keinen Wein tranken, erwiderte sie: »Es ist heiß. Ich hätte gern ein Bier.«

Beide Frauen zuckten zusammen, als hätte man sie beleidigt. »Okay«, sagte Myra, »aber Sie sollten wissen, dass ich mein Bier selbst braue, und es ist anders als das, was man sonst bekommt.«

»Es ist grauenhaft«, fügte Leigh hinzu. »Bevor sie ihre eigene Brauerei aufgemacht hat, habe ich Bier gemocht. Jetzt kann ich das Zeug nicht mehr ausstehen.«

»Trink du nur deinen Rum, Schatz, dann passt das schon.« Myra sah Mercer an. »Es ist ein würziges Ale mit acht Prozent Alkohol. Wenn man nicht aufpasst, haut es einen aus den Socken.«

»Warum stehen wir eigentlich noch hier rum?«, wollte Leigh wissen.

»Verdammt gute Frage«, erwiderte Myra. »Mitkommen.« Von hinten sah sie aus wie ein Quarterback, während sie durch den Korridor pflügte. Sie folgten ihr und kamen in ein zweites Wohnzimmer, das einen Fernseher, einen offenen Kamin und in einer Ecke eine komplette Bar mit Marmortheke enthielt.

»Wir haben auch Wein«, meinte Leigh.

»Dann hätte ich gern einen Weißwein«, sagte Mercer. Alles, nur nicht das selbst gebraute Bier.

Myra ging hinter die Theke, machte sich an die Arbeit und begann, Fragen abzufeuern. »Und? Wo wohnen Sie?«

»Sie werden sich vermutlich nicht an meine Großmutter erinnern können. Tessa Magruder. Sie lebte in einem kleinen Strandhaus in der Fernando Street.«

Beide Frauen schüttelten den Kopf. »Aber der Name kommt mir irgendwie bekannt vor«, sagte Myra.

»Sie ist vor elf Jahren gestorben.«

»Wir sind erst seit zehn Jahren hier«, warf Leigh ein.

»Das Strandhaus ist immer noch im Besitz der Familie«, fuhr Mercer fort. »Dort wohne ich.«

»Für wie lange?«, wollte Myra wissen.

»Ein paar Monate.«

»Sie versuchen, ein Buch fertig zu schreiben, stimmt's?«

»Oder mit einem anzufangen.«

»Tun wir das nicht alle?«, seufzte Leigh.

»Haben Sie schon einen Vertrag dafür?«, erkundigte sich Myra, während Flaschen klirrten.

»Leider ja.«

»Seien Sie froh darüber. Bei welchem Verlag sind Sie?«

»Viking.«

Myra kam hinter der Theke hervor und gab Mercer und Leigh ihre Drinks. Dann griff sie sich ein großes Einmachglas mit einem Liter ihres starken Ale und sagte: »Gehen wir nach draußen, damit wir rauchen können.« Es war nicht zu übersehen, dass die beiden seit Jahren im Haus pafften.

Sie marschierten über eine Holzterrasse und ließen sich an einem hübschen, gusseisernen Tisch neben einem Brunnen nieder, in dem zwei Frösche aus Bronze Wasser spuckten. Alte Amberbäume tauchten den Garten in dichten Schatten, und von irgendwoher wehte eine sanfte Brise. Die Terrassentür war nicht ins Schloss gefallen, und die Hunde kamen und gingen, wie es ihnen gefiel.

»Schön hier«, sagte Mercer, während ihre beiden Gastgeberinnen Zigaretten anzündeten. Die von Leigh war lang und dünn, die von Myra braun und stark.

»Tut mir leid wegen des Rauchs«, entschuldigte sich Myra, »aber wir sind süchtig, wir können nicht aufhören. Einmal, aber das ist schon lange her, haben wir versucht, es uns abzugewöhnen. Schnee von gestern. An irgendetwas muss man ja sterben.« Sie nahm einen langen Zug, inhalierte, stieß den Rauch aus und spülte mit einem großen Schluck ihres selbst gebrauten Ale nach. »Möchten Sie nicht doch ein Bier? Ach, kommen Sie schon. Probieren Sie es mal.«

»Das würde ich nicht tun«, warnte Leigh.

Mercer nippte schnell an ihrem Wein und schüttelte den Kopf. »Nein danke.«

»Sie sagten, dass das Strandhaus der Familie gehört?«, erkundigte sich Myra. »Kommen Sie schon lange auf die Insel?«

»Ja, seit ich ein kleines Mädchen war. Den Sommer über war ich immer bei meiner Großmutter Tessa.«

»Ach, wie nett. Das gefällt mir.« Noch ein großer Schluck vom Bier. Myras Kopf war etwa zwei Zentimeter weit über ihren Ohren ausrasiert, sodass die grauen Haare hin und her flogen, wenn sie trank, rauchte und redete. Sie war komplett ergraut und in etwa so alt wie ihre Partnerin. Leigh hatte allerdings lange dunkle Haare, die zu einem straffen Pferdeschwanz zusammengebunden waren und keine einzige graue Strähne enthielten.

Beide schienen sie mit Fragen überfallen zu wollen, daher ging Mercer in die Offensive. »Was hat Sie nach Camino Island verschlagen?«

Myra und Leigh sahen sich an, als wäre das eine komplizierte Geschichte. »Wir haben lange in der Gegend um Fort Lauderdale gewohnt«, begann Myra, »aber irgendwann hatten wir den Verkehr und die vielen Menschen einfach satt. Hier geht es viel geruhsamer zu. Die Leute sind netter. Die Immobilien sind billiger. Und Sie? Wo sind Sie zu Hause?«

»Die letzten drei Jahre habe ich in Chapel Hill gewohnt, wo ich unterrichtet habe. Aber jetzt bin ich in einer Art Übergangsphase.«

»Was zur Hölle bedeutet das denn?«, wunderte sich Myra.

»Das bedeutet, dass ich im Grunde genommen obdach- und arbeitslos bin und unbedingt mein Buch zu Ende schreiben muss.«

Leigh kicherte, und Myra lachte schallend, während Rauch aus ihren Nasen strömte. »Haben wir alles schon hinter uns«, meinte Myra. »Wir haben uns vor dreißig Jahren kennengelernt, als wir beide keinen Cent in der Tasche hatten. Ich habe versucht, historische Romane zu schreiben, und Leigh hat es mit dieser schrägen Literaturscheiße probiert, auf der sie heute noch besteht. Verkauft hat sich nichts. Wir haben Sozialhilfe und Essensmarken bekommen und für den Mindestlohn gearbeitet. Es sah nicht gerade gut aus. Eines Tages, wir waren gerade in einem Einkaufszentrum, fiel uns eine lange Schlange von Leuten auf, alles Frauen in mittlerem

Alter, die auf etwas warteten. Sie standen vor einer Buchhandlung, einem dieser Kettenläden, die es früher in jedem Einkaufszentrum gab. An einem Tisch in dem Geschäft saß Roberta Doley, die damals zu den Liebesromanschreiberinnen mit den höchsten Auflagen gehörte, und amüsierte sich prächtig. Ich habe mich angestellt – Leigh fand das viel zu peinlich –, das Buch gekauft und dann haben wir uns gegenseitig dazu gezwungen, es zu lesen. Es ging um einen Piraten, der irgendwo in der Karibik Schiffe kaperte, die Gegend unsicher machte und vor den Briten auf der Flucht war. Und in jedem Hafen, in dem er anlegte, gab es rein zufällig ein hinreißend aussehendes junges Mädchen, das nur darauf wartete, von ihm entjungfert zu werden. Kompletter Mist. Also haben wir uns eine Geschichte mit einer Südstaatenschönheit ausgedacht, die sich nicht von ihren Sklaven fernhalten kann und sich schwängern lässt. Wir haben total übertrieben.«

»Wir mussten ein paar Erotikmagazine kaufen, als Referenzmaterial«, fügte Leigh hinzu. »Es gab eine ganze Menge in dem Bereich, von dem wir keine Ahnung hatten.«

Myra lachte. »Wir haben das Buch in drei Monaten heruntergeschrieben, dann habe ich mich überwunden, es an meine Agentin in New York zu schicken. Eine Woche später rief sie an und sagte, irgendein Idiot biete fünfzigtausend als Vorschuss dafür. Wir haben es unter dem Namen Myra Leigh veröffentlicht. Ist das nicht clever? Innerhalb eines Jahres schwammen wir geradezu in Geld. So hat es angefangen.«

»Dann schreiben Sie zusammen?«, erkundigte sich Mercer.

»Sie schreibt«, warf Leigh schnell ein, als wollte sie sich davon distanzieren. »Die Handlung denken wir uns zusammen aus, was ungefähr zehn Minuten dauert, dann haut sie das Buch raus. Jedenfalls war das früher so.«

»Leigh ist es viel zu peinlich, damit in Verbindung gebracht zu werden. Aber bei dem Geld hat sie keine Berührungsängste.«

»Myra, bitte«, meinte Leigh lächelnd.

Myra sog ihre Lunge mit Zigarettenrauch voll und blies dann eine Wolke über die Schulter. »Ja, das waren noch Zeiten. Wir haben hundert Bücher unter einem Dutzend Pseudonyme rausgehauen und konnten sie gar nicht schnell genug schreiben. Je schmutziger, desto besser. Sie sollten mal eines lesen. Der reinste Schund.«

»Ich kann es kaum erwarten«, erwiderte Mercer.

»Tun Sie es nicht«, bat Leigh. »Sie sind viel zu klug dafür. Ihr Schreibstil gefällt mir.«

Mercer war gerührt. »Danke«, sagte sie leise.

»Dann haben wir langsamer gemacht«, fuhr Myra fort. »Wir wurden zweimal von dieser verrückten Zicke aus dem Norden verklagt, die behauptete, wir hätten ihre Ideen gestohlen. Stimmt nicht. Unser Mist war nur viel besser als ihr Mist, aber unsere Anwälte wurden nervös und haben uns zu einer außergerichtlichen Einigung gezwungen. Das führte dann zu einem Riesenstreit mit unserem Verlag, und dann haben wir uns auch noch mit unserer Agentin in die Haare gekriegt. Das Ganze hat uns irgendwie aus dem Konzept gebracht. Danach hing uns der Ruf an, Diebinnen zu sein, na ja, zumindest mir. Leigh hat sich sehr erfolgreich hinter mir versteckt und konnte so der Schlammschlacht entgehen. Wie es aussieht, ist ihr literarischer Ruf noch intakt.«

»Myra, bitte.«

»Dann haben Sie also aufgehört zu schreiben?«, fragte Mercer.

»Sagen wir mal, ich habe einen Gang heruntergeschaltet. Wir haben Geld auf der Bank, und einige der Bücher verkaufen sich immer noch.«

»Ich schreibe jeden Tag«, verkündete Leigh. »Mein Leben wäre leer, wenn ich nicht schreiben würde.«

»Und es wäre noch viel leerer, wenn ich nichts verkaufen würde«, fauchte Myra.

»Myra, bitte.«

Der größte Hund des Rudels, ein etwa zwanzig Kilo schwerer, langhaariger Mischling, hockte sich in die Nähe der Terrasse und machte ein Häufchen. Myra beobachtete ihn dabei, sagte aber nichts und nebelte die Stelle mit einer Rauchwolke ein, als der Hund fertig war.

Mercer wechselte das Thema. »Gibt es denn noch andere Schriftsteller auf der Insel?«

Leigh nickte lächelnd, und Myra stöhnte: »Oh, viel zu viele.« Sie leerte das Einmachglas und leckte sich die Lippen.

»Jay zum Beispiel«, sagte Leigh. »Jay Arklerood.«

Inzwischen wurde deutlich, dass Leigh lediglich Vorschläge machte und Myra dann erzählte. »Ist ja klar, dass du mit ihm anfängst«, meinte sie. »Noch so ein literarischer Snob, der nichts verkauft und alle hasst, die mit ihren Büchern Geld verdienen. Außerdem ist er auch noch Dichter. Mercer, meine Liebe, mögen Sie Lyrik?«

Ihr Ton ließ keinen Zweifel daran, dass sie von Lyrik nicht viel hielt. »Gedichte lese ich nicht oft«, gestand Mercer.

»Na ja, seine brauchen Sie nicht zu lesen. Falls Sie sie überhaupt finden.«

»Ich habe leider noch nie von ihm gehört.«

»Niemand hat von ihm gehört. Er verkauft noch weniger als Leigh.«

»Myra, bitte.«

»Was ist mit Andy Adam?«, fragte Mercer. »Er wohnt doch auch hier, oder?«

»Wenn er nicht gerade in der Entzugsklinik ist«, gab Myra Auskunft. »Er hat ein großes Haus im Süden der Stadt gebaut, das er bei seiner Scheidung verloren hat. Er ist ein Wrack, aber ein ausgesprochen guter Schriftsteller. Ich liebe seine Captain-Clyde-Serie, sie gehört zu den besten auf dem Krimimarkt. Sogar Leigh lässt sich hin und wieder herab und liest eines seiner Bücher.«

»Ein reizender Mann, wenn er nüchtern ist«, warf Leigh ein, »aber wenn er trinkt, ist er ganz furchtbar. Er ist immer wieder in Schlägereien verwickelt.«

Myra nutzte die Steilvorlage. »Erst letzten Monat hat er sich in der Kneipe in der Main Street geprügelt. Irgendein Typ, der halb so alt war wie er, hat ihn grün und blau geschlagen, und dann wurde er auch noch von der Polizei festgenommen. Bruce musste die Kaution für ihn stellen.«

»Wer ist Bruce?«, fragte Mercer schnell.

Myra und Leigh seufzten und tranken einen Schluck, als würde jedes Gespräch über Bruce Stunden dauern. »Bruce Cable. Ihm gehört die Buchhandlung«, sagte Leigh schließlich. »Kennen Sie ihn nicht?«

»Ich glaube nicht. Ich kann mich daran erinnern, dass ich als Kind ein paarmal in dem Geschäft gewesen bin, aber ihn kenne ich nicht.«

»Wenn es hier um Bücher und Schriftsteller geht«, erklärte Myra, »landet man unweigerlich bei der Buchhandlung. Und deshalb dreht sich alles um Bruce. Er ist das Maß aller Dinge.«

»Ist das gut?«

»Oh, wir lieben Bruce über alles. Er besitzt die größte Buchhandlung des Landes und hat eine Schwäche für Schriftsteller. Vor Jahren, bevor wir hierhergezogen sind, als ich noch geschrieben und veröffentlicht habe, hat er mich einmal zu einer Signierstunde eingeladen. Für eine seriöse Buchhandlung ist eine Veranstaltung mit Autoren von Liebesromanen etwas ungewöhnlich, aber Bruce war das egal. Es gab eine grandiose Party, wir haben eine Menge Bücher verkauft, uns mit billigem Champagner volllaufen lassen und den Laden bis Mitternacht offen gehalten. Er hat sogar eine Signierstunde für Leigh organisiert.«

»Myra, bitte.«

»Aber es stimmt! Sie hat vierzehn Bücher verkauft.«

»Fünfzehn. Bis heute meine erfolgreichste Signierstunde.«

»Mein Rekord liegt bei fünf«, bekannte Mercer. »Und das war bei meiner ersten Signierstunde. Bei der nächsten habe ich vier Bücher verkauft, bei der dritten dann gar nichts mehr. Danach habe ich in New York angerufen und alles abgesagt.«

»Ich fasse es nicht«, rief Myra aus. »Sie haben aufgegeben?«

»Ich habe aufgegeben, und falls jemals wieder ein Buch von mir erscheint, werde ich damit nicht auf Reisen gehen.«

»Warum sind Sie denn nicht hierhergekommen, zu Bay Books?«

»Das war geplant, aber ich bin in Panik geraten und habe die Reißleine gezogen.«

»Sie hätten hier anfangen sollen. Bruce schafft es immer, eine Menge Leute zusammenzutrommeln. Er ruft uns die ganze Zeit an, sagt, dass ein Autor kommt und uns sein Buch vielleicht gefallen würde. Im Klartext heißt das, wir sollen gefälligst unseren Hintern zu der Signierstunde in die Buchhandlung bewegen und den verdammten Schinken kaufen! Wir gehen immer hin.«

»Wir haben eine Menge vom Autor signierte Bücher, die meisten aber nicht gelesen«, fügte Leigh hinzu.

»Sind Sie schon in der Buchhandlung gewesen?«, erkundigte sich Myra.

»Ich bin auf dem Weg hierher kurz vorbeigegangen. Sie ist sehr schön.«

»Sie ist die Zivilisation, eine richtige Oase. Wir sollten uns dort zum Mittagessen treffen, dann werde ich Sie mit Bruce bekannt machen. Sie werden ihn mögen, und ich kann Ihnen versichern, dass Sie ihm gefallen werden. Er schätzt alle Schriftsteller, aber junge hübsche Autorinnen bekommen besonders viel Aufmerksamkeit.«

»Ist er verheiratet?«

»Oh, ja. Seine Frau heißt Noelle, und normalerweise ist sie immer in der Nähe. Ein echter Charakter.«

»Ich mag sie«, sagte Leigh fast verteidigend, als hätten die meisten Leute eine andere Meinung.

»Was macht sie beruflich?«, erkundigte sich Mercer so unauffällig wie möglich.

»Sie verkauft französische Antiquitäten in dem Laden neben der Buchhandlung«, erklärte Myra. »Wer braucht noch etwas zu trinken?«

Mercer und Leigh hatten ihre Gläser kaum angerührt. Myra wälzte sich ins Haus, um das Einmachglas nachzufüllen. Mindestens drei der Hunde folgten ihr. Leigh zündete sich eine Zigarette an und sagte: »Erzählen Sie mir etwas über Ihren Roman, Ihr aktuelles Projekt.«

Mercer nahm einen Schluck von ihrem warmen Chablis. »Ich kann wirklich nicht darüber reden. Eine kleine Regel, die ich für mich aufgestellt habe. Ich hasse es, wenn Schriftsteller über ihre Arbeit sprechen. Sie nicht?«

»Ja, schon. Ich würde gern mit Myra über meine Arbeit reden, aber sie hört mir einfach nicht zu. Allerdings finde ich, dass es einen zum Schreiben motiviert, wenn man darüber spricht. Was mich angeht – ich habe seit acht Jahren eine Schreibblockade.« Sie lachte leise und zog hastig an ihrer Zigarette. »Da ist sie mir keine große Hilfe. Ihretwegen habe ich fast Angst zu schreiben.«

Eine Sekunde lang hatte Mercer Mitleid mit ihr, und fast hätte sie sich als Testleserin angeboten, aber dann musste sie an Leighs verworrenen Schreibstil denken. Myra kam zurück, einen Liter Bier in der Hand, und versetzte einem der Hunde einen Fußtritt, als sie sich setzte.

»Vergiss das Vampirmädchen nicht«, begann sie. »Amy wie war noch mal ihr Name?«

»Amy Slater«, half Leigh.

»Genau. Sie ist vor fünf Jahren mit ihrem Mann und ein paar Kindern hergezogen. Hatte einen Riesenerfolg mit einer Serie über Vampire und Geister und solchen Schrott, richtig übles Zeug, das sich wie verrückt verkauft. Selbst wenn ich mal einen ganz schlechten Tag habe – und glauben Sie mir, ich habe ein paar grauenhafte Bücher veröffentlicht, die mit voller Absicht grauenhaft sein sollten –, schreibe ich sogar dann noch besser als sie, wenn man mir eine Hand auf den Rücken bindet.«

»Myra, bitte. Amy ist ganz reizend.«

»Das sagst du immer.«

»Noch jemand?«, fragte Mercer. Bis jetzt war jeder Schriftsteller gnadenlos zerrissen worden, und Mercer genoss das Gemetzel, das alles andere als ungewöhnlich war, wenn Autoren sich bei einem Drink trafen und über ihre Kollegen redeten.

Die beiden überlegten und tranken einen Schluck. »Wir haben noch ein paar Leute auf der Insel, die selbst veröffentlichen«, sagte Myra dann. »Sie schreiben irgendwas zusammen, stellen es online und nennen sich dann Schriftsteller. Manchmal drucken sie ein paar Exemplare, dann lungern sie in der Buchhandlung herum, liegen Bruce in den Ohren, damit er das Zeug gleich am Eingang auslegt, und kommen jeden zweiten Tag vorbei, um nach Tantiemen zu fragen. Diese Typen gehen Bruce gewaltig auf den Geist. Er hat einen Tisch, auf dem alle Titel aus einem Selbstverlag landen, und immer muss er sich mit einem oder zwei von ihnen über die Platzierung streiten. In Internetzeiten kann jeder veröffentlichen.«

»Oh, ja, das kenne ich«, erwiderte Mercer. »Als ich noch unterrichtet habe, lagen ständig Bücher und Manuskripte vor meiner Tür, in der Regel mit einem langen Brief, in dem stand, wie großartig der Roman sei und wie sehr sie sich darüber freuen würden, wenn ich ihnen einen Kommentar für den Buchumschlag schreibe.«

»Erzählen Sie uns doch ein bisschen was übers Unterrichten«, bat Leigh leise.

»Es macht viel mehr Spaß, über andere Schriftsteller zu reden.«

»Ich habe noch einen«, warf Myra ein. »Er heißt Bob, veröffentlicht aber unter dem Pseudonym J. Andrew Cobb. Wir nennen ihn Bob Cobb. Er hat sechs Jahre im Gefängnis gesessen, wegen irgendeines Wirtschaftsverbrechens, und dort schreiben gelernt. Dann hat er vier oder fünf Bücher über das herausgebracht, was er am besten kann – Industriespionage –, und sie lesen sich ganz nett. Kein schlechter Autor.«

»Ich dachte, er ist weggezogen«, meinte Leigh.

»Er hat unten beim Ritz eine Eigentumswohnung, in der immer irgendein junges Ding übernachtet, das er am Strand aufgabelt. Er ist fast fünfzig, die Mädchen sind in der Regel halb so alt. Aber er ist ein Charmeur und kann großartige Geschichten aus dem Gefängnis erzählen. Passen Sie auf, wenn Sie am Strand sind. Bob Cobb ist immer auf der Jagd.«

»Ich werde es mir merken«, versprach Mercer mit einem Lächeln.

»Über wen können wir sonst noch lästern?«, fragte Myra, während sie einen großen Schluck aus dem Einmachglas nahm.

»Das reicht fürs Erste«, wehrte Mercer ab. »Ich habe ja jetzt schon Schwierigkeiten, mich an alle zu erinnern.«

»Sie werden die anderen schon sehr bald kennenlernen. Sämtliche Schriftsteller von der Insel gehen in der Buchhandlung ein und aus, und Bruce lädt ständig jemanden auf einen Drink oder zum Abendessen ein.«

Leigh lächelte und stellte ihr Glas ab. »Dann machen wir es doch hier, Myra. Wir sollten ein Essen geben und diese wunderbaren Menschen, über die wir seit einer Stunde herziehen, zu uns einladen. Wir hatten schon so lange keine Gäste mehr, immer sind es Bruce und Noelle, die alle einladen. Wir müssen Mercer doch offiziell auf der Insel willkommen heißen. Was meinst du?«

»Großartige Idee. Tolle Idee. Ich werde Dora wegen des Essens anrufen, und wir lassen das Haus putzen. Mercer, was halten Sie davon?«

Mercer zuckte mit den Schultern, aber ihr war klar, dass es albern wäre, wenn sie jetzt protestierte. Leigh ging ins Haus, um das Einmachglas aufzufüllen und mehr Wein zu holen. In der nächsten Stunde redeten sie über das geplante Essen und besprachen die Gästeliste. Bis auf Bruce Cable und Noelle Bonnet hatte jeder potenzielle Gast irgendwelche persönlichen Probleme, je mehr, desto besser. Alles deutete darauf hin, dass es ein denkwürdiger Abend werden würde.

Als es Mercer endlich gelang, sich zu verabschieden, war es dunkel. Die beiden hatten praktisch darauf bestanden, dass sie zum Abendessen blieb, aber als Leigh herausrutschte, dass der Kühlschrank nur Reste enthalte, wusste Mercer, dass es Zeit war zu gehen. Nach drei Gläsern Wein war sie nicht mehr in der Lage, sich ans Steuer zu setzen. Sie schlenderte durch das Stadtzentrum und ließ sich mit den Touristen über die Main Street treiben. Als sie ein Café fand, das noch geöffnet war, setzte sie sich für eine Stunde mit einem Caffè Latte an die Theke und las ein Hochglanzmagazin, das Werbung für die Insel und vor allem für die dort ansässigen Immobilienmakler machte. Bay Books auf der anderen

Straßenseite war gut besucht, und schließlich ging sie hinüber und starrte in das Schaufenster, betrat den Laden aber nicht. Dann spazierte sie zum Hafen, in dem um diese Uhrzeit nicht mehr viel los war, suchte sich eine Bank und sah den Segelbooten dabei zu, wie sie sanft auf dem Wasser schaukelten. Ihr dröhnte immer noch der Kopf von der Lawine aus Klatsch und Tratsch, die über sie hereingebrochen war, und sie musste leise lachen, als sie sich vorstellte, wie Myra und Leigh sich betranken, Rauchschwaden in die Luft pafften und wegen des Essens schon ganz aus dem Häuschen waren.

Es war erst ihr zweiter Abend auf der Insel, aber Mercer kam es so vor, als hätte sie sich schon ein wenig eingelebt. Drinks mit Myra und Leigh hatten diese Wirkung mit Sicherheit auf jeden Besucher. Auch die Hitze und die salzige Luft trugen zur Eingewöhnung bei. Und da sie kein Zuhause hatte, nach dem sie sich sehnen konnte, war es unmöglich, Heimweh zu bekommen. Sie hatte sich hundertmal gefragt, was sie hier eigentlich machte. Die Frage plagte sie immer noch, aber sie war nicht mehr so wichtig.

3.

Die Flut kam um 3.21 Uhr. Als sie ihren Höchststand erreicht hatte, schob sich die Unechte Karettschildkröte an den Strand und blieb in der Gischt liegen, um sich umzusehen. Sie war etwas über einen Meter lang und wog einhundertsechzig Kilo. Über zwei Jahre war sie im Meer unterwegs gewesen, doch jetzt kehrte sie zu dem Strand zurück, an dem sie ihr letztes Nest gebaut hatte, um in einem Umkreis von fünfzig Metern davon ein neues anzulegen. Langsam begann sie zu kriechen, was für sie eine träge, schwerfällige, unnatürliche Bewegung war. Sie schleppte sich dahin, zog mit den Vorderflossen und schob mit den Hinterflossen, die mehr Kraft hatten. Immer wieder blieb sie stehen, um den Strand abzusuchen, hielt Ausschau nach trockenem Land und nach Gefahr, nach einem Fressfeind oder einer ungewöhnlichen Bewegung. Wenn alles ruhig blieb, rutschte sie Zentimeter für Zentimeter weiter, wobei sie eine charakteristische Spur im Sand hinterließ, die ihre Verbündeten bald finden würden. Dreißig Meter landeinwärts, am Fuß einer Düne, fand sie die Stelle und begann, mit den Vorderflossen losen Sand wegzuschieben. Sie formte die Körpergrube, eine runde, etwa zehn Zentimeter tiefe Kuhle, für die sie ihre Hinterflossen als Schaufeln benutzte. Beim Graben drehte sie den Körper, um die Vertiefung gleichmäßiger zu machen. Für ein Meerestier war das eine mühsame Arbeit, und die Schildkröte legte häufig eine Pause ein, um sich auszuruhen. Als die Körpergrube fertig war, scharrte sie noch etwas tiefer, um die Gelegehöhle zu formen, die wie eine tropfenförmige Kammer aussah. Sie vollendete ihr Werk, rastete noch etwas und rutschte dann mit dem Hinterleib über die Gelegehöhle, wobei sie sich zur Düne hindrehte. Drei Eier fielen gleichzeitig hinein, jedes mit Schleim bedeckt und so weich und flexibel, dass es nicht zerbrach, als es im Sand landete. Weitere Eier folgten, immer zwei oder drei auf einmal. Während die Schildkröte ihre Eier legte, bewegte sie sich nicht und schien wie in Trance erstarrt zu sein. Dabei vergoss sie Tränen, mit denen sie das angesammelte Salz ausschied.

Mercer sah die aus dem Meer kommenden Spuren und musste lächeln. Sie folgte ihnen langsam, bis sie die Silhouette der Schildkröte in der Nähe der Düne entdeckte. Aus Erfahrung wusste sie, dass das Weibchen die Eiablage abbrechen und ins Wasser zurückkehren würde, ohne die Eier mit Sand zu bedecken, wenn es gestört wurde. Mercer blieb stehen und musterte den Umriss des Tiers. Der Halbmond lugte durch die Wolken und half ihr dabei, die Unechte Karettschildkröte zu identifizieren.

Die Trance dauerte an. Die Eiablage verlief ohne Unterbrechung. Als das Gelege hundert Eier enthielt, war die Schildkröte fertig und fing an, sie mit Sand zu bedecken. Nach dem Auffüllen der Höhle schaufelte sie die Körpergrube mit den Vorderflossen zu, um das Nest zu tarnen.

Als die Schildkröte sich zu bewegen begann, wusste Mercer, dass die Ablage beendet war und die Eier geschützt waren. Sie machte einen weiten Bogen um das Tier und setzte sich an eine dunkle Stelle am Fuß einer anderen Düne, verborgen in der Finsternis. Dann sah sie zu, wie die Schildkröte sorgsam Sand über ihr Nest breitete und in alle Richtungen verteilte, um eventuelle Fressfeinde zu täuschen.

Die Schildkröte machte sich auf den mühsamen Weg zum Wasser und ließ die Eier zurück, um die sie sich nicht mehr kümmern würde. In dieser Saison würde sie ein- oder zweimal wiederkommen, um erneut Eier abzulegen, und dann zu ihren Futterplätzen schwimmen, die Hunderte Kilometer entfernt lagen. In einem oder zwei, vielleicht auch erst in drei oder vier Jahren würde sie wieder an demselben Strand nisten.

Fünf Nächte im Monat, von Mai bis August, war Tessa diesen Strandabschnitt entlanggegangen und hatte nach den Spuren von nistenden Unechten Karettschildkröten Ausschau gehalten. Stets hatte ihre Enkelin sie begleitet, die von der Suche fasziniert gewesen war. Die Abdrücke im Sand zu entdecken war immer spannend. Doch ein Weibchen zu finden, das gerade seine Eier ablegte, war ein unbeschreibliches Erlebnis gewesen.

Mercer lehnte sich an die Düne und wartete. Die ehrenamtlichen Mitarbeiter von Turtle Watch würden bald kommen und sich an die Arbeit machen. Tessa war viele Jahre lang Präsidentin der Organisation gewesen. Sie hatte leidenschaftlich darum gekämpft, die Nester zu schützen, und häufig Urlauber zur Rede gestellt, die sich in den abgesperrten Bereichen zu schaffen gemacht hatten. Mercer konnte sich an mindestens zwei Gelegenheiten erinnern, bei denen ihre Großmutter die Polizei gerufen hatte. Das Recht war auf ihrer Seite und auf der der Schildkröten, und sie bestand darauf, dass es durchgesetzt wurde.

Diese laute, kraftvolle Stimme war jetzt verstummt, und der Strand würde nie wieder derselbe sein, zumindest nicht für Mercer. Sie starrte auf die Lampen der Krabbenboote am Horizont und lächelte, als sie wieder an Tessa und ihre Schildkröten dachte. Der Wind frischte auf, und sie schlang die Arme um die Brust, um sich warm zu halten.

In etwa sechzig Tagen, abhängig von der Temperatur des Sandes, würden die Jungen schlüpfen. Ohne die Hilfe ihrer Mutter würden sie die Schalen des Eis durchbrechen und sich in einer gemeinsamen Anstrengung ausgraben, was mitunter Tage dauern konnte. War der richtige Zeitpunkt gekommen, in der Regel nachts oder während eines heftigen Regens, wenn es nicht mehr so heiß war, würden sie loslaufen. Alle zusammen würden sie aus dem Nest hervorbrechen, eine Sekunde lang nach Orientierung suchen, zum Wasser krabbeln und davonschwimmen. Ihre Chancen standen schlecht. Das Meer war ein Minenfeld mit so vielen Feinden, dass nur eine von tausend Babyschildkröten das Erwachsenenalter erreichte.

An der Strandlinie näherten sich zwei Gestalten. Sie blieben stehen, als sie die Spuren im Sand entdeckten, dann folgten sie ihnen langsam zum Nest. Nachdem sie sich vergewissert hatten, dass das Weibchen weg war und die Eier gelegt hatte, untersuchten sie die Stelle im Schein von Taschenlampen, zogen einen großen Kreis im Sand um das Nest herum und markierten es mit kleinen Pfählen und gelbem Plastikband. Mercer konnte ihre leisen Stimmen hören – es waren zwei Frauen –, von den beiden aber nicht gesehen werden. Bei Tageslicht würden sie wiederkommen und das Nest mit Maschendraht und Warnschildern sichern, was auch Mercer und Tessa unzählige Male getan hatten. Während sich die Frauen entfernten, schoben sie mit den Füßen Sand über die Spuren der Schildkröte, um sie verschwinden zu lassen.

Lange nachdem sie gegangen waren, beschloss Mercer, auf den Sonnenaufgang zu warten. Sie hatte noch nie eine Nacht am Strand verbracht, daher machte sie es sich im Sand gemütlich, lehnte sich wieder an die Düne und schlief irgendwann ein.

4.

Offenbar hatte die Literaturszene der Insel zu viel Angst vor Myra Beckwith, um eine sehr kurzfristige Einladung zum Abendessen abzusagen. Niemand wollte sie vor den Kopf stoßen. Und – wie Mercer vermutete – niemand wollte es riskieren, eine Zusammenkunft zu verpassen, bei der mit ziemlicher Sicherheit über die Abwesenden geredet werden würde. Aus Notwehr und Neugierde fanden sich alle am späten Sonntagnachmittag zu Drinks und anschließendem Abendessen im Vicker House ein, um ihr neuestes Mitglied zu begrüßen, das allerdings nur vorübergehend auf der Insel bleiben würde. Es war das Memorial-Day-Wochenende, der Beginn des Sommers. In der per E-Mail verschickten Einladung hatte es achtzehn Uhr geheißen, aber für Schriftsteller hatte so etwas keinerlei Bedeutung. Niemand war pünktlich.

Bob Cobb kam als Erster und nahm Mercer sofort auf der Veranda hinter dem Haus in Beschlag, um sie nach ihrer Arbeit auszufragen. Er hatte lange graue Haare und die bronzefarbene Haut eines Mannes, der zu viel Zeit im Freien verbrachte. Er trug ein schreiend buntes Hemd mit Blumenmuster, dessen oberste Knöpfe offen standen und eine braun gebrannte Brust mit ebenfalls grauen Haaren enthüllten. Myra hatte erzählt, es gehe das Gerücht um, dass Cobb gerade seinen neuesten Roman abgegeben habe und sein Lektor nicht damit zufrieden sei. Woher sie das wusste, wollte sie nicht sagen. Cobb trank Myras selbst gebrautes Bier aus dem obligatorischen Einmachglas und rückte Mercer immer näher, während sie sich unterhielten.

Mercer wurde von Amy Slater, dem »Vampirmädchen«, gerettet, die sie auf der Insel willkommen hieß. Amy redete lang und breit über ihre drei Kinder und behauptete, sich wahnsinnig darüber zu freuen, für einen Abend aus dem Haus zu kommen. Leigh Trane schloss sich der kleinen Gruppe an, schwieg jedoch. Myra, die ein pinkfarbenes, fließendes Kleid von der Größe eines kleinen Zelts trug, trampelte durch das Haus, brüllte der Frau vom Partyservice Anweisungen zu, holte Drinks und ignorierte das Hunderudel, das frei herumlief.

Bruce und Noelle kamen als Nächste, und endlich lernte Mercer den Mann kennen, der der Grund für ihre kleine Auszeit war. Er trug einen hellgelben Seersucker-Anzug mit einer Fliege, obwohl es in der Einladung eindeutig »äußerst leger« geheißen hatte. Doch Mercer hatte schon vor langer Zeit gelernt, dass in der Literaturszene alles ging. Cobb trug eine kurze Sporthose. Noelle hatte ein schlichtes weißes

Etuikleid aus Baumwolle an, das wie angegossen saß und ihre schlanke Figur betonte. Diese verdammten Französinnen, dachte Mercer, während sie Chablis trank und versuchte, sich an der Konversation zu beteiligen.

Einige Schriftsteller sind souveräne Erzähler mit einem unerschöpflichen Vorrat an unterhaltsamen Geschichten, geistreichen Bemerkungen und zitierfähigen Bonmots. Andere dagegen sind scheue, introvertierte Seelen, die sich in selbst gewählter Isolation abrackern und Schwierigkeiten damit haben, unter Leute zu gehen. Mercer war irgendetwas dazwischen. Ihre einsame Kindheit hatte sie gelehrt, in ihrer eigenen Welt zu leben, in der nicht viel gesagt wurde. Und daher musste sie sich jetzt dazu zwingen, gelegentlich zu lachen und mit den anderen Small Talk zu machen.

Andy Adam traf ein und bat augenblicklich um einen doppelten Wodka auf Eis. Myra gab ihm das Gewünschte und warf Bruce einen besorgten Blick zu. Sie wussten, dass Andy gerade wieder mit dem Saufen aufgehört hatte, und der Wodka war ein Problem. Als Andy sich Mercer vorstellte, fiel ihr eine kleine Narbe über seinem linken Auge auf, und sie musste an seinen Hang zu Kneipenschlägereien denken. Er und Cobb waren etwa im gleichen Alter, beide geschieden, beide schwere Trinker, die am Strand faulenzten und das Glück hatten, dass sich ihre Bücher gut verkauften und ihnen ein undiszipliniertes Leben ermöglichten. Nach kurzer Zeit steckten die beiden die Köpfe zusammen und begannen, übers Angeln zu reden.

Jay Arklerood, der melancholische Dichter und frustrierte Star der Literaturszene, kam kurz nach sieben, was Myra zufolge ziemlich früh für ihn war. Er nahm sich ein Glas Wein, begrüßte Bruce, machte aber keine Anstalten, sich Mercer vorzustellen. Da sie jetzt vollzählig waren, bat Myra um Ruhe und sprach einen Toast aus: »Auf unsere neue Freundin,

Mercer Mann, die für eine Weile bei uns sein wird, in der Hoffnung, Inspiration in der Sonne und am Strand zu finden und endlich den verdammten Roman fertig zu schreiben, der schon drei Jahre überfällig ist. Prost!«

»Nur drei Jahre?«, rief Leigh, was für einen Lacher sorgte.

»Mercer?«, gab Myra das Stichwort.

Mercer lächelte und sagte: »Vielen Dank. Ich freue mich, bei Ihnen zu sein. Seit ich sechs Jahre alt war, habe ich viele Sommer hier verbracht, bei meiner Großmutter Tessa Magruder. Einige von Ihnen haben Sie vielleicht gekannt. Die glücklichste Zeit meines Lebens, bis jetzt jedenfalls, habe ich mit ihr zusammen am Strand und auf der Insel gehabt. Es ist lange her, aber ich freue mich, zurück zu sein. Und ich freue mich, heute Abend hier sein zu dürfen.«

»Herzlich willkommen!«, rief Bob Cobb, während er sein Glas hob. Die anderen folgten seinem Beispiel, schmetterten ein lautes »Prost!« und setzten ihre Unterhaltungen fort.

Bruce stellte sich neben Mercer und sagte leise: »Ich habe Tessa gekannt. Sie und Porter sind bei einem Sturm ums Leben gekommen.«

»Ja, vor elf Jahren«, erwiderte Mercer.

»Das tut mir leid«, meinte Bruce etwas unbeholfen.

»Schon okay. Es ist lange her.«

Myra unterbrach sie. »Ich sterbe vor Hunger. Nehmt eure Drinks mit zum Tisch, dann essen wir.«

Sie gingen ins Esszimmer. Der Tisch war sehr schmal und nicht lang genug für neun Leute, aber Myra hätte sie auch dann daran gesetzt, wenn sie zu zwanzigst gewesen wären. Umgeben war er von einer wilden Sammlung aus nicht zusammenpassenden Stühlen. Die Dekoration war allerdings großartig, mit einer Reihe kurzer Kerzen in der Mitte und vielen Blumen. Geschirr und Besteck waren alt und geschickt zusammengestellt. Das antike Silber war perfekt arrangiert.

Die weißen Stoffservietten waren frisch gebügelt und hübsch gefaltet. Myra hielt ein Blatt Papier mit der Sitzordnung in der Hand, die von ihr und Leigh mit Sicherheit ausgiebig diskutiert worden war, und brüllte Anweisungen. Mercer wurde zwischen Bruce und Noelle gesetzt, und nach den unvermeidlichen Protesten und Einwänden nahmen auch die anderen Platz. Als Dora, die Frau vom Partyservice, die Gläser mit Wein füllte, wurden mindestens drei verschiedene Unterhaltungen begonnen. Die Luft war warm, die Fenster standen offen. Dicht über ihren Köpfen klapperte ein alter Ventilator.

»Leute, die Regeln für heute Abend«, rief Myra. »Ihr redet nicht über eure eigenen Bücher und nicht über Politik. Wir haben ein paar Republikaner hier.«

»Wie bitte?«, warf Andy ein. »Wer hat die denn eingeladen?«

»Ich, und wenn es dir nicht passt, kannst du gleich wieder gehen.«

»Wer sind sie?«, wollte Andy wissen.

»Ich«, meldete sich Amy, während sie stolz die Hand hob. Es war klar, dass so etwas nicht zum ersten Mal passierte.

»Ich bin auch Republikaner«, sagte Cobb. »Obwohl ich im Gefängnis war und vom FBI ziemlich mies behandelt wurde, bin ich immer noch treuer Republikaner.«

»Himmel hilf«, murmelte Andy.

»Da seht ihr, was ich meine«, schimpfte Myra. »Keine Politik!«

»Wie ist es mit Football?«, erkundigte sich Cobb.

»Kein Football«, erwiderte Myra mit einem Lächeln. »Bruce, worüber würdest du gern reden?«

»Politik und Football«, antwortete Bruce prompt. Alle lachten.

»Was ist nächste Woche in der Buchhandlung los?«

»Tja, am Mittwoch haben wir wieder Serena Roach zu Besuch. Ich gehe davon aus, dass ich euch alle bei der Signierstunde sehe.«

»Sie wurde heute Morgen in der *Times* verrissen«, berichtete Amy mit einem Anflug von Zufriedenheit. »Habt ihr den Artikel gesehen?«

»Wer liest schon die *Times*?«, fragte Cobb. »Alles nur Müll aus der linken Ecke.«

»Ich würde alles dafür geben, in der *Times* verrissen zu werden. Oder in irgendeiner anderen Zeitung«, warf Leigh ein. »Um was geht es in ihrem Buch?«

»Es ist ihr vierter Roman, und es geht um eine Single-Frau in New York, die Beziehungsprobleme hat.«

»Wie originell«, platzte Andy heraus. »Ich kann es gar nicht erwarten, das zu lesen.« Er kippte seinen zweiten doppelten Wodka hinunter und bat Dora um den nächsten. Myra sah Bruce mit gerunzelter Stirn an, der mit den Schultern zuckte, als wollte er sagen: Er ist erwachsen.

»Gazpacho«, verkündete Myra und griff zu ihrem Löffel. »Lasst es euch schmecken.«

Innerhalb von Sekunden begannen sich alle mit ihren Sitznachbarn zu unterhalten. Cobb und Andy diskutierten leise über Politik. Leigh und Jay, die am Ende des Tisches saßen, steckten die Köpfe zusammen und redeten über den Roman eines anderen Schriftstellers. Bruce sagte leise zu Mercer: »Ich muss mich dafür entschuldigen, dass ich Tessas Tod zur Sprache gebracht habe. Das war sehr unhöflich von mir.«

»Nein, gar nicht. Wie gesagt, es ist schon lange her.«

»Ich habe Porter gut gekannt. Er war Stammkunde in der Buchhandlung und liebte Krimis. Tessa ist einmal im Jahr vorbeigekommen, hat aber nicht viele Bücher gekauft. Ich glaube, ich kann mich vage an eine Enkelin erinnern, die vor vielen Jahren oft hier gewesen ist.«

»Wie lange werden Sie bleiben?«, fragte Noelle.

Mercer war ziemlich sicher, dass alles, was sie zu Myra gesagt hatte, an Bruce weitergegeben worden war. »Ein paar

Monate. Ich denke über einen Karrierewechsel nach, oder vielleicht sollte ich besser sagen: Ich bin gerade arbeitslos. Die letzten drei Jahre habe ich unterrichtet, aber ich hoffe, dass muss ich nie wieder tun. Und Sie? Erzählen Sie mir von Ihrem Laden.«

»Ich verkaufe Antiquitäten aus Frankreich. Mein Geschäft ist direkt neben der Buchhandlung. Ich bin aus New Orleans, aber dann habe ich Bruce kennengelernt und bin hierhergezogen. Kurz nach Katrina.«

Klare, deutliche Aussprache, keine Spur von einem New-Orleans-Akzent. Keine Spur von irgendetwas. Und kein Ehering, dafür jede Menge Schmuck.

»Das war 2005«, sagte Mercer. »Einen Monat nach Tessas Unfall. Ich kann mich noch gut daran erinnern.«

»Waren Sie hier, als es passiert ist?«, fragte Bruce.

»Nein, das war der erste Sommer in vierzehn Jahren, den ich nicht hier verbracht habe. Ich musste mir einen Job suchen, um mein Studium bezahlen zu können, und habe in Memphis gearbeitet, meiner Heimatstadt.«

Dora räumte die Suppenschalen ab und schenkte Wein nach. Andy wurde immer lauter.

»Haben Sie Kinder?«, erkundigte sich Mercer.

Sowohl Bruce als auch Noelle lächelten und schüttelten den Kopf. »Dazu fehlte uns die Zeit«, antwortete sie. »Ich reise viel, ich kaufe und verkaufe vor allem in Frankreich, und Bruce ist sieben Tage die Woche in der Buchhandlung.«

»Sie begleiten Ihre Frau nicht?«, fragte Mercer an Bruce gewandt.

»Nicht oft. Aber wir haben in Frankreich geheiratet.«

Nein, habt ihr nicht. Es war so eine einfache kleine Lüge, mit der sie schon seit Langem lebten. Mercer trank einen Schluck Wein und rief sich in Erinnerung, dass sie neben einem Mann saß, der zu den erfolgreichsten Händlern für gestohlene seltene Bücher des Landes gehörte. Während sie sich über Südfrankreich und den Antiquitätenhandel dort unterhielten, fragte sie sich, wie viel Noelle über seine Geschäfte wusste. Wenn er tatsächlich eine Million Dollar für die Fitzgerald-Manuskripte gezahlt hatte, würde sie das doch mit Sicherheit wissen. Schließlich war er kein Großindustrieller mit Firmen überall auf der Welt und diversen Möglichkeiten, große Summen zu verschieben und zu verstecken. Er war Buchhändler in einer Kleinstadt und wohnte praktisch in seinem Laden. So viel Geld konnte er nicht vor ihr verstecken. Noelle musste von der Sache wissen.

Bruce schätzte *Oktoberregen* sehr und erkundigte sich nach dem Grund für das abrupte Ende von Mercers erster Signierreise. Myra bekam die Frage zufällig mit, bat um Ruhe und forderte Mercer auf, die Geschichte allen zu erzählen. Während Dora gebackenen Pompano servierte, drehte sich das Tischgespräch um Lesereisen, und zu diesem Thema hatte jeder etwas beizutragen. Leigh, Jay und Cobb gestanden, dass auch sie schon ein oder zwei Stunden in Buchhandlungen vergeudet und dabei rein gar nichts verkauft hatten. Andy hatte bei Erscheinen seines ersten Buchs sehr gut besuchte Signierstunden, wurde aber, wie nicht anders zu erwarten, einmal aus einer Buchhandlung geworfen, als er sich betrank und Gäste beschimpfte, die es nicht kaufen wollten. Selbst Amy, die Bestsellerautorin, hatte ein paar schlechte Tage erlebt, bevor sie auf die Idee mit den Vampiren kam.

Während des Essens wechselte Andy zu Eiswasser. Alle am Tisch schienen aufzuatmen.

Cobb gab eine Geschichte aus seiner Zeit im Gefängnis zum Besten. Es ging um einen Achtzehnjährigen, der von seinem Zellengenossen, einem richtigen Monster, sexuell missbraucht wurde. Jahre später, nachdem beide auf Bewährung entlassen worden waren, machte der Junge seinen Peiniger ausfindig, der inzwischen ein unauffälliges Leben am Stadtrand führte und als unbescholtener Bürger galt. Zeit für Rache.

Es war eine lange, interessante Geschichte, und als Cobb geendet hatte, sagte Andy: »So ein Schwachsinn. Alles erfunden, stimmt's? Das ist dein nächster Roman.«

»Nein, ich schwöre, es ist alles wahr.«

»Quatsch. Das hast du schon mal gemacht. Du hast uns eine Lügengeschichte erzählt, um zu testen, wie wir darauf reagieren, und ein Jahr später war es dann ein Roman.«

»Na ja, ich habe darüber nachgedacht. Was meint ihr? Massentauglich genug?«

»Ich finde es gut«, meinte Bruce. »Aber die Missbrauchsszenen im Gefängnis solltest du abschwächen. Da hast du, glaube ich, etwas übertrieben.«

»Du hörst dich an wie mein Agent«, brummelte Cobb. Er zog einen Kugelschreiber aus der Hemdentasche, als wollte er anfangen, sich Notizen zu machen. »Sonst noch was? Mercer, was meinen Sie?«

»Ich darf mitmachen?«

»Sicher, warum nicht? Ihre Stimme zählt genauso viel wie die der anderen Schreiberlinge.«

»Ich könnte die Geschichte ja benutzen«, warf Andy ein, und alle lachten.

»Du könntest eine gute Geschichte auf jeden Fall gebrauchen. Hast du deinen Abgabetermin eingehalten?«, erkundigte sich Cobb.

»Ja. Ich habe das Manuskript hingeschickt, und sie haben es gleich wieder zurückgeschickt. Strukturelle Probleme.«

»Genau das Gleiche wie bei deinem letzten Buch, aber das haben sie trotzdem herausgegeben.«

»Was eine gute Entscheidung von ihnen war. Sie sind mit dem Drucken gar nicht mehr hinterhergekommen.«

»Hey, Jungs«, rief Myra. »Ihr verstoßt gerade gegen die erste Regel. Es wird nicht über die eigenen Bücher geredet.«

»Das geht jetzt den ganzen Abend so weiter«, flüsterte Bruce Mercer zu, gerade so laut, dass es die anderen hören konnten. Wie sie genoss sie die Scherze und Sticheleien. Dass Schriftsteller sich so eifrig übereinander lustig machten – immer nur zum Spaß –, war neu für sie.

Amy, deren Wangen vom Wein schon ganz gerötet waren, fragte: »Und wenn der Junge aus dem Gefängnis in Wirklichkeit ein Vampir ist?« Am Tisch brach schallendes Gelächter aus.

»Darauf bin ich noch gar nicht gekommen«, antwortete Cobb. »Wir könnten eine neue Serie über Vampire im Gefängnis anfangen. Das gefällt mir. Machst du mit?«

»Ich sage meinem Agenten, dass er deinen anrufen soll. Vielleicht klappt es ja.«

»Und da fragt man sich, warum Bücher immer schlechter werden«, warf Leigh mit perfektem Timing ein.

Als das Gelächter verstummte, beschwerte sich Cobb: »Und wieder einmal sind wir von der Literaturmafia niedergeschossen worden.«

Während sie aßen, ebbten die Gespräche für ein paar Minuten ab. Nach einer Weile begann Cobb leise zu lachen. »Strukturelle Probleme. Was soll das bedeuten?«

»Dass die Handlung beschissen ist, was auch stimmt. Ehrlich gesagt war ich nie richtig zufrieden damit«, sagte Andy.

»Du kannst das Buch doch selbst herausgeben. Bruce legt es dann auf den Klapptisch ganz hinten im Laden. Das ist sein ganz persönlicher Haufen unverlangt eingesandter Manuskripte.«

»Cobb, bitte. Der Tisch ist voll«, protestierte Bruce.

Myra sorgte für einen Themenwechsel. »Mercer, Sie sind ja jetzt seit ein paar Tagen hier. Dürfen wir fragen, wie es mit dem Schreiben läuft?«

»Das ist keine gute Frage«, erwiderte Mercer lächelnd.

»Versuchen Sie, ein Buch fertig zu schreiben, oder wollen Sie mit einem anfangen?«

»Ich weiß es nicht so recht«, gestand sie. »Das, an dem ich gerade schreibe, wird wahrscheinlich im Papierkorb landen, und dann fange ich mit einem neuen an. Ich habe mich noch nicht entschieden.«

»Wenn Sie einen Rat brauchen, nur zu. Egal, ob es ums Schreiben oder Veröffentlichen geht, um Erotik, Beziehungen, Essen, Wein, Reisen, Politik, Gott und die Welt, hier sind Sie richtig. Alles Experten.«

»Den Eindruck habe ich auch.«

5.

Um Mitternacht saß Mercer auf der untersten Stufe des Holzstegs, die bloßen Füße im Sand, während die Wellen sich am Strand brachen. Sie würde nie genug bekommen vom Klang des Meeres, dem sanften Raunen, mit dem die Wellen bei ruhiger See an Land rollten, dem Brüllen der Brandung bei Sturm. In dieser Nacht wehte kein Wind, und es war gerade Ebbe. In einiger Entfernung war eine einsame Gestalt in Richtung Süden unterwegs, am Rand des Wassers.

Sie musste immer noch wegen des Abendessens bei Myra und Leigh schmunzeln und versuchte, sich so viel wie möglich davon zu merken. Je mehr sie darüber nachdachte, desto erstaunlicher kam ihr alles vor. Ein Raum voller Schriftsteller, einschließlich ihrer Unsicherheiten und Egos und Eifersüchteleien, mit Wein, der in Strömen geflossen war, und kein einziger Streit, nicht einmal ein böses Wort. Die erfolgreichen Autoren – Amy, Cobb und Andy – sehnten sich nach Kritikerlob, während die literarisch anspruchsvollen Schriftsteller – Leigh, Jay und Mercer – von mehr Tantiemen träumten. Myra war so oder so alles egal. Bruce und Noelle begnügten sich damit, unparteiisch zu sein und alle zu ermutigen.

Mercer wusste noch nicht so richtig, was sie von Bruce halten sollte. Ihr erster Eindruck war ziemlich positiv gewesen, aber angesichts seines ansprechenden Äußeren und seiner lockeren Art war sie sicher, dass er von jedem gemocht wurde, zumindest am Anfang. Er redete genug, aber nicht zu viel, und hatte offenbar kein Problem damit, Myra das Kommando zu überlassen. Schließlich war sie die Gastgeberin und wusste, was sie tat. Er fühlte sich in Gesellschaft der Schriftsteller wohl und genoss ihre Geschichten, Witze, unfairen Bemerkungen und Affronts. Mercer vermutete, dass er alles tun würde, um die Karriere der anderen zu fördern. Und sie wiederum verhielten sich ihm gegenüber fast ehrerbietig.

Er hatte behauptet, Mercers zwei Bücher hätten ihm gut gefallen, insbesondere ihr Roman, und sie hatten lange genug darüber geredet, um ihre Zweifel daran zu beseitigen, dass er ihn wirklich kannte. Er hatte gesagt, dass er ihn kurz nach der Veröffentlichung gelesen habe, als sie für eine Signierstunde in die Buchhandlung hätte kommen sollen. Das war vor sieben Jahren gewesen, doch er erinnerte sich gut daran. Vermutlich hatte er den Roman vor dem Essen kurz überflogen. Mercer war trotzdem beeindruckt. Er hatte sie gebeten, bei Bay Books vorbeizukommen und die beiden Exemplare in seiner Sammlung zu signieren. Ihr Buch mit Kurzgeschichten hatte er auch gelesen. Und das Wichtigste war, dass er gern noch mehr von ihr sehen würde, den nächsten Roman oder weitere Kurzgeschichten.

Mercer, eine einst vielversprechende Autorin, die eine endlose Durststrecke hinter sich hatte und von der Angst gelähmt wurde, dass ihre Karriere vielleicht schon vorbei war, fand es beruhigend, einen derart sachkundigen Leser zu haben, der ihre Bücher lobte und mehr von ihr lesen wollte. In den letzten Jahren waren es nur ihre Agentin und ihre Lektorin gewesen, die ihr Mut gemacht hatten.

Bruce war eindeutig ein Charmeur, aber er hatte nichts Unangebrachtes gesagt oder getan, was sie auch nicht erwartet hatte. Schließlich hatte seine hübsche Frau nur wenige Zentimeter neben ihr gesessen. Angenommen, die Gerüchte stimmten, dann hatte Bruce Cable vermutlich auch Erfolg, wenn er es langsam angehen ließ.

Während des Essens hatte sie mehrfach einen Blick zu Cobb, Amy und Myra geworfen und sich gefragt, ob sie eine Ahnung von seinen dunklen Geschäften hatten. Nach außen hin leitete er eine der besten Buchhandlungen des Landes, doch hinter verschlossenen Türen handelte er mit Diebesgut. Der Laden lief glänzend und brachte ihm eine Menge Geld ein. Er führte ein gutes Leben, hatte eine schöne Frau/Partnerin und besaß ein prächtiges Haus in einer netten Stadt. War er tatsächlich bereit, das alles zu riskieren und wegen Hehlerei gestohlener Manuskripte ins Gefängnis zu wandern?

Wusste er, dass ihm ein professionelles Ermittlungsteam auf den Fersen war? Und dass das FBI nicht weit war? Ahnte er, dass er in ein paar Monaten vielleicht für viele Jahre ins Gefängnis gehen musste?

Nein, das schien ausgeschlossen.

Verdächtigte er Mercer? Bestimmt nicht. Das warf die naheliegende Frage auf, was sie als Nächstes tun sollte. Lassen Sie sich Zeit, gehen Sie eins nach dem anderen an, hatte Elaine mehr als einmal gesagt. Bringen Sie ihn dazu, dass er den Kontakt zu Ihnen sucht, und schleichen Sie sich unauffällig in sein Leben.

Klang doch ganz einfach.

6.

Am Montag, dem Memorial Day, schlief Mercer lange und verpasste wieder einen Sonnenaufgang. Sie schenkte sich Kaffee ein und ging zum Strand, der wegen des Feiertags belebter war als sonst, aber nicht überfüllt. Nach einem langen Spaziergang kehrte sie zum Haus zurück, holte sich noch einen Kaffee und setzte sich in der Küche an einen kleinen Esstisch mit Blick aufs Meer. Sie klappte den Laptop auf und starrte eine Weile auf den leeren Bildschirm, bis sie es schaffte, zwei Wörter zu tippen: »Kapitel eins«.

Schriftsteller lassen sich in der Regel in zwei Gruppen einteilen: Jene, die ihre Geschichten von Anfang an komplett ausarbeiten und wissen, wie sie ausgehen, noch bevor sie überhaupt angefangen haben. Und jene, die das nicht tun, weil sie davon überzeugt sind, dass Figuren ein Eigenleben entwickeln und etwas Interessantes tun, nachdem man sie angelegt hat. Ihr alter Roman, den sie gerade in den Papierkorb geworfen hatte und der sie in den letzten fünf Jahren so entsetzlich gequält hatte, gehörte zur zweiten Kategorie. Nach fünf Jahren war immer noch nichts Interessantes passiert, und sie hatte ihre Protagonisten satt. Hör auf damit, hatte sie beschlossen. Mach eine Pause. Du kannst irgendwann später damit weitermachen. Sie schrieb eine grobe Inhaltsangabe des ersten Kapitels ihres neuen Buchs und nahm sich dann das zweite vor.

Bis Mittag hatte sie sich durch die ersten fünf Kapitelzusammenfassungen gekämpft und war völlig fertig.

7.

Der Verkehr auf der Main Street kam nur stockend voran, und auf den Gehsteigen wimmelte es von Touristen, die über das lange Wochenende in der Stadt waren. Mercer parkte in einer Seitenstraße und schlenderte zur Buchhandlung. Sie schaffte es, Bruce aus dem Weg zu gehen, und setzte sich oben in das Café, wo sie ein Sandwich aß und die *Times* überflog. Als Bruce an ihr vorbeilief, um sich einen Espresso zu holen, zeigte er sich überrascht, sie zu sehen.

»Haben Sie Zeit, die Bücher zu signieren?«, fragte er.

»Deshalb bin ich hier.« Sie folgte ihm nach unten in den Raum mit den Erstausgaben, wo er die Tür hinter ihnen schloss. Zwei große Fenster gingen auf den Verkaufsraum im Erdgeschoss hinaus, und nicht weit von ihnen entfernt stöberten Kunden durch Regale voller Bücher. In der Mitte des Raums stand ein alter Tisch, auf dem Papiere und Akten lagen.

»Ist das Ihr Büro?«, erkundigte sie sich.

»Eines von mehreren. Wenn nicht so viel los ist, schleiche ich mich hier rein und arbeite ein bisschen.«

»Und wann ist nicht viel los?«

»Das ist wie in jeder Buchhandlung. Heute haben wir viel zu tun. Morgen wird so gut wie niemand kommen.« Er schob einen Katalog zur Seite, unter dem zwei gebundene Ausgaben von *Oktoberregen* zum Vorschein kamen. Dann drückte er ihr einen Kugelschreiber in die Hand und nahm die Bücher vom Tisch.

»Das habe ich schon lange nicht mehr gemacht«, sagte sie. Bruce schlug eines der beiden Bücher auf, und sie kritzelte ihren Namen auf das Titelblatt. Dann war das zweite an der Reihe. Er ließ eines auf dem Tisch liegen und schob das andere in eine Lücke in einem Regal. Die Erstausgaben waren alphabetisch nach dem Nachnamen des Autors sortiert.

»Was sind das für Bücher?«, fragte sie, während sie auf eine Regalwand zeigte.

»Ausschließlich Erstausgaben von Schriftstellern, die zu einer Signierstunde hier waren. Hier finden etwa hundert dieser Veranstaltungen im Jahr statt, und nach zwanzig Jahren ergibt das eine schöne Sammlung. Ich habe in meinen Unterlagen nachgesehen – als Sie auf Ihrer Tour herkommen wollten, hatte ich einhundertzwanzig Exemplare bestellt.«

»Einhundertzwanzig? So viele?«

»Ich habe einen Club für Erstausgaben gegründet, etwa hundert meiner besten Kunden, die jedes signierte Buch kaufen. Was ein gewichtiges Argument ist. Wenn ich garantieren kann, dass hundert Bücher verkauft werden, reißen sich Verlage und Schriftsteller geradezu um eine Veranstaltung bei uns.«

»Und diese Leute kommen zu jeder Signierstunde?«

»Schön wär's. In der Regel kommt die Hälfte, was immer noch eine ganze Menge ist. Dreißig Prozent von ihnen wohnen außerhalb und bekommen ihr Exemplar per Post zugeschickt.«

»Was ist passiert, als ich die Signierstunde abgesagt habe?«

»Ich habe die Bücher an den Verlag zurückgeschickt.«

»Das tut mir leid.«

»Gehört zum Geschäft.«

Mercer schlenderte an der Wand entlang und sah sich die Bücher in den Regalen an, von denen sie einige kannte. Immer nur ein Exemplar. Wo waren die anderen? Eines ihrer Bücher hatte er zurückgestellt, das andere auf dem Tisch liegen lassen. Wo wurden die anderen Erstausgaben aufbewahrt?

»Sind einige von denen hier etwas wert?«, erkundigte sie sich.

»Eigentlich nicht. Es ist eine beeindruckende Sammlung, und mir bedeutet sie sehr viel, da mich mit jedem Buch etwas verbindet, aber sie behalten ihren Wert nur selten.«

»Und wie kommt das?«

»Die Startauflagen sind zu groß. Für die erste Auflage Ihres Buchs wurden fünftausend Exemplare gedruckt. Das ist nicht viel, aber damit ein Buch etwas wert ist, muss es selten sein. Manchmal habe ich allerdings Glück.« Er hob den Arm, zog ein Buch aus einem Regal und gab es ihr.

»Erinnern Sie sich noch an *Betrunken in Philly*? J.P. Walthalls Meisterwerk.«

»Natürlich.«

»Hat 1999 den National Book Award und den Pulitzerpreis bekommen.«

»Ich habe es im College gelesen.«

»Ich hatte es als Leseexemplar, und es gefiel mir sehr. Ich wusste, das Buch hat Potenzial, daher habe ich ein paar Kartons davon bestellt – bevor Walthall sagte, er wolle nicht auf Lesereise gehen. Sein Verleger war pleite und sowieso nicht der Hellste, daher ließ er eine Startauflage von sechstausend Exemplaren drucken. Nicht schlecht für einen Erstling, aber das war bei Weitem nicht genug. Der Druck wurde unterbrochen, als die Gewerkschaft zu streiken begann. Es waren erst tausendzweihundert Exemplare fertig, als die Druckerei geschlossen wurde. Ich hatte Glück, meine Bestellung wurde ausgeliefert. Die ersten Kritiken waren irrsinnig gut, und die zweite Auflage, in einer anderen Druckerei, lag bei zwanzigtausend. Bei der dritten wurde das verdoppelt und so weiter. Von dem Buch wurde letztendlich eine halbe Million gebundene Exemplare verkauft.«

Mercer schlug das Buch auf, blätterte zum Impressum und sah das Wort »Erstausgabe«.

»Und wie viel ist es wert?«, erkundigte sie sich.

»Ich habe zwei für jeweils fünftausend Dollar verkauft. Inzwischen verlange ich acht. Ich habe immer noch fünfundzwanzig davon unten im Keller.«

Mercer merkte es sich, sagte aber nichts dazu. Nachdem sie ihm das Buch zurückgegeben hatte, trat sie zu einer anderen Bücherwand. »Noch ein paar aus meiner Sammlung, aber nicht alle dieser Autoren waren zu Signierstunden hier«, erklärte Bruce.

Sie zog John Irvings *Gottes Werk und Teufels Beitrag* aus einem Regal. »Davon gibt es sicher jede Menge auf dem Markt.«

»John Irving eben. Das war sieben Jahre nach *Garp*, die Startauflage war gigantisch. Es ist ein paar Hundert Dollar wert. Ich habe einen *Garp*, aber der ist unverkäuflich.«

Mercer stellte das Buch wieder an seinen Platz und sah sich schnell die Titel der Bände an, die daneben standen. *Garp* war nicht darunter. Sie vermutete, dass das Buch ebenfalls »unten im Keller« war, sagte aber nichts. Eigentlich wollte sie Bruce nach seinen wertvollsten Büchern fragen, doch es war vielleicht besser, wenn sie fürs Erste nicht noch mehr Interesse zeigte.

»Hat Ihnen das Essen gestern gefallen?«, fragte er.

Sie lachte und ging von den Regalen weg. »Oh, ja. Ich war noch nie bei einem Essen mit so vielen Schriftstellern auf einmal. Eigentlich sind wir ja eher Einzelgänger.«

»Ich weiß. Ihnen zu Ehren haben sich alle anständig benommen. Sie können mir glauben, dass es nicht immer so zivilisiert zugeht.«

»Woran liegt das?«

»An der Persönlichkeit von Schriftstellern. Wenn schwache Egos, Alkohol und vielleicht noch Politik zusammenkommen, wird es in der Regel ziemlich laut.«

»Ich kann es kaum erwarten. Wann findet die nächste Party statt?«

»Bei dem Haufen weiß man das nie. Noelle erwähnte, dass sie in zwei Wochen ein Essen geben möchte. Sie findet Sie übrigens sehr sympathisch.«

»So ging es mir auch. Sie ist ganz reizend.«

»Noelle kann sehr lustig sein. Und sie versteht eine Menge von Antiquitäten. Sie sollten in ihrem Laden vorbeischauen und sich ein bisschen umsehen.«

»Mache ich, aber die teuren Sachen will ich nicht kaufen.«

Er lachte. »Dann sollten Sie aufpassen. Sie ist sehr stolz auf ihre Möbel.«

»Ich treffe mich morgen vor der Signierstunde mit Serena Roach auf einen Kaffee. Kennen Sie sie?«

»Aber ja. Sie war schon zweimal hier. Sie ist ziemlich anstrengend, aber auch sehr nett. Sie kommt mit ihrem Freund und ihrem PR-Agenten.«

»Eine komplette Entourage?«

»Sieht so aus, ja. Das ist nicht so ungewöhnlich. Serena hatte ein Drogenproblem und macht einen sehr zerbrechlichen Eindruck. Reisen verunsichert viele Schriftsteller, und sie brauchen Sicherheit.«

»Sie kann nicht allein reisen?«

Bruce lachte, schien aber keinen Klatsch verbreiten zu wollen. »Ich könnte Ihnen viele Geschichten erzählen. Manche sind traurig, manche lustig, interessant sind sie alle. Verschieben wir das auf ein andermal, vielleicht wieder bei einem langen Essen.«

»Ist es immer noch derselbe Freund? Ich frage, weil ich ihr letztes Buch gelesen habe, und da hat die Heldin Probleme mit Männern und Drogen. Die Autorin scheint sich damit auszukennen.«

»Ich weiß es nicht, aber bei den letzten beiden Signierreisen war immer derselbe Mann dabei.«

»Das arme Mädchen wird von den Kritikern zerrissen.«

»Stimmt, und sie kann nicht sehr gut damit umgehen. Ihr PR-Agent hat heute Morgen angerufen, um sicherzustellen, dass ich sie nach der Signierstunde nicht zum Essen einlade. Sie versuchen, sie von der Weinflasche fernzuhalten.«

»Hat die Lesereise gerade erst angefangen?«

»Wir sind die dritte Station. Es könnte ein Desaster werden. Aber sie hat immer noch die Möglichkeit abzusagen, so wie Sie damals.«

»Ich kann es nur empfehlen.«

Eine Mitarbeiterin steckte den Kopf durch das offene Fenster zum Verkaufsraum und sagte: »Tut mir leid, wenn ich störe, aber Scott Turow ist am Telefon.«

»Das Gespräch sollte ich besser annehmen«, entschuldigte sich Bruce.

»Wir sehen uns morgen.« Mercer ging zur Tür.

»Danke, dass Sie die Bücher signiert haben.«

»Ich signiere alle Bücher von mir, die Sie kaufen.«

8.

Drei Tage später wartete Mercer, bis es dämmerte, und ging zum Strand. Sie streifte ihre Sandalen ab und steckte sie in eine kleine Schultertasche. Dann lief sie am Rand des Wassers entlang Richtung Süden. Es war gerade Ebbe, und der breite Strand lag einsam und verlassen da, bis auf vereinzelte Paare, die ihren Hund ausführten. Zwanzig Minuten später kam sie an einer Reihe von Hochhäusern mit Eigentumswohnungen vorbei und steuerte auf das Ritz-Carlton daneben zu. Am Holzsteg wusch sie sich den Sand von den Füßen, zog die Sandalen an, schlenderte am menschenleeren Pool vorbei und betrat das Gebäude, wo Elaine in der eleganten Bar an einem Tisch saß.

Tessa hatte die Bar des Ritz geliebt. Zwei- oder dreimal in jedem Sommer hatten sie und Mercer sich fein gemacht und waren für Drinks mit anschließendem Abendessen im hochgelobten Restaurant des Hotels hingefahren. Tessa hatte immer einen Martini getrunken, Mercer Diätlimonade, bis sie fünfzehn wurde. Beim nächsten Urlaub kam sie mit einem gefälschten Ausweis auf die Insel, damit auch sie Martini trinken konnte.

Elaine hatte sich zufällig ihren Lieblingstisch von früher ausgesucht, und als Mercer sich setzte, wurden unzählige Erinnerungen an ihre Großmutter wach. Es hatte sich überhaupt nichts verändert. Der Mann am Klavier sang leise im Hintergrund.

»Ich bin heute Nachmittag angekommen und dachte, ein nettes Abendessen würde Ihnen gefallen«, sagte Elaine.

»Früher bin ich oft hier gewesen«, erwiderte Mercer, während sie sich umsah und den vertrauten Geruch nach salziger Luft und Eichentäfelung genoss. »Meine Großmutter hat dieses Restaurant geliebt. Es ist nicht gerade billig, aber manchmal hat sie sich diesen Luxus geleistet.«

»Tessa hatte nicht viel Geld?«

»Finanziell ging es ihr gut, aber sie war auch sparsam. Können wir über etwas anderes reden?«

Als ein Kellner an ihren Tisch kam, bestellten sie etwas zu trinken.

»Ich würde sagen, dass Sie eine ziemlich erfolgreiche Woche hatten.«

Mercer hatte ihr jeden Abend eine E-Mail geschickt, in der sie alles erwähnte, was für die Ermittlungen von Bedeutung sein könnte. »Ich bin mir nicht sicher, ob ich mittlerweile mehr weiß als das, was ich sowieso schon wusste, als ich auf die Insel gekommen bin. Aber ich habe inzwischen Kontakt zum Feind aufgenommen.«

»Und?«

»Er ist genauso charmant wie angekündigt, sehr sympathisch. Die wertvollen Bücher bewahrt er im Keller auf, aber einen Tresorraum hat er nicht erwähnt. Ich habe den Eindruck, dass da unten ganz schön viel rumliegt. Seine Frau ist gerade hier, und abgesehen von seinem üblichen Interesse an Schriftstellern hat er nichts unternommen, was darauf schließen ließe, dass er etwas von mir will.«

»Erzählen Sie mir von dem Essen bei Myra und Leigh.«

Mercer musste grinsen. »Schade, dass es keine versteckte Kamera gegeben hat.«

KAPITEL 5

DER MITTELSMANN

1.

Seit über sechzig Jahren war der Old Boston Bookshop in einem Reihenhaus in der West Street untergebracht, im Ladder-Blocks-Viertel mitten in der Stadt. Die Buchhandlung war von Loyd Stein gegründet worden, einem angesehenen Händler für antiquarische Bücher, und als er 1990 starb, übernahm sein Sohn Oscar den Laden. Oscar war in der Buchhandlung aufgewachsen und liebte seinen Beruf, doch mit der Zeit verlor er die Lust an dem Geschäft. In Zeiten des Internets und der sinkenden Nachfrage nach allem, was mit Büchern zu tun hatte, hatte er feststellen müssen, dass es zunehmend schwieriger wurde, einen anständigen Gewinn zu machen. Sein Vater hatte sich damit begnügt, antiquarische Bücher zu verhökern und auf einen gelegentlichen Volltreffer mit einem seltenen Exemplar zu hoffen, doch Oscar verlor allmählich die Geduld. Er war achtundfünfzig Jahre alt und suchte nach einem Ausstieg.

Am Donnerstag um sechzehn Uhr betrat Denny am dritten Tag in Folge das Geschäft und stöberte unauffällig in den Regalen und Stapeln gebrauchter Bücher. Als die Verkäuferin, eine ältere Dame, die schon seit Jahrzehnten in dem Laden arbeitete, etwas im oberen Stockwerk zu erledigen hatte, nahm er eine alte Taschenbuchausgabe von *Der große Gatsby* in die Hand und ging damit zur Kasse.

Oscar lächelte. »Haben Sie gefunden, wonach Sie gesucht haben?«

»Das hier genügt«, erwiderte Denny.

Oscar nahm das Buch und schlug den Buchdeckel auf. »Vier Dollar und dreißig Cent.«

Denny legte einen Fünfer auf den Ladentisch. »Eigentlich suche ich ja nach dem Original«, meinte er.

Oscar griff nach dem Fünfer. »Sie meinen eine Erstausgabe? Von *Gatsby*?«

»Nein. Ich meine das Originalmanuskript.«

Oscar lachte. Was für ein Idiot. »Ich kann Ihnen da leider nicht helfen.«

»Oh, doch, ich denke schon.«

Oscar erstarrte und sah dem Mann in die Augen. Ein kalter, harter Blick traf ihn. Berechnend und wissend. Oscar schluckte schwer. »Wer sind Sie?«

»Das werden Sie nie erfahren.«

Oscar wandte sich ab und steckte den Fünfer in die Kasse. Dabei fiel ihm auf, dass seine Hände zitterten. Er holte ein paar Münzen heraus und legte sie auf den Ladentisch. »Siebzig Cent«, brachte er gerade noch heraus. »Sie waren gestern schon mal da, stimmt's?«

»Und am Tag davor.«

Oscar sah sich um. Sie waren allein. Er warf einen Blick auf die kleine Überwachungskamera an der Decke, die auf die Kasse gerichtet war. »Wegen der Kamera brauchen Sie sich keine Sorgen zu machen. Ich habe sie gestern Abend abgeschaltet. Und die in Ihrem Büro funktioniert auch nicht«, sagte Denny leise.

Oscar holte tief Luft und ließ die Schultern hängen. Nach Monaten, in denen er in Angst gelebt, nicht viel geschlafen und ständig einen Blick über die Schulter geworfen hatte, war der Moment gekommen, vor dem es ihm gegraut hatte. »Sind Sie von der Polizei?«, fragte er mit leiser, zitternder Stimme.

»Nein. Der Polizei gehe ich zurzeit aus dem Weg, genau wie Sie.«

»Was wollen Sie?«

»Die Manuskripte. Alle fünf.«

»Ich weiß nicht, wovon Sie reden.«

»Mehr fällt Ihnen dazu nicht ein? Ich hatte gehofft, Sie würden was Originelleres sagen.«

»Verschwinden Sie!«, zischte Oscar und versuchte, so aggressiv wie möglich zu klingen.

»Ich werde jetzt gehen. Um achtzehn Uhr, wenn Sie schließen, bin ich wieder da. Sie werden die Tür absperren, und dann ziehen wir uns in Ihr Büro zurück und unterhalten uns. Ich empfehle Ihnen dringend, nicht den Helden zu spielen. Sie können sich nirgends verstecken, und es gibt niemanden, der Ihnen helfen kann. Außerdem beobachten wir Sie.«

Denny nahm die Münzen und das Taschenbuch und verließ das Geschäft.

2.

Eine Stunde später stieg ein Anwalt namens Ron Jazik im Gerichtsgebäude von Trenton, New Jersey, in einen Fahrstuhl und drückte auf die Taste, die ihn ins Erdgeschoss bringen sollte. Im letzten Moment zwängte sich ein Fremder zwischen den Türen hindurch und betätigte den Knopf für den zweiten Stock. Kaum hatten sie sich geschlossen, sagte der Fremde: »Sie vertreten Jerry Steengarden, stimmt's? Als Pflichtverteidiger.«

»Wer zum Teufel sind Sie?«, fragte Jazik mit einem spöttischen Grinsen.

Unvermittelt schlug der Fremde Jazik mit der offenen Hand ins Gesicht und riss ihm dabei die Brille herunter. Dann packte er ihn mit eisernem Griff an der Kehle und rammte seinen Kopf gegen die Rückwand des Fahrstuhls. »Reden Sie nicht so mit mir. Ich habe eine Nachricht für Ihren Mandanten. Ein falsches Wort zum FBI, und es wird jemand dran glauben müssen. Wir wissen, wo seine Mutter wohnt, und wir wissen auch, wo Ihre Mutter wohnt.«

Jaziks Augen traten hervor, er ließ den Aktenkoffer fallen. Er packte den Fremden am Arm, doch der Druck auf seine Kehle wurde nur noch stärker. Jazik war fast sechzig und nicht in Form. Der Kerl, der die Finger um seinen Hals gelegt hatte, war mindestens zwanzig Jahre jünger und schien in diesem Moment übermenschliche Kräfte zu besitzen.

»Ist das klar?«, knurrte er. »Haben Sie das verstanden?«

Der Fahrstuhl blieb im zweiten Stock stehen, und als die Türen sich öffneten, ließ der Fremde los und stieß Jazik in eine Ecke, wo er auf die Knie fiel. Dann trat der Mann nach draußen, als wäre nichts geschehen. Niemand wartete, um einzusteigen, und Jazik rappelte sich schnell auf, suchte seine Brille, hob den Aktenkoffer auf und überlegte, was er tun sollte. Sein Kiefer schmerzte, in seinen Ohren klingelte es, und sein erster Gedanke war, die Polizei zu rufen und den Überfall zu melden. In der Lobby waren US-Marshals, und vielleicht konnte er dort warten, bis der Angreifer irgendwo auftauchte. Auf dem Weg nach unten kam er jedoch zu dem Schluss, dass es vielleicht das Beste war, nicht übertrieben zu reagieren. Als er das Erdgeschoss erreichte, konnte er wieder einigermaßen normal atmen. Er suchte eine Toilette, spritzte sich Wasser ins Gesicht und sah sich an. Die rechte Seite seines Gesichts war gerötet, aber nicht geschwollen.

Die körperlichen Folgen eines solchen Schlags waren gewaltig und schmerzhaft. Er spürte etwas Warmes in seinem Mund und spuckte Blut ins Waschbecken.

Er hatte seit über einem Monat nicht mit Jerry Steengarden gesprochen. Ihre Besprechungen waren immer sehr kurz gewesen, weil Jerry nichts zu sagen hatte. Der Fremde, der Jazik gerade geschlagen und bedroht hatte, brauchte sich keine Sorgen zu machen.

3.

Kurz vor achtzehn Uhr kam Denny wieder in die Buchhandlung, wo Oscar nervös an der Kasse auf ihn wartete. Die Verkäuferin war schon gegangen, und es war kein Kunde mehr da. Wortlos drehte Denny das »Geöffnet/Geschlossen«-Schild um, sperrte die Tür ab und machte das Licht aus. Sie stiegen die Treppe hinauf nach oben in das kleine, vollgestopfte Büro, in dem Oscar am liebsten seine Tage verbrachte, während sich unten jemand anders um den Laden kümmerte. Er setzte sich an den Schreibtisch und deutete auf den einzigen Stuhl, auf dem keine Zeitschriften lagen.

Denny ließ sich auf den Stuhl fallen. »Verschwenden wir keine Zeit, Oscar. Ich weiß, dass Sie die Manuskripte für eine halbe Million Dollar gekauft haben. Das Geld haben Sie auf ein Konto bei einer Bank auf den Bahamas überwiesen. Von dort ist es auf ein Konto in Panama gegangen, und da habe ich es abgehoben. Abzüglich Ihrer Provision als Mittelsmann natürlich.«

»Dann haben *Sie* die Manuskripte gestohlen?«, erwiderte Oscar gefasst. Er hatte ein paar Pillen eingeworfen, um seine Nerven zu beruhigen.

»Das habe ich nicht gesagt.«

»Woher soll ich wissen, dass Sie kein Polizist mit einem versteckten Mikrofon sind?«, fragte Oscar.

»Sie können mich gern abtasten. Nur zu. Aber woher sollte ein Polizist wissen, wie viel die Manuskripte gekostet haben? Woher sollte ein Polizist Details über den Geldfluss kennen?«

»Ich bin sicher, dass das FBI alles zurückverfolgen kann.«

»Wenn das FBI wüsste, was ich weiß, wären Sie längst verhaftet worden. Entspannen Sie sich, Oscar, Sie werden nicht verhaftet. Und ich auch nicht. Ich kann nämlich nicht zur Polizei gehen, genauso wenig wie Sie. Wir sind beide schuldig und müssen mit einer langen Haftstrafe rechnen. Aber dazu wird es nicht kommen.«

Oscar wollte ihm glauben und war einigermaßen erleichtert. Allerdings war ihm auch klar, dass es da noch ein Problem gab. Er holte tief Luft. »Ich habe die Manuskripte nicht.«

»Wo sind sie dann?«

»Warum haben Sie sie verkauft?«

Denny schlug die Beine übereinander und lehnte sich zurück. »Ich habe kalte Füße bekommen. Einen Tag nach dem Raub hat das FBI zwei meiner Freunde verhaftet. Ich musste die Beute verstecken und das Land verlassen. Ich habe einen Monat gewartet, dann zwei. Als die Luft rein war, bin ich zurückgekommen und habe mich mit einem Händler in San Francisco getroffen. Er sagte, er habe einen Käufer, einen Russen, der zehn Millionen Dollar zahle. Was gelogen war. Er hat das FBI informiert. Wir haben ein Treffen vereinbart, zu dem ich eines der Manuskripte als Beweis hätte mitbringen sollen, aber dort hätte das FBI auf uns gewartet.«

»Woher haben Sie das gewusst?«

»Wir haben die Telefone des Händlers angezapft, bevor wir mit ihm gesprochen haben. Wir sind sehr gut, Oscar. Sehr geduldig, sehr professionell. Es war knapp, und wir haben das Land ein zweites Mal verlassen, damit die Lage sich entspannte. Ich wusste, dass das FBI eine gute Beschreibung von mir hat, daher bin ich jetzt erst zurückgekommen.«

»Haben Sie meine Telefone auch angezapft?«

Denny nickte lächelnd. »Die Festnetzleitungen. Ihr Mobiltelefon konnten wir nicht hacken.«

»Und wie haben Sie mich gefunden?«

»Ich war in Georgetown und habe Kontakt mit Ihrem alten Freund Joel Ribikoff aufgenommen. Unserem Vermittler. Ich habe ihm nicht getraut – wem kann man in unserer Branche schon trauen –, aber ich musste die Manuskripte unbedingt loswerden.«

»Sie und ich hätten uns nie begegnen sollen.«

»Das war der Plan, nicht wahr? Sie überweisen das Geld, ich liefere die Ware, dann verschwinde ich. Aber jetzt bin ich wieder da.«

Oscar knackte mit den Fingern und versuchte, ruhig zu bleiben. »Und Ribikoff? Wo ist er jetzt?«

»Er hat das Zeitliche gesegnet. Sein Tod war grausam, Oscar. Es war ganz furchtbar. Aber bevor er gestorben ist, hat er mir gegeben, was ich wollte. Sie.«

»Ich habe die Manuskripte nicht.«

»Okay. Was haben Sie mit ihnen gemacht?«

»Ich habe sie verkauft, so schnell es ging.«

»Wo sind sie, Oscar? Ich werde die Manuskripte finden, und die Spur, die zu ihnen führt, ist bereits blutig.«

»Ich weiß nicht, wo sie sind, ich schwöre es.«

»Wer hat sie jetzt?«

»Hören Sie, ich muss nachdenken. Sie haben gesagt, dass Sie Geduld haben, daher geben Sie mir bitte etwas Zeit.«

»In Ordnung. In vierundzwanzig Stunden bin ich wieder da. Machen Sie keine Dummheiten. Versuchen Sie nicht unterzutauchen. Es gibt keinen Ort, an dem Sie sich verstecken können, und wenn Sie es versuchen, sind Sie tot. Wir sind Profis, Oscar, und Sie haben keine Ahnung, mit wem Sie es zu tun haben.«

»Ich werde nicht untertauchen.«

»Vierundzwanzig Stunden. Dann komme ich wieder. Wenn Sie mir den Namen des Mannes geben, können Sie das Geld behalten und bleiben am Leben. Ich werde niemandem davon erzählen. Sie haben mein Wort.«

Denny stand auf und verließ das Büro. Oscar starrte die Tür an und lauschte auf seine Schritte, die sich über die Treppe entfernten. Er hörte, wie die Tür geöffnet wurde und die kleine Glocke am Rahmen zu bimmeln begann, dann fiel sie leise ins Schloss.

Oscar schlug die Hände vors Gesicht und versuchte, nicht zu weinen.

4.

Denny saß zwei Häuserblocks weiter in einer Hotelbar und aß eine Pizza, als sein Mobiltelefon vibrierte. Es war fast einundzwanzig Uhr, und der Anruf kam spät. »Wie ist es gelaufen?«, fragte er, während er sich umsah. Die Bar war so gut wie leer.

Rooker erstattete Bericht: »Auftrag ausgeführt. Ich habe Jazik in einem Fahrstuhl erwischt und musste ein bisschen handgreiflich werden. Hat Spaß gemacht. Ich habe die Nachricht übermittelt, alles in Ordnung. Petrocelli war schon eher ein Problem, weil er länger gearbeitet hat. Vor etwa einer Stunde habe ich ihn auf dem Parkplatz vor seiner Kanzlei erwischt. Er hat sich vor Angst fast in die Hose gemacht. Was für ein Schlappschwanz. Zuerst hat er geleugnet, dass Mark Driscoll sein Mandant ist, aber das hat er ganz schnell sein lassen. Schlagen musste ich ihn nicht, aber viel hätte nicht gefehlt.«

»Keine Zeugen?«

»Keine. Sauberer Abgang bei beiden.«

»Gute Arbeit. Wo bist du jetzt?«

»Im Auto. In fünf Stunden bin ich da.«

»Beeil dich. Morgen wird's lustig.«

5.

Rooker betrat die Buchhandlung fünf Minuten vor achtzehn Uhr und tat so, als würde er sich die Bücher ansehen. Andere Kunden gab es nicht. Oscar stand nervös hinter der Kasse und behielt den Mann im Auge. Um sechs sagte er: »Es tut mir leid, wir schließen jetzt.« In diesem Moment kam Denny herein, schloss die Tür hinter sich und drehte das Schild um. Er sah Oscar an, deutete auf Rooker und meinte: »Er gehört zu mir.«

Oscar zog seine Schlüssel aus der Tasche und sperrte die Ladentür ab.

»Ist noch jemand da?«, wollte Denny wissen.

»Nein. Die anderen sind schon alle gegangen.«

»Gut. Dann bleiben wir hier«, entschied Denny, während er einen Schritt auf Oscar zuging. Rooker stellte sich neben ihn. Beide waren jetzt bedrohlich nah. Sie starrten ihn an, niemand rührte sich. »Okay, Oscar, Sie hatten Zeit zum Nachdenken. Wie haben Sie sich entschieden?«, sagte Denny schließlich.

»Sie müssen mir versprechen, dass Sie meine Identität schützen.«

»Ich muss gar nichts versprechen«, fuhr Denny ihn an. »Aber wie ich schon sagte, niemand wird etwas erfahren. Was würde ich damit erreichen, wenn ich Ihre Beteiligung an der Sache verrate? Ich will die Manuskripte, Oscar, sonst nichts. Sagen Sie mir, an wen Sie sie verkauft haben, dann werden Sie mich nie wieder sehen. Aber wenn Sie mich jetzt anlügen, werde ich zurückkommen, und das wissen Sie.«

Natürlich wusste Oscar das. Diesen Kerl loszuwerden war alles, was er in diesem furchtbaren Moment wollte. Er schloss die Augen. »Ich habe die Manuskripte an einen Händler namens Bruce Cable verkauft. Er hat eine große Buchhandlung auf Camino Island. In Florida.«

Denny lächelte. »Wie viel hat er gezahlt?«

»Eine Million.«

»Gute Arbeit, Oscar. Kein schlechter Deal.«

»Würden Sie jetzt bitte gehen?«

Denny und Rooker starrten ihn an, ohne einen Muskel zu bewegen. Zehn lange Sekunden dachte Oscar, er würde gleich sterben. Sein Herz hämmerte, während er nach Luft rang.

Dann verließen sie den Laden wortlos.

KAPITEL 6

DIE GESCHICHTE

1.

Wenn man Noelles Provence betrat, hatte man das Gefühl, mitten in einem ihrer prächtigen Bildbände gelandet zu sein. Im vorderen Bereich des Geschäfts standen rustikale Bauernmöbel, Schränke und Kommoden, die stilsicher auf dem mit alten Steinplatten ausgelegten Boden arrangiert worden waren. Beistelltische waren mit alten Krügen, Töpfen und Körben dekoriert. An den verputzten, pfirsichfarben gestrichenen Wänden hingen schwere Leuchter, Spiegel mit getöntem Glas und Porträts von längst vergessenen Baronen und ihren Familien in wuchtigen dunklen Rahmen. Duftkerzen verströmten einen schweren Geruch nach Vanille. Von der Holzbalkendecke hingen mehrere Kronleuchter herab. Im Hintergrund lief leise Opernmusik, die aus versteckten Lautsprechern kam. In einem Nebenraum bewunderte Mercer einen langen, schmalen Weinverkostungstisch, der mit Tellern und Schalen in Sonnengelb und Olivgrün, den Grundfarben der provenzalischen Keramik, gedeckt war. An der Wand in der Nähe des Schaufensters stand ein Sekretär, ein wunderschönes, handbemaltes Stück, in das sie sich verlieben sollte. Elaine hatte ihr erzählt, dass er dreitausend Dollar koste und ideal für ihre Zwecke sei.

Mercer hatte alle vier Bücher von Noelle gelesen und konnte die Möbel und Einrichtungsgegenstände problemlos identifizieren. Sie bewunderte gerade den Sekretär, als Noelle hereinkam und rief: »Oh, hallo, Mercer. Was für eine schöne Überraschung.« Sie begrüßte sie wie eine Französin, mit Küsschen auf beide Wangen.

»Ihr Laden ist toll«, sagte Mercer fast ehrfürchtig.

»Willkommen in der Provence. Was führt Sie zu mir?«

»Oh, eigentlich nichts. Ich wollte mich nur umsehen. Aber jetzt habe ich mich in diesen Sekretär verliebt.« Sie fuhr mit der Hand über die Tischplatte. In Noelles Büchern waren mindestens drei ähnliche abgebildet.

»Ich habe ihn auf einem Markt in Bonnieux gefunden, in der Nähe von Avignon. Sie sollten ihn kaufen. Er ist perfekt für das, was Sie tun.«

»Dazu müsste ich erst einmal ein paar Bücher verkaufen.«

»Kommen Sie. Ich zeige Ihnen alles.« Noelle nahm Mercer an der Hand und führte sie von einem Raum zum nächsten, die alle mit den Möbeln aus ihren Büchern gefüllt waren. Dann gingen sie über eine elegant geschwungene Treppe mit weißen Steinstufen und schmiedeeisernem Geländer nach oben in den ersten Stock, wo Noelle ihren übrigen Warenbestand lagerte – noch mehr Schränke und Betten und Kommoden, und zu jedem Stück gab es eine Geschichte. Mercer fiel auf, dass kein einziger Gegenstand im ersten Stock mit einem Preisschild versehen war.

Noelle hatte ein kleines Büro im Erdgeschoss, ganz hinten im Laden, und neben der Tür stand ein kleiner Weinverkostungstisch. Während Noelle ihn beschrieb, fragte sich Mercer, ob alle französischen Tische für Weinverkostungen benutzt wurden. »Lassen Sie uns eine Tasse Tee trinken.«

Noelle deutete auf einen Stuhl. Mercer setzte sich, und während sie plauderten, kochte Noelle Wasser auf einem kleinen Herd neben einem Spülbecken aus Marmor.

»Ich bin ganz begeistert von dem kleinen Sekretär«, meinte Mercer. »Aber ich glaube, ich frage besser nicht nach dem Preis.«

Noelle lächelte. »Für Sie, meine Liebe, hat er einen Sonderpreis. Für alle anderen kostet er dreitausend Dollar, aber Sie können ihn für die Hälfte haben.«

»Das ist immer noch eine Menge Geld. Lassen Sie mich darüber nachdenken.«

»Wo schreiben Sie zurzeit?«

»An einem kleinen Esstisch in der Küche, mit Blick aufs Meer, aber es funktioniert nicht. Ich weiß nicht, ob es am Tisch oder am Meer liegt, aber die Wörter kommen einfach nicht.«

»Um was geht es in Ihrem Buch?«

»Weiß ich noch nicht. Ich versuche, ein neues Buch anzufangen, aber es läuft nicht sehr gut.«

»Ich habe gerade *Oktoberregen* zu Ende gelesen und finde es brillant.«

»Das ist sehr nett von Ihnen.« Mercer war gerührt. Seit sie auf die Insel gekommen war, hatte sie nun schon drei Leute getroffen, die ihren Roman gelobt hatten, was mehr Anerkennung war, als sie in den letzten fünf Jahren bekommen hatte.

Noelle stellte ein Teeservice aus Porzellan auf den Tisch und goss kochendes Wasser in die Tassen. Beide nahmen einen Würfel Zucker, aber keine Milch. Während sie umrührten, fragte Noelle: »Sprechen Sie über Ihre Arbeit? Ich frage deshalb, weil die meisten Schriftsteller zu viel über das reden, was sie geschrieben haben oder schreiben wollen, aber einigen fällt das aus irgendeinem Grund schwer.«

»Ich rede lieber nicht darüber, vor allem nicht über das, was ich gerade schreibe. Mein erster Roman kommt mir so alt und überholt vor, als hätte ich ihn vor vielen, vielen Jahren geschrieben. In mancherlei Hinsicht ist es ein Fluch, wenn man schon in jungen Jahren veröffentlicht wird. Die Erwartungen sind hoch, der Druck gewaltig, die Literaturwelt wartet auf ein Meisterwerk. Dann vergehen ein paar Jahre, und es kommt kein Buch. Der vielversprechende Star gerät langsam in Vergessenheit. Nach *Oktoberregen* hat mir meine erste Agentin geraten, mich zu beeilen und meinen zweiten Roman schnell zu veröffentlichen. Sie sagte, da die Kritiker meinen Erstling geliebt hätten, würden sie mein zweites Buch mit Sicherheit hassen, was immer es auch sei, also solle ich mich beeilen und den Zweitling-Fluch hinter mich bringen. Vermutlich ein guter Rat, nur das Problem war, dass ich keinen zweiten Roman hatte. Ich glaube, ich suche immer noch.«

»Wonach?«

»Nach einer Geschichte.«

»Die meisten Schriftsteller sagen, dass die Figuren am wichtigsten sind. Stehen sie erst einmal auf der Bühne, entwickelt sich schon irgendwie eine Handlung. Gehören Sie dazu?«

»Noch nicht.«

»Was hat Sie zu *Oktoberregen* inspiriert?«

»Während meines Studiums habe ich eine Geschichte über ein vermisstes Kind gelesen, das nie gefunden wurde, und darüber, was das mit der Familie gemacht hat. Es war eine wahnsinnig traurige und eindringliche Geschichte, die aber in vieler Hinsicht auch wunderschön war. Sie ging mir nicht mehr aus dem Kopf, daher habe ich sie als Vorlage benutzt und in weniger als einem Jahr den Roman geschrieben. Damals habe ich mich auf jeden Morgen gefreut, auf die erste Tasse Kaffee und die nächste Seite. Jetzt ist das ganz anders.«

»Ich bin sicher, es wird wieder so wie früher. Sie haben sich den perfekten Ort ausgesucht, um nichts anderes zu tun, als zu schreiben.«

»Mal sehen. Noelle, ich muss unbedingt Bücher verkaufen. Ich will nicht mehr unterrichten, und einen anderen Job will ich auch nicht. Ich habe sogar schon daran gedacht, unter Pseudonym zu schreiben und Krimis oder irgendetwas anderes rauszuhauen, das sich gut verkauft.«

»Daran ist doch nichts auszusetzen. Machen Sie das! Dann können Sie immer noch schreiben, was Sie wollen.«

»Dieser Plan nimmt langsam Gestalt an.«

»Haben Sie schon einmal daran gedacht, mit Bruce zu reden?«

»Nein. Warum sollte ich?«

»Er kennt die Branche und das Schreiben von allen Seiten. Er liest alles, kennt Hunderte Autoren, Agenten und Verleger, und häufig fragen sie ihn nach seinem Urteil, aber nicht zwangsläufig nach seinem Rat. Bruce gibt keine Tipps, es sei denn, er wird darum gebeten. Er mag Sie und bewundert Ihre Arbeit, und ich denke, dass er Ihnen helfen könnte.«

Mercer zuckte mit den Schultern, als hätte die Idee durchaus etwas für sich. Die Ladentür wurde geöffnet, und Noelle sagte: »Entschuldigen Sie, aber ich glaube, ich habe Kundschaft.« Sie stand auf und verschwand. Mercer nippte an ihrem Tee und fühlte sich wie eine Betrügerin. Sie war nicht hier, um Möbel zu kaufen oder über ihre Arbeit zu reden oder so zu tun, als wäre sie einer der vielen einsamen, mit Problemen belasteten Schriftsteller, die versuchten, Freunde zu finden. Nein, sie war hier, um zu spionieren, um nach Informationen für Elaine zu suchen, die diese vielleicht eines Tages gegen Noelle und Bruce verwenden konnte. Plötzlich verkrampfte sich ihr Magen, und ihr wurde übel. Sie biss die

Zähne zusammen und wartete, bis sie sich wieder besser fühlte. Dann stand sie auf und ging in den vorderen Bereich des Ladens, wo Noelle gerade mit einem Kunden sprach, der sich für eine Kommode interessierte.

»Ich sollte jetzt besser gehen«, sagte Mercer.

»Aber natürlich«, erwiderte Noelle leise. »Bruce und ich würden Sie gern zum Essen einladen.«

»Wie nett von Ihnen. Ich habe den Rest des Sommers Zeit.«

»Ich rufe Sie an.«

2.

Später am Nachmittag, als Noelle gerade ein paar Blumenkübel aus Keramik aufstellte, betrat ein gut gekleidetes Paar in den Vierzigern das Geschäft. Ein Blick genügte, und ihr war klar, dass die beiden erheblich mehr Geld auf dem Konto hatten als die Durchschnittstouristen, die bei einem Spaziergang durch die Stadt hereinkamen, sich so lange umsahen, bis sie die Preise kannten, und dann mit leeren Händen wieder gingen.

Sie stellten sich als Luke und Carol Massey aus Houston vor und sagten, sie wohnten für ein paar Tage im Ritz und seien zum ersten Mal auf der Insel. Sie hätten von dem Laden gehört, hätten sogar die Website besucht und sich auf der Stelle in einen gefliesten Esstisch verliebt, der hundert Jahre alt und zurzeit das teuerste Stück im Geschäft war. Als Luke um ein Bandmaß bat, gab ihm Noelle eines. Die beiden maßen den Tisch von allen Seiten aus, murmelten, dass er perfekt in das Esszimmer des Gästehauses passe. Luke rollte die Hemdsärmel auf, und Carol fragte, ob sie Fotos machen dürfe. Aber natürlich, erwiderte Noelle. Mr. und Mrs. Massey ermittelten die Größe von zwei Kommoden und zwei wuchtigen Schränken und stellten dabei intelligente Fragen über das Holz, die Oberflächenbehandlung, die Geschichte. Sie waren gerade dabei, ein Haus in Houston zu bauen, und wollten, dass es wie ein provenzalisches Bauernhaus aussah, wie das in der Nähe von Roussillon im Département Vaucluse, in dem sie ein Jahr zuvor Urlaub gemacht hatten. Je länger sie blieben, desto mehr begeisterten sie sich für praktisch alles, was Noelle anzubieten hatte. Sie nahm die beiden mit nach oben zu den teureren Möbeln, und das Interesse wurde immer größer. Nach einer Stunde im Laden, gegen siebzehn Uhr, öffnete Noelle eine Flasche Champagner und goss drei Gläser ein. Während Luke eine lederne Chaiselongue ausmaß und Carol Fotos schoss, entschuldigte sich Noelle und lief schnell nach unten, um dort nach dem Rechten zu sehen. Nachdem die beiden einzigen Kunden das Geschäft verlassen hatten, sperrte sie die Tür ab und ging wieder nach oben zu den reichen Texanern.

Sie setzten sich an einen alten Ladentisch und redeten über das Geschäftliche. Luke stellte Fragen über den Versand und die Lagerung. Das neue Haus sei frühestens in sechs Monaten fertig, und sie hätten ein Lagerhaus für Möbel und Einrichtungsgegenstände gemietet. Noelle versicherte ihnen, da sie landesweit ausliefere, sei das kein Problem. Carol zählte die Möbel auf, die sie kaufen wollte, unter anderem auch den Sekretär. Noelle sagte Nein, der Sekretär sei für jemand anders reserviert, aber bei ihrer nächsten Reise in die Provence werde sie sicher einen anderen finden. Sie gingen hinunter ins Büro, wo sie noch mehr Champagner einschenkte und sich an die Rechnung machte. Insgesamt waren es einhundertsechzigtausend Dollar, eine Summe, die die beiden nicht aus der Fassung brachte. Über die Preise zu feilschen gehörte zum Geschäft, doch die Masseys versuchten es erst gar nicht. Luke legte eine schwarze Kreditkarte auf den Tisch, als würde es sich bei dem Betrag um Kleingeld handeln, und Carol unterschrieb die Bestellung.

An der Ladentür umarmten sie Noelle wie alte Freunde und sagten, sie kämen morgen vielleicht wieder. Als die beiden weg waren, versuchte sich Noelle an einen anderen Verkauf in dieser Größenordnung zu erinnern. Ihr fiel keiner ein.

Um 10.05 Uhr am nächsten Morgen rauschten Luke und Carol mit einem strahlenden Lächeln und jeder Menge Energie in den Laden. Sie sagten, sie hätten sich die halbe Nacht lang Fotos angesehen und in Gedanken Möbel in ihrem noch halb fertigen Haus herumgerückt, und, tja, sie wollten noch mehr. Ihr Architekt hatte ihnen maßstabsgerechte Pläne von Erdgeschoss und erstem Stock zugeschickt, und sie hatten eingezeichnet, wo Noelles Möbel stehen sollten. Die Tatsache, dass das Haus fast tausendachthundert Quadratmeter hatte, entging Noelle natürlich nicht. Sie stiegen in den ersten Stock und verbrachten den ganzen Vormittag damit, Betten, Tische, Sessel und Schränke auszumessen. Als sie fertig waren, hatte Noelle keine Ware mehr. Die Rechnung für den zweiten Tag lag bei über dreihunderttausend Dollar. Wieder zückte Luke seine schwarze Kreditkarte.

Um zwölf Uhr sperrte Noelle den Laden ab und ging mit den beiden in ein nahe gelegenes beliebtes Bistro. Während sie aßen, überprüfte ihr Anwalt die Echtheit der Kreditkarte und stellte fest, dass die Masseys kaufen konnten, was sie wollten. Außerdem versuchte er, etwas über ihren Hintergrund herauszufinden, konnte aber nicht viel in Erfahrung bringen – was jedoch keine Rolle spielte. Wenn die schwarze Karte akzeptiert wurde, war es im Grunde genommen egal, wo das Geld herkam.

Beim Mittagessen erkundigte sich Carol: »Wann bekommen Sie neue Ware?«

Noelle lachte. »Tja, so wie es aussieht, besser heute als morgen. Ich wollte Anfang August nach Frankreich fliegen, aber jetzt, wo ich nichts mehr zu verkaufen habe, muss ich wohl früher hin.«

Carol sah Luke an, der aus irgendeinem Grund ein wenig verlegen wirkte. »Rein interessehalber: Wir haben uns gefragt, ob wir uns vielleicht drüben treffen und zusammen einkaufen gehen könnten«, sagte er schließlich

»Wir lieben die Provence, und es wäre großartig, wenn wir mit jemandem wie Ihnen auf Antiquitätenjagd gehen könnten«, fügte Carol hinzu.

»Wir haben keine Kinder und reisen gern«, fuhr Luke fort, »vor allem nach Frankreich, und wir sind ganz begeistert von den Antiquitäten dort. Wir suchen sogar nach einem neuen Innenarchitekten, der uns bei den Böden und den Tapeten hilft.«

»Ich kenne da zufällig jemanden«, meinte Noelle. »Wann wollen Sie denn abreisen?«

Die Masseys sahen sich an, als versuchten sie, sich an ihren vollen Terminkalender zu erinnern. »In zwei Wochen haben wir geschäftlich in London zu tun«, sagte Luke. »Danach könnten wir uns in der Provence treffen.«

»Ist das zu kurzfristig?«, erkundigte sich Carol.

Noelle überlegte eine Sekunde. »Das würde passen. Ich bin mehrmals im Jahr dort und habe eine Wohnung in Avignon.«

»Fantastisch«, rief Carole aufgeregt. »Das wird ein Abenteuer werden. Ich sehe schon vor mir, wie wir unser Haus mit Möbeln einrichten, die wir selbst in der Provence gefunden haben.«

Luke hob das Weinglas. »Auf die Antiquitätenjagd in Südfrankreich.«

3.

Zwei Tage später wurde der erste Lastwagen mit dem größten Teil von Noelles Warenbestand beladen. Er verließ Camino Island und fuhr zu einem Lagerhaus in Houston, in dem Luke und Carol Massey hundert Quadratmeter gemietet hatten. Die Rechnung dafür würde allerdings auf dem Schreibtisch von Elaine Shelby landen.

In einigen Monaten, wenn die Operation beendet war – egal, wie –, würden die schönen Antiquitäten Stück für Stück wieder auf den Markt kommen.

4.

Als es dämmerte, ging Mercer zum Strand, wandte sich nach Süden und schlenderte am Rand des Wassers entlang. Die Nelsons, die vier Häuser weiter Richtung Süden wohnten, hielten sie an und plauderten ein wenig mit ihr, während ihr Hund an Mercers Füßen schnupperte. Die beiden waren über siebzig und hielten immer Händchen, wenn sie am Strand spazieren gingen. Sie waren so freundlich, dass es schon fast an Neugierde grenzte, und hatten bereits den Grund für Mercers Urlaub in Erfahrung gebracht. »Frohes Schaffen«, wünschte Mr. Nelson, als die beiden sich verabschiedeten. Einige Minuten später wurde sie von Mrs. Alderman gestoppt, die acht Häuser weiter Richtung Norden wohnte. Sie führte ihre beiden Pudel Gassi und schien Kontakt zu anderen Menschen immer bitter nötig zu haben. Mercer ging das nicht so, aber sie freute sich darüber, nette Nachbarn zu haben.

Kurz vor dem Pier verließ sie den Strand und hielt auf einen Holzsteg zu. Elaine war wieder in der Stadt und wollte sich mit ihr treffen. Sie wartete auf der kleinen Terrasse vor der Maisonettewohnung, die ihre Firma für die Dauer der Operation gemietet hatte. Mercer war bereits einmal dort gewesen und hatte niemand außer Elaine gesehen. Sie wusste nicht, ob noch andere an der Überwachung der Zielpersonen beteiligt waren oder ob sie selbst von jemand beschattet wurde. Elaine hatte ausweichend geantwortet, als Mercer sie danach gefragt hatte.

Sie gingen in die Küche, und Elaine fragte: »Möchten Sie etwas trinken?«

»Wasser ist okay.«

»Haben Sie schon gegessen?«

»Nein.«

»Wir können eine Pizza oder Sushi bestellen. Oder etwas vom Chinesen. Was möchten Sie?«

»Ich habe keinen Hunger.«

»Ich auch nicht. Setzen wir uns dorthin.« Elaine wies auf einen kleinen Esstisch zwischen der Küche und dem Wohnzimmer. Sie öffnete den Kühlschrank und holte zwei Flaschen Wasser heraus.

Mercer nahm Platz und sah sich um. »Übernachten Sie hier?«

»Ja, für zwei Tage.« Elaine setzte sich ihr gegenüber.

»Allein?«

»Ja. Ab heute ist niemand mehr von uns auf der Insel. Wir kommen und gehen.«

Mercer hätte beinahe gefragt, wer »wir« war, ließ es dann aber.

»Sie waren also in Noelles Geschäft«, sagte Elaine. Mercer nickte. In ihrem abendlichen Bericht per E-Mail war sie bewusst vage geblieben.

»Erzählen Sie mir davon. Beschreiben Sie den Laden.«

Mercer schilderte ihr die Verkaufsräume oben und unten und versuchte, sich an möglichst viele Details zu erinnern.

Elaine hörte aufmerksam zu, machte sich aber keine Notizen. Es war klar, dass sie bereits eine Menge über den Laden wusste.

»Gibt es einen Keller?«, wollte Elaine wissen.

»Ja, Noelle hat ihn beiläufig erwähnt. Sie sagte, unten sei eine Werkstatt, aber zeigen wollte sie sie mir nicht.«

»Noelle hat den Sekretär für Sie reserviert. Wir haben versucht, ihn zu kaufen, aber es ging nicht. Irgendwann in naher Zukunft werden Sie ihn kaufen, aber Sie werden ihn in einer anderen Farbe streichen lassen. Das wird vielleicht im Keller gemacht, und Sie werden sich ein Farbmuster zeigen lassen. Wir müssen uns im Keller umsehen, weil er direkt neben dem der Buchhandlung liegt.«

»Wer hat versucht, den Sekretär zu kaufen?«

»Wir. Die Guten, Mercer. Sie sind nicht allein.«

»Warum ist das kein großer Trost für mich?«

»Sie werden nicht beschattet. Wir kommen und gehen, wie ich schon sagte.«

»Okay. Angenommen, ich schaffe es, in den Keller zu kommen. Was dann?«

»Sehen Sie sich um. Verschaffen Sie sich einen Überblick. Wenn wir Glück haben, gibt es dort eine Tür, die in die Buchhandlung führt.«

»Das bezweifle ich.«

»Ich auch, aber wir müssen es wissen. Ist die Wand aus Beton, Ziegelsteinen oder Holz? Wir müssen vielleicht durchbrechen, bei Tag oder bei Nacht. Wie sieht die Videoüberwachung des Geschäfts aus?«

»Zwei Kameras, eine ist auf den Eingang gerichtet, die andere im hinteren Teil über dem kleinen Küchenbereich. Es könnten noch mehr sein, aber ich habe keine gesehen. Im ersten Stock ist keine Kamera installiert. Ich bin mir sicher, dass Sie das bereits wissen.«

»Ja, aber in unserer Branche überprüfen wir alles dreimal, und wir hören nie auf, Informationen zu beschaffen. Wie wird die Ladentür abgesperrt?«

»Bolzenschloss, mit einem Schlüssel. Nichts Kompliziertes.«

»Haben Sie eine Hintertür gesehen?«

»Nein, aber ganz hinten im Laden war ich nicht. Ich glaube, es gibt dort noch ein paar Räume.«

»Östlich davon ist die Buchhandlung. Westlich ein Maklerbüro. Gibt es eine Verbindungstür zu den angrenzenden Gebäuden?«

»Ich habe keine gesehen.«

»Gute Arbeit, Mercer. Sie sind jetzt seit drei Wochen hier und haben Ihre Sache ganz großartig gemacht. Sie haben sich eingelebt und keinen Verdacht erregt. Sie haben die richtigen Leute kennengelernt, alles gesehen, was es zu sehen gibt, und wir sind sehr zufrieden. Doch jetzt muss etwas passieren.«

»Ich bin sicher, dass Sie da bestimmte Vorstellungen haben.«

»Stimmt.« Elaine ging zum Sofa, holte drei Bücher von dort und legte sie auf den Tisch. »Ich erzähle Ihnen jetzt eine Geschichte. Tessa ist 1985 aus Memphis weggezogen und hat für den Rest ihres Lebens hier gewohnt. Soweit wir wissen, hat sie ein Testament verfasst, in dem sie ihren Besitz zu gleichen Teilen ihren drei Kindern vererbt hat. Es enthielt außerdem die Klausel, dass Sie zwanzigtausend Dollar in bar erhalten sollten, für Ihr Studium. Sie hatte sechs weitere Enkel – Connie, Holsteads Sprösslinge in Kalifornien und Sarah, Janes einziges Kind. Sie waren die Einzige, die eine gesonderte Zuwendung erhalten hat.«

»Ich war die Einzige, die Tessa wirklich geliebt hat.«

»Richtig, und darauf basiert unsere Geschichte. Nach Tessas Tod sind Sie und Connie die persönlichen Gegenstände Ihrer Großmutter durchgegangen, die Sachen, die nicht im Testament erwähnt wurden, und haben sich dafür entschieden, alles aufzuteilen. Einige Kleidungsstücke, ein paar alte Fotos, vielleicht ein paar billige Kunstwerke, was auch immer. Erzählen Sie, was Sie wollen. Sie haben einen Karton Bücher bekommen, die meisten davon Kinderbücher, die Tessa im Laufe der Jahre für Sie gekauft hatte. Ganz unten im Karton haben Sie allerdings diese drei Bücher gefunden, alles Erstausgaben aus der Stadtbücherei von Memphis, die Tessa 1985 ausgeliehen hat. Als Tessa an den Strand gezogen ist, hat sie diese drei Bücher mitgebracht, vorsätzlich oder aus Versehen. Dreißig Jahre später haben Sie sie.«

»Sind Sie etwas wert?«

»Ja und nein. Sehen Sie sich mal das Buch ganz oben an.«

Mercer nahm es in die Hand. *The Convict* von James Lee Burke. Es schien in einwandfreiem Zustand zu sein; der Schutzumschlag war unbeschädigt und mit durchsichtiger Folie versehen. Sie schlug das Buch auf, suchte das Impressum und fand das Wort »Erstausgabe«.

»Sie wissen vermutlich, dass das eine Sammlung von Burkes Kurzgeschichten ist, die 1985 viel Aufmerksamkeit bekommen hat«, erklärte Elaine. »Die Kritiker haben das Buch begeistert aufgenommen, und es hat sich glänzend verkauft.«

»Wie teuer ist so etwas?«

»Wir haben dieses Exemplar letzte Woche für fünftausend Dollar gekauft. Die Startauflage war ziemlich klein, und es ist nicht mehr viel davon auf dem Markt. Auf der Rückseite des Schutzumschlags sehen Sie einen Strichcode. Solche Codes hat die Bücherei in Memphis 1985 verwendet, daher ist das Buch praktisch ohne Eintragungen. Der Code ist natürlich von uns, und ich bin sicher, dass Cable jemanden in der Branche kennt, der ihn entfernen kann. Es ist nicht sehr schwierig.«

»Fünftausend Dollar«, wiederholte Mercer ehrfürchtig, als würde sie einen Goldbarren in der Hand halten.

»Genau, und es kommt von einem seriösen Händler. Geplant ist, dass Sie dieses Buch Cable gegenüber erwähnen. Erzählen Sie ihm die Geschichte, aber zeigen Sie ihm das Buch vorerst nicht. Sie wissen nicht, was Sie tun sollen. Tessa hat das Buch offenbar behalten, obwohl sie keinen Rechtsanspruch darauf hatte. Dann haben Sie es aus dem Nachlass bekommen, aber Sie haben ebenfalls keinen Rechtsanspruch darauf. Das Buch gehört der Bücherei in Memphis, was nach dreißig Jahren niemanden mehr interessieren dürfte. Und Sie brauchen das Geld.«

»Wir machen Tessa zur Diebin?«

»Mercer, es ist nur eine Geschichte.«

»Ich glaube nicht, dass ich meine verstorbene Großmutter verleumden will.«

»›Verstorben‹ ist das entscheidende Wort. Tessa ist seit elf Jahren tot, und sie hat nichts gestohlen. Die Geschichte, die Sie Cable erzählen, wird nur er zu hören bekommen, sonst niemand.«

Mercer nahm langsam das zweite Buch in die Hand. *Die Abendröte im Westen* von Cormac McCarthy, 1985 von Random House veröffentlicht, eine Erstausgabe mit einem unbeschädigten Schutzumschlag. »Wie viel ist das wert?«

»Wir haben vor zwei Wochen viertausend Dollar dafür bezahlt.«

Mercer legte es wieder hin und sah sich das dritte an. *Weg in die Wildnis* von Larry McMurtry, ebenfalls 1985 von Simon & Schuster veröffentlicht. Das Buch war offenbar häufig ausgeliehen worden, aber der Schutzumschlag sah aus wie neu.

»Das hier ist ein bisschen was anderes«, sagte Elaine. »Simon & Schuster rechnete mit einer großen Nachfrage, daher lag die Startauflage bei etwa vierzigtausend Exemplaren. Es sind also eine Menge Erstausgaben in den Händen von Sammlern, was natürlich den Preis drückt. Wir haben fünfhundert Dollar dafür gezahlt und es dann mit einem neuen Schutzumschlag versehen, um den Wert zu verdoppeln.«

»Der Schutzumschlag ist eine Fälschung?«, wunderte sich Mercer.

»Ja, das ist durchaus üblich in der Branche, bei den Betrügern jedenfalls. Ein perfekt gefälschter Schutzumschlag kann den Wert erheblich steigern. Wir haben einen guten Fälscher gefunden.«

Mercer fiel wieder das »wir« auf, und sie staunte über das Ausmaß der Operation. Sie legte das Buch auf den Tisch und trank ein paar große Schlucke Wasser. »Sieht der Plan vor, dass ich die hier an Cable verkaufe? Falls ja, gefällt mir die Idee, gefälschte Bücher zu verhökern, überhaupt nicht.«

»Der Plan, Mercer, sieht vor, dass Sie diese Bücher dazu benutzen, um an Cable ranzukommen. Fangen Sie damit an, dass Sie nur über die Bücher reden. Sie wüssten nicht so recht, was sie damit machen sollten. Es sei moralisch falsch, sie zu verkaufen, weil sie Ihnen im Grund genommen ja nicht gehörten. Nach einer Weile bitten Sie ihn, einen Blick auf die Bücher zu werfen, und dann sehen Sie ja, wie er reagiert. Vielleicht zeigt er Ihnen seine Sammlung im Keller oder im Tresorraum, oder was auch immer er dort unten hat. Wer weiß, in welche Richtung sich so ein Gespräch entwickelt. Mercer, Sie müssen in seine Welt vordringen. Vielleicht ist er ja ganz wild darauf, *The Convict* oder *Die Abendröte im Westen* zu kaufen. Vielleicht hat er sie auch schon in seiner Sammlung. Wenn wir ihn richtig einschätzen, wird es ihn reizen, dass die Bücher eine etwas dubiose Herkunft haben, sodass er sie unbedingt haben will. Mal sehen, wie ehrlich er zu Ihnen ist. Wir wissen, wie viel die Bücher wert sind. Wird er Ihnen ein zu niedriges Angebot machen? Wer weiß? Das Geld ist nicht wichtig. Das Wichtigste dabei ist, dass Sie ein kleiner Teil seines zwielichtigen Geschäfts werden.«

»Irgendwie gefällt mir das nicht.«

»Es ist völlig ungefährlich, Mercer, und es ist alles nur eine Geschichte. Diese Bücher sind rechtmäßig von uns erworben worden. Wenn er sie kauft, bekommen wir unser Geld zurück. Wenn er sie weiterverkauft, bekommt er sein Geld zurück. Da ist nichts Falsches oder Unmoralisches dran.«

»Okay, aber ich weiß nicht, ob ich da mitmachen und glaubwürdig sein kann.«

»Mercer, Sie leben in einer Welt, die aus Geschichten besteht. Erfinden Sie einfach noch ein paar.«

»Meine Geschichten verkaufen sich zurzeit ganz schlecht.«

»Das tut mir leid.«

Mercer zuckte mit den Schultern und trank wieder einen Schluck Wasser. Sie starrte die Bücher an, während sie in Gedanken die verschiedenen Szenarien durchspielte. »Was kann dabei schiefgehen?«, fragte sie schließlich.

»Cable könnte sich mit der Bücherei in Memphis in Verbindung setzen und ein bisschen herumschnüffeln, aber die Datenbank ist riesig, und es würde nichts bringen. Das Ganze ist dreißig Jahre her, und alles hat sich geändert. Pro Woche gehen etwa tausend Bücher verloren, weil die Leute sie nicht zurückgeben, und da es eine ganz normale Bücherei ist, besteht kein großes Interesse daran, sie ausfindig zu machen. Außerdem hat Tessa jede Menge Bücher ausgeliehen.«

»Wir sind jede Woche in die Bücherei gegangen.«

»Die Geschichte ist plausibel. Er hat keine Möglichkeit, die Wahrheit herauszufinden.«

Mercer nahm *Weg in die Wildnis* in die Hand. »Und wenn ihm auffällt, dass der Schutzumschlag gefälscht ist?«

»Daran haben wir auch schon gedacht, und wir wissen noch nicht, ob wir den Schutzumschlag benutzen werden. Letzte Woche haben wir das Buch zwei älteren Händlern gezeigt, Profis, die schon alles gesehen haben, und keiner hat die Fälschung erkannt. Aber Sie haben recht. Es könnte ein Risiko sein, dem wir vielleicht aus dem Weg gehen werden. Fangen Sie mit den ersten beiden Büchern an, aber lassen Sie ihn zappeln. Schinden Sie Zeit, während Sie damit ringen, was richtig und was falsch ist. Für Sie ist es ein moralisches Dilemma, und wir wollen wissen, was für einen Rat er Ihnen gibt.«

Mercer verließ das Haus mit den Büchern, die sie in einer Leinentasche bei sich trug, und kehrte zum Strand zurück. Das Meer lag ruhig da, es war gerade Ebbe. Der Vollmond ließ den Sand aufleuchten. Als sie weiterging, hörte sie Stimmen, die allmählich lauter wurden. Links von sich, schon halb in den Dünen, entdeckte sie ein Liebespaar, das sich auf einem Strandtuch miteinander vergnügte. Geflüsterte Worte wurden von lustvollen Seufzern und leisem Stöhnen unterbrochen. Beinahe wäre sie stehen geblieben und hätte zugesehen, bis es zu Ende war, bis zum letzten, leidenschaftlichen Aufbäumen, doch sie zwang sich weiterzugehen.

Neid erfüllte sie. Wie lange war es schon her?

5.

Der zweite, neue Roman fand nach nur fünftausend Wörtern und drei Kapiteln ein abruptes Ende, denn an der Stelle hatte Mercer bereits genug von ihren Charakteren und fand die Handlung sterbenslangweilig. Frustriert, deprimiert, sogar ein klein wenig wütend auf sich selbst und den ganzen Prozess zog sie einen Bikini an – den kleinsten in ihrer wachsenden Sammlung – und ging zum Strand. Es war erst zehn Uhr, aber sie hatte gelernt, die Mittagssonne zu meiden. Von zwölf bis etwa siebzehn Uhr war es im Freien einfach zu heiß, egal, ob man im Wasser war oder nicht. Ihre Haut war inzwischen gebräunt genug, und Mercer befürchtete, zu viel Sonne abzubekommen. Zehn Uhr war außerdem die Zeit, um die der Jogger vorbeikam, ein ihr unbekannter Mann, der etwa in ihrem Alter war. Er rannte immer barfuß am Rand des Wassers entlang, und sein schlanker, athletischer Körper glänzte vor Schweiß. Er war offensichtlich Sportler, hatte einen flachen Bauch und beeindruckende Oberarm- und Wadenmuskeln. Der Mann pflegte einen eleganten, fließenden Laufstil und schien ein kleines bisschen langsamer zu werden, wenn er sie sah – jedenfalls redete Mercer sich das ein. In der letzten Woche hatten sie mindestens zweimal Augenkontakt hergestellt, und sie war der Meinung, dass es Zeit für das erste Hallo war.

Sie stellte ihren Schirm und den Klappstuhl auf und cremte sich mit Sonnenschutz ein, während sie im Auge behielt, was südlich von ihr passierte. Er kam immer von Süden, aus der Richtung, in der das Ritz und die schicken Eigentumswohnungen lagen. Sie breitete das Strandtuch aus und legte sich hin. Dann setzte sie Sonnenbrille und Sonnenhut auf und wartete. Der Strand war praktisch leer, wie immer unter der Woche. Sie hatte vor, zum Wasser zu laufen, wenn sie den

Jogger sah, und zwar so, dass sich ihr Weg mit seinem kreuzte. Und dann wollte sie ihn mit einem lässigen »Guten Morgen« festnageln, was an diesem freundlichen Strand durchaus üblich war. Mercer stützte sich auf die Ellbogen, und während sie wartete, versuchte sie, sich nicht für eine weitere gescheiterte Autorin zu halten. Die fünftausend Wörter, die sie gerade gelöscht hatte, waren der größte Schund gewesen, den sie je geschrieben hatte.

Der Jogger war seit mindestens zehn Tagen da, zu lange für einen Hotelaufenthalt. Vielleicht hatte er für einen Monat eine Wohnung gemietet.

Sie hatte keine Ahnung, was sie jetzt schreiben sollte.

Er war immer allein, aber da er zu weit weg gewesen war, hatte sie nicht erkennen können, ob er einen Ehering trug.

Nach fünf Jahren mit wenig überzeugenden Charakteren, schwerfälliger Prosa und Ideen, die so schlecht waren, dass sie sie nicht einmal ansatzweise gut fand, war sie fest davon überzeugt, dass sie nie wieder einen Roman zu Ende schreiben würde.

Ihr Handy klingelte, und Bruce sagte: »Ich hoffe, ich störe das Genie nicht bei der Arbeit.«

»Aber nein, gar nicht«, erwiderte sie. Genau genommen liege ich fast nackt am Strand und überlege, wie ich einen mir unbekannten Mann ins Bett bekomme. »Ich mache gerade Pause.«

»Gut. Mercer, wir haben heute Nachmittag eine Signierstunde, und ich mache mir ein wenig Sorgen wegen der Resonanz. Der Autor ist völlig unbekannt, und sein Erstling ist nicht sehr gut.«

Wie sieht er aus? Wie alt ist er? Hetero oder schwul? »Also so verkaufen Sie Bücher«, sagte sie. »Sie trommeln Ihre Schriftsteller zusammen und lassen sich von ihnen retten.«

»Sie haben mich durchschaut. Außerdem gibt Noelle ein sehr kurzfristig angesetztes Essen bei uns zu Hause, zu Ehren des Autors natürlich. Nur wir, Sie, er und Myra und Leigh. Es wird bestimmt lustig. Was halten Sie davon?«

»Lassen Sie mich kurz in meinem Kalender nachsehen. Ja, ich habe Zeit. Wann?«

»Um sechs, danach gibt es Essen.«

»Freizeitkleidung?«

»Soll das ein Witz sein? Sie sind hier am Strand. Alles ist erlaubt. Selbst Schuhe sind kein Muss.«

Um elf ließ die Sonne den Sand glühen, und die leichte Brise wehte inzwischen woanders. Offenbar war es zu heiß zum Joggen.

6.

Der Autor hieß Randall Zalinski, und eine schnelle Suche im Internet brachte nicht viele Ergebnisse zu seiner Person. Die kurze Biografie war mit Absicht sehr vage und sollte den Eindruck vermitteln, dass ihm seine Karriere im »Spionagesektor« seltene Einblicke in diverse Arten von Terrorismus und Cyber-Kriminalität ermöglicht hatte. In seinem Roman ging es um einen futuristischen Showdown zwischen den USA, Russland und China. Der aus zwei Absätzen bestehende Pressetext war so reißerisch formuliert, dass er schon fast lächerlich klang, aber Mercer fand ihn trotzdem langweilig. Das mit Photoshop bearbeitete Porträt zeigte einen männlichen Weißen Anfang vierzig. Eine Ehefrau oder Familie wurde nicht erwähnt. Er lebte in Michigan, wo er – natürlich – am nächsten Roman arbeitete.

Es würde die dritte Signierstunde in der Buchhandlung sein, an der Mercer teilnahm. Die beiden ersten hatten schmerzliche Erinnerungen an ihre abgebrochene Lesereise vor sieben Jahren geweckt, und sie hatte sich geschworen, nie wieder zu einer solchen Veranstaltung zu gehen, es zumindest zu versuchen. Was sich jedoch als nicht gerade einfach herausstellte. Die Signierstunden waren für sie ein triftiger Grund, sich in der Buchhandlung aufzuhalten, und das sollte sie auf Elaines dringende Empfehlung hin unbedingt tun. Außerdem war es so gut wie unmöglich, Bruce zu sagen, sie sei zu beschäftigt, um Autoren zu unterstützen, die in Bay Books eine Signierstunde gaben, vor allem wenn er sie anrief und höchstpersönlich einlud.

Myra hatte recht gehabt; der Laden hatte eine loyale Gefolgschaft, und Bruce Cable war sehr gut darin, Leute heranzuschaffen. Als Mercer den Laden betrat, waren schon etwa vierzig Getreue gekommen, die sich oben in der Nähe des Cafés aufhielten. Für die Veranstaltung waren Tische und Regale zur Seite geräumt worden, um eine Freifläche zu schaffen, auf der zahlreiche Stühle locker um eine kleine Bühne arrangiert worden waren.

Um sechs setzten die Gäste sich hin und nahmen ihre Gespräche sofort wieder auf. Die meisten tranken billigen Wein aus Plastikbechern, und jeder schien sich auf die Signierstunde zu freuen. Myra und Leigh steuerten die erste Reihe an, wo man nur wenige Zentimeter von der Bühne entfernt saß, als wären die besten Plätze stets für sie reserviert. Myra wieherte und gackerte und redete mit mindestens drei Leuten gleichzeitig. Leigh ließ sich schweigend auf einen Stuhl neben ihr sinken und lachte an den richtigen Stellen. Mercer hielt sich etwas abseits und lehnte sich gegen ein Regal, als würde sie nicht dazugehören. Sämtliche Anwesenden waren grauhaarig und pensioniert, und wieder einmal fiel ihr auf, dass sie die Jüngste war. Es herrschte eine warme und freundliche Atmosphäre, eine Gruppe von Bücherliebhabern, die sich zusammengefunden hatte, um einen neuen Autor kennenzulernen.

Mercer musste zugeben, dass sie neidisch war. Wenn sie es schaffen würde, ihr verdammtes Buch zu Ende zu schreiben, könnte sie ebenfalls auf Lesereise gehen und hätte Bewunderer, die ihr zu Füßen saßen. Der Gedanke an ihre eigene, sehr kurze Tour ließ sie Buchhandlungen wie Bay Books und Menschen wie Bruce Cable schätzen, jene seltenen Buchverkäufer, die hart arbeiteten, um eine Fangemeinde zu schaffen.

Bruce betrat die Bühne, begrüßte die Anwesenden und begann mit einer begeisterten und sehr schmeichelhaften Vorstellung von Randy Zalinski. Seine jahrelange Arbeit bei »Nachrichtendiensten« habe dem Autor seltene Einblicke in die unsichtbaren Gefahren gegeben, die an jeder Ecke lauerten. Und so weiter.

Zalinski sah eher aus wie ein Spion und nicht wie ein Schriftsteller. Statt der üblichen Uniform aus verwaschenen Jeans und zerknittertem Jackett trug er einen schicken dunklen Anzug, ein weißes Hemd und keine Krawatte. Auf seinem sonnengebräunten, attraktiven Gesicht war keine einzige Bartstoppel zu erkennen. Und an seiner Hand kein Ehering. Er redete dreißig Minuten lang aus dem Stegreif und erzählte furchterregende Geschichten über drohende Cyber-Kriege und darüber, dass die USA mit ihren Feinden, den Russen und Chinesen, nicht mithalten konnten. Mercer ging davon aus, dass sie das Ganze beim Essen noch einmal hören würde.

Er schien allein auf Lesereise zu sein, und als Mercers Gedanken abschweiften, kam sie zu dem Schluss, dass der Mann Potenzial hatte, aber leider, leider nur eine Nacht in der

Stadt blieb. Sie musste an das Gerücht denken, demzufolge Bruce die jüngeren Autorinnen anbaggerte und Noelle das Gleiche bei den Männern tat. Angeblich wurde das Autorenzimmer im Turm ihres Hauses für Aktivitäten dieser Art benutzt. Doch nachdem Mercer die beiden kennengelernt hatte, konnte sie das kaum glauben.

Das Publikum applaudierte, als Zalinski zu Ende gesprochen hatte, dann bildete sich eine Schlange vor einem Tisch, auf dem seine Bücher gestapelt waren. Am liebsten hätte Mercer keines gekauft, und sie hatte auch überhaupt kein Interesse daran, es zu lesen, aber eigentlich blieb ihr nichts anderes übrig. Sie erinnerte sich daran, wie deprimierend es sich anfühlte, an so einem Tisch zu sitzen und zu hoffen, dass jemand kam und das Buch erstand, außerdem würde sie die nächsten drei Stunden mit dem Autor verbringen. Sie fühlte sich verpflichtet, und daher wartete sie geduldig, bis sie an der Reihe war. Nach einer Weile kam Myra auf sie zu und begann eine Unterhaltung mit ihr. Sie stellten sich Zalinski vor und sahen zu, wie er ihre Exemplare signierte.

Als sie die Treppe hinuntergingen, murmelte Myra fast zu laut: »Dreißig Dollar zum Fenster hinausgeworfen. Ich werde kein einziges Wort davon lesen.«

Mercer lachte. »Mir geht es genauso, aber wir haben unseren Buchhändler glücklich gemacht.«

Bruce, der am Eingang stand, flüsterte ihnen zu: »Noelle ist zu Hause. Geht schon mal rüber.«

Mercer, Myra und Leigh verließen die Buchhandlung und gingen die vier Blocks zum Marchbanks House zu Fuß. »Kennen Sie das Haus schon?«, erkundigte sich Myra.

»Nein, aber ich habe das Buch durchgeblättert.«

»Sie erwartet etwas ganz Besonderes. Noelle ist eine perfekte Gastgeberin.«

7.

Das Haus sah fast genauso aus wie Noelles Geschäft: rustikale Bauernmöbel und üppige Dekoration. Noelle führte sie kurz im Erdgeschoss herum, dann verschwand sie in der Küche, um nach dem Essen zu sehen. Myra, Leigh und Mercer nahmen ihre Drinks auf die hintere Veranda mit und suchten sich einen kühlen Platz unter einem klapprigen Deckenventilator. Der Abend war schwül, und Noelle hatte ihnen zu verstehen gegeben, dass sie drinnen essen würden.

Das Essen nahm eine unerwartete Wendung, als Bruce kam – allein. Er sagte, ihr Gast, Mr. Zalinski, leide an Migräne und habe gerade einen Anfall. Randy tue es sehr leid, doch er müsse sich jetzt in seinem abgedunkelten Hotelzimmer hinlegen. Kaum hatte Bruce sich einen Drink gemixt und sich zu ihnen gesellt, begann Myra, über Zalinski herzuziehen: »Ich hätte gern meine dreißig Dollar zurück.« Es war nicht ganz klar, ob das als Scherz gemeint war. »Ich würde sein Buch nicht mal mit vorgehaltener Waffe lesen.«

»Vorsicht«, erwiderte Bruce. »Wenn meine kleine Buchhandlung Bücher zurücknehmen würde, würdest du mir ein Vermögen schulden.«

»Dann sind also alle Käufe endgültig?«, fragte Mercer.

»Sie sagen es.«

»Wenn du uns schon zwingst, die Bücher zu kaufen, solltest du wenigstens ein paar vernünftige Autoren einladen«, beschwerte sich Myra.

Bruce lächelte und sah Mercer an. »Dieses Gespräch führen wir mindestens dreimal im Jahr. Myra, die Königin des Schunds, hält von den meisten anderen Autoren von Unterhaltungsliteratur nämlich überhaupt nichts.«

»Das ist nicht wahr!«, feuerte Myra zurück. »Ich habe bloß nichts für Spionage und diesen ganzen Militärkram übrig.

Ich werde das Buch nicht anrühren, und ich will nicht, dass es irgendwo bei mir herumsteht und alles unordentlich aussehen lässt. Ich werde es dir für zwanzig Dollar zurückverkaufen.«

»Myra, bitte«, wandte Leigh ein. »Du sagst doch immer, dass dir die Unordnung bei uns gefällt.«

Noelle kam mit einem Glas Wein in der Hand auf die Veranda und gesellte sich zu ihnen. Sie machte sich Sorgen um Zalinski und fragte, ob sie nicht besser einen befreundeten Arzt verständigen sollten. Bruce verneinte. Zalinski sei ein zäher Hund, der selbst auf sich aufpassen könne. »Außerdem halte ich ihn für ziemlich langweilig«, fügte er hinzu.

»Wie ist sein Buch?«, erkundigte sich Mercer.

»Ich habe viele Seiten nur überflogen. Zu viel Technik, zu viel vom Autor, der damit angibt, was er alles über Technologien und elektronische Spielereien und das Darknet weiß. Ich musste es immer wieder aus der Hand legen.«

»Und ich werde es mit Sicherheit nie in die Hand nehmen.« Myra lachte schallend. »Wenn ich ehrlich bin, muss ich zugeben, dass ich mich nicht auf das Essen gefreut habe.«

Leigh beugte sich vor und sah Mercer an. »Meine Liebe, diesen Leuten sollten Sie besser nie den Rücken zudrehen.«

»Da sich die Aussichten für das Essen jetzt erheblich verbessert haben, sollten wir anfangen«, sagte Noelle.

In einem breiten Korridor im hinteren Teil des Hauses, irgendwo zwischen der Veranda und der Küche, hatte sie den Tisch gedeckt, ein dunkles, rundes Holzmöbel, das seltsam modern aussah. Alles andere war alt, angefangen bei den Stühlen mit geschwungenen Beinen bis zu dem feinen französischen Besteck und den großen Tellern aus Ton. Es sah aus, als käme es direkt aus einem ihrer Bücher, ein perfektes Arrangement, das fast zu hübsch war, um bei einem Essen durcheinandergebracht zu werden.

Nachdem sie ihre Plätze eingenommen und die Gläser aufgefüllt hatten, verkündete Mercer: »Noelle, ich glaube, ich werde den Sekretär kaufen.«

»Oh, er gehört Ihnen. Ich musste ihn schon als verkauft kennzeichnen, weil so viele Leute daran interessiert sind.«

»Es wird vielleicht eine Weile dauern, bis ich das Geld zusammenbekomme, aber ich muss ihn einfach haben.«

»Denken Sie, das wird Ihre Schreibhemmung lösen?«, wollte Myra wissen. »Ein alter Tisch aus Frankreich?«

»Wer hat etwas von Schreibhemmung gesagt?«, fragte Mercer.

»Na ja, wie nennen Sie es denn, wenn Ihnen nichts einfällt, worüber Sie schreiben könnten?«

»Wie wäre es mit ›Durststrecke‹?«

»Bruce? Du bist der Experte.«

Bruce hielt gerade die große Salatschüssel in der Hand, aus der Leigh sich bediente. »›Schreibhemmung‹ klingt viel zu ernst. Ich glaube, ›Durststrecke‹ wäre mir lieber. Aber was zählt meine Meinung? Schließlich seid ihr die Wortschmiede.«

Myra lachte aus keinem ersichtlichen Grund und begann dann zu erzählen: »Leigh, kannst du dich noch an die Zeit erinnern, als wir drei Bücher im Monat geschrieben haben? Wir hatten damals diesen schleimigen Verleger, der uns kein Geld schickte, und unsere Agentin sagte, wir könnten nicht zu einem anderen Verlag wechseln, weil für den Kerl noch drei Bücher fällig waren. Also haben Leigh und ich uns die drei schlechtesten Plots aller Zeiten ausgedacht, absolut lächerliches Zeug, und ich habe dreißig Tage lang zehn Stunden täglich an der Schreibmaschine gesessen und die drei Bücher rausgehauen.«

»Aber wir hatten noch ein tolles Buch in petto«, ergänzte Leigh, während sie die Salatschüssel weitergab.

»Ja, stimmt. Wir hatten eine großartige Idee für einen halbernsten Roman, aber den wollten wir diesem Trottel von

Verleger nicht in den Rachen werfen. Wir mussten aus dem miesen Vertrag mit ihm raus, damit wir zu einem besseren Verlag wechseln konnten, einem, der unsere geniale Idee zu würdigen wusste. Das hat auch funktioniert. Zwei Jahre später gingen die drei grauenhaften Bücher immer noch weg wie warme Semmeln, während unser grandioser Roman floppte.«

»Ich glaube, ich werde ihn in einer anderen Farbe streichen lassen. Den Sekretär, meine ich«, sagte Mercer.

»Wir sehen uns ein paar Muster an«, versprach Noelle. »Damit er perfekt in das Strandhaus passt.«

»Hast du das Strandhaus etwa schon gesehen?«, rief Myra mit gespielter Überraschung. »*Wir* haben das Strandhaus noch nicht gesehen. Wann werden wir das Strandhaus sehen?«

»Bald«, versicherte Mercer. »Ich werde ein Essen geben.«

»Noelle, erzähl ihnen von den guten Neuigkeiten«, warf Bruce ein.

»Was für gute Neuigkeiten?«

»Jetzt zier dich nicht so. Vor ein paar Tagen hat ein reiches Ehepaar aus Texas Noelles gesamten Warenbestand gekauft. Der Laden ist so gut wie leer.«

»Schade, dass sie keine Bücher sammeln«, seufzte Leigh.

»Den Sekretär hatte ich für Sie reserviert«, sagte Noelle zu Mercer.

»Und Noelle wird das Geschäft für einen Monat schließen, damit sie nach Frankreich reisen und neue Ware beschaffen kann.«

»Es sind sehr nette Leute«, erklärte Noelle. »Sie kennen sich gut aus. Ich treffe mich in der Provence mit ihnen, um mit ihnen weitere Möbel zu kaufen.«

»Das klingt, als würde es eine Menge Spaß machen«, bemerkte Mercer.

»Warum begleiten Sie mich nicht?«, fragte Noelle.

»Ja, warum nicht?«, warf Myra ein. »Noch schlechter wird Ihr Roman dadurch sicher nicht.«

»Myra, bitte«, seufzte Leigh.

»Kennen Sie die Provence?«, erkundigte sich Noelle.

»Nein, aber ich wollte schon immer einmal dorthin. Wie lange werden Sie bleiben?«

Noelle zuckte mit den Schultern, als wären Termine nicht wichtig. »Vielleicht einen Monat oder so.« Sie warf Bruce einen Blick zu, und irgendetwas ging zwischen den beiden vor, als wäre die Einladung nicht abgesprochen gewesen.

Mercer, der der Blick nicht entgangen war, sagte: »Ich glaube, ich spare mein Geld lieber für den Sekretär.«

»Gute Entscheidung«, warf Myra ein. »Sie bleiben besser hier und schreiben. Nicht, dass Sie meinen Rat bräuchten.«

»Sie braucht ihn wirklich nicht«, raunte Leigh.

Sie ließen eine große Servierschüssel mit Krabben-Risotto und einen Brotkorb herumgehen. Nach ein paar Bissen wurde klar, dass Myra auf Streit aus war. »Ich sage euch jetzt mal, was wir tun sollten«, verkündete sie mit vollem Mund. »Das ist sehr ungewöhnlich, und ich habe so etwas noch nie gemacht, aber gerade deshalb ist jetzt der richtige Zeitpunkt dafür, sich auf unbekanntes Terrain zu wagen. Wir sollten literarisch eingreifen, jetzt, in diesem Moment, an diesem Tisch. Mercer, Sie sind nun wie lange hier? Seit einem Monat oder so? Bis heute haben Sie kein einziges Wort geschrieben, das sich vielleicht eines Tages einmal verkaufen wird, und ehrlich gesagt habe ich es inzwischen gründlich satt, dass Sie die ganze Zeit nur rumjammern und allen damit in den Ohren liegen, dass Sie keine Fortschritte bei Ihrem Roman machen. Es ist also für uns alle ziemlich offensichtlich, dass Sie keine richtige Geschichte haben, und da Sie schon lange nichts mehr veröffentlicht haben, schon seit zehn Jahren oder so nicht mehr …«

»Eher fünf.«

»Egal. Es ist sonnenklar, dass Sie Hilfe brauchen. Daher schlage ich vor, dass wir als Ihre neuen Freunde eingreifen und Ihnen bei der Handlung helfen. Sehen Sie sich doch nur an, was hier alles an Talent am Tisch sitzt. Wir können Sie doch bestimmt in die richtige Richtung bugsieren.«

»Na ja, noch schlimmer kann es nicht werden«, meinte Mercer.

»Eben«, bekräftigte Myra. »Wir helfen gern.« Sie trank einen Schluck Bier aus der Flasche. »Damit wir Ihnen helfen können, müssen wir zunächst einige Parameter festlegen. Am wichtigsten ist die Frage, ob Sie etwas mit Anspruch schreiben wollen, was Sie dann nicht einmal verschenken können und was selbst Bruce nicht über den Ladentisch bekommt, oder ob es in Richtung Unterhaltungsliteratur gehen soll. Ich habe Ihren Roman und Ihre Kurzgeschichten gelesen, und es wundert mich überhaupt nicht, dass sich das nicht verkauft. Nichts für ungut, ja? Schließlich ist dies eine Notfallmaßnahme, daher müssen wir brutal ehrlich sein. Okay? Alle einverstanden damit, dass ich offen sage, wie es ist?«

»Ich bitte darum«, erwiderte Mercer mit einem Lächeln. Die anderen nickten. Wir amüsieren uns gerade prächtig. Lass hören.

Myra steckte sich eine Gabel Salat in den Mund und sprach weiter. »Mercer, Sie können schreiben, und einige Ihrer Sätze haben mich richtig fertiggemacht, wobei man auch argumentieren könnte, dass das nicht gerade das ist, was ein guter Satz tun soll, aber egal. Jedenfalls können Sie verdammt gut schreiben, und ich glaube, Sie können *alles* schreiben. Also, was soll es sein – ernste Literatur oder unterhaltende Literatur?«

»Kann es nicht beides sein?«, fragte Bruce, der das Gespräch sichtlich genoss.

»Bei einer Handvoll Autoren funktioniert das«, räumte Myra ein. »Aber für den größten Teil lautet die Antwort Nein.« Sie sah Mercer an. »Darüber streiten wir seit etwa zehn Jahren, seit dem Tag, an dem wir uns kennengelernt haben. Aber gehen wir mal davon aus, dass Sie es vermutlich nicht schaffen werden, etwas mit literarischem Anspruch zu schreiben, das die Kritiker in Entzücken versetzt und gleichzeitig eine Menge Tantiemen einbringt. Übrigens, von meiner Seite gibt es überhaupt keinen Neid. Ich schreibe nicht mehr, meine Karriere ist vorbei. Ich bin mir nicht so sicher, was Leigh zurzeit macht, aber sie wird mit Sicherheit nichts mehr veröffentlichen.«

»Myra, bitte!«

»Daher können wir wohl sagen, dass ihre Karriere auch vorbei ist, und dass es uns egal ist. Wir sind alt und haben eine Menge Geld, daher sind wir keine Konkurrenz für Sie, Mercer. Sie sind jung und begabt und werden eine Zukunft haben, aber nur, wenn Sie herausfinden, was Sie schreiben sollen. Und deshalb greifen wir jetzt ein. Wir helfen gern. Übrigens, Noelle, das Risotto ist göttlich.«

»Erwarten Sie jetzt eine Antwort von mir?«, wollte Mercer wissen.

»Nein, schließlich ist das eine Notfallmaßnahme. Sie halten erst mal den Mund und hören uns zu, während wir Sie auseinandernehmen. Bruce, du zuerst. Was soll Mercer schreiben?«

»Ich würde sie zuerst einmal fragen, was sie liest.«

»Alles von Randy Zalinski«, erwiderte Mercer prompt, wofür sie schallendes Gelächter erntete.

»Der arme Kerl liegt mit Migräne im Bett, und wir machen uns über ihn lustig«, warf Myra ein.

»Gnade uns Gott«, sagte Leigh leise.

»Welche drei Romane haben Sie zuletzt gelesen?«

Mercer trank einen Schluck Wein und überlegte kurz. »*Die Nachtigall* von Kristin Hannah hat mir sehr gut gefallen, und ich glaube, das Buch hat sich glänzend verkauft.«

»Sie haben recht«, stimmte Bruce zu. »Es ist auch als Taschenbuch erschienen und verkauft sich immer noch.«

»Ich fand es ganz nett, aber Sie können Ihren Lebensunterhalt nicht dadurch bestreiten, dass Sie Bücher über den Holocaust schreiben«, sagte Myra. »Außerdem, Mercer, was wissen Sie über den Holocaust?«

»Ich habe nicht gesagt, dass ich darüber schreiben will. Kristin Hannah hat zwanzig Romane herausgebracht, die alle ein anderes Thema haben.«

»Ich bin mir nicht sicher, ob das Literatur mit Anspruch ist«, zweifelte Myra.

»Bist du sicher, dass du Literatur mit Anspruch erkennst, wenn du sie siehst?«, fragte Leigh schmunzelnd.

»Leigh, das war jetzt unfair.«

»Stimmt.«

Bruce rettete die Situation. »Und die beiden anderen Romane?«

»*Der leuchtend blaue Faden* von Anne Tyler, eines meiner Lieblingsbücher, und *LaRose* von Louise Erdrich.«

»Alle weiblich«, seufzte Bruce.

»Ja, ich lese selten Bücher, die von Männer geschrieben wurden.«

»Interessant und clever, da etwa siebzig Prozent aller Romane von Frauen gekauft werden.«

»Und alle drei verkaufen sich gut, richtig?«, wollte Noelle wissen.

»O ja«, erwiderte Bruce. »Es sind großartige Bücher, die sich hervorragend verkaufen.«

»Bingo!«, rief Mercer. »Das will ich auch.«

Bruce sah Myra an. »Da hast du's. Deine Notfallmaßnahme war erfolgreich.«

»Nicht so schnell. Wie wäre es mit Krimis?«

»Nein, lieber nicht«, antwortete Mercer. »Mein Gehirn arbeitet nicht so. Ich bin nicht hinterhältig genug, um Hinweise fallen zu lassen und sie später wieder aufzugreifen.«

»Thriller?«

»Nein. Komplizierte Handlungsverläufe liegen mir nicht.«

»Spione, Spionage?«

»Dafür bin ich zu weiblich.«

»Horror?«

»Soll das ein Witz sein? Wenn es dunkel ist, habe ich Angst vor meinem eigenen Schatten.«

»Liebesromane?«

»Mit dem Thema kenne ich mich nicht aus.«

»Pornos?«

»Ich bin noch Jungfrau.«

»Pornos verkaufen sich nicht mehr«, erklärte Bruce. »Das kann man jetzt im Internet alles kostenlos kriegen.«

Myra seufzte dramatisch. »Das waren noch Zeiten. Vor zwanzig Jahren konnten Leigh und ich die Seiten zum Knistern bringen. Science-Fiction? Fantasy?«

»Rühre ich nicht an.«

»Western?«

»Ich habe Angst vor Pferden.«

»Politthriller?«

»Ich habe auch Angst vor Politikern.«

»Tja, das war's dann wohl. Sieht ganz so aus, als wäre es Ihnen bestimmt, historische Romane über gestörte Familien zu schreiben. Und jetzt an die Arbeit. Ab jetzt erwarten wir Fortschritte.«

»Ich werde gleich morgen früh anfangen«, versprach Mercer. »Vielen Dank.«

»Gern geschehen«, erwiderte Myra. »Da wir gerade bei Notfallmaßnahmen sind – hat jemand Andy Adam gesehen? Ich frage deshalb, weil ich vor ein paar Tagen seiner Exfrau im Supermarkt über den Weg gelaufen bin, und sie glaubt anscheinend, dass es ihm nicht sehr gut geht.«

»Sagen wir mal, er ist gerade nicht nüchtern«, gab Bruce Auskunft.

»Können wir etwas tun?«

»Ich wüsste nicht, was. Andy ist ein Säufer, und bis er sich dazu entschließt, nüchtern zu werden, wird er nichts anderes als ein Säufer sein. Sein Verlag wird seinen neuesten Roman vermutlich ablehnen, und dann hat er noch ein paar Probleme mehr. Ich mache mir Sorgen um ihn.«

Mercer hatte Bruce' Weinglas im Auge behalten. Elaine hatte mehrmals gesagt, er trinke zu viel, aber den Eindruck hatte sie nicht. Bei Myras und Leighs Essen und auch an diesem Abend hatte er nur an seinem Wein genippt, sich selten nachgeschenkt und war alles andere als benebelt.

Nachdem Andys aktueller Zustand geklärt war, nahm sich Myra das Leben ihrer anderen Freunde vor. Bob Cobb war gerade auf einem Segelboot irgendwo in der Nähe von Aruba. Jay Arklerood war nach Kanada geflogen und wollte einige Zeit in der Blockhütte eines Freundes bleiben. Amy Slater hatte mit ihren Kindern alle Hände voll zu tun, von denen eines Softball spielte. Bruce war auffallend ruhig. Er hörte sich den Klatsch an, beteiligte sich aber nicht daran.

Noelle schien sich darüber zu freuen, der Hitze Floridas für einen Monat entkommen zu können. In der Provence sei es jetzt ebenfalls sehr warm, aber nicht so feucht, erklärte sie. Nach dem Essen fragte sie Mercer noch einmal, ob sie sie nicht begleiten wolle, vielleicht nicht für einen ganzen Monat, aber für eine Woche oder so. Mercer bedankte sich für die Einladung und erklärte, dass sie an ihrem Roman arbeiten müsse. Außerdem sei sie knapp bei Kasse und versuche, das Geld für den Sekretär aufzubringen.

»Er gehört Ihnen, meine Liebe«, versicherte Noelle. »Ich habe ihn für Sie reserviert.«

Myra und Leigh machten sich um neun Uhr zu Fuß auf den Weg nach Hause. Mercer half Bruce und Noelle in der Küche und schaffte es, sich vor zehn zu verabschieden. Als sie die Villa verließ, trank Bruce gerade Kaffee im Wohnzimmer, die Nase in einem Buch vergraben.

8.

Zwei Tage später fuhr Mercer in die Stadt und aß auf der schattigen Terrasse eines kleinen Cafés zu Mittag. Danach schlenderte sie über die Main Street, wo ihr auffiel, dass Noelles Geschäft geschlossen war. Ein mit der Hand geschriebenes Schild an der Tür verkündete, dass die Inhaberin in Frankreich sei, um Antiquitäten einzukaufen. Der Sekretär stand mitten im Schaufenster, in einem ansonsten völlig leeren Verkaufsraum. Sie betrat die Buchhandlung nebenan, begrüßte Bruce und ging nach oben ins Café, wo sie einen Caffè Latte bestellte und ihn auf den Balkon mitnahm, der auf die Third Street hinausging. Wie erwartet, gesellte Bruce sich nach kurzer Zeit zu ihr.

»Was führt Sie in die Stadt?«, erkundigte er sich.

»Langeweile. Und ein weiterer unproduktiver Tag am Computer.«

»Ich dachte, Myra hätte die Schreibhemmung behoben.«

»Ich wünschte, es wäre so einfach. Haben Sie ein paar Minuten Zeit für mich?«

Bruce lächelte. »Natürlich.« Er sah sich um und bemerkte ein Paar an einem Tisch neben ihnen, das zu nah saß, um sich ungestört unterhalten zu können. »Gehen wir nach unten«, schlug er vor. Sie folgte ihm ihn den Raum mit den Erstausgaben, und er schloss die Tür hinter ihnen. »Das muss etwas Ernstes sein«, sagte er mit einem warmen Lächeln.

»Es ist ein bisschen heikel«, erklärte sie. Sie erzählte ihm die Geschichte von den alten Büchern, die Tessa 1985 in der Stadtbücherei in Memphis »entliehen« hatte. Sie hatte das Ganze unzählige Male geübt und schien wirklich ratlos zu sein, wie sie sich entscheiden sollte. Es überraschte sie nicht, dass Bruce die Geschichte gefiel und er Interesse an den Büchern zeigte. Er sah keine Notwendigkeit darin, die Bücherei in Memphis zu kontaktieren. Sicher, dort würde man sich freuen, die Bücher zurückzubekommen, aber der Verlust sei schon vor Jahrzehnten abgeschrieben worden. Außerdem wisse man ihren wahren Wert in der Bücherei sowieso nicht zu schätzen. »Sie würden sie vermutlich einfach ins Regal zurückstellen, damit sie dann gleich wieder gestohlen werden«, sagte er. »Den Büchern würde das nicht guttun. Sie sollten geschützt werden.«

»Aber sie gehören mir doch eigentlich gar nicht. Und deshalb kann ich sie nicht verkaufen, richtig?«

Er lächelte und zuckte mit den Schultern, als wäre das eine Spitzfindigkeit, die nicht viel zu bedeuten hatte. »Wie sagt man so schön? Das Recht steht auf der Seite des Besitzenden. Sie haben die Bücher seit über zehn Jahren. Ich würde sagen, sie gehören Ihnen.«

»Ich weiß nicht. Aus irgendeinem Grund fühlt es sich einfach nicht richtig an.«

»Sind die Bücher in einem guten Zustand?«

»Ich glaube schon. Ich kenne mich da nicht aus. Aber ich habe mich gut um sie gekümmert. Genau genommen habe ich sie nur selten angefasst.«

»Kann ich sie mir mal ansehen?«

»Ich weiß nicht. Darüber zu reden heißt noch nichts, aber wenn ich Ihnen die Bücher zeige, würde das doch schon in Richtung Verkauf gehen.«

»Lassen Sie sie mich wenigstens ansehen.«

»Hm. Haben Sie die Titel in Ihrer Sammlung?«

»Ja. Ich habe alles von James Lee Burke und von Cormac.«

Mercer warf einen Blick auf die Regale, als würde sie nach den Büchern suchen. »Nicht hier«, erklärte Bruce. »Sie sind bei den Raritäten im Keller. Salzhaltige Luft und Feuchtigkeit setzen Büchern sehr zu, daher lagere ich die wertvollen Exemplare in einem klimatisierten Tresorraum. Soll ich sie Ihnen zeigen?«

»Vielleicht später«, lehnte Mercer wie nebenbei ab. Genau genommen machte sie den Eindruck, als hätte sie kein Interesse daran. »Wissen Sie, was die beiden Bücher wert sein könnten? Nur so ungefähr?«

»Sicher«, erwiderte Bruce prompt, als hätte er die Frage erwartet. Er drehte sich zu einem Computer um, machte ein paar Eingaben und warf einen Blick auf den Bildschirm. »Ich habe das erste Exemplar von *The Convict* 1998 für zweitausendfünfhundert Dollar gekauft, und inzwischen dürfte es doppelt so viel wert sein. Das hängt vom Zustand ab, den ich natürlich erst kenne, wenn ich mir das Buch angesehen habe. 2003 habe ich noch ein Exemplar für dreitausendfünfhundert gekauft.« Er blätterte nach unten. Mercer konnte den Bildschirm nicht sehen, aber Bruce schien eine umfangreiche Sammlung zu haben. »Ich habe ein Exemplar von *Die Abendröte im Westen*, das ich vor etwa zehn Jahren von einem Händler in San Francisco gekauft habe. Neun, um genau zu sein, und gezahlt habe ich, mal sehen, zweitausend Dollar, aber es hatte einen kleinen Riss im Schutzumschlag und einige Altersspuren. Kein besonders guter Zustand.«

Dann beschaff dir doch einfach einen gefälschten Schutzumschlag, dachte Mercer, die inzwischen einiges über die Branche wusste. Stattdessen tat sie so, als wäre sie angenehm überrascht. »Ist das Ihr Ernst? Die Bücher sind so viel wert?«

»Mercer, ich weiß, wovon ich rede. Diesen Teil meines Geschäfts mache ich am liebsten. Ich verdiene mehr Geld mit dem Handel von seltenen Büchern als mit dem Verkauf von neuen. Tut mir leid, wenn das so klingt, als würde ich prahlen, aber ich liebe Raritäten. Wenn Sie die Bücher verkaufen wollen, würde ich Ihnen gern helfen.«

»Auf den Schutzumschlägen ist der Strichcode der Bücherei. Sind sie deshalb weniger wert?«

»Eigentlich nicht. Die Strichcodes kann man entfernen. Ich kenne jeden Restaurator in der Branche.«

Und vermutlich jeden Fälscher. »Wie zeige ich Sie Ihnen?«, erkundigte sie sich.

»Stecken Sie sie in eine Tüte, und bringen Sie sie her.« Er hielt inne und drehte sich wieder zu ihr. »Oder noch besser, ich komme zu Ihnen ins Strandhaus. Ich würde es mir sowieso gern mal ansehen. Ich fahre seit Jahren daran vorbei, und jedes Mal denke ich, dass es eines der hübschesten Häuser am Strand ist.«

»Ich will die Bücher auch lieber nicht in der Gegend herumschleppen.«

9.

Der Nachmittag zog sich hin, und irgendwann konnte Mercer der Versuchung nicht mehr widerstehen und rief Elaine an, um zu fragen, ob es Neuigkeiten gebe. Ihr Plan machte schneller Fortschritte als erwartet, und Bruce hatte angebissen. Die Tatsache, dass er im Strandhaus vorbeikommen wollte, war fast zu schön, um wahr zu sein, jedenfalls für Elaine.

»Wo ist Noelle?«, fragte sie.

»Abgereist nach Frankreich, vermute ich. Ihr Geschäft ist auf unbestimmte Zeit geschlossen, solange sie auf Einkaufstour ist.«

»Perfekt«, meinte Elaine. Sie wusste bereits, dass Noelle am Tag vorher von Jacksonville nach Atlanta geflogen war, wo sie um 18.10 Uhr einen Direktflug von Air France nach Paris genommen hatte. Sie war um 7.20 Uhr planmäßig in Orly angekommen und um 10.40 Uhr nach Avignon weitergeflogen. Ihr Kontakt dort war Noelle bis zu deren Wohnung in der Rue d'Alger gefolgt, die in der historischen Altstadt lag.

Als Bruce einige Minuten nach achtzehn Uhr beim Strandhaus ankam, saß Noelle gerade in Begleitung eines gut aussehenden Franzosen bei einem späten Abendessen im La Fourchette, einem bekannten kleinen Restaurant in der Rue Racine.

Mercer lugte durch die Jalousie eines Fensters, das auf die Straße hinausging. Bruce fuhr ein Porsche Cabrio, das sie schon vor dem Marchbanks House gesehen hatte, und trug jetzt Khaki-Shorts und ein Poloshirt. Er war dreiundvierzig, schlank, fit und sonnengebräunt, und obwohl er bis jetzt noch nicht über die für gewöhnlich langweiligen Details irgendeines Trainingsprogramms geredet hatte, war klar, dass er einiges unternahm, um in Form zu bleiben. Nach zwei langen Essen wusste sie, dass er wenig aß und sich beim

Trinken zurückhielt. Was auch für Noelle galt. Gutes Essen war den beiden wichtig, doch sie begnügten sich mit kleinen Portionen.

Bruce hatte eine Flasche Champagner dabei, der Beweis dafür, dass er keine Zeit verschwendete. Seine Frau/Partnerin war am Tag vorher abgereist, und schon war er dabei, seine nächste Eroberung zu machen. Dachte er jedenfalls.

Mercer öffnete die Haustür, bat ihn herein und führte ihn herum. Auf den kleinen Esstisch, an dem sie versuchte, ihren Roman zu schreiben, hatte sie die beiden Bücher gelegt. »Wir trinken also Champagner«, sagte sie.

»Nur ein kleines Geschenk zum Einzug, für später vielleicht.«

»Ich stelle die Flasche in den Kühlschrank.«

Bruce setzte sich an den Tisch und starrte die Bücher an, als wäre er völlig fasziniert. »Darf ich?«

»Aber natürlich. Sind ja nur zwei alte, ausgeliehene Bücher, stimmt's?«, erwiderte sie lachend.

»Wohl kaum.« Behutsam nahm er *The Convict* in die Hand und strich mit den Fingern darüber, als würde es sich um kostbaren Schmuck handeln. Ohne das Buch zu öffnen, untersuchte er Schutzumschlag, Deckel und Rücken. Er rieb über den Schutzumschlag und murmelte fast vor sich hin: »Schutzumschlag der Erstausgabe, nicht verblasst, keine Risse oder sonstige Beschädigungen.« Dann klappte er das Buch auf und blätterte langsam zum Impressum. »Erstausgabe, herausgegeben von LSU Press im Januar 1985.« Er blätterte weiter und klappte es schließlich wieder zu. »Ein sehr schönes Exemplar. Ich bin beeindruckt. Haben Sie es gelesen?«

»Nein, aber ich kenne ein paar von Burkes Krimis.«

»Ich dachte, Sie bevorzugen Autorinnen.«

»Schon, aber nicht ausschließlich. Haben Sie ihn mal getroffen?«

»O ja. Er war zweimal in der Buchhandlung. Großartiger Mann.«

»Und Sie haben zwei davon? Erstausgaben?«

»Ja, aber ich suche immer nach weiteren Exemplaren.«

»Was würden Sie damit tun, wenn Sie es kaufen würden?«

»Ist es denn zu verkaufen?«

»Vielleicht. Ich hatte keine Ahnung, dass die beiden Bücher so viel wert sind.«

»Ich würde Ihnen fünftausend für das hier anbieten und dann versuchen, es für doppelt so viel zu verkaufen. Ich habe viele Kunden, seriöse Sammler, und denke, dass zwei oder drei von ihnen dieses Buch gern für ihre Sammlung haben möchten. Wir feilschen vermutlich ein paar Wochen. Ich gehe mit dem Preis herunter. Sie erhöhen ihr Angebot vielleicht, aber siebentausend wäre für mich die Grenze. Wenn ich das nicht bekommen kann, wandert das Buch für fünf Jahre in den Keller. Erstausgaben sind hervorragende Anlageobjekte, da man sie nicht nachdrucken kann.«

»Fünftausend Dollar«, wiederholte Mercer, die völlig überwältigt zu sein schien.

»Sofort.«

»Kann ich auch feilschen und mehr verlangen?«

»Sicher, aber ich werde höchstens sechs zahlen.«

»Und niemand wird je erfahren, wo es herkommt? Ich meine, man kann es nicht zu mir und Tessa zurückverfolgen?«

Bruce lachte über die Frage. »Natürlich nicht. Ich kenne mich in der Branche aus, Mercer, und dieses Spiel spiele ich nun schon seit zwanzig Jahren. Die Bücher hier sind vor vielen Jahren verschwunden, und niemand wird Verdacht schöpfen. Ich werde sie sehr diskret an meine Kunden verkaufen, und alle werden zufrieden sein.«

»Es gibt keine Unterlagen?«

»Wo denn? Wer sollte über sämtliche Erstausgaben, die in diesem Land erscheinen, auf dem Laufenden sein? Bücher hinterlassen keine Spuren. Viele von ihnen werden wie Schmuck vererbt – nicht immer ganz offiziell, wenn Sie wissen, was ich meine.«

»Nein, weiß ich nicht.«

»Am Nachlass vorbei.«

»Oh, jetzt habe ich verstanden. Werden sie auch gestohlen und wiederverkauft?«

»Das kommt vor. Ich lehne ein Buch ab, wenn mir dessen Herkunft zweifelhaft erscheint, aber man kann ihm schließlich nicht ansehen, ob es gestohlen wurde. Nehmen wir *The Convict* als Beispiel. Die Startauflage war recht klein. Im Laufe der Zeit sind fast alle Exemplare verschwunden, und wenn das passiert, steigt der Wert der übrig gebliebenen, die in gutem Zustand sind. Aber selbst dann sind immer noch eine Menge Exemplare auf dem Markt, und sie sehen völlig gleich aus, oder zumindest war das so, als sie aus der Druckerei gekommen sind. Viele werden von einem Sammler an den nächsten weitergegeben. Und ich gehe davon aus, dass einige auch gestohlen werden.«

»Darf ich neugierig sein und fragen, was Ihre teuerste Erstausgabe ist?«

Bruce lächelte und überlegte kurz. »Sie sind nicht neugierig, aber ich lege Wert auf Diskretion. Vor ein paar Jahren habe ich ein sehr gut erhaltenes Exemplar von *Der Fänger im Roggen* für fünfzigtausend Dollar gekauft. Salinger hat sein Meisterwerk nur selten signiert, aber mein Exemplar hat er seinem Lektor geschenkt, in dessen Familie es jahrelang blieb und so gut wie nie berührt wurde. Erstklassiger Zustand.«

»Wie haben Sie das Buch gefunden? Tut mir leid, aber ich finde das alles faszinierend.«

»Es gab jahrelang Gerüchte über das Buch, die vermutlich von der Familie des Lektors angeheizt wurden, weil sie Geld witterte. Ich habe einen Neffen ausfindig gemacht, bin nach Cleveland geflogen und habe den Mann so lange genervt, bis er mir das Buch verkauft hat. Es war nie auf dem Markt, und soweit ich weiß, ist nicht bekannt, dass ich es habe.«

»Und was werden Sie damit machen?«

»Nichts. Es behalten, das ist alles.«

»Wer hat es gesehen?«

»Noelle, zwei Freunde. Ich zeige es Ihnen gern, zusammen mit dem Rest der Sammlung.«

»Das wäre schön. Zurück zum Geschäft. Lassen Sie uns über Cormac reden.«

Bruce lächelte und nahm *Die Abendröte im Westen* in die Hand. »Lesen Sie seine Bücher?«

»Ich habe es versucht. Ich finde ihn zu brutal.«

»Es kommt mir ungewöhnlich vor, dass jemand wie Tessa ein Fan von Cormac McCarthy gewesen sein soll.«

»Sie hat fast ununterbrochen gelesen, solange die Bücher aus der Bücherei kamen.«

Er untersuchte den Schutzumschlag. »An zwei Stellen am Rücken leicht eingerissen, vermutlich aufgrund des Alters, leicht verblichen. Insgesamt gesehen ist der Schutzumschlag in einem guten Zustand.« Er schlug das Buch auf, untersuchte den Nachsatz, dann Vortitel und Impressum. Er blätterte weiter, fast so langsam, als wollte er den Text lesen. »Ich liebe dieses Buch. Es war McCarthys fünftes und sein erster Roman, der im Westen spielte«, sagte er leise.

»Ich habe etwa fünfzig Seiten geschafft«, gestand Mercer. »Die Gewaltszenen sind mir zu detailliert und grausam.«

»Stimmt«, erwiderte Bruce, der immer noch blätterte, als würde er sich an der Gewalt ergötzen. Behutsam klappte er das Buch zu. »Fast wie neu, wie wir in der Branche sagen. Besser als das Exemplar, das ich bereits habe.«

»Und wie viel haben Sie dafür gezahlt?«

»Zweitausend, vor neun Jahren. Ich würde viertausend für dieses hier zahlen und es vermutlich für meine Sammlung behalten. Viertausend ist mein letztes Angebot.«

»Das wären zehntausend für die beiden Bücher. Ich hatte keine Ahnung, dass sie so viel wert sind!«

»Ich kenne mich aus, Mercer. Zehntausend sind ein gutes Geschäft für Sie und für mich auch. Wollen Sie verkaufen?«

»Ich weiß nicht. Ich muss es mir überlegen.«

»Okay. Ich will Sie nicht drängen. Aber bitte erlauben Sie mir, die Bücher in meinem Tresorraum zu lagern, bis Sie sich entschieden haben. Wie ich schon sagte, salzhaltige Luft kann schwere Schäden anrichten.«

»Sicher. Nehmen Sie sie mit. Geben Sie mir zwei Tage, dann habe ich mich entschieden.«

»Lassen Sie sich Zeit. Es hat keine Eile. Was ist jetzt mit dem Champagner?«

»Richtig. Es ist fast sieben.«

»Ich habe eine Idee«, sagte Bruce, während er aufstand und die Bücher an sich nahm. »Wir sollten den Champagner am Strand trinken und einen Spaziergang machen. Als Buchhändler habe ich nicht viel Zeit, um den Strand zu genießen. Ich liebe das Meer, aber an den meisten Tagen komme ich nicht einmal dazu, einen kurzen Blick darauf zu werfen.«

»Okay«, erwiderte sie mit leichtem Zögern. Es ging doch nichts über einen kleinen Strandspaziergang mit einem Mann, der vorgab, verheiratet zu sein. Mercer nahm einen kleinen Karton von der Arbeitsplatte in der Küche und gab ihn Bruce. Er legte die Bücher hinein, während sie den Champagner aus dem Kühlschrank holte.

10.

Es dauerte eine Stunde, um bis zum Ritz und zurück zu laufen, und als sie wieder am Strandhaus waren, lagen lange Schatten auf den Dünen. Ihre Gläser waren leer, und Mercer schenkte Champagner nach. Bruce ließ sich in einen Schaukelstuhl auf der Terrasse fallen, und sie setzte sich in seine Nähe.

Sie hatten über seine Familie gesprochen: den plötzlichen Tod seines Vaters, das Erbe, mit dem er die Buchhandlung gekauft hatte, seine Mutter, die er seit fast dreißig Jahren nicht gesehen hatte. Kein Kontakt zu Tanten, Onkeln, Cousins, die Großeltern schon lange tot. Mercer hatte für jede seiner Geschichten eine von sich erzählt und dann auch von der tragischen Geisteserkrankung und der Einweisung ihrer Mutter berichtet. Davon hatte sie noch nie jemand erzählt. Aber mit Bruce konnte man sich gut unterhalten, und man konnte ihm vertrauen. Da beide aus gestörten Familien kamen, was bei ihr wie bei ihm tiefe Wunden hinterlassen hatte, hatten sie vieles gemein und scheuten sich nicht, Erinnerungen auszutauschen und darüber zu lachen. Und je mehr sie einander offenbarten, desto häufiger gelang es ihnen zu lachen.

Als Bruce sein zweites Glas Champagner halb leer getrunken hatte, sagte er: »Ich muss Myra widersprechen. Sie sollten nicht über Familien schreiben. Sie haben es einmal getan, und zwar ganz großartig, aber das reicht.«

»Keine Angst. Myra ist, glaube ich, der letzte Mensch, von dem ich einen Ratschlag annehmen würde.«

»Mögen Sie sie denn nicht, so verrückt wie sie ist?«

»Nein, noch nicht, aber so langsam wird sie mir sympathisch. Hat sie wirklich so viel Geld?«

»Wer weiß? Sie und Leigh scheinen keine finanziellen Probleme zu haben. Die beiden haben über zweihundert

Bücher zusammen geschrieben, an denen Leigh weitaus mehr beteiligt war, als sie zugeben möchte. Einige der Titel verkaufen sich immer noch.«

»Muss schön sein.«

»Es schreibt sich schlecht, wenn man pleite ist, Mercer. Ich weiß das. Ich kenne jede Menge Schriftsteller, und nur sehr wenige von ihnen verkaufen so viel, dass sie im Hauptberuf schreiben können.«

»Und deshalb unterrichten sie. Sie suchen sich eine Universität, damit sie jeden Monat einen Gehaltsscheck bekommen. Ich habe es zweimal getan, und ich werde es vermutlich wieder tun. Entweder das, oder ich werde Immobilienmaklerin.«

»Ich glaube nicht, dass das eine Alternative für Sie ist.«

»Fällt Ihnen etwas anderes ein?«

»Genau genommen fällt mir gerade etwas ganz Tolles ein. Schenken Sie mir nach, dann erzähle ich Ihnen eine lange Geschichte.« Mercer holte den Champagner aus dem Kühlschrank und leerte die Flasche in die Gläser. Bruce nahm einen großen Schluck und schmatzte mit den Lippen. »Dieses Zeug könnte ich zum Frühstück trinken.«

»Ich auch, aber Kaffee ist erheblich billiger.«

»Ich hatte einmal eine Freundin, das war lange vor Noelle. Sie hieß Talia, ein unglaublich liebes Mädchen, wunderschön, begabt, aber komplett durchgeknallt. Wir führten etwa zwei Jahre lang eine Beziehung, allerdings mit Unterbrechungen, die immer länger wurden, weil sie langsam den Bezug zur Realität verlor. Ich konnte ihr nicht helfen, und es war außerordentlich schmerzhaft, dabei zuzusehen, wie es ihr immer schlechter ging. Aber sie konnte schreiben, und sie arbeitete an einem Roman, der enormes Potenzial hatte. Es war eine erfundene Geschichte über Charles Dickens und seine Geliebte, eine junge Schauspielerin namens Ellen Ternan. Dickens war zwanzig Jahre lang mit Catherine verheiratet, einer Frau mit strengen Grundsätzen im viktorianischen Sinn. Sie bekam zehn Kinder, doch abgesehen von der ganz offensichtlich vorhandenen körperlichen Anziehung zwischen den beiden führten sie eine unglückliche Ehe, was allgemein bekannt war. Als Dickens fünfundvierzig und der vielleicht bekannteste Mann Englands war, lernte er die achtzehnjährige Ellen kennen. Die beiden verliebten sich Hals über Kopf ineinander, und er verließ Frau und Kinder. Eine Scheidung war damals ausgeschlossen. Es ist bis heute nicht ganz klar, ob er und Ellen tatsächlich zusammengelebt haben, und es gab sogar ein Gerücht, sie habe ein Kind von ihm gehabt, das bei der Geburt gestorben sei. Wie auch immer das Arrangement aussah, sie schafften es, ihr Verhältnis praktisch geheim zu halten. In Talias Roman hatten sie eine leidenschaftliche Affäre, die von Ellen erzählt wurde, und zwar äußerst explizit. Der Roman wurde etwas unübersichtlich, als Talia eine andere berühmte Affäre aufgriff, die zwischen William Faulkner und Meta Carpenter. Faulkner lernte sie kennen, als er in Hollywood war und dort am laufenden Band Drehbücher schrieb, um Geld zu verdienen. Allem Anschein nach waren die beiden schwer ineinander verliebt. Auch das wurde literarisch ausgeschmückt, und zwar sehr gut. Und dann, um den Roman noch komplizierter zu machen, fügte Talia eine weitere Liaison zwischen einem berühmten Schriftsteller und seiner Freundin hinzu. Es gab da einmal eine Geschichte, die sich nie bestätigen ließ und vermutlich auch nicht stimmt, nach der Ernest Hemingway eine kurze Romanze mit Zelda Fitzgerald hatte, als beide in Paris lebten. Wie Sie wissen, stehen Fakten einer guten Geschichte häufig im Weg, daher schuf Talia ihre eigenen Fakten und erzählte äußerst spannend, wie es Ernest und Zelda hinter dem Rücken von F. Scott miteinander trieben. Der Roman enthielt also drei sensationelle literarische Liebesaffären, von denen immer abwechselnd die Rede war, und das war einfach zu viel für ein Buch.«

»Sie durften das Manuskript lesen?«

»Den größten Teil. Sie änderte ständig die Handlung und schrieb ganze Kapitel neu, und je mehr sie schrieb, desto verworrener wurde das Ganze. Sie bat mich um Rat, ich gab ihn ihr, und dann tat sie immer genau das Gegenteil. Sie war besessen von ihrem Roman und schrieb zwei Jahre lang ununterbrochen daran. Als das Manuskript über tausend Seiten hatte, habe ich aufgehört zu lesen. Zu der Zeit stritten wir uns oft.«

»Was ist aus dem Roman geworden?«

»Talia behauptete, sie habe ihn verbrannt. Sie rief eines Tages völlig aufgelöst bei mir an und sagte, sie habe ihn für immer zerstört und werde nie wieder ein Wort schreiben. Zwei Tage später hat sie eine Überdosis genommen, in Savannah, wo sie damals lebte.«

»Das ist ja furchtbar!«

»Sie war siebenundzwanzig und hatte mehr Talent als jeder andere Schriftsteller, den ich kenne. Etwa einen Monat nach der Beerdigung schrieb ich ihrer Mutter und fragte sehr behutsam, ob Talia vielleicht etwas hinterlassen habe. Sie hat nie geantwortet, und der Roman wurde nie erwähnt. Ich bin fest davon überzeugt, dass Talia ihn verbrannt und sich dann umgebracht hat.«

»Entsetzlich …«

»Ja, es war tragisch.«

»Und Sie hatten keine Kopie?«

»Nein. Sie hat das Manuskript immer für ein paar Tage hergebracht, sodass ich es lesen konnte, während sie weiterschrieb. Sie hatte panische Angst davor, dass jemand ihr Meisterwerk stiehlt, und hütete es wie ihren Augapfel. Die Arme hatte eine ganze Menge fixer Ideen. Kurz vor ihrem

Tod hat sie ihre Medikamente abgesetzt und Stimmen gehört, und ich konnte absolut nichts tun. Um ehrlich zu sein, habe ich zu dem Zeitpunkt versucht, ihr aus dem Weg zu gehen.«

Sie grübelten ein paar Minuten über die Tragödie nach, während sie langsam an ihren Gläsern nippten. Die Sonne war untergangen, die Terrasse lag im Dunkeln. Keiner der beiden hatte etwas von Abendessen gesagt, aber Mercer hatte sich vorgenommen, eine Einladung abzulehnen. Sie hatten schon genug Zeit für einen Tag miteinander verbracht.

»Das ist eine tolle Geschichte«, sagte sie schließlich.

»Welche? Dickens, Faulkner, Zelda oder Talia? Es ist eine Menge Material.«

»Und Sie geben es mir? Einfach so?«

Bruce lächelte und zuckte mit den Schultern. »Machen Sie damit, was Sie wollen.«

»Die Geschichten über Dickens und Faulkner sind wahr, richtig?«

»Ja. Aber die beste Geschichte ist die von Hemingway und Zelda. Das war im Paris der Neunzehnhundertzwanziger, die Lost Generation, der ganze interessante Hintergrund und historische Bezug. Es ist belegt, dass die beiden sich kannten. F. Scott und Hemingway waren Freunde und Saufkumpane, und die Amerikaner dort sahen sich ständig auf Partys. Hemingway war immer auf der Jagd – er war viermal verheiratet – und hatte perverse Züge. In den richtigen Händen könnte die Geschichte so schlüpfrig werden, dass sogar Myra ihren Segen geben würde.«

»Das bleibt zu hoffen.«

»Sie klingen nicht sehr begeistert.«

»Ich habe so meine Probleme mit historischer Fiktion. Ist es Geschichte oder Märchen? Aus irgendeinem Grund kommt es mir unehrlich vor, das Leben von real existierenden

Menschen zu manipulieren und sie Dinge tun zu lassen, die sie eigentlich nicht getan haben. Sicher, sie sind tot, aber gibt das einem Autor das Recht, ihr Leben neu zu erfinden? Vor allem ihre privaten Angelegenheiten?«

»Das wird andauernd gemacht, und es verkauft sich gut.«

»Schon, aber ich bin mir nicht sicher, ob es etwas für mich ist.«

»Haben Sie sie gelesen? Faulkner, Hemingway, Fitzgerald?«

»Nur, wenn ich musste. Ich versuche, alten toten weißen Männern aus dem Weg zu gehen.«

»Ich auch. Ich lese lieber die Leute, die ich persönlich kenne.« Er leerte sein Glas und stellte es auf den Tisch zwischen ihnen. »Ich sollte jetzt besser gehen. Der Spaziergang war schön.«

»Danke für den Champagner«, erwiderte sie. »Ich bringe Sie zur Tür.«

»Die finde ich schon noch allein«, meinte Bruce. Während er hinter ihr herging, küsste er sie sanft auf den Scheitel. »Bis dann.«

»Gute Nacht.«

11.

Um acht Uhr am nächsten Morgen riss das Klingeln des Mobiltelefons Mercer aus den Gedanken. Sie saß an dem kleinen Esstisch, starrte auf das Meer, ignorierte den Laptop und gab sich Tagträumen hin, die sie nicht hätte beschreiben können, wenn jemand danach gefragt hätte. Es war Noelle, die aus Frankreich anrief, wo es bereits sechs Stunden später war. Sie begrüßte Mercer mit einem kräftigen *»Bonjour!«* und entschuldigte sich dafür, dass sie sie während ihrer kreativen Zeit störe, aber sie müsse sich melden, bevor ihr

Tag zu hektisch werde. Sie erklärte, dass ein Mann namens Jake am nächsten Tag in ihrem Laden sein werde und sich mit Mercer treffen könne. Jake sei ihr Lieblingshandwerker und Maler und komme hin und wieder zu ihr. Er werde einen Schrank in der Werkstatt im Keller reparieren, was für Mercer eine ausgezeichnete Gelegenheit sei, um den Anstrich des Sekretärs zu besprechen. Das Geschäft sei zwar geschlossen, die Tür verriegelt, aber Jake habe einen Schlüssel; und so weiter. Mercer bedankte sich, dann plauderten sie noch ein paar Minuten über Frankreich und die Franzosen.

Sobald sie das Gespräch beendet hatte, rief sie bei Elaine Shelby an, die gerade in Washington war. Mercer hatte ihr am Abend vorher eine lange E-Mail geschickt, in der sie die Geschehnisse und Gespräche des Tages bis ins Detail geschildert hatte, daher war Elaine voll im Bild. Plötzlich sah es so aus, als würde Mercer beide Keller an ein und demselben Tag sehen.

Um zwölf Uhr rief sie Bruce an und sagte, sie nehme sein Angebot an und verkaufe ihm die beiden Bücher. Sie werde am nächsten Tag in der Stadt sein, um sich mit Jake zu treffen, und wegen des Schecks in der Buchhandlung vorbeikommen. Außerdem würde sie sich furchtbar gern die Erstausgabe von *Der Fänger im Roggen* ansehen.

»Großartig«, sagte er. »Wie wäre es mit Mittagessen?«

»Gerne.«

12.

Elaine und ihr Team kamen erst nach Einbruch der Dunkelheit auf der Insel an, zu spät für eine Besprechung. Um neun Uhr am nächsten Morgen lief Mercer über den Strand bis zu dem Holzsteg, der zu Elaines Maisonettewohnung führte. Sie saß auf der Treppe, eine Tasse Kaffee in der Hand und Sand zwischen den Zehen. Ihr Händedruck war so kräftig wie immer. »Gute Arbeit«, sagte sie.

»Das werden wir noch sehen«, erwiderte Mercer.

Sie gingen in die Wohnung, wo zwei Männer auf sie warteten, Graham und Rick. Die beiden saßen mit Kaffeetassen am Küchentisch, neben sich eine große Kiste. Darin befanden sich, wie Mercer erfahren sollte, die elektronischen Spielereien ihrer Branche. Mikrofone, Abhörwanzen, Sender und Videokameras, die so winzig waren, dass sie sich fragte, wie man damit ein Bild aufzeichnen konnte. Die Männer begannen, verschiedene Geräte aus der Kiste zu holen und über ihre Vor- und Nachteile und Einsatzmöglichkeiten zu sprechen.

Elaine hatte Mercer zu keiner Zeit gefragt, ob sie bereit sei, eine versteckte Kamera zu tragen. Man ging einfach stillschweigend davon aus, dass sie es tun würde, und für einen Moment ärgerte sie sich darüber. Während Rick und Graham weiterredeten, wurde ihr flau im Magen. »Ist das legal? Ich meine, jemanden ohne dessen Genehmigung zu filmen?«, platzte es schließlich aus ihr heraus.

»Illegal ist es nicht«, erwiderte Elaine mit einem beruhigenden Lächeln. Stell dich nicht so an, sollte es wohl besagen. »Jedenfalls nicht illegaler, als jemanden in der Öffentlichkeit zu fotografieren. Eine Erlaubnis ist nicht erforderlich, eine vollständige Offenlegung ebenfalls nicht.«

Rick, der ältere der beiden Männer, erklärte: »Ein Telefongespräch darf nicht ohne vollständige Offenlegung abgehört werden, aber bis jetzt gibt es noch keine Gesetze, die eine Überwachung per Kamera verbieten.«

»Immer, überall, bis auf Privatwohnungen«, fügte Graham hinzu. »Denken Sie nur an die Überwachungskameras, die auf Gebäude, Gehsteige und Parkplätze gerichtet sind. Dafür muss keine Genehmigung eingeholt werden.«

Elaine, die die Operation leitete und zudem die Vorgesetzte der beiden war, sagte: »Das Tuch mit dem Clip gefällt mir. Versuchen wir das mal.« Es hatte ein buntes Blumenmuster und sah teuer aus. Mercer faltete es dreimal und legte es sich um den Hals. Rick gab ihr den Clip, eine goldene Spange mit winzigen Schmucksteinen, und sie schob die Enden des Tuchs durch die Öffnung. Mit einem winzigen Schraubenzieher untersuchte Rick, der ihr dabei entschieden zu nah kam, den Clip.

»Wir befestigen die Kamera genau hier, dann ist sie so gut wie unsichtbar«, meinte er.

»Wie groß ist sie?«, erkundigte sich Mercer.

Graham hielt sie hoch, ein winziges Gerät, kleiner als eine Rosine. »Das soll eine Kamera sein?«, wunderte sie sich.

»Hochauflösend. Wir zeigen es Ihnen. Geben Sie mir den Clip.« Mercer zog ihn ab und drückte ihn Rick in die Hand. Er und Graham setzten chirurgische Lupenbrillen auf und machten sich an die Arbeit.

»Wissen Sie, wo Sie zum Essen hingehen werden?«, fragte Elaine.

»Nein, das hat Bruce nicht gesagt. Ich treffe mich um elf mit Jake in Noelles Laden, danach gehe ich zu Bruce. Wir werden irgendwo essen, aber ich weiß nicht, wo. Wie schaltet man das Ding eigentlich ein?«

»Sie brauchen gar nichts zu tun. Verhalten Sie sich ganz normal. Die Kamera wird per Fernbedienung von Rick und Graham aktiviert. Ton gibt es keinen, dazu ist die Kamera zu klein, Sie brauchen sich also keine Gedanken darüber zu machen, was gesagt wird. Wir haben keine Ahnung, was in den beiden Kellern ist, daher versuchen Sie bitte, alles aufzunehmen. Suchen Sie nach Türen, Fenstern, weiteren Kameras.«

»Und überprüfen Sie, ob an den Türen zum Keller Alarmsensoren installiert sind«, ergänzte Rick. »Wir sind fast sicher, dass es keine Türen gibt, die ins Freie gehen. Beide Keller scheinen vollständig unter der Geländeoberkante zu liegen, ohne Treppen, die von außen nach unten führen.«

»Das ist unser erster Blick in die Keller, und es könnte unser einziger sein«, sagte Elaine. »Alles ist wichtig, aber wir suchen natürlich nach den Manuskripten, also Papierstapeln, die größer sind als gedruckte Bücher.«

»Ich weiß, wie ein Manuskript aussieht.«

»Natürlich. Suchen Sie nach Schubläden, Schränken, irgendwas, wo sie hineinpassen könnten.«

»Was soll ich tun, wenn er die Kamera sieht?«, fragte Mercer etwas nervös.

Beide Männern schnaubten. Unmöglich. »Er wird sie nicht sehen, weil er sie nicht sehen kann«, beruhigte sie Elaine.

Rick gab ihr den Clip zurück, und Mercer schob die Enden des Tuchs wieder hindurch »Ich schalte die Kamera jetzt ein«, erklärte Graham, während er ein paar Eingaben an einem Laptop machte.

»Würden Sie bitte aufstehen und sich langsam im Kreis drehen?«, bat Rick.

»Sicher.« Während sie sich langsam um sich selbst drehte, starrten Elaine und die beiden Männer auf den Laptop. »Unglaublich«, murmelte Elaine. »Mercer, sehen Sie sich das an.«

Mercer, die mit dem Gesicht zur Eingangstür neben dem Tisch stand, warf einen Blick auf den Bildschirm und war überrascht, wie scharf das Bild war. Das Sofa, der Fernseher, der Sessel, ja sogar der billige Teppich vor ihr waren klar und deutlich zu erkennen. »Und das mit dieser winzigen Kamera«, sagte sie.

»Mercer, das wird ein Kinderspiel«, behauptete Elaine.

»Das Tuch passt überhaupt nicht zu den Sachen, die ich in meinem Kleiderschrank habe.«

»Was werden Sie tragen?« Elaine griff nach einer Tasche und zog ein halbes Dutzend Tücher heraus.

»Ich glaube, ein leichtes rotes Sommerkleid«, meinte Mercer. »Nichts allzu Elegantes.«

13.

Jake öffnete die Ladentür und sperrte sie hinter ihr wieder ab. Er stellte sich vor und sagte, dass er Noelle schon seit Jahren kenne. Er war Handwerker mit rauen, schwieligen Händen und einem weißen Bart und sah aus wie jemand, der sein ganzes Leben lang mit Hämmern und Werkzeugen gearbeitet hatte. Der Sekretär sei schon im Keller, erklärte er. Sie folgte ihm nach unten, langsam und mit etwas Abstand, wobei sie sich ins Gedächtnis rief, dass alles vor ihr gefilmt und analysiert wurde. Nachdem sie mit der Hand auf dem Geländer zehn Stufen nach unten gegangen war, kam sie in einen schmalen, vollgestopften Raum, der anscheinend über die gesamte Länge des Ladens verlief. Das Geschäft war, wie sie wusste, dreizehn Meter breit und fünfzig Meter tief, genau wie die Buchhandlung nebenan. Die Decke war niedrig, nicht höher als zwei Meter vierzig, und der Boden bestand aus rohem Beton. An den Wänden lagerten wild durcheinander alle möglichen zerlegten, beschädigten, unfertigen und schlecht zusammenpassenden Möbel und Einrichtungsgegenstände.

Mercer sah sich unauffällig um und drehte sich langsam im Kreis. »Hier stehen also die besten Stücke«, sagte sie, aber Jake hatte keinen Humor. Der Keller war gut beleuchtet, und am hinteren Ende befand sich ein abgetrennter Raum. Doch was am Wichtigsten war: In der Ziegelmauer zwischen dem Raum und dem Keller nebenan, in dem Mr. Cable nach Auffassung von Elaine Shelby und ihrer geheimnisvollen Firma die Manuskripte versteckt hatte, befand sich eine Tür. Die Ziegelmauer war alt und schon oft gestrichen worden – jetzt in einem dunklen Grau –, aber die Tür sah viel neuer aus. Sie war aus Stahl und massiv, und an den oberen Ecken waren zwei Alarmsensoren installiert.

Elaines Team wusste, dass die beiden Läden in Breite, Länge und Höhe und im Grundriss so gut wie identisch waren. Sie lagen in ein und demselben Gebäude, das vor hundert Jahren gebaut und im Grunde genommen einfach halbiert worden war, als 1940 die Buchhandlung eröffnet wurde.

Rick und Graham, die in einem dem Laden gegenüber geparkten Transporter hockten, stellten erfreut fest, dass es eine Tür gab, die die beiden Keller miteinander verband. Elaine, die in der Maisonettewohnung auf dem Sofa saß, reagierte genauso. Gut gemacht, Mercer!

Der Sekretär stand in der Mitte des Raums auf ein paar Zeitungen, die darunter ausgebreitet waren, obwohl auf dem Boden ganz offensichtlich schon seit Jahren Farbspritzer landeten. Mercer untersuchte das Möbelstück ausgiebig, als wäre es ein wertvoller Gegenstand und nicht einfach nur Mittel zum Zweck. Jake holte eine Tafel mit Farbmustern, und sie sprachen darüber, was infrage käme. Mercer war schwer zufriedenzustellen. Schließlich entschied sie sich für ein helles Pastellblau, das Jake nur dünn auftragen würde, um den Sekretär antik aussehen zu lassen. Er hatte die Farbe nicht in seinem Pick-up, und es würde ein paar Tage dauern, bis er sie beschaffen konnte.

Großartig. Sie konnte jederzeit zu einem weiteren Besuch vorbeikommen, um den Fortschritt der Malerarbeiten in Augenschein zu nehmen. Und angesichts des Spielzeugs, das Rick und Graham in ihrem Arsenal hatten, bekam sie beim nächsten Mal vielleicht Ohrringe mit Videokameras.

Mercer fragte, ob es hier unten eine Toilette gebe, und Jake nickte in Richtung des hinteren Teils. Sie ließ sich Zeit, um die Toilette zu finden, benutzte sie und ging dann langsam wieder nach vorn, wo Jake gerade dabei war, die Tischplatte des Sekretärs abzuschleifen. Als er sich vorbeugte, stand sie direkt vor der Stahltür, was die bis jetzt besten Aufnahmen ergab. Es war durchaus möglich, dass eine weitere versteckte Kamera existierte, von der *sie* beobachtet wurde. Sie trat einen Schritt zurück, beeindruckt von ihrem Situationsbewusstsein und ihrer zunehmenden Erfahrung. Vielleicht wurde ja doch noch eine passable Spionin aus ihr.

Sie verabschiedete sich an der Ladentür von Jake und ging um den Häuserblock herum zu einem kleinen kubanischen Deli, in dem sie einen Eistee bestellte und sich dann an einen Tisch setzte. Es verging keine Minute, bis Rick hereinkam und sich eine Diätlimonade an der Theke holte. Er setzte sich ihr gegenüber, lächelte und sagte leise: »Super gemacht.«

»Ich glaube, ich bin ein Naturtalent.« Der dicke Kloß in ihrem Magen war erst einmal verschwunden. »Läuft die Kamera gerade?«

»Nein, ich habe sie abgeschaltet. Ich werde sie wieder einschalten, wenn Sie die Buchhandlung betreten. Machen Sie es genauso wie eben. Die Kamera funktioniert perfekt, und Sie haben uns eine Menge Aufnahmen geliefert. Wir sind ganz begeistert davon, dass es eine Verbindungstür zwischen den Kellern gibt. Gehen Sie so nah wie möglich von der anderen Seite an diese Tür heran.«

»Kein Problem. Ich nehme an, wir verlassen die Buchhandlung und gehen zu Fuß zum Essen. Wird die Kamera dann eingeschaltet sein?«

»Nein.«

»Ich werde Cable mindestens eine Stunde gegenübersitzen. Machen Sie sich keine Sorgen darüber, dass ihm was auffällt?«

»Wenn Sie im Keller gewesen sind, gehen Sie oben im Verkaufsraum auf die Toilette. Nehmen Sie das Tuch mit dem Clip ab, und stecken Sie beides in Ihre Handtasche. Wenn er eine Bemerkung darüber macht, sagen Sie, dass Ihnen das Tuch zu warm war.«

»Gut. Ich könnte das Mittagessen nicht genießen, wenn ich wüsste, dass eine Kamera auf sein Gesicht gerichtet ist.«

»Gehen Sie jetzt. Ich bin direkt hinter Ihnen.«

Um 11.50 Uhr betrat Mercer die Buchhandlung und sah Bruce gleich, der die Zeitschriften auf einem Regal in der Nähe des Eingangs ordnete. Der Seersucker-Anzug von heute hatte Streifen in einem hellen Türkis. Bis jetzt waren Mercer mindestens sechs verschiedene Farbtöne an seinen Anzügen aufgefallen, und sie vermutete, dass es noch mehr gab. Die Fliege hatte ein knallgelbes Paisleymuster. Wie immer helle Wildlederschuhe, keine Socken. Er lächelte, gab ihr ein Küsschen auf die Wange und sagte, sie sehe großartig aus. Sie folgte ihm in den Erstausgaben-Raum, wo er einen Umschlag von seinem Schreibtisch nahm. »Zehntausend Dollar für die beiden Bücher, die Tessa vor dreißig Jahren ausgeliehen hat. Was würde sie wohl davon halten?«

»Sie würde sagen: ›Wo ist mein Anteil am Gewinn?‹«

Bruce lachte. »Den Gewinn teilen wir uns. Ich habe zwei Kunden, die *The Convict* haben möchten, daher werde ich den einen gegen den anderen ausspielen und zweitausendfünfhundert mit ein paar Telefonanrufen verdienen.«

»So einfach ist das?«

»Nicht immer, nur wenn man Glück hat. Und genau deshalb liebe ich diese Branche.«

»Ich habe eine Frage. Das sehr gut erhaltene Exemplar von *Der Fänger im Roggen*, von dem Sie sprachen. Wenn Sie es je verkaufen würden, wie viel würden Sie dafür verlangen?«

»Langsam kommen Sie auf den Geschmack, stimmt's?«

»Nein, überhaupt nicht. Ich habe für solche Geschäfte kein Talent. Rein interessehalber, das ist alles.«

»Letztes Jahr habe ich ein Angebot über achtzigtausend abgelehnt. Es ist nicht zu verkaufen, aber wenn ich aus irgendwelchen Gründen gezwungen wäre, es auf den Markt zu bringen, würde ich bei hunderttausend anfangen.«

»Kein schlechtes Geschäft.«

»Sie sagten, Sie wollten es sich ansehen?«

Mercer zuckte mit den Schultern, als wäre es ihr egal. »Gern, wenn Sie Zeit haben.« Es war klar, dass Bruce mit seinen Büchern angeben wollte.

»Für Sie habe ich immer Zeit. Kommen Sie.« Sie gingen an der Treppe und der Kinderbuchabteilung vorbei bis ganz nach hinten in den Laden. Die Treppe, die nach unten führte, befand sich hinter einer abgeschlossenen Tür, die etwas abseits lag und aussah, als würde sie nicht sehr oft benutzt werden. Sie wurde von einer Kamera an der Decke überwacht. Am oberen Ende war ein Alarmsensor installiert. Mit einem Schlüssel sperrte Bruce ein Bolzenschloss auf, dann drehte er einen antiken Türknauf, der nicht verriegelt war. Er zog die Tür auf und schaltete das Licht ein. »Vorsicht«, sagte er, als er die erste Stufe betrat. Mercer blieb etwas zurück und war vorsichtig, wie ihr geraten worden war. Am Fuß der Treppe legte er einen zweiten Lichtschalter um.

Der Keller war in mindestens zwei Bereiche unterteilt. Im vorderen, größeren Teil befanden sich die Treppe und die Stahltür, die in Noelles Geschäft führte, außerdem unzählige alte Regale aus Holz, die sich unter dem Gewicht von Tausenden ungewollter Bücher, Druckfahnen und Leseexemplaren bogen. »Das hier nennen wir ›den Friedhof‹«, erklärte Bruce, während er auf das Durcheinander zeigte. »Jeder Laden hat eine Rumpelkammer.« Sie gingen einige Schritte weiter und blieben vor einer unverputzten Wand aus Porenbetonsteinen stehen, die offensichtlich lange nach dem Bau des Gebäudes errichtet worden war und so hoch und breit wie der Raum war. In die Wand war eine zweite Stahltür eingelassen, neben der eine Codetastatur montiert war. Als Bruce den Code eingab, bemerkte Mercer eine Überwachungskamera, die an einem alten Balken hing und auf die Tür zeigte. Es summte und klickte, dann traten sie über die Schwelle, und Bruce schaltete das Licht an. Hier drin war es erheblich kühler.

Der Raum unterschied sich vom Rest des Kellers, hatte lange Regalreihen an den unverputzten Wänden, einen Betonboden mit glatter Beschichtung und eine abgehängte Decke, die aus irgendeinem faserartigen Material bestand, das Mercer nicht kannte. Aber sie filmte es für die Experten. In kaum einer Stunde würden diese schätzen, dass der Raum etwa zwölf Meter breit und ungefähr genauso tief sein musste, zwei Meter vierzig hoch war, abgedichtete Fugen hatte und allem Anschein nach luftdicht, alarmgesichert und feuerfest war. In der Mitte stand ein stabiler Tisch.

»Bücher werden durch Licht, Hitze und Feuchtigkeit beschädigt«, erklärte Bruce, »daher müssen alle drei Faktoren kontrolliert werden. Hier drin gibt es so gut wie keine Feuchtigkeit, und die Temperatur liegt bei konstanten dreizehn Grad. Und natürlich kein Sonnenlicht.«

Die Regale waren aus dickem Metall und mit langen, schmalen Glastüren bestückt, sodass die Buchrücken zu sehen waren. Jedes Element enthielt sechs Regalböden und reichte von sechzig Zentimetern über dem Boden bis einige Zentimeter über Mercers Kopf, daher war es alles in allem etwa einen Meter achtzig hoch, wie sie vermutete. Rick und Graham sollten diese Schätzung später bestätigen.

»Wo sind Tessas Erstausgaben?«, fragte sie.

Bruce ging zu der hinteren Wand und steckte einen Schlüssel in eine Seitenwand der Regale. Als er ihn umdrehte, klickte etwas, und alle sechs Glastüren wurden entriegelt. Er öffnete das zweite Regal von oben. »Hier«, sagte er, während er *The Convict* und *Die Abendröte im Westen* herausholte. »Sicher aufgehoben in ihrem neuen Zuhause.«

»Sehr sicher«, meinte sie. »Bruce, ich bin schwer beeindruckt. Wie viele Bücher haben Sie hier unten?«

»Mehrere Hundert, aber nicht alle gehören mir.« Er wies auf eine Regalwand neben der Tür. »Die hier lagere ich für Kunden und Freunde. Ein paar sind sozusagen in Kommission hier. Einer meiner Kunden lässt sich gerade scheiden und versteckt seine Bücher bei mir. Irgendwann bekomme ich vermutlich eine Vorladung und werde vor Gericht gezerrt, was nicht das erste Mal wäre. Aber ich lüge immer, um meine Kunden zu schützen.«

»Und was ist das?« Mercer zeigte auf einen großen massiven Schrank in einer Ecke.

»Ein Safe, in dem die richtig guten Sachen sind.« Er gab eine Zahlenkombination auf der Codetastatur ein – Mercer sah geflissentlich in die andere Richtung –, und die schwere Tür entriegelte sich. Bruce zog sie auf. Im oberen und mittleren Teil des Safes befanden sich drei Regalböden, auf denen sich die Rücken von Buchattrappen aufreihten. Einige waren mit Titeln in Goldprägung versehen. Behutsam zog Bruce einen der Behälter aus dem mittleren Regal. »Wissen Sie, was eine Buchklappschachtel ist?«

»Nein.«

»Das ist eine Art Schutzkasten, der speziell für ein Buch angefertigt wird. Bücher werden in verschiedenen Größen gedruckt, daher muss es auch unterschiedlich große Klappschachteln geben. Gehen Sie dort rüber.«

Sie drehten sich um und stellten sich an den Tisch in der Mitte des Raums. Bruce legte die Klappschachtel hin, öffnete sie und holte vorsichtig ein Buch heraus. Der Schutzumschlag war mit einer durchsichtigen Folie überzogen. »Das ist mein erstes Exemplar von *Der Fänger im Roggen*. Ich habe es vor zwanzig Jahren aus dem Nachlass meines Vaters bekommen.«

»Dann haben Sie es also zweimal?«

»Nein, viermal.« Er blätterte zum Vorsatz und deutete auf eine leichte Verfärbung des Papiers. »Hier ist es etwas vergilbt, und der Schutzumschlag ist an ein, zwei Stellen eingerissen, aber der Zustand ist fast wie neu.« Er ließ das Buch und die Klappschachtel auf dem Tisch liegen und ging wieder zum Safe. Sofort drehte sich Mercer in seine Richtung, damit Rick und Graham Aufnahmen frontal von vorn bekamen. Unterhalb der drei Regalböden befanden sich vier ausziehbare Schubfächer, die fest verschlossen waren.

Wenn Bruce die Manuskripte hat, sind sie dort, dachte sie.

Er legte eine weitere Klappschachtel auf den Tisch. »Das ist die Erstausgabe, die ich zuletzt gekauft habe. Das Exemplar, das Salinger signiert hat.« Er öffnete die Box, zog das Buch heraus und blätterte zur Titelseite. »Keine Widmung, kein Datum, nur seine Unterschrift, was, wie gesagt, sehr selten ist. Er hat sich geweigert, seine Bücher zu signieren. Glauben Sie auch, dass er verrückt geworden ist?«

»Das erzählt man sich jedenfalls«, erwiderte Mercer. »Sie sind wunderschön.«

»Oh, ja«, meinte er, während seine Finger über das Buch strichen. »Manchmal, wenn ich einen ganz schlechten Tag habe, schleiche ich mich herunter, schließe mich in diesem Raum ein und sehe mir meine Bücher an. Ich versuche, mir vorzustellen, wie J.D. Salinger sich 1951 gefühlt haben mag, als das hier herauskam, sein erster Roman. Er hatte ein paar Kurzgeschichten veröffentlicht, zwei davon im *New Yorker*, aber er war nicht sehr bekannt. Little, Brown hat zuerst zehntausend Exemplare gedruckt. Heute werden eine Million im Jahr verkauft, in fünfundsechzig Sprachen. Salinger hatte keine Ahnung, was passieren würde. Es hat ihn reich und berühmt gemacht, aber mit der Aufmerksamkeit kam er nicht zurecht. Die meisten Salinger-Forscher glauben, dass er irgendwie durchgedreht ist.«

»Darüber habe ich vor zwei Jahren eine Vorlesung gehalten.«

»Dann kennen Sie sich also damit aus?«

»Es ist nicht mein Lieblingsthema. Wie ich schon sagte – Autorinnen sind mir lieber, vor allem wenn sie noch am Leben sind.«

»Und Sie würden gern das seltenste Buch sehen, das ich von einer Frau habe, tot oder lebendig, stimmt's?«

»Absolut.«

Er ging wieder zum Safe, während Mercer jeden seiner Schritte filmte und sich dieses Mal sogar etwas zur Seite bewegte, damit sie mit ihrer winzigen Kamera weitere Aufnahmen des Safes von vorn machen konnte. Als er gefunden hatte, wonach er gesucht hatte, kam er zurück. »Wie wäre es mit Virginia Woolfs *Ein eigenes Zimmer*?« Er öffnete die Klappschachtel und holte das Buch heraus. »1929 erschienen. Erstausgabe, Zustand fast wie neu. Ich habe es vor zwölf Jahren gefunden.«

»Ich liebe dieses Buch. Ich habe es in der Highschool gelesen, und es hat mich dazu inspiriert, Schriftstellerin zu werden. Oder es wenigstens zu versuchen.«

»Es ist sehr selten.«

»Ich gebe Ihnen zehntausend dafür.«

Sie lachten beide, und er sagte höflich: »Tut mir leid, es ist nicht zu verkaufen.« Er drückte es ihr in die Hand. Sie klappte es vorsichtig auf und meinte: »Sie war so tapfer. Das bekannteste Zitat von ihr ist: ›Eine Frau muss Geld und ein eigenes Zimmer haben, um schreiben zu können.‹«

»Sie war eine gequälte Seele.«

»Der Meinung bin ich auch. Sie hat sich umgebracht. Bruce, warum müssen Schriftsteller so leiden?« Sie klappte das Buch zu und gab es ihm zurück. »So viel destruktives Verhalten, sogar Selbstmord.«

»Selbstmord kann ich nicht verstehen, aber Alkohol und Sucht lassen sich irgendwie nachvollziehen. Unser Freund Andy hat es mir vor Jahren einmal zu erklären versucht. Er sagte, es liege daran, dass ein Schriftstellerleben so undiszipliniert sei. Es gibt keinen Chef, keinen Vorgesetzten, keine Stechuhr und keine festen Arbeitszeiten. Man kann morgens schreiben oder nachts. Man kann trinken, wann man will. Andy glaubt, dass er mit einem Kater besser schreibt, aber da bin ich mir nicht so sicher.« Bruce steckte die Bücher wieder in die Klappschachteln und brachte sie zum Safe.

»Was ist in den Schubfächern?«, fragte sie spontan.

»Alte Manuskripte«, erwiderte er ohne das geringste Zögern, »aber sie sind nicht viel wert, jedenfalls nicht, wenn man sie mit den Erstausgaben vergleicht. John D. MacDonald ist einer meiner Lieblingsautoren, vor allem seine Serie mit Travis McGee, und vor ein paar Jahren konnte ich zwei seiner Originalmanuskripte von einem anderen Sammler kaufen.« Während er das sagte, schloss er die Tür. Die Schubfächer waren offenbar tabu.

»Haben Sie genug gesehen?«, wollte er wissen.

»Ja. Ich finde das alles sehr faszinierend. Es ist eine andere Welt, über die ich nichts weiß.«

»Ich zeige diese Bücher nicht oft her. Der Handel mit seltenen Büchern ist ein diskretes Geschäft. Ich bin mir sicher, dass niemand etwas davon weiß, dass ich vier Erstausgaben des *Fängers* habe, und das soll auch so bleiben. Es gibt kein Verzeichnis, niemand hat ein Auge darauf, und viele Verkäufe finden unter dem Siegel der Verschwiegenheit statt.«

»Ich werde Ihre Geheimnisse für mich behalten. Außerdem weiß ich sowieso nicht, wem ich so etwas erzählen sollte.«

»Verstehen Sie mich bitte nicht falsch, Mercer. Das ist alles legal. Ich melde die Gewinne und zahle die Steuern, und wenn ich jetzt tot umfallen würde, wären diese Bücher Teil meines Nachlasses.«

»Alle?«, fragte sie mit einem Lächeln.

Er erwiderte das Lächeln. »Na ja, fast alle.«

»Natürlich.«

»Wie wäre es jetzt mit einem Geschäftsessen?«

»Ich bin am Verhungern.«

14.

Das Team hatte sich Pizza liefern lassen und spülte sie mit Softdrinks hinunter. Im Moment war Nahrungsaufnahme nicht so wichtig. Rick, Graham und Elaine saßen an einem Tisch in der Maisonettewohnung und werteten Dutzende von Standbildern aus, die aus Mercers Video stammten. Sie hatte ihnen achtzehn Minuten Filmmaterial aus Noelles Geschäft und zweiundzwanzig Minuten aus dem von Bruce verschafft – vierzig Minuten Beweismaterial, über das sie sich wie Kinder freuten. Sie hatten sich die Aufnahmen mehrmals angesehen, aber noch wichtiger war, dass sie von ihrem Labor in Bethesda analysiert wurden. Es ging um Fakten: Die Größe des Tresorraums, die Abmessungen des Safes, die Installation von Überwachungskameras und Alarmsensoren, Bolzenschlösser an den Türen; Tasten-Bedieneinheiten für den Zugang. Der Safe wog dreihundertsechzig Kilo, bestand aus drei Millimeter starkem Stahl und war vor fünfzehn Jahren von einer Firma in Ohio hergestellt, über das Internet verkauft und von einem Subunternehmer aus Jacksonville aufgestellt worden. Im verschlossenen Zustand war er durch fünf Bleibolzen und einen hydraulischen Verriegelungsmechanismus gesichert. Er konnte zwei Stunden lang Temperaturen von bis zu achthundert Grad widerstehen. Ihn zu öffnen würde kein Problem sein, schwierig wäre es nur dann, wenn es niemand bemerken durfte.

Sie hatten den ganzen Nachmittag um den Tisch gesessen, in langen, intensiven Diskussionen, oft an der Freisprecheinrichtung des Telefons im Gespräch mit ihren Kollegen in Bethesda. Elaine leitete die Operation, legte aber Wert auf eine enge Zusammenarbeit. Sie bekam eine Menge Meinungen von klugen Leuten, und sie hörte zu. Die meiste Zeit ging es um das FBI. War der Augenblick gekommen, um das Bureau einzuschalten? Sollten sie ihren Hauptverdächtigen präsentieren? Den Beamten alles sagen, was sie bis jetzt über Bruce Cable in Erfahrung gebracht hatten? Elaine war dagegen, sie hielt es für zu früh. Und sie hatte eine stichhaltige Begründung dafür: Es gab nicht genügend Beweise, um einen Bundesrichter davon zu überzeugen, dass Cable die Manuskripte in seinem Keller versteckt hatte. Im Moment hatten sie einen Tipp von einer Quelle in Boston, ein Vierzig-Minuten-Video der Räumlichkeiten und ein paar Standbilder aus dem Video. Ihre beiden Anwälte in Washington glaubten, dass es nicht reichen würde, um einen Durchsuchungsbeschluss zu bekommen.

Außerdem würde das FBI die Leitung der Operation an sich reißen und die Regeln ändern, wie immer, wenn es in eine Ermittlung einstieg. Bis jetzt wusste das FBI nichts von Bruce Cable und hatte auch keine Ahnung, dass Elaines kleiner Maulwurf sich bei ihm eingeschlichen hatte. Elaine wollte, dass es so blieb, und zwar so lange wie möglich.

Ein Szenario, das von Rick vorgeschlagen worden war – allerdings mit wenig Begeisterung –, sah vor, einen Brand als Ablenkungsmanöver zu benutzen. Sie würden nach Mitternacht ein kleines Feuer im Erdgeschoss der Buchhandlung legen, den Keller durch die Verbindungstür auf Noelles Seite betreten, wenn sämtliche Alarmsirenen losheulten und die Bildschirme der Überwachungskameras vom Rauch vernebelt waren, und einen Blitzeinbruch begehen. Damit waren allerdings mehrere Risiken verbunden, von denen das Begehen verschiedener Straftaten keinesfalls das kleinste war. Was, wenn *Gatsby* gar nicht dort war? Wenn er und seine Freunde an einem anderen Ort versteckt wurden, auf der Insel oder sonst wo im Land? In dem Fall würden sie Cable so kopfscheu machen, dass er die Manuskripte weltweit verteilen würde – wenn er das nicht bereits getan hatte.

Elaine lehnte den Plan ab, kurz nachdem Rick ihn präsentiert hatte. Die Uhr tickte, aber sie hatten noch Zeit, und Mercer leistete großartige Arbeit. In weniger als vier Wochen hatte sie mit Cable Freundschaft geschlossen und sich in seinen Kreis eingeschlichen. Sie hatte sein Vertrauen errungen und ihnen vierzig Minuten Filmaufnahmen und Hunderte von Standbildern gebracht, die ungeheuer nützlich für sie waren. Elaine war der Meinung, dass eine Lösung des Falls in greifbarer Nähe war, zumindest glaubte sie das. Sie wollte weiterhin Geduld haben und darauf warten, was als Nächstes passierte.

Eine große Frage war allerdings beantwortet worden. Sie und ihre Kollegen hatten die ganze Zeit darüber diskutiert, warum ein Kleinstadt-Buchhändler, dessen Laden sich in einem Altbau befand, dermaßen umfangreiche Sicherheitsvorkehrungen ergriffen hatte. Und da er ihr Hauptverdächtiger war, sahen sie alles, was er tat, mit Argwohn. Die kleine Festung in seinem Keller wurde dazu benutzt, unrechtmäßig erworbenes Gut zu schützen? Nicht unbedingt. Inzwischen wussten sie, dass dort unten eine ganze Menge Wertvolles lagerte. Nach dem Mittagessen hatte Mercer berichtet, dass außer den vier Exemplaren von *Der Fänger im Roggen* und der Erstausgabe von *Ein eigenes Zimmer* noch ungefähr fünfzig andere Bücher in Klappschachteln auf den Regalböden des Safes standen. Und der Tresorraum selbst enthielt mehrere Hundert Bücher.

Elaine arbeitete seit über zwanzig Jahren in der Branche und war sehr beeindruckt von Cables Sammlung. Sie hatte mit den alteingesessenen seriösen Händlern für seltene Bücher zu tun gehabt und kannte sie gut. Deren Geschäft bestand darin, Bücher dieser Art zu kaufen und zu verkaufen, und sie nutzten Kataloge, Websites und alle möglichen Marketingmaßnahmen, um mehr Umsatz zu machen. Ihre Sammlungen waren riesig und wurden beworben. Sie und ihr Team hatten sich oft gefragt, ob ein kleiner Händler wie Cable eine Million Dollar für die Fitzgerald-Manuskripte aufbringen konnte. Jetzt war auch diese Frage beantwortet worden. Er hatte das Geld dazu.

KAPITEL 7

DIE WOCHENENDAFFÄRE

1.

Es war eine Einladung zu einem Essen ganz ohne Promille. Zum einen, weil Andy Adam ebenfalls eingeladen war und Bruce den Abend unbedingt alkoholfrei halten wollte. Zum anderen, weil die Schriftstellerin auf Lesereise, eine gewisse Sally Aranca, dem Alkohol vor einigen Jahren abgeschworen hatte und damit so wenig wie möglich zu tun haben wollte.

Wie Bruce Mercer am Telefon erklärte, sollte Andy demnächst wieder auf Entzug gehen und versuchte verzweifelt, bis zu seiner Aufnahme in einer geschlossenen Einrichtung nüchtern zu bleiben. Mercer wollte ihn natürlich gern unterstützen und erklärte sich bereitwillig mit den Regeln einverstanden.

Bei der Signierstunde begeisterte Sally Aranca die rund fünfzig Besucher mit der Besprechung ihres Werks und einer von ihr vorgelesenen kurzen Szene aus ihrem neuen Roman. Sie machte sich zunehmend einen Namen als Krimiautorin – mit einer Reihe, deren Heldin Privatdetektivin in San Francisco war, wo Sally lebte. Mercer hatte das Buch am Nachmittag überflogen, und während sie Sallys Vortrag verfolgte, fiel ihr auf, dass die Protagonistin viel mit Sally gemeinsam hatte: Anfang vierzig, trockene Alkoholikerin, geschieden, keine Kinder, schlagfertig und witzig, klug und tough – und natürlich äußerst attraktiv. Sie veröffentlichte einmal pro Jahr ein Buch und ging häufig auf Lesereise, wobei sie immer einen Stopp bei Bay Books einlegte – normalerweise, wenn Noelle verreist war.

Nach der Signierstunde gingen sie zu viert ins Le Rocher, ein kleines französisches Restaurant in derselben Straße, das einen ausgezeichneten Ruf hatte. Bruce bestellte schnell zwei Flaschen Mineralwasser mit Kohlensäure und gab der Kellnerin die Weinkarte zurück. Andy warf mehrfach neidische Blicke auf die gefüllten Weingläser auf den Nachbartischen, beruhigte sich aber, nachdem er sein Wasser mit einer Zitronenscheibe aufgepeppt hatte. Er stritt sich gerade mit seinem Verleger um seinen letzten Vertrag, weil der Vorschuss niedriger aufgefallen war als beim letzten Mal. Mit einem Humor, in den sich eine gehörige Prise Selbstironie mischte, erzählte er, wie er einen Verleger nach dem anderen verschlissen und sich in ganz New York unbeliebt gemacht hatte. Er hatte es sich mit allen verdorben. Bei der Vorspeise schilderte Sally ihre mühsamen Anfänge bis zur ersten Veröffentlichung. Ihr erster Roman sei von einem Dutzend Agenten und noch mehr Verlagen abgelehnt worden, aber sie habe weitergeschrieben. Und weiter getrunken. Ihre erste Ehe sei in die Brüche gegangen, weil sie ihren Mann mit einer anderen erwischt habe, und ihr Leben sei damals eine einzige Katastrophe gewesen. Ihr zweiter und dritter Roman seien ebenfalls abgelehnt worden. Glücklicherweise hätten ihre Freunde sie unterstützt, und sie habe die Willenskraft besessen, mit dem Trinken aufzuhören. Bei ihrem vierten Roman habe sie sich aufs Krimischreiben verlegt, ihre Protagonistin kreiert, und plötzlich hätten sich die Agenten bei ihr gemeldet. Die großen Studios hätten sich Optionen auf die Filmrechte gesichert und ihr damit endgültig zum Durchbruch verholfen. Jetzt, acht Romane später, habe sich die Reihe etabliert und werde immer beliebter.

Obwohl Sally ihre Geschichte ohne jede Selbstgefälligkeit erzählte, spürte Mercer einen Stich der Eifersucht. Sally schrieb hauptberuflich. Keine schlecht bezahlten Jobs mehr, keine Darlehen von ihren Eltern, und sie produzierte ein Buch pro Jahr. Es klang alles so einfach. Mercer machte sich nichts vor: Jeder Schriftsteller, der ihr je begegnet war, wurde von kleinlichem Neid geplagt, das lag in ihrer Natur.

Beim Hauptgericht ging es plötzlich um Trunksucht, und Andy sprach offen über seine Probleme. Sally zeigte sich mitfühlend, aber kompromisslos, und gab ihm gute Ratschläge. Sie sei seit sieben Jahren nüchtern, und das habe ihr das Leben gerettet. Sie war ein inspirierendes Beispiel, und Andy dankte ihr für ihre Aufrichtigkeit. Zeitweise hatte Mercer das Gefühl, sich zu einem Treffen der Anonymen Alkoholiker verirrt zu haben.

Bruce mochte Sally Aranca offenbar sehr, und im Laufe des Abendessens merkte Mercer, dass er ihr selbst immer weniger Aufmerksamkeit schenkte. Sei nicht albern, dachte sie, die beiden kennen sich seit Jahren. Aber nachdem es ihr einmal aufgefallen war, ließ der Gedanke sie nicht los, und es wurde immer offensichtlicher, zumindest für sie. Bruce berührte Sally mehrfach, tätschelte ihr liebevoll die Schulter und ließ die Hand länger liegen als nötig.

Sie verzichteten auf das Dessert, und Bruce beglich die Rechnung. Als sie durch die Main Street gingen, erklärte er, er müsse in der Buchhandlung noch einmal nach dem Rechten sehen. Sally begleitete ihn. Die anderen verabschiedeten sich, und Sally versprach, Mercer eine E-Mail zu schicken und in Kontakt zu bleiben.

»Haben Sie Zeit, noch was trinken zu gehen?«, fragte Andy, als Mercer schon im Gehen war.

Sie blieb stehen und drehte sich zu ihm um. »Nein, Andy, das ist keine gute Idee. Nicht nach diesem Essen.«

»Kaffee, nichts Alkoholisches.«

Es war kurz nach neun, und im Strandhaus wartete nichts und niemand auf sie. Vielleicht half es Andy, wenn sie mit ihm einen Kaffee trank. Sie gingen über die Straße zu einem leeren Coffeeshop. Der Barista sagte, er schließe in einer halben Stunde. Sie bestellten zwei Tassen koffeinfreien Kaffee und setzten sich damit an einen Tisch vor dem Lokal. Die Buchhandlung lag direkt gegenüber. Nach ein paar Minuten kamen Bruce und Sally heraus und verschwanden in Richtung Marchbanks House.

»Sie verbringt die Nacht mit ihm«, sagte Andy. »Das machen viele Autorinnen.«

Mercer musste das erst einmal verdauen. »Und Noelle stört das nicht?«

»Nicht im Geringsten. Bruce hat freie Hand. Noelle auch. Oben im Turm gibt es einen runden Raum, das sogenannte Autorenzimmer. Da geht es oft heiß her.«

»Ich weiß nicht, ob ich Sie richtig verstehe«, sagte Mercer, obwohl sie das sehr wohl tat.

»Die beiden führen eine offene Ehe, Mercer, und mit anderen zu schlafen ist in Ordnung oder sogar erwünscht. Ich nehme an, sie lieben sich, aber sie halten sich nicht an die üblichen Regeln.«

»Sehr eigenartig.«

»Das finden die beiden wohl nicht. Sie scheinen damit glücklich zu sein.«

Endlich hatte sich eine von Elaines Klatschgeschichten bestätigt.

»Dass Noelle so viel Zeit in Frankreich verbringt, liegt unter anderem daran, dass sie dort seit vielen Jahren einen Liebhaber hat. Ich glaube, er ist auch verheiratet.«

»Warum auch nicht. Hätte ich mir ja denken können.«

»Sie waren nie verheiratet, oder?«

»Stimmt.«

»Ich habe es zweimal versucht, war aber kein großer Erfolg. Haben Sie jemanden?«

»Nein. Mein letzter Freund hat sich vor einem Jahr aus dem Staub gemacht.«

»Interessieren Sie sich für irgendwen hier?«

»Na klar. Für Sie, Bruce, Noelle, Myra, Leigh, Bob Cobb. Hier gibt es jede Menge interessante Leute.«

»Aber niemanden, mit dem Sie sich mehr vorstellen könnten?«

Er war mindestens fünfzehn Jahre älter als sie, ein Trinker, der sich in Bars prügelte und dabei einige Narben davongetragen hatte, ein ungehobelter Klotz, der nicht das Geringste vorzuweisen hatte. »Wollen Sie mich abschleppen, Andy?«

»Nein. Ich dachte nur, wir könnten irgendwann zusammen essen.«

»Müssen Sie nicht demnächst ins Entzugslager, wie Myra es nennt?«

»In drei Tagen, und ich tue alles, um bis dahin nüchtern zu bleiben. Das ist gar nicht so einfach. Ich versuche mir sogar einzureden, dieser lauwarme koffeinfreie Kaffee wäre ein doppelter Wodka auf Eis. Ich kann den Geschmack schon fast spüren. Außerdem schlage ich die Zeit tot, weil ich nicht nach Hause will, obwohl es dort keinen Tropfen gibt. Unterwegs komme ich nämlich an zwei Spirituosenläden vorbei, die noch geöffnet sind, da wird es schwer, in der Spur zu bleiben.«

Seine Stimme erstarb.

»Das tut mir leid, Andy.«

»Braucht es nicht. Sehen Sie nur zu, dass Sie nicht in so eine Situation kommen. Es ist die Hölle.«

»Ich wünschte, ich könnte Ihnen helfen.«

»Können Sie. Beten Sie für mich. Ich hasse es, so ein Waschlappen zu sein.«

Als wollte er dem Kaffee und dem Gespräch entkommen, stand er plötzlich auf und ging. Mercer versuchte, etwas zu sagen, aber ihr fiel nichts ein. Sie sah ihm nach, bis er um eine Ecke bog.

Sie brachte die Tassen zur Theke. Die Straßen waren still, außer dem Coffeeshop waren nur noch die Buchhandlung und die Schokoladenwerkstatt geöffnet. Ihr Auto parkte in der Third Street, aber sie blieb nicht einmal stehen. Auch an der nächsten Querstraße marschierte sie weiter, bis sie Marchbanks House erreichte. Oben im Turm, im Autorenzimmer, brannte eine Lampe. Sie verlangsamte ihr Tempo kurz, und wie auf ein Stichwort erlosch das Licht.

Neugierig war sie, das wollte sie gern zugeben, aber es fiel ihr schwer, sich einzugestehen, dass sie die Eifersucht plagte.

2.

Nach fünf Wochen im Strandhaus war es Zeit für ein paar Tage Tapetenwechsel. Connie, deren Ehemann und die beiden Töchter im Teenageralter waren im Anmarsch zu ihrem vierzehntägigen Jahresurlaub am Strand. Connie hatte Mercer höflich, geradezu pflichtschuldig eingeladen, sich ihnen anzuschließen, aber das kam nicht infrage. Mercer wusste, dass die Mädchen den ganzen Tag nur auf ihre Handys glotzen und der Ehemann ununterbrochen über seine Frozen-Yogurt-Läden reden würde. Nicht, dass er mit seinem Erfolg prahlte, er arbeitete nur ununterbrochen. Mercer wusste, dass er ab fünf Uhr morgens literweise Kaffee trinkend ganze Salven von E-Mails abfeuern, Lieferungen prüfen und überhaupt so beschäftigt sein würde, dass er sich wahrscheinlich noch nicht einmal die Füße im Meer nass machen würde. Connie hatte gewitzelt, er habe es noch nie die vollen zwei Wochen ausgehalten. Immer passierte irgendein Notfall, der ihn zwang, in aller Eile nach Nashville zurückzukehren, um seine Firma zu retten.

Schreiben war unter diesen Umständen ausgeschlossen, wobei sie kaum weniger produktiv sein konnte als jetzt schon.

Die neun Jahre ältere Connie und Mercer hatten sich nie besonders nahegestanden. Da ihre Mutter in der Psychiatrie und ihr Vater nur mit sich beschäftigt war, blieben die Mädchen praktisch sich selbst überlassen. Connie zog mit achtzehn überstürzt aus, um an der Southern Methodist University zu studieren, und kam nie wieder. Sie hatte einen Sommer mit Tessa und Mercer am Strand verbracht, aber damals war sie schon in einem Alter gewesen, in dem sie nur Jungs im Kopf hatte und die Strandspaziergänge, das Schildkrötenbeobachten und das ständige Lesen todlangweilig fand. Sie war abgereist, nachdem Tessa sie erwischt hatte, wie sie Marihuana rauchte.

Jetzt mailten die Schwestern einander einmal pro Woche, telefonierten einmal im Monat miteinander und gaben sich stets höflich und positiv. Gelegentlich besuchte Mercer sie, wenn sie in der Nähe von Nashville war, immer wieder an einer anderen Adresse. Sie zogen viel um, stets in ein größeres Haus in einem schöneren Viertel. Sie jagten einem vagen Traum nach, und Mercer fragte sich oft, was passieren würde, wenn er sich erfüllte. Je mehr Geld sie verdienten, desto mehr gaben sie aus, und Mercer, die in Armut lebte, war fasziniert von ihrem Konsum.

Über ein Thema sprachen sie nie, in erster Linie, weil es nur Ärger geben würde. Connie hatte das Glück gehabt, vier Jahre lang an einer privaten Hochschule studieren zu können, ohne auch nur einen Cent eines Studiendarlehens aufnehmen zu müssen, weil ihr Vater Herbert und sein Ford-Händlerbetrieb alles finanzierten. Als sich Mercer an der Sewanee University einschrieb, war ihr alter Herr jedoch praktisch pleite und stand vor dem Konkurs. Jahrelang hatte sie ihrer Schwester dieses Glück verübelt. Connie hatte sie selbstredend nie auch nur mit einem Cent unterstützt. Jetzt, wo sich ihr Studiendarlehen auf wundersame Weise in Luft aufgelöst hatte, war Mercer fest entschlossen, diesen Groll zu den Akten zu legen. Das würde allerdings nicht einfach werden, wenn sie an Connies Häuser dachte, die von Jahr zu Jahr protziger wurden, während sie selbst nicht wusste, wo sie in ein paar Monaten schlafen sollte.

In Wahrheit wollte Mercer einfach keine Zeit mit ihrer Schwester verbringen. Sie lebten in verschiedenen Welten und drifteten immer weiter auseinander. Also bedankte sie sich bei Connie für die Einladung, mit der Familie im Haus zu bleiben, und lehnte ab, worüber beide erleichtert waren. Angeblich wollte sie die Insel für ein paar Tage verlassen, sich eine Pause gönnen und so, vielleicht eine Freundin hier oder dort besuchen. Elaine buchte ihr ein kleines Zimmer mit Bad in einer Frühstückspension am Meer drei Kilometer nördlich des Strandhauses, weil Mercer nicht die geringste Absicht hatte, irgendwohin zu fahren. Bruce war am Zug, und sie konnte es sich nicht leisten, die Insel zu verlassen.

Am Freitag vor dem amerikanischen Nationalfeiertag, dem 4. Juli, räumte Mercer das Strandhaus auf und stopfte Kleidung, Waschzeug und ein paar Bücher in zwei Segeltuchtaschen. Während sie durch das Haus ging und überall das Licht ausschaltete, dachte sie an Tessa und daran, wie weit sie, Mercer, in den vergangenen fünf Wochen gekommen war. Elf Jahre lang hatte sie sich von dem Ort ferngehalten und war nur mit den schlimmsten Befürchtungen zurückgekehrt, aber es war ihr sehr schnell gelungen, den Gedanken an Tessas schrecklichen Tod zu verbannen und sich stattdessen auf die glücklichen Erinnerungen zu konzentrieren. Jetzt ging sie aus gutem Grund, aber in zwei Wochen würde sie zurückkehren, und das Haus würde wieder ihr allein gehören. Für wie lange, das schien niemand mit Sicherheit zu wissen. Das hing von Bruce Cable ab.

Mit dem Auto waren es fünf Minuten auf der Fernando Street zu ihrer Pension, die sich Lighthouse Inn nannte. Mitten im Hof stand ein großes Leuchtturmmodell, an das sie sich aus ihrer Kindheit erinnerte. Die Pension war in einem weitläufigen Gebäude im Cape-Cod-Stil untergebracht und konnte zwanzig Gästezimmer sowie ein All-you-can-eat-Frühstücksbüfett vorweisen. Über das Feiertagswochenende wimmelte es auf der Insel nur so von Urlaubern. Ein Schild mit der Aufschrift »Alle Zimmer belegt« schreckte weitere Interessenten ab.

Sie hatte ihr eigenes Zimmer und etwas Geld in der Tasche, vielleicht bekam sie jetzt den Kopf frei, um an ihrem Roman zu schreiben.

3.

Am späten Samstagvormittag, während auf der Main Street der wöchentliche Bauernmarkt stattfand und sich Trauben von Urlaubern auf der Suche nach Süßigkeiten, Eis und vielleicht einem Tisch für das Mittagessen auf den Gehwegen drängten, betrat Denny zum dritten Mal in einer Woche Bay Books und sah sich in der Krimiabteilung um. Mit seinen Flipflops, der Camouflage-Kappe, den Cargo-Shorts und dem zerrissenen T-Shirt ging er problemlos als einer der vielen schlecht gekleideten Besucher durch, die ganz bestimmt keine Aufmerksamkeit erregten. Er und Rooker waren seit einer Woche vor Ort, kundschafteten alle Orte von Interesse aus und behielten Cable im Auge, was keine große Herausforderung darstellte. Wenn der Buchhändler nicht in seinem Geschäft war, war er entweder zum Essen in der Stadt, erledigte Besorgungen oder hielt sich in seiner schicken Villa auf, meistens allein. Sie waren trotzdem vorsichtig, weil Cable großen Wert auf Sicherheit legte. Geschäft und Haus waren vollgestopft mit Kameras und Sensoren und allem möglichen anderen Zeug. Ein falscher Schritt konnte katastrophale Folgen haben.

Während sie warteten und beobachteten, zwangen sie sich immer wieder zur Geduld, aber die ging ihnen allmählich aus. Unter der Folter Informationen aus Joel Ribikoff herauszupressen und Oscar Stein in Boston zu bedrohen war einfach gewesen im Vergleich zu der Aufgabe, mit der sie jetzt konfrontiert waren. Gut möglich, dass sie mit roher Gewalt nicht weiterkamen. Bisher hatten sie nur ein paar Namen gebraucht. Jetzt wollten sie an die Ware. Eine Attacke auf Cable, seine Frau oder jemand anderen, der ihm wichtig war, konnte leicht eine Reaktion auslösen, die alles verdarb.

4.

Dienstag, 5. Juli. Die Menschenmassen waren abgereist, die Strände wieder leer. Die Insel erwachte langsam und versuchte, unter der gleißenden Sonne den Kater abzuschütteln, den das verlängerte Wochenende hinterlassen hatte. Mercer lag auf dem schmalen Sofa und las ein Buch mit dem Titel *Madame Hemingway*, als ein Piepsen den Eingang einer E-Mail ankündigte.

Es war eine Nachricht von Bruce. »Kommen Sie im Geschäft vorbei, wenn Sie das nächste Mal in der Stadt sind.«

»Gern«, schrieb sie zurück. »Haben Sie was Besonderes?«

»Für Sie immer. Ich habe ein kleines Geschenk.«

»Mir ist sowieso langweilig. Ich bin in ungefähr einer Stunde da.«

Die Buchhandlung war leer, als sie hereingeschlendert kam. Die Angestellte an der Kasse nickte ihr zu, schien aber halb zu schlafen und bekam den Mund nicht auf. Sie ging nach oben, bestellte einen Caffè Latte und nahm sich eine Zeitung. Wenige Minuten später hörte sie, wie sich auf der Treppe Schritte näherten, und wusste gleich, dass es Bruce war. Gelb gestreifter Seersucker heute, eine kleine grünblaue Fliege. Immer wie aus dem Ei gepellt. Er holte sich einen Kaffee, und sie traten auf den Balkon über dem Gehweg der Third Street. Dort waren sie allein. Sie setzten sich an einen Tisch im Schatten, über dem sich ein Deckenventilator drehte, und tranken ihren Kaffee. Bruce übergab ihr sein Geschenk. Es war offensichtlich ein Buch und in das blau-weiße Geschenkpapier der Buchhandlung eingepackt. Mercer riss das Papier auf und wollte ihren Augen nicht trauen. *Töchter des Himmels* von Amy Tan.

»Es ist eine signierte Erstausgabe«, sagte er. »Sie haben erwähnt, dass Amy Tan zu den zeitgenössischen Schriftstellerinnen gehört, die Sie am liebsten lesen, deswegen habe ich es für Sie aufgespürt.«

Mercer war sprachlos. Sie hatte keine Ahnung, was das Buch kostete, und wollte auch nicht fragen, aber es war eine wertvolle Erstausgabe.

»Ich weiß nicht, was ich sagen soll, Bruce.«

»›Danke‹ ist immer gut.«

»Nicht gut genug. Ich kann das nicht annehmen.«

»Zu spät. Ich habe es schon gekauft und Ihnen geschenkt. Sagen wir, es ist ein Geschenk, um Sie auf der Insel willkommen zu heißen.«

»Vielen Dank.«

»Ist mir ein Vergnügen. Die erste Auflage umfasste dreißigtausend Exemplare, so selten ist es also nicht. Letztendlich wurde eine halbe Million gebundene Exemplare verkauft.«

»War sie hier in der Buchhandlung?«

»Nein, sie geht nicht oft auf Lesereise.«

»Das ist unglaublich, Bruce. Das war doch nicht nötig.«

»Auf jeden Fall ist damit der Grundstein zu Ihrer Sammlung gelegt.«

Mercer lachte und legte das Buch auf den Tisch. »Ich hatte nicht vor, Erstausgaben zu sammeln. Nicht meine Preisklasse.«

»Ich hatte auch nicht die Absicht, Sammler zu werden. Es hat sich einfach ergeben.« Er sah auf die Uhr. »Haben Sie es eilig?«

»Ich bin die Schriftstellerin ohne Abgabetermin.«

»Gut. Ich habe seit vielen Jahren niemandem mehr erzählt, wie es mit meiner Sammlung angefangen hat.« Er trank einen Schluck, lehnte sich auf seinem Stuhl zurück, legte einen Fuß auf das Knie des anderen Beins und begann mit der Geschichte, wie er die seltenen Bücher seines verstorbenen Vaters gefunden und einige davon für sich abgezweigt hatte.

5.

Nach dem Kaffee lud er sie zum Mittagessen ein, und sie gingen zu dem Restaurant am Hafen, wo sie sich nach drinnen setzten, weil die Luft dort deutlich kühler war. Wie bei seinen Geschäftsessen üblich orderte Bruce eine Flasche Wein, diesmal einen Chablis. Mercer war mit seiner Wahl einverstanden. Sie bestellten nur Salat dazu. Er sprach über Noelle, sagte, sie rufe jeden Tag an, die Jagd nach Antiquitäten laufe bestens.

Mercer hätte fast gefragt, wie es ihrem französischen Lover gehe. Sie konnte immer noch kaum glauben, dass die beiden mit ihren Affären so offen umgingen. In Frankreich mochte das ja üblich sein, aber Mercer kannte kein einziges Paar, das den Partner bereitwillig mit anderen teilte. Natürlich gab es Leute, die einander betrogen, doch wenn es herauskam, reagierte der Hintergangene keineswegs besonders verständnisvoll. Einerseits bewunderte sie die beiden dafür, dass sie sich genug liebten, um einander völlige Freiheit zu gewähren, andererseits konnte sich ihre spießige Südstaatenseele nur schwer mit dieser Verderbtheit abfinden.

»Ich habe eine Frage«, sagte sie, um das Thema zu wechseln. »Zu Talias Buch, vor allem zu der Geschichte von Zelda Fitzgerald und Hemingway – wie hat sie angefangen? Was war ihre Eröffnungsszene?«

Bruce lächelte breit, während er sich den Mund mit seiner Serviette abwischte. »Na, das ist doch endlich mal ein Fortschritt. Interessierst du dich ernsthaft für die Geschichte?«

»Vielleicht. Ich habe zwei Bücher über die Fitzgeralds und die Hemingways in Paris gelesen und noch ein paar bestellt.«

»Bestellt?«

»Ja, bei Amazon. Tut mir leid. Da ist es einfach viel billiger.«

»Das ist mir auch zu Ohren kommen. Wenn du bei mir bestellst, gebe ich dir dreißig Prozent Rabatt.«

»Aber ich lese lieber E-Books.«

»Die jungen Leute von heute.« Er lächelte und trank einen Schluck Wein. »Lass mich überlegen. Es ist schon lange her, zwölf, vielleicht dreizehn Jahre. Und Talia hat das Buch so oft umgeschrieben, dass ich zum Schluss völlig verwirrt war.«

»Nach allem, was ich bisher gelesen habe, konnte Zelda Hemingway nicht ausstehen und hielt ihn für einen brutalen Tyrannen, der ihren Mann negativ beeinflusste.«

»Das stimmt wahrscheinlich sogar. Ich glaube, in Talias Roman waren die drei in Südfrankreich. Hemingways Frau Hadley war aus irgendeinem Grund zu Hause in den USA, und Ernest und Scott tranken wie die Weltmeister. Im echten Leben hat sich Hemingway mehrfach darüber beschwert, dass Scott nichts vertrug. Eine halbe Flasche Wein, und er war bedient. Hemingway war ungeheuer trinkfest und konnte jeden unter den Tisch saufen. Scott war schon mit zwanzig schwer alkoholsüchtig und trank ununterbrochen. Morgens, mittags und abends, ein Drink war immer willkommen. Zelda und Hemingway flirteten und nutzten schließlich die Gelegenheit, als Scott weggetreten in einer Hängematte vor sich hin dämmerte. Die beiden trieben es in einem Gästezimmer, keine zehn Meter von der schnarchenden Schnapsleiche entfernt. So was in der Art, aber da alles frei erfunden ist, kannst du schreiben, was du willst. Die Affäre wurde immer heißer, weil Hemingway immer mehr trank und Scott versuchte mitzuhalten. Wenn er dann einen Blackout hatte, hüpften Ernie und Scotts Frau Zelda zu einer schnellen Nummer ins nächste Bett. Zelda war bis über beide Ohren in Hemingway verliebt. Er tat so, als wäre er verrückt nach ihr, aber das war nur Theater, aus offensichtlichen

Gründen. Er war schon damals ein unverbesserlicher Schürzenjäger. Als sie wieder in Paris waren und Hadley aus den USA zurückkehrte, wollte Zelda die Affäre fortsetzen, aber Hemingway hatte sie satt. Er behauptete mehrfach, sie sei verrückt. Also hielt er sie auf Distanz und gab ihr schließlich den Laufpass; von da an hasste sie ihn. Und das, meine Liebe, ist der ganze Roman in Kürze.«

»Und du meinst, das verkauft sich?«

Bruce lachte. »Du bist im letzten Monat ganz schön geldgierig geworden. Mit literarischen Ambitionen bist du hergekommen, und jetzt denkst du nur noch an dein Honorar.«

»Ich will nicht mehr unterrichten müssen, Bruce, und die Unis stehen bei mir sowieso nicht gerade Schlange. Ich habe nichts, wirklich gar nichts, außer den zehntausend Dollar, die ich dir und Tessas langen Fingern verdanke. Ich muss entweder Bücher verkaufen oder das Schreiben aufgeben.«

»Ja, das wird sich verkaufen. Du hast *Madame Hemingway* erwähnt, eine gelungene Geschichte über Hadley und Ernest Hemingway, die im selben Zeitraum spielt und sich hervorragend verkauft hat. Du schreibst sehr gut, Mercer, du schaffst das.«

Sie lächelte und trank einen Schluck Wein. »Danke. Ich kann moralische Unterstützung gebrauchen.«

»Können wir das nicht alle?«

Schweigend aßen sie ein paar Augenblicke lang. Bruce hob sein Glas und betrachtete den Wein. »Wie findest du den Chablis?«

»Köstlich.«

»Ich liebe Wein, ein bisschen zu sehr vielleicht. Zum Mittagessen ist er aber eigentlich nichts. Danach läuft am Nachmittag nicht mehr viel.«

»Da käme eine Siesta gerade recht«, sagte sie hilfsbereit, um ihm das Stichwort zu liefern.

»Du hast völlig recht. Ich habe ein kleines Apartment im ersten Stock, hinter dem Café, der ideale Ort für ein Mittagsschläfchen.«

»Ist das eine Einladung, Bruce?«

»Kann schon sein.«

»›Lass uns zusammen ein Nickerchen halten, Schätzchen‹ – was Besseres fällt dir nicht ein, um mich abzuschleppen?«

»Hat schon funktioniert.«

»Bei mir nicht.« Sie sah sich um und tupfte sich die Mundwinkel mit der Serviette ab. »Ich schlafe nicht mit verheirateten Männern, Bruce. Ich habe es zweimal ausprobiert und fand es nicht besonders angenehm. Verheiratete Männer haben Altlasten, mit denen ich mich nicht herumschlagen will. Außerdem kenne ich Noelle und mag sie sehr.«

»Glaub mir, sie hat nichts dagegen.«

»Das kann ich mir kaum vorstellen.«

Er lächelte, gluckste geradezu in sich hinein bei der Aussicht, ihrer Unwissenheit abhelfen zu können. Auch er warf einen Blick in die Runde, um sicherzugehen, dass sie niemand hören konnte. Dann beugte er sich vor. »Noelle ist in Frankreich, in Avignon«, sagte er mit gesenkter Stimme, »und dort steigt sie in einer Wohnung ab, die ihr seit vielen Jahren gehört. In derselben Straße wohnt ihr Freund Jean-Luc in einer viel größeren Wohnung. Jean-Luc ist mit einer älteren, extrem wohlhabenden Frau verheiratet. Jean-Luc und Noelle stehen sich seit mindestens zehn Jahren nahe. Sie kennt ihn länger als mich. Sie halten gemeinsam Siesta, gehen essen, verbringen Zeit miteinander und verreisen sogar zusammen, wenn seine alte Frau ihr Okay gibt.«

»Seine Frau ist also einverstanden?«

»Natürlich. Sie sind Franzosen. Da läuft alles sehr gelassen, diskret und zivilisiert ab.«

»Und du hast nichts dagegen? Das ist doch abartig.«

»Nein, ich habe nicht das Geringste dagegen. So ist es einfach. Weißt du, Mercer, mir ist schon vor Jahren klar geworden, dass ich für die Monogamie einfach nicht geschaffen bin. Ich weiß nicht, ob das überhaupt in der Natur des Menschen liegt, aber darüber will ich nicht diskutieren. Als ich an die Uni ging, stellte ich fest, dass die Welt voller schöner Frauen ist und dass ich auf keinen Fall mit einer einzigen glücklich sein kann. Ich habe das mit der Beziehungskiste ausprobiert, hatte fünf oder sechs Freundinnen, aber es hat nie funktioniert, weil ich einer schönen Frau einfach nicht widerstehen kann, egal, wie alt sie ist. Zum Glück bin ich Noelle begegnet, der es mit Männern genauso geht. Ihre Ehe ist vor Jahren in die Brüche gegangen, weil sie einen Liebhaber hatte und außerdem mit ihrem Arzt schlief.«

»Ihr habt also eine Vereinbarung?«

»Wir haben uns nicht gerade die Hand darauf gegeben, aber als wir geheiratet haben, wussten wir beide, woran wir sind. Die Tür steht weit offen, solange es diskret läuft.«

Mercer schüttelte den Kopf und wandte den Blick ab. »Tut mir leid, mir ist einfach noch kein Paar mit einem solchen Arrangement begegnet.«

»Ich glaube nicht, dass das ungewöhnlich ist.«

»Oh, doch, es ist ungewöhnlich, das kannst du mir glauben. Es kommt dir bloß normal vor, weil es bei euch so läuft. Ich habe einmal meinen Freund dabei erwischt, dass er mich betrogen hat, und es hat ein Jahr gedauert, bis ich darüber hinweg war. Ich hasse ihn immer noch.«

»Dann wäre wohl alles gesagt. Du nimmst das zu ernst. So ein kleiner Flirt ab und zu tut doch keinem weh.«

»Ein Flirt? Deine Frau schläft seit mindestens zehn Jahren mit ihrem französischen Lover. Das nennst du einen Flirt?«

»Nein, das ist mehr als ein Flirt, aber Noelle liebt ihn nicht. Sie sind einfach gern zusammen.«

»Kann ich mir vorstellen. Und was war das mit Sally Aranca, ein Flirt oder seid ihr nur gern zusammen?«

»Keins von beidem, beides, was spielt das für eine Rolle? Sally kommt einmal im Jahr hier vorbei, und wir vergnügen uns miteinander. Nenn es, wie du willst.«

»Und wenn Noelle hier gewesen wäre?«

»Es ist ihr egal, Mercer, das habe ich doch schon gesagt. Eines kannst du mir glauben: Wenn du Noelle anrufen würdest, um sie zu fragen, was sie davon hält, dass wir beide zusammen essen und darüber reden, gemeinsam ein Mittagsschläfchen zu halten, würde Noelle nur lachen und fragen, warum es so lang gedauert hat, wo sie doch schon seit zwei Wochen weg ist. Willst du sie anrufen?«

»Nein.«

Bruce lachte. »Du bist zu verklemmt.«

Mercer hatte sich nie als verklemmt empfunden, ganz im Gegenteil, sie fand sich locker und tolerant. Im Augenblick kam sie sich jedoch ziemlich prüde vor, und das gefiel ihr gar nicht. »Nein, bin ich nicht.«

»Dann lass uns ins Bett gehen.«

»Tut mir leid, so beiläufig kann ich das einfach nicht.«

»Na gut. Ich will dich nicht drängen. Ich habe dich nur zu einer kleinen Siesta eingeladen, das war alles.«

Sie lachten beide, aber die Spannung war greifbar. Und sie wussten, dass das Gespräch noch nicht zu Ende war.

6.

Es war dunkel, als sie sich am Strandende des Holzstegs an Tessas Haus trafen. Da Ebbe herrschte, gähnte der Strand weit und leer. Der Ozean schimmerte im hellen Licht des Vollmonds. Elaine war barfuß, und Mercer schlüpfte ebenfalls aus ihren Sandalen. Sie gingen zum Wasser und schlenderten am Meer entlang, zwei alte Freundinnen, die miteinander plauderten.

Vereinbarungsgemäß hatte Mercer gewissenhaft jeden Abend eine E-Mail geschrieben, mit allen Einzelheiten, sogar Details darüber, was sie las und zu schreiben versuchte. Elaine wusste fast alles, nur Bruce' Verführungsversuch hatte Mercer bisher nicht erwähnt. Vielleicht später, je nachdem, wie es lief.

»Seit wann sind Sie auf der Insel?«, fragte Mercer.

»Seit heute Nachmittag. Wir haben in den letzten beiden Tagen im Büro mit unserem Team zusammengesessen, mit allen unseren Experten – Technikern und Einsatzkräften, sogar mein Chef war dabei, der Inhaber der Firma.«

»Sie haben einen Chef?«

»Aber ja. Ich leite diese Operation, aber die endgültigen Entscheidungen trifft mein Chef, wenn es so weit ist.«

»Wenn was so weit ist?«

»Das weiß ich noch nicht genau. Die Sache läuft jetzt seit sechs Wochen, und ehrlich gesagt fragen wir uns, wie es weitergehen soll. Sie waren großartig, Mercer, und Ihre Fortschritte in den ersten fünf Wochen waren erstaunlich. Wir sind sehr zufrieden. Aber jetzt, wo wir über die Fotos und Videos verfügen und Sie sich in Cables Kreise vorgearbeitet haben, müssen wir über unser weiteres Vorgehen entscheiden. Wir sind durchaus zuversichtlich, es ist aber noch ein weiter Weg.«

»Das schaffen wir schon.«

»Prima, dass Sie so optimistisch sind.«

»Danke«, sagte Mercer ausdruckslos, der das Lob allmählich zu viel wurde. »Eine Frage. Ich bin mir nicht sicher, ob ich die Geschichte mit dem Roman über Zelda und Hemingway weiterverfolgen soll. Das passt ein wenig zu gut, wo Bruce doch auf den Fitzgerald-Manuskripten sitzt. Ist das der richtige Weg?«

»Aber der Roman war seine Idee.«

»Vielleicht ist das ein Köder, um mich auf die Probe zu stellen.«

»Hat er denn Grund, Sie zu verdächtigen?«

»Eigentlich nicht. Ich habe einige Zeit mit ihm verbracht, und ich glaube, ich kann ihn einschätzen. Er ist intelligent, schlagfertig und charismatisch, und er ist ein aufrichtiger Mensch, mit dem man gut reden kann. Was sein Geschäft angeht, ist er vielleicht nicht immer ehrlich, aber bei seinen Freunden ist das anders. Er kann geradezu brutal offen sein und hat nichts für dumme Menschen übrig, doch er besitzt eine Wärme, die nicht gespielt ist. Ich mag ihn, Elaine, und er mag mich und will mehr. Wenn er Verdacht geschöpft hätte, würde ich es merken, denke ich.«

»Wollen Sie auch mehr?«

»Mal sehen.«

»Was seine Ehe angeht, lügt er.«

»Stimmt. Er spricht von Noelle immer als von seiner Frau. Ich nehme an, Sie haben Belege dafür, dass die beiden nicht richtig verheiratet sind.«

»Ich habe Ihnen alles gesagt, was wir wissen. Es gibt weder hier noch in Frankreich eine Eintragung einer Eheschließung. Vielleicht haben sie in irgendeinem anderen Land geheiratet, aber das ist nicht die Version, die sie selbst erzählen.«

»Ich weiß nicht, was daraus wird, und glaube auch nicht, dass sich das planen lässt. Ich will nur sagen, dass ich ihn so gut kenne, dass ich es merken würde, wenn er misstrauisch geworden wäre.«

»Dann bleiben Sie bei seinem Roman. Das gibt Ihnen die Möglichkeit, über Fitzgerald zu reden. Am besten schreiben Sie das erste Kapitel und lassen es ihn lesen. Geht das?«

»Natürlich. Es ist doch sowieso alles Fiktion. Im Augenblick ist in meinem Leben überhaupt nichts real.«

7.

Der nächste Versuch von Bruce war ebenso beiläufig, aber diesmal kam er damit durch. Er rief Mercer am Donnerstagnachmittag an und sagte, Mort Gasper, der legendäre Verleger von Ripley Press, sei mit seiner neuesten Ehefrau auf der Durchreise in der Stadt. Gasper komme fast jeden Sommer auf die Insel und wohne bei ihm und Noelle. Es solle ein Essen im kleinen Kreis werden, nur sie vier, am späten Freitagabend, um die Woche auf angenehme Art und Weise ausklingen zu lassen.

Nach ein paar Tagen in der Pension fiel Mercer die Decke auf den Kopf, und sie wollte nur noch weg. Sie wollte endlich ihr Strandhaus zurück und zählte die Tage, bis Connie und deren Brut abreisten. Um bloß nicht schreiben zu müssen, unternahm sie endlose Strandspaziergänge, wobei sie meilenweit Abstand vom Haus hielt und stets auf der Hut vor irgendwelchen Verwandten war.

Eine Bekanntschaft mit Mort Gasper mochte eines Tages ihrer ins Stocken geratenen Karriere auf die Sprünge helfen. Dreißig Jahre zuvor hatte er Ripley zu einem Spottpreis erworben und das schlafmützige, mit Verlust arbeitende Haus zu einem bedeutenden Verlag aufgebaut, der größten Wert auf seine Unabhängigkeit legte. Mit sicherem Blick für Talente hatte er einen Bestand an Schriftstellern aufgebaut und gefördert, die sich durch ihre unterschiedlichen literarischen Ambitionen ebenso auszeichneten wie durch ihre Verkaufskraft. Als Reminiszenz an das goldene Zeitalter des Verlagswesens pflegte Gasper eine Tradition dreistündiger Mittagessen und nächtlicher Präsentationsfeiern in seiner Wohnung an der Upper West Side. Er war zweifellos die schillerndste Gestalt in der Welt der Verlage und schien keineswegs langsamer treten zu wollen, obwohl er auf die siebzig zuging.

Am Freitagnachmittag las Mercer zwei Stunden lang im Internet alte Illustriertenartikel über Gasper, eine spannende Lektüre. Einem zwei Jahre alten Bericht zufolge hatte er einem unbekannten Star einen Vorschuss von zwei Millionen Dollar für ein Erstlingswerk bezahlt, von dem er zehntausend Exemplare verkaufte. Er bereute das keineswegs und sprach von einem Schnäppchen. In einem anderen Artikel ging es um seine aktuelle Ehe mit einer Frau in Mercers Alter. Sie hieß Phoebe und war Lektorin bei Ripley.

Phoebe empfing sie am Freitagabend um acht an der Tür vom Marchbanks House und teilte ihr nach einer herzlichen Begrüßung mit, die »Jungs« hätten schon mit den Drinks angefangen. Als Mercer ihr durch die Küche folgte, hörte sie einen Mixer brummen. Bruce stand in Shorts und Golfhemd auf der Veranda hinter dem Haus und fabrizierte Lemon Daiquiris. Er gab Mercer Küsschen auf beide Wangen und stellte sie Mort vor, der sie mit einer kräftigen Umarmung und einem ansteckenden Grinsen begrüßte. Er war barfuß, und der Hemdsaum hing ihm bis zu den Knien. Bruce reichte ihr einen Daiquiri und füllte die anderen auf. Sie saßen in Korbstühlen um einen kleinen Tisch, auf dem sich Bücher und Magazine stapelten.

Es kristallisierte sich schnell heraus, dass Mort in solch einer Situation, wie wahrscheinlich in jeder anderen auch, automatisch das Wort führte. Das war Mercer nur recht. Nach dem dritten Schluck merkte sie, wie ihr der Alkohol zu Kopf stieg, und sie fragte sich, mit wie viel Rum Bruce das Rezept aufgepeppt hatte. Mort ereiferte sich über den Präsidentschaftswahlkampf und den besorgniserregenden Zustand der amerikanischen Politik, ein Thema, das Mercer ziemlich gleichgültig war, aber Bruce und Phoebe schienen interessiert und lieferten ihm genug Stoff.

»Was dagegen, wenn ich rauche?«, fragte Mort niemand im Besonderen, während er nach einem Lederetui auf dem Tisch griff. Er und Bruce zündeten sich schwarze Zigarren an, und bald schwebte eine blaue Qualmwolke über ihnen. Bruce schnappte sich den Krug und füllte rundherum die Gläser auf.

Während einer der seltenen Pausen in Morts Monolog gelang es Phoebe, ein paar Worte einzuschieben. »Mercer, Bruce sagt, Sie arbeiten hier an einem Roman.«

Mercer wusste, dass das Gespräch irgendwann im Laufe des Abends darauf kommen musste. »Er will nur nett sein. Im Augenblick träume ich mehr vor mich hin, als dass ich arbeite.«

Mort blies eine Wolke in die Luft. »*Oktoberregen* war ein gelungenes Debüt. Wer hat es noch einmal veröffentlicht? Ich kann mich nicht erinnern.«

Mercer lächelte nachsichtig. »Ripley hat es jedenfalls abgelehnt.«

»Stimmt, das haben wir, dumm von uns, aber so ist das Verlagswesen. Bei manchen Büchern trifft man die richtige Entscheidung, bei anderen liegt man daneben, das gehört zum Geschäft.«

»Es ist bei Newcombe erschienen, und wir waren uns nicht immer einig.«

Er schnaubte verächtlich. »Diese Flaschen. Haben Sie nicht gewechselt?«

»Ja. Jetzt bin ich bei Viking unter Vertrag, falls ich noch einen Vertrag habe. Als meine Lektorin das letzte Mal angerufen hat, sagte sie, ich sei drei Jahre über dem Termin.«

Mort brüllte vor Lachen. »Bloß drei Jahre! Das ist doch gar nichts. Letzte Woche habe ich Doug Tannenbaum zur Schnecke gemacht, weil er schon vor acht Jahren hätte liefern sollen. Schriftsteller!«

»Sprechen Sie gern über Ihre Arbeit?«, warf Phoebe ein.

Mercer lächelte und schüttelte den Kopf. »Da gibt es nichts zu reden.«

»Wer ist Ihr Agent?«, wollte Mort wissen.

»Gilda Savitch.«

»Tolle Frau. Ich war letzten Monat mir ihr mittagessen.«

Danke für Ihren Segen, hätte Mercer fast gesagt, der der Rum offenbar die Zunge gelöst hatte. »Mich hat sie aber nicht erwähnt, oder?«

»Das weiß ich nicht mehr. Es war ein langes Essen.« Mort blökte erneut los und kippte seinen Drink hinunter. Ein paar Minuten lang befragte Phoebe Mercer nach diesem und jenem. Als Mort zur Toilette ging, stellte sich Bruce an den Mixer und sorgte für Nachschub bei den Daiquiris. Die Frauen unterhielten sich über den Sommer und Urlaub und so. Phoebe und Mort würden am nächsten Tag abreisen und den kommenden Monat auf den Florida Keys verbringen. Im Verlagswesen lief im Juli nur wenig und im August gar nichts, und nachdem er der Boss war, konnten sie der Stadt für sechs Wochen den Rücken kehren.

Kaum war Mort wieder da und hatte sich mit einem frischen Drink und einer Zigarre niedergelassen, als es an der Tür klingelte und Bruce verschwand. Er kam mit einem großen Karton von einem Cateringservice zurück und stellte ihn auf den Tisch.

»Die besten Fischtacos der Insel. Gegrillter Zackenbarsch, heute Morgen gefangen.«

»Du willst uns mit Tacos abspeisen?«, fragte Mort ungläubig. »Nicht zu fassen. Ich lade dich in die teuersten Restaurants New Yorks ein, und das ist der Dank.«

Noch während er protestierte, stürzte er sich auf die Tacos.

»Bei unserem letzten Essen in New York hast du mich in diesen furchtbaren Imbiss bei dir um die Ecke geschleppt, und mein Sandwich war so grauenhaft, dass mir kotzübel wurde. Außerdem habe ich bezahlt.«

»Du bist auch nur ein Buchhändler, Bruce«, sagte Mort, während er einen halben Taco auf einmal mampfte. »Die schicken Restaurants sind für die Schriftsteller. Mercer, wenn Sie das nächste Mal in New York sind, gehen wir in ein Drei-Sterne-Lokal.«

»Abgemacht«, sagte sie, obwohl sie wusste, dass es nie dazu kommen würde. Bei dem Tempo, mit dem er sein Glas leerte, würde er sich am nächsten Morgen nicht mehr an viel erinnern. Bruce tat sich ebenfalls keinen Zwang an und trank, wie sie es bei ihm noch nicht erlebt hatte. Wo war der Mann geblieben, der nachdenklich an seinem Wein nippte, sich nur in Maßen nachschenkte, dabei über Jahrgang und Winzer philosophierte und überhaupt der Inbegriff der Selbstkontrolle war? Jetzt schien er alle Hemmungen über Bord geworfen zu haben, es war Freitagabend nach einer langen Woche, und er hatte den richtigen Saufkumpan an seiner Seite.

Mercer nippte an ihrem eiskalten Drink und versuchte, sich zu erinnern, wie viele sie intus hatte. Da Bruce ihr Glas ständig auffüllte, war es schwer, den Überblick zu behalten. Sie war ziemlich angesäuselt und musste unbedingt langsamer trinken. Sie aß einen Taco und sah sich nach einer Flasche Wasser oder sogar Wein um, aber auf der Veranda war nichts zu entdecken. Bloß ein frischer Krug Daiquiris, der nur auf sie wartete.

Bruce füllte ihre Gläser nach und fing an, eine Geschichte über Daiquiris, seinen bevorzugten Sommerdrink, zu erzählen. 1948 sei ein amerikanischer Schriftsteller namens A.E. Hotchner nach Kuba gereist, um Ernest Hemingway aufzuspüren, der dort Ende der 1940er- und Anfang der 1950er-Jahre gelebt habe. Die beiden seien gute Freunde geworden, und 1966, einige Jahre nach Hemingways Tod, habe Hotchner sein berühmtes Buch *Papa Hemingway* veröffentlicht.

Wie nicht anders zu erwarten, unterbrach Mort ihn. »Ich kenne Hotchner, ich glaube, der lebt sogar noch. Muss jetzt an die hundert sein.«

»Du kennst doch jeden, Mort«, konterte Bruce.

Auf jeden Fall, so die Geschichte, habe Hemingway bei Hotchners erstem Besuch keine Lust auf das geplante Interview gehabt. Hotchner ließ nicht locker, und schließlich verabredeten sie sich in einer Bar in der Nähe von Hemingways Haus. Am Telefon sagte Hemingway, das Lokals sei berühmt für seine Daiquiris. Hemingway kam natürlich zu spät, und Hotchner bestellte einen Daiquiri, während er wartete. Der schmeckte köstlich und war ziemlich stark, und da er kein großer Trinker war, ging er es langsam an. Eine Stunde verstrich. Die Bar war heiß und stickig, also bestellte er noch einen. Dann war das Glas halb leer, und er bemerkte, dass er doppelt sah. Als Hemingway endlich eintraf, wurde er vom Personal empfangen wie ein Star. Offenbar war er Stammgast. Sie begrüßten sich, suchten sich einen Tisch, und Hemingway bestellte Daiquiris. Hotchner spielte mit seinem frischen Drink herum, während Hemingway seinen praktisch auf einmal leerte. Dann kippte er einen zweiten hinunter. Als er beim dritten war, fiel Hemingway auf, dass sein neuer Saufkumpan nicht trank, was ihn zu der Bemerkung veranlasste, wenn er mit dem großen Hemingway zusammen sein wolle, dürfe er nicht so ein Weichei sein und müsse lernen zu trinken wie ein Mann. Hotchner riss sich zusammen und gab sein Bestes. Bald drehte sich alles um ihn. Später, als sich Hotchner nur noch mit Mühe auf seinem Stuhl hielt, verlor Hemingway das Interesse an ihrem Gespräch und fing an, mit einem frischen Daiquiri ausgerüstet, mit den Einheimischen Domino zu spielen. Irgendwann – Hotchner hatte mittlerweile jedes Zeitgefühl verloren – erhob sich Hemingway und sagte, es sei Zeit zum Abendessen. Hotchner solle ihm folgen. Auf dem Weg nach draußen wandte sich Hotchner an den Barkeeper. »Wie viele Daiquiris haben wir getrunken?«, fragte er.

Der Barkeeper überlegte kurz und antwortete dann auf Englisch: »Vier für Sie, sieben für Papa.«

»Sie hatten sieben Daiquiris?«, fragte Hotchner ungläubig.

Hemingway lachte, die Einheimischen auch. »Sieben ist gar nichts, mein Freund«, sagte er. »Der Rekord ist sechzehn, selbstverständlich von mir aufgestellt, und ich bin zu Fuß nach Hause gegangen.«

Mercer fühlte sich allmählich, als wäre sie bei Nummer sechzehn.

»Ich weiß noch, dass ich *Papa Hemingway* gelesen habe, als ich bei Random House in der Poststelle gearbeitet habe«, sagte Mort. Nachdem er sich mit Tacos vollgestopft hatte, zündete er nun seine Zigarre wieder an. »Hast du eine Erstausgabe, Bruce?«

»Sogar zwei, eine in sehr gutem Zustand, die andere weniger. Die sind heutzutage nicht mehr so häufig zu finden.«

»Irgendwelche interessanten Anschaffungen in letzter Zeit?«, wollte Phoebe wissen.

Abgesehen von den in Princeton gestohlenen Fitzgerald-Manuskripten, dachte Mercer, aber so betrunken konnte sie gar nicht sein, dass sie das ausgesprochen hätte. Ihre Lider wurden immer schwerer.

»Eigentlich nicht«, erwiderte Bruce. »Ich habe mir letztens eine Ausgabe von *The Convict* besorgt.«

Um nicht zurückzustehen, stürzte sich Mort – wahrscheinlich gab es in der Geschichte der New Yorker Verlagswelt niemanden, der entweder so viele Saufgeschichten erlebt oder sie aus zuverlässiger Quelle gehört hatte – in eine langatmige Schilderung einer Schlägerei unter Betrunkenen in seiner Wohnung um zwei Uhr morgens, als Norman Mailer keinen Rum mehr finden konnte und anfing, George Plimpton mit leeren Flaschen zu bewerfen. Die Story war so witzig, dass sie kaum zu glauben war, aber Mort war ein begnadeter Geschichtenerzähler.

Mercer ertappte sich dabei, wie sie eindöste. Das letzte Geräusch, an das sie sich erinnerte, war das Dröhnen des Mixers, der eine neue Ladung produzierte.

8.

Sie erwachte in einem fremden Bett in einem runden Zimmer und rührte sich die ersten paar Sekunden vorsichtshalber nicht, weil jede Bewegung den pochenden Schmerz hinter ihrer Stirn verstärkte. Ihre Augen brannten so, dass sie sie gleich wieder schloss. Ihr Mund und ihre Kehle waren wie ausgedörrt. Ein unbehagliches Gefühl in der Magengrube warnte sie, dass größeres Ungemach drohte. Na gut, ein Kater, nicht ihr erster, und bisher hatte sie noch jeden überlebt, selbst wenn ihr ein höchst unangenehmer Tag bevorstand – na und? Es hatte sie schließlich keiner gezwungen, sich volllaufen zu lassen. Selber schuld, Mädchen. Aber wie sie an der Uni immer gesagt hatten: »Was uns nicht umbringt, macht uns nur noch härter.«

Sie schwebte wie auf einer Wolke, einer dicken, federweichen Matratze, umgeben von edler Bettwäsche. Bestimmt von Noelle ausgewählt. Einen Teil ihres neuen Wohlstands hatte Mercer in elegantere Dessous investiert, und in diesem furchtbaren Augenblick war sie heilfroh, dass sie die trug. Sie konnte nur hoffen, dass Bruce beeindruckt gewesen war. Sie öffnete die Augen erneut, blinzelte ein paarmal, bis sie halbwegs scharf sah, und entdeckte ihre Shorts und Bluse, die sorgfältig gefaltet auf einem Stuhl in der Nähe lagen, womit er ihr wohl sagen wollte, dass der Entkleidungsvorgang geordnet abgelaufen war und er ihr nicht auf dem Weg zum Bett die Kleider vom Leib gerissen hatte. Sie schloss erneut die Augen und vergrub sich tiefer in die Kissen.

Nach dem immer leiser werdenden Brummen des Mixers: nichts. Wie lang hatte sie auf ihrem Stuhl auf der Veranda geschlafen, während sich die anderen Geschichten erzählten, ihre Drinks schlürften und sich bei ihrem Anblick grinsend zublinzelten. Hatte sie noch gehen können, vielleicht unsicher und mit etwas Hilfe, oder hatte Bruce sie wie einen Sack in das Turmzimmer im zweiten Stock schleppen müssen? Hatte sie tatsächlich einen Blackout gehabt wie damals als Studentin, oder war sie einfach eingeschlafen und musste ins Bett gebracht werden?

Ihr Magen rebellierte erneut. Hoffentlich hatte sie die kleine Verandaparty nicht ruiniert, indem sie sich übergab und eine Szene hinlegte, über die Bruce und die anderen taktvoll schweigen würden. Bei dem Gedanken an solch einen grauenhaften Zwischenfall wurde ihr erst recht übel. Noch ein Blick auf Shorts und Bluse. Sie konnte keine Flecken entdecken, nichts deutete auf eine größere Katastrophe hin.

Dann kam ihr ein tröstlicher Gedanke. Mort war vierzig Jahre älter als sie und hatte es sein Leben lang ordentlich krachen lassen. Er war öfter besoffen gewesen und hatte mehr Kater gehabt als alle seine Autoren zusammen. Der war also bestimmt nicht so leicht zu erschüttern. Vermutlich amüsierte er sich über sie. Und für Phoebe interessierte sich eh keiner. Mercer würde sie nie wiedersehen. Außerdem lebte sie mit Mort zusammen und war einiges gewöhnt. Und Bruce sowieso.

Es klopfte leise an der Tür, und Bruce kam auf Zehenspitzen herein. Er hatte einen weißen Frotteebademantel an und trug eine Flasche Wasser und zwei kleine Gläser. »Guten Morgen«, sagte er und setzte sich auf die Bettkante.

»Morgen. Ich brauche dringend was von dem Wasser«, begrüßte sie ihn.

»Ich auch«, sagte er und füllte die Gläser. Sie leerten sie in einem Zug, und er schenkte nach.

»Wie geht es dir?«, fragte er.

»Nicht so besonders. Dir?«

»Es war eine lange Nacht.«

»Wie bin ich hergekommen?«

»Du bist auf der Veranda eingeschlafen, und ich habe dich ins Bett gebracht. Phoebe hat bald danach die Segel gestrichen, Mort und ich haben uns dann noch eine Zigarre angesteckt und weitergetrunken.«

»Hast du Hemingways Rekord geschlagen?«

»Nein, aber so, wie ich mich fühle, waren wir nah dran.«

»Sei ehrlich, Bruce, habe ich mich blamiert?«

»Nein, überhaupt nicht. Du bist eingeschlafen. Du konntest nicht mehr fahren, also habe ich dich ins Bett gebracht.«

»Danke. Ich kann mich nicht an viel erinnern.«

»Da hast du nichts verpasst. Wir waren alle ziemlich blau.«

Sie trank ihr Glas aus, und er schenkte nach. Sie deutete mit dem Kopf auf ihre Shorts und die Bluse.

»Wer hat mich ausgezogen?«

»Ich. Ein echter Genuss.«

»Hast du an mir rumgefummelt?«

»Nein, hätte ich aber gern.«

»Du bist ein wahrer Gentleman.«

»Allerdings. Hör mal, wir haben im Badezimmer eine große frei stehende Wanne. Warum nimmst du nicht ein langes heißes Bad, trinkst weiter Wasser, und ich mache das Frühstück? Ich brauche dringend Eier mit Speck, und das könnte dir auch nicht schaden. Fühl dich wie zu Hause. Mort und Phoebe stehen gerade auf und fahren bald. Wenn sie weg sind, bringe ich dir Frühstück ans Bett. Ist das ein Plan?«

Sie lächelte. »Klingt gut. Danke.«

Er ging und schloss die Tür. Sie hatte zwei Möglichkeiten. Erstens konnte sie sich anziehen, sich nach unten schleichen, versuchen, Mort und Phoebe aus dem Weg zu gehen, Bruce sagen, sie müsse weg, und die Flucht ergreifen. Aber schnelle Bewegungen schienen ihr nicht ratsam. Sie brauchte Zeit, Zeit, um sich wieder zu fangen, Zeit, um sicherzugehen, dass ihr Magen sich wieder beruhigt hatte, Zeit, sich zu entspannen und vielleicht sogar noch eine Runde zu schlafen. Außerdem wusste sie nicht, ob sie schon wieder fahren konnte. Ihr graute davor, in ihr kleines Zimmer in der Pension zurückzumüssen, und der Gedanke an ein langes heißes Bad war einfach zu verlockend.

Die zweite Option war, sich an Bruce' Plan zu halten, der ihn unausweichlich in ihr Bett führen würde. Sie war zu dem Schluss gekommen, dass sich das ohnehin nicht mehr vermeiden ließ.

Sie goss sich noch ein Glas Wasser ein und stand vorsichtig auf. Sie streckte sich, holte tief Luft und fühlte sich auf Anhieb besser. Keine Anzeichen von Übelkeit. Sie ging ins Bad, drehte das Wasser auf und griff nach dem Schaumbad. Der digitalen Uhr auf dem Waschtisch zufolge war es 8.20 Uhr. Obwohl sie körperlich immer noch angeschlagen war, hatte sie fast zehn Stunden geschlafen.

Natürlich ließ Bruce es sich nicht nehmen, selbst nachzusehen, ob mit dem Bad alles seine Ordnung hatte. Er kam, immer noch im Bademantel, herein und stellte eine frische Flasche Sprudelwasser an die Badewanne.

»Wie geht's?«, fragte er.

»Viel besser.« Der Badeschaum verdeckte ihre Nacktheit weitgehend, aber nicht ganz.

Er musterte sie eingehend und lächelte anerkennend. »Brauchst du noch was?«

»Nein, ich bin wunschlos glücklich.«

»Ich bin in der Küche. Lass dir Zeit.« Damit entschwand er.

9.

Sie blieb eine Stunde lang im Wasser liegen, bevor sie aus der Wanne stieg und sich abtrocknete. An der Tür hing ein passender Bademantel, den sie anzog. In einer Schublade entdeckte sie einen Vorrat frischer Zahnbürsten. Sie öffnete eine Packung, putzte sich die Zähne und fühlte sich gleich viel besser. Sie zog ihre Dessous wieder an und griff nach ihrer Handtasche, die neben Shorts und Bluse stand. Sie holte ihr iPad heraus, baute sich aus den Kissen eine Rückenlehne, schlüpfte ins Bett, machte es sich gemütlich und loggte sich in der Cloud ein.

Sie las gerade, als sie Geräusche an der Tür hörte. Bruce kam mit einem Frühstückstablett herein, das er stolz neben sie stellte. »Speck, Rührei, Muffins mit Marmelade, starker Kaffee und, für deinen Kater, ein Mimosa.«

»Ich weiß nicht, ob ich gerade jetzt noch mehr Alkohol brauche«, sagte sie. Das Essen sah köstlich aus und roch auch so.

»Gleiches mit Gleichem bekämpfen. Das wird dir guttun.« Er verschwand für einen Augenblick und kam mit einem Tablett für sich selbst zurück. Als sie Seite an Seite mit ihren Tabletts und Bademänteln im Partnerlook auf dem Bett saßen, griff er nach seiner Champagnerflöte und prostete ihr zu. Sie tranken einen Schluck und fingen an zu essen.

»Das ist also das berüchtigte Autorenzimmer«, sagte sie.

»Du hast davon gehört?«

»Und von den armen Mädchen, denen es zum Verderben geworden ist.«

»Alle sehr willig.«

»Es stimmt also. Du bekommst die Frauen und Noelle die Männer?«

»Ja, das stimmt. Wer hat dir davon erzählt?«

»Schriftsteller können doch nichts für sich behalten.«

Bruce lachte und stopfte sich einen Streifen Speck in den Mund. Nach zwei Schluck von ihrem Mimosa fühlte sie, wie sich der frische Champagner mit dem Rum vom Vorabend zu einem netten Schwips verband. Zum Glück hatte sich ihr Magen durch das lange Bad wieder beruhigt, und das Essen war köstlich. Sie deutete mit dem Kopf auf eine lange gebogene Wand mit raumhohen Regalen.

»Und was ist das? Noch mehr Erstausgaben?«

»Eine bunte Mischung, nichts wirklich Wertvolles. Trödel.«

»Das Zimmer ist so schön, das kann nur Noelle eingerichtet haben.«

»Vergessen wir Noelle doch mal. Sie sitzt wahrscheinlich bei einem späten Mittagessen mit Jean-Luc.«

»Und das stört dich nicht?«

»Kein bisschen. Komm schon, Mercer, das hatten wir doch alles schon.«

Ein paar Minuten lang aßen sie schweigend, wobei sie den Kaffee stehen ließen und dafür den Mimosas zusprachen. Er fing an, unter der Decke sanft ihren Oberschenkel zu massieren.

»Ich weiß gar nicht mehr, wann ich das letzte Mal mit einem Kater Sex hatte«, sagte sie.

»Ich schon. Kann ich nur empfehlen, das ist das beste Gegenmittel.«

»Du musst es ja wissen.«

Er rutschte vom Bett und stellte sein Tablett auf den Boden. »Trink aus«, sagte er, und sie leerte gehorsam ihr Glas. Er nahm ihr das Tablett ab und stellte es weg, dann zog er seinen Bademantel aus und warf ihn ans Fußende des Bettes. Er half ihr aus ihrem heraus, und als sie beide nackt waren, vergruben sie sich tief unter den Decken.

10.

Elaine Shelby arbeitete am späten Samstagvormittag von zu Hause aus, als sich Graham von Camino Island meldete.

»Volltreffer«, verkündete er. »Sieht so aus, als hätte unser Mädchen die Nacht in der Villa verbracht.«

»Erzähl mehr.«

»Sie hat gestern Abend gegen acht auf der Straße geparkt, und ihr Auto steht noch da. Ein anderes Paar ist heute Morgen abgereist, keine Ahnung, wie die heißen. Mercer und Cable sind noch drinnen. Hier regnet es in Strömen, genau das richtige Wetter, um es sich gemütlich zu machen. Weiter so, Mädchen.«

»Das wurde auch Zeit. Halt mich auf dem Laufenden.«

»Wird gemacht.«

»Ich komme am Montag auf die Insel.«

Denny und Rooker hatten ebenfalls ein Auge auf die beiden. Sie hatten Mercers Nummernschild aus North Carolina überprüft und sich über ihren Hintergrund informiert. Sie kannten ihren Namen, wussten, wo sie zuletzt gearbeitet hatte, dass sie im Augenblick im Lighthouse Inn abgestiegen war, was sie bisher veröffentlicht hatte und dass sie Miteigentümerin des Strandhauses war. Sie wussten, dass Noelle Bonnet verreist und ihr Geschäft geschlossen war. Sie wussten alles, was sie irgendwie in Erfahrung bringen konnten – nur nicht, was sie jetzt tun sollten.

11.

Der Sturm hielt an und erwies sich als ausgezeichnete Ausrede, um im Bett zu bleiben. Mercer, die seit Monaten keinen Sex gehabt hatte, konnte nicht genug bekommen. Bruce, der erfahrene Profi, besaß ein Durchhaltevermögen, das sie faszinierte. Nach einer Stunde – oder waren es zwei? – schliefen sie schließlich ermattet ein. Als sie aufwachte, war er nicht mehr da. Sie zog ihren Bademantel über, ging nach unten und fand ihn in der Küche, in seinem üblichen Seersucker-Anzug mit den unvermeidlichen hellen Wildlederschuhen, erfrischt und mit klarem Blick, als wäre er auf dem Weg zu einem harten Arbeitstag in der Buchhandlung. Sie küssten sich, und seine Hände schlüpften sofort unter ihren Bademantel und packten sie am Hintern.

»Was für ein Körper«, sagte er.

»Verlässt du mich?«

Ein weiterer langer Kuss folgte, bei dem sie die Hände nicht voneinander lassen konnten. Er löste sich ein wenig von ihr.

»Ich muss nach der Buchhandlung sehen. Ladenbesitzer ist ein harter Job.«

»Wann kommst du wieder?«

»Bald. Ich bringe uns was zum Mittagessen mit, und wir tafeln auf der Veranda.«

»Ich muss los«, sagte sie halbherzig.

»Wohin willst du? Zurück in die Pension? Tu mir den Gefallen, Mercer, bleib hier, ich bin gleich wieder da. Es gießt in Strömen und stürmt, ich glaube, es gibt sogar eine Tornadowarnung. Da draußen ist es richtig gefährlich. Wir verkriechen uns im Bett und lesen den ganzen Nachmittag.«

»Und du hast bestimmt nichts als Lesen im Kopf.«

»Bleib im Bademantel, ich komme gleich wieder.«

Sie küssten sich erneut und fummelten ein wenig, bis er sich schließlich losriss. Mercer goss sich eine Tasse Kaffee ein und ging damit auf die Veranda hinter dem Haus, wo sie auf einer Hängebank schaukelnd dem Regen zusah. Wenn sie sich große Mühe gab, kam sie sich vor wie eine Hure, ein verderbtes Weibsstück, das seinen Körper gegen Geld einsetzte, um andere hinters Licht zu führen, aber im Grund glaubte sie selbst nicht daran. Bruce Cable war ein hoffnungsloser Frauenheld, der mit jeder geschlafen hätte, gleich aus welchem Grund. Im Augenblick war sie es. Nächste Woche würde es eine andere sein. Loyalität und Vertrauen bedeuteten ihm nichts. Warum sollte es bei ihr anders sein? Er verlangte keine Treue, erwartete keine und gab seinerseits nichts. Für ihn ging es nur um die körperliche Lust, und im Augenblick galt das für sie genauso.

Achselzuckend verwarf sie jedes noch so leise Schuldgefühl und lächelte sogar bei dem Gedanken an ein heißes Wochenende in seinem Bett.

Er war nicht lange weg. Ihr Mittagessen bestand aus Wein und Salat, und bald folgte eine weitere Runde im Turm. In einer Pause holte Bruce eine Flasche Chardonnay und einen dicken Roman. Sie beschlossen, auf den Korbstühlen auf der Veranda zu lesen und dem Regen zu lauschen. Er hatte seinen Roman, sie das iPad.

»Macht es wirklich Spaß, auf diesem Ding ein Buch zu lesen?«, fragte er.

»Natürlich. Der Text ist derselbe. Hast du es mal probiert?«

»Amazon hat mir vor Jahren eins von ihren Dingern gegeben. Ich konnte mich einfach nicht konzentrieren. Vielleicht bin ich voreingenommen.«

»Was du nicht sagst. Warum wohl?«

»Was liest du?«

»*Wem die Stunde schlägt.* Ich wechsle zwischen Hemingway und F. Scott hin und her und versuche, alles von beiden zu lesen. Mit *Der letzte Taikun* bin ich gestern fertig geworden.«

»Und?«

»Bemerkenswert, wenn man bedenkt, in welchem Zustand er war, als er das Buch geschrieben hat. Obwohl er körperlich und emotional am Ende war, versuchte er, in Hollywood irgendwie Geld zu verdienen. Dabei war er noch so jung. Eine echte Tragödie.«

»Das war sein letztes Buch, und er hat es nicht fertig geschrieben, stimmt's?«

»Heißt es, ja. So viel vergeudetes Talent.«

»Vorarbeit für deinen Roman?«

»Vielleicht. Ich weiß es immer noch nicht. Was liest du?«

»Der Schinken heißt *Mein liebster Tsunami* und ist das Erstlingswerk eines Autors, der nicht schreiben kann.«

»Was für ein furchtbarer Titel.«

»Ja, und das ist nicht das Schlimmste daran. Ich bin auf Seite fünfzig von sechshundertfünfzig und komme einfach nicht weiter. Es müsste eine Regel geben, dass Erstlingsromane nur veröffentlicht werden, wenn sie maximal dreihundert Seiten lang sind, findest du nicht?«

»Ich hätte nichts dagegen. Mein Roman hatte nur zweihundertachtzig.«

»Dein Buch war perfekt.«

»Danke. Liest du das zu Ende?«

»Ich glaube nicht. Ich gebe jedem Buch hundert Seiten, und wenn der Schriftsteller bis dahin nichts Interessantes zustande gebracht hat, kommt es weg. Es gibt zu viele gute Bücher, die ich lesen will, um meine Zeit mit einem schlechten zu verschwenden.«

»Finde ich auch, aber für mich sind fünfzig Seiten das Maximum. Ich verstehe nicht, wieso sich jemand durch ein

Buch quält, das ihm nicht gefällt, nur um es aus unerfindlichen Gründen zu Ende zu lesen. Tessa war so. Immer wieder hat sie ein Buch nach dem ersten Kapitel zur Seite gelegt, nur um dann doch maulend und schimpfend alle vierhundert Seiten bis zum bitteren Ende zu lesen. Das habe ich nie begriffen.«

»Ich auch nicht.« Er trank einen Schluck Wein, ließ den Blick über den Garten wandern und griff nach dem Roman.

Sie wartete, bis er umgeblättert hatte. »Sonst noch irgendwelche Regeln?«, fragte sie dann.

Er lächelte und legte das Buch zur Seite. »Ach, Mercer, mein Schatz, ich habe eine Liste. ›Die zehn wichtigsten Regeln für Romanschriftsteller nach Bruce Cable‹, eine brillante Anleitung, verfasst von einem Experten, der mehr als viertausend Bücher gelesen hat.«

»Gibst du die weiter?«

»Manchmal. Ich kann sie dir mailen, aber du brauchst sie nicht.«

»Vielleicht doch. Irgendwas brauche ich. Gib mir ein paar Tipps.«

»Na gut. Ich hasse Prologe. Ich habe gerade den Roman eines Schriftstellers fertig gelesen, der auf Signierreise ist und nächste Woche hier Station macht. Er fängt jedes Buch mit einem typischen Prolog an, hochdramatisch, ein Mörder, der einer Frau auflauert, oder eine Leiche oder so, dann überlässt er den Leser seinem Schicksal und wechselt zu Kapitel eins, das natürlich nichts mit dem Prolog zu tun hat und von Kapitel zwei gefolgt wird, das selbstverständlich weder mit Kapitel eins noch mit dem Prolog etwas zu tun hat, nur um dem Leser dann nach rund dreißig Seiten die Handlung aus dem Prolog vor die Nase zu knallen, die er bis dahin vergessen hat.«

»Verstehe. Erzähl mir mehr.«

»Ein weiterer Anfängerfehler ist, gleich im ersten Kapitel zwanzig Personen einzuführen. Fünf sind genug, sonst verliert der Leser den Überblick. Nächster Punkt: Wenn du dich unbedingt gewählt ausdrücken willst, nimm bitte Wörter, die höchstens drei Silben haben. Ich verfüge selbst über einen umfangreichen Wortschatz und finde nichts nerviger als Schriftsteller, die mich mit langen Worten bombardieren, die mir noch nie untergekommen sind. Nächster Punkt: Bitte lass die Anführungszeichen nicht weg, wenn die Personen miteinander reden, das verwirrt nur. Regel Nummer fünf: Die meisten Bücher sind voll mit überflüssigem Zeug, deshalb empfiehlt es sich, nach Dingen Ausschau zu halten, die du weglassen kannst, wie entbehrliche Sätze und unnötige Szenen. Ich hätte noch viel mehr zu sagen.«

»Bitte mach weiter. Am besten schreibe ich mit.«

»Nein, das brauchst du nicht. Du hast meinen Rat nicht nötig. Du hast Talent, Mercer, du brauchst nur eine Geschichte.«

»Danke, Bruce. Ich kann ein bisschen Aufmunterung gut gebrauchen.«

»Ich meine das absolut ernst, das ist keine Schmeichelei, nur weil wir gerade eine kleine Wochenendorgie feiern.«

»So nennt sich das also? Ich dachte, es wäre ein Flirt.«

Sie lachten und tranken einen Schluck Wein. Der Regen hatte aufgehört, und dichter Nebel zog auf.

»Hast du je geschrieben?«, fragte sie.

Er zuckte die Achseln und wandte den Blick ab. »Ich habe es versucht, mehrmals, aber nie zu Ende gebracht. Deshalb habe ich solche Hochachtung vor Schriftstellern, zumindest vor den guten. Ich freue mich über jeden Autor, und ich setze mich gern dafür ein, dass sich Bücher verkaufen, aber es gibt zu viel Schund auf dem Markt. Und ich ärgere mich über Menschen wie Andy Adam, die ihr Talent durch ihren Lebensstil zerstören.«

»Hast du von ihm gehört?«

»Bisher nicht. Er hat noch Kontaktsperre. Wahrscheinlich meldet er sich in einer Woche oder so. Das ist sein dritter oder vierter Entzug, und ich denke, die Chancen stehen schlecht. In seinem tiefsten Inneren will er gar nicht aufhören.«

»Einfach nur traurig.«

»Du siehst schläfrig aus.«

»Muss am Wein liegen.«

»Wie wär's mit einer Siesta?«

Mit einiger Mühe kletterten sie in eine Hängematte und kuschelten sich eng aneinander. Das sanfte Schaukeln wirkte einschläfernd.

»Hast du für heute Abend was geplant?«, fragte sie.

»Ich dachte, wir machen da weiter, wo wir aufgehört haben.«

»Schon, aber ich könnte einen Tapetenwechsel gebrauchen.«

»Ein Essen im Restaurant ist natürlich ein Muss.«

»Du bist verheiratet, Bruce, und ich bin nur deine Wochenendaffäre. Was ist, wenn uns jemand sieht?«

»Mir ist es egal, Mercer, und Noelle auch. Warum machst du dir Sorgen?«

»Ich weiß nicht. Ich finde es nur merkwürdig, an einem Samstagabend in einem schicken Restaurant mit einem verheirateten Mann essen zu gehen.«

»Wer hat was von schick gesagt? Das Ding ist ein Loch, ein Krabbenlokal am Fluss, hervorragendes Essen, und ich kann dir versprechen, niemand da kauft Bücher.«

Sie küsste ihn und legte ihren Kopf auf seine Brust.

12.

Der Sonntag begann ganz ähnlich wie der Samstag, nur ohne Kater. Bruce brachte das Frühstück ans Bett, Pfannkuchen und Würstchen, und sie lasen zwei Stunden lang die *New York Times*. Gegen Mittag brauchte Mercer eine Pause. Sie wollte sich gerade verabschieden, als Bruce ihr zuvorkam.

»Du, ich habe im Geschäft heute Nachmittag nicht genügend Leute, und der Laden wird rappelvoll sein. Ich muss rüber.«

»Gute Idee. Jetzt, wo ich weiß, wie man einen Roman schreibt, möchte ich mir ein paar Dinge notieren.«

»Stets zu Diensten«, sagte er lächelnd und küsste sie auf die Wange. Sie brachten die Tabletts in die Küche und beluden die Geschirrspülmaschine. Bruce verschwand im großen Schlafzimmer im ersten Stock, und Mercer ging zurück in den Turm, wo sie sich rasch anzog. Sie verließ das Haus, ohne sich noch einmal zu verabschieden.

Falls sie über das Wochenende irgendetwas erreicht hatte, wusste sie nicht, was. Im Bett hatte sie großen Spaß mit ihm gehabt, und sie kannte ihn viel besser als vorher, aber sie war weder da, um Sex zu haben noch um seinen Roman zu schreiben. Sie wurde fürstlich dafür bezahlt, dass sie nach Hinweisen suchte und vielleicht ein Verbrechen aufklärte. Diesbezüglich hatte sie nicht das Gefühl, viel erreicht zu haben.

In ihrem Zimmer zog sie ihren Bikini an, bewunderte sich im Spiegel und versuchte sich an all die schmeichelhaften Dinge zu erinnern, die er über ihren Körper gesagt hatte. Sie war schlank und sonnengebräunt und ziemlich stolz darauf, dass sie ihre Vorzüge endlich mal eingesetzt hatte. Sie zog ein weißes Baumwollhemd über, griff nach ihren Sandalen und unternahm einen langen Spaziergang am Strand.

13.

Um sieben am Sonntagabend rief Bruce an und sagte, er vermisse sie sehr und könne sich nicht vorstellen, die Nacht ohne sie zu verbringen, und ob sie nicht nach Ladenschluss auf einen Drink in der Buchhandlung vorbeikommen könne?

Liebend gern. Sie hatte nichts anderes vor. In ihrem grässlichen kleinen Zimmer fiel ihr die Decke auf den Kopf, und sie hatte keine hundert Wörter geschrieben.

Ein paar Minuten vor neun betrat sie den Laden. Bruce kassierte gerade den letzten Kunden ab und schien allein zu sein. Als der Kunde gegangen war, schloss er schnell die Tür ab und schaltete das Licht aus.

»Komm mit«, sagte er und führte sie die Treppe hinauf und durch das Café, wobei er überall das Licht ausschaltete. Er schloss eine Tür auf, die ihr noch nie aufgefallen war, und sie betraten sein Apartment.

»Meine Junggesellenhöhle«, sagte er, während er das Licht einschaltete. »Hier habe ich die ersten zehn Jahre gelebt, nachdem ich die Buchhandlung gekauft hatte. Damals gehörte der ganze erste Stock zur Wohnung, bis das Café kam. Setz dich.«

Er deutete auf ein klobiges Ledersofa, das die gesamte Länge der einen Wand einnahm und auf dem sich Kissen und Decken türmten. An der gegenüberliegenden Wand stand auf einem niedrigen Tisch ein großer Flachbildschirm-Fernseher, der – wie hätte es anders sein können – von Regalen voller Bücher umgeben war.

»Champagner?«, fragte er, während er um die Frühstückstheke herumging und den Kühlschrank öffnete.

»Was sonst?«

Er nahm eine Flasche heraus, entkorkte sie rasch, füllte zwei Champagnerflöten und prostete ihr zu.

Sie stießen an, und er leerte sein Glas fast ganz.

»Ich brauchte dringend was zu trinken«, sagte er und fuhr sich mit dem Handrücken über den Mund.

»Sieht ganz so aus. Alles in Ordnung?«

»Harter Tag. Eine meiner Angestellten hat sich krankgemeldet, deswegen musste ich einspringen. Gutes Personal ist schwer zu finden.«

Er trank vollends aus und füllte das Glas gleich wieder. Dann zog er seine Jacke aus, löste die Fliege, zerrte das Hemd aus der Hose und schlüpfte aus seinen Wildlederschuhen. Sie gingen zum Sofa und ließen sich in die Polster fallen.

»Wie war dein Tag?«, fragte er und nahm noch einen kräftigen Schluck.

»Wie üblich. Ich bin erst am Strand spazieren gegangen, habe mich ein bisschen gesonnt und dann versucht zu schreiben, bin wieder an den Strand zurück, habe wieder versucht zu schreiben und schließlich einen Mittagsschlaf gehalten.«

»Ach, das Schriftstellerleben. Ich beneide dich.«

»Ich habe es geschafft, den Prolog zu streichen, meine Dialoge mit Anführungszeichen zu versehen und alle langen Worte auszumerzen. Ich hätte noch mehr weggelassen, aber dafür war nicht genug da.«

Bruce lachte und trank noch einen Schluck. »Du bist bezaubernd, weißt du das?«

»Und du bist unverbesserlich, Bruce. Du hast mich gestern Morgen verführt und …«

»Gestern Morgen, Mittag und Abend, um genau zu sein.«

»Und jetzt geht das schon wieder los. Warst du immer so ein Frauenheld?«

»Allerdings. Immer. Wie gesagt, Mercer, Frauen sind meine große Schwäche. Wenn ich eine schöne Frau sehe, kann ich nur noch an das Eine denken. Ich war schon als Student so. Als ich nach Auburn an die Uni kam und plötzlich von

Tausenden hübscher Mädchen umgeben war, war ich nicht mehr zu halten.«

»Das ist nicht normal. Hast du schon mal überlegt, eine Therapie zu machen?«

»Was? Warum denn? Für mich ist das ein Spiel, und du musst zugeben, ich bin gut darin.«

Sie nickte und trank einen Schluck, ihren dritten. Sein Glas war leer, und er füllte es gleich wieder.

»Geh es langsam an«, sagte sie, aber er ignorierte sie.

»Warst du jemals verliebt?«, fragte sie, als er wieder auf dem Sofa saß.

»Ich liebe Noelle. Sie liebt mich. Wir sind sehr glücklich miteinander.«

»Aber Liebe bedeutet Vertrauen und Bindung und heißt, alles miteinander zu teilen.«

»Wir sind sehr fürs Teilen, das kannst du mir glauben.«

»Du bist ein hoffnungsloser Fall.«

»Werde nicht sentimental, Mercer. Es geht nicht um Liebe, es geht um Sex. Reine körperliche Lust. Du fängst keine Beziehung mit einem verheirateten Mann an, weil ich mich nicht auf Beziehungen einlasse. Wir können uns miteinander vergnügen, wann immer du Lust hast, oder wir beenden die Sache jetzt gleich. Dann bleiben wir eben Freunde, ohne jede Verpflichtung.«

»Freunde? Wie viele Freundinnen hast du denn?«

»Eigentlich keine. Ein paar nette Bekanntschaften vielleicht. Wenn ich gewusst hätte, dass du mich analysieren willst, hätte ich dich nicht angerufen.«

»Warum hast du denn angerufen?«

»Ich dachte, du vermisst mich.«

Sie lachten gezwungen. Plötzlich stellte Bruce sein Glas ab, nahm ihr das Glas ab und stellte es neben seins. Dann griff er nach ihrer Hand. »Komm mit. Ich muss dir was zeigen.«

»Was denn?«

»Eine Überraschung. Komm schon. Es ist unten.«

Immer noch barfuß führte er sie aus dem Apartment durch das Café nach unten ins Erdgeschoss zur Kellertür. Er schloss auf, schaltete das Licht ein, und sie stiegen die Holztreppe hinab. Dort knipste er eine weitere Lampe an und gab den Code ein, der den Tresorraum entriegelte.

»Ich hoffe, der Aufwand lohnt sich«, sagte sie kaum hörbar.

»Du wirst deinen Augen nicht trauen.«

Er zog die schwere Metalltür zum Tresorraum auf, trat hinein und schaltete auch dort das Licht an. Dann ging er zum Safe, gab einen weiteren Code ein und wartete einen Augenblick, bis sich die fünf hydraulisch gesicherten Bolzen entriegelten. Mit einem lauten Klicken gaben sie die Tür frei, und er zog sie vorsichtig auf. Mercer beobachtete alles so genau wie möglich, schließlich würde sie Elaine und ihrem Team einen detaillierten schriftlichen Bericht liefern müssen. Im Inneren von Tresorraum und Safe schien sich gegenüber ihrem letzten Besuch nichts verändert zu haben. Bruce zog an einem der vier unteren Schubfächer und ließ es herausgleiten. Es enthielt zwei identische Holzkästen, deren Größe sie später auf fünfunddreißig mal fünfunddreißig Zentimeter schätzen würde. Er nahm einen davon heraus und ging zu dem kleinen Tisch in der Mitte des Tresorraums. Dabei lächelte er sie an, als wollte er ihr einen kostbaren Schatz präsentieren.

Vorsichtig klappte er den mit drei kleinen Scharnieren befestigten Deckel des Kastens auf. Der Inhalt war ein Karton aus grauer Pappe. Sorgfältig nahm er ihn heraus und stellte ihn auf den Tisch.

»Das ist eine sogenannte Archivbox aus säure- und ligninfreiem Karton, wie sie die meisten Büchereien und ernsthaften Sammler verwenden. Die hier stammt aus Princeton.«

Er öffnete die Box. »Das Originalmanuskript von *Der letzte Taikun*«, verkündete er stolz.

Mercer starrte ihn mit offenem Mund ungläubig an, während sie einen Schritt näher trat. Sie versuchte etwas zu sagen, aber ihr fehlten die Worte.

Die Box enthielt einen gut zehn Zentimeter dicken Stapel verblichener Bögen, die ungefähr DIN-A4-Format besaßen, offenkundig viele Jahre auf dem Buckel hatten und wie ein Relikt aus einer anderen Zeit wirkten. Ein Deckblatt gab es nicht, es sah aus, als hätte sich Fitzgerald direkt in das erste Kapitel gestürzt und später alles ins Reine schreiben wollen. Seine Handschrift war kein schöner Anblick und schwer zu lesen, und er hatte sich von Anfang an Notizen am Rand gemacht. Bruce berührte die Kanten des Manuskripts.

»Bei seinem plötzlichen Tod im Jahr 1940 war der Roman noch längst nicht vollendet, aber er hatte zuerst eine Gliederung erstellt und hinterließ jede Menge Notizen und Zusammenfassungen. Ein enger Freund von ihm namens Edmund Wilson, ein Lektor und Kritiker, stoppelte die Geschichte zusammen, und das Buch erschien ein Jahr später. Viele Kritiker halten es für Fitzgeralds beste Arbeit, was, wie du selbst gesagt hast, in Anbetracht seines Gesundheitszustands höchst bemerkenswert ist.«

»Das ist nicht dein Ernst, oder?«, stammelte sie.

»Was ist nicht mein Ernst?«

»Das mit dem Manuskript. Ist es das, das gestohlen wurde?«

»Oh, ja, aber nicht von mir.«

»Okay. Was tut es hier?«

»Das ist eine sehr lange Geschichte, und ich will dich nicht mit Einzelheiten langweilen, die ich selbst nicht alle kenne. Insgesamt fünf Manuskripte wurden letzten Herbst aus der Firestone Library in Princeton gestohlen. Dahinter steckte eine Bande von Kriminellen, die in Panik gerieten, als das FBI zwei von ihnen fast sofort hochnahm. Die anderen verscherbelten ihre Beute und tauchten unter. Die Manuskripte gelangten ohne großes Aufsehen auf den Schwarzmarkt. Dort wurden sie getrennt verkauft. Ich weiß nicht, wo die anderen vier sind, aber ich habe den Verdacht, dass sie außer Landes gebracht wurden.«

»Was hast du damit zu tun, Bruce?«

»Das ist etwas kompliziert, aber eigentlich nicht viel. Willst du die Seiten anfassen?«

»Nein. Mir gefällt das Ganze nicht. Es macht mich nervös.«

»Komm wieder runter. Ich verstecke das Ding nur für einen Freund.«

»Muss ja ein toller Freund sein.«

»Ist er auch. Wir sind schon lange miteinander im Geschäft, und ich vertraue ihm blind. Im Augenblick verhandelt er gerade mit einem Sammler in London.«

»Was springt für dich dabei heraus?«

»Nicht viel. Später mal ein paar Dollar.«

Mercer trat zurück und stellte sich auf die andere Seite des Tisches.

»Für ein paar Dollar gehst du aber ein ganz schönes Risiko ein. Du bist im Besitz von Diebesgut. Das ist ein Verbrechen, das dich für lange Zeit hinter Gitter bringen könnte.«

»Ein Verbrechen ist es nur, wenn man sich erwischen lässt.«

»Und jetzt hast du mich in die Sache hineingezogen, Bruce. Ich möchte gehen.«

»Stell dich nicht so an, Mercer. Wer nicht wagt, der nicht gewinnt. Und ich habe dich in gar nichts hineingezogen, weil nie jemand davon erfahren wird. Wie soll dir jemand beweisen, dass du das Manuskript gesehen hast?«

»Keine Ahnung. Wer hat das noch gesehen?«

»Nur wir beide.«

»Noelle weiß nichts davon?«

»Natürlich nicht. Sie interessiert sich nicht dafür. Sie kümmert sich um ihr Geschäft und ich mich um meins.«

»Und zu deinem Geschäft gehört der Handel mit gestohlenen Büchern und Manuskripten?«

»Manchmal.« Er schloss die Archivbox und legte sie zurück in den Holzkasten. Sorgfältig setzte er diesen wieder in das Schubfach ein und schob es zu.

»Ich möchte jetzt gehen«, sagte sie.

»Ist ja gut. Ich hätte nicht gedacht, dass du dich so anstellst. Du hast doch gesagt, du hättest gerade *Der letzte Taikun* zu Ende gelesen, deswegen dachte ich, du würdest beeindruckt sein.«

»Beeindruckt? Ich bin vielleicht überfordert, fassungslos, habe eine Todesangst und sonst noch alles Mögliche, aber ich bin nicht beeindruckt, Bruce. Das ist völlig verrückt.«

Er verriegelte zuerst den Safe, dann den Tresorraum, und als sie die Treppe hinaufgingen, schaltete er hinter ihnen das Licht aus. Im Erdgeschoss steuerte Mercer auf die Eingangstür zu.

»Wo willst du hin?«, fragte er.

»Weg. Bitte schließ mir auf.«

Bruce griff nach ihr, drehte sie zu sich um und drückte sie fest an sich. »Es tut mir leid, okay?«

Sie riss sich los. »Ich möchte gehen. Ich bleibe nicht in diesem Laden.«

»Jetzt übertreibst du aber, Mercer. Lass uns nach oben gehen und den Champagner austrinken.«

»Nein, Bruce, mir ist im Augenblick nicht danach. Ich kann es einfach nicht glauben.«

»Tut mir leid.«

»Das hast du schon gesagt, jetzt schließ bitte auf.«

Er holte einen Schlüssel und öffnete das Bolzenschloss. Ohne ein weiteres Wort lief sie zur Tür hinaus und ging zu ihrem um die Ecke parkenden Auto.

14.

Grundlage des Plans waren Annahmen, Spekulationen und eine gehörige Portion Optimismus gewesen, und jetzt hatte es tatsächlich geklappt. Sie hatten den Beweis, die Antwort, nach der sie so verzweifelt gesucht hatten, aber konnte sie Bruce wirklich ans Messer liefern? Brachte sie es fertig, den entscheidenden Schritt zu tun und Bruce mit einem Anruf für die nächsten zehn Jahre ins Gefängnis zu schicken? Sie stellte sich seinen Untergang vor, seinen Ruin und seine Demütigung, das Entsetzen, wenn er auf frischer Tat ertappt, festgenommen, vor Gericht gestellt und zu einer Haftstrafe verurteilt wurde. Was würde mit seiner schönen Buchhandlung passieren, die für viele so wichtig war? Mit seiner Villa? Seinen Freunden? Seiner geliebten Sammlung seltener Bücher? Seinem Geld? Ihr Verrat würde unabsehbare Folgen haben und nicht nur einem Menschen schaden. Bruce Cable mochte bekommen, was er verdient hatte, aber nicht seine Angestellten, seine Freunde, nicht einmal Noelle.

Um Mitternacht saß Mercer immer noch in ein Umschlagtuch gewickelt am Strand und vergrub die Zehen im Sand, während sie auf den im Mondlicht schimmernden Ozean hinausblickte und sich fragte, warum sie sich je auf Elaine Shelbys Vorschlag eingelassen hatte. Sie kannte die Antwort, aber das Geld kam ihr plötzlich gar nicht mehr so wichtig vor. Die Zerstörung, die sie anrichten würde, ging weit über den dahinterstehenden Geldwert hinaus. Tatsächlich mochte sie Bruce Cable, sein charmantes Lächeln und seine angenehmen Umgangsformen, sein attraktives Äußeres, seinen einzigartigen Kleidungsstil, seinen Witz und seine Intelligenz, seine Bewunderung für Schriftsteller, seine Fähigkeiten als Liebhaber, seine Präsenz in Gesellschaft, seine Freunde, seinen Ruf, sein Charisma, das manchmal geradezu magnetisch schien. Insgeheim war sie stolz darauf, dass sie ihm so nahegekommen war, dass sie zu seinem inneren Zirkel gehörte und – ja auch darauf – dass sie eine von vielen in einer langen Reihe von Frauen war. Seinetwegen hatte sie in den letzten sechs Wochen mehr Spaß gehabt als in den sechs Jahren davor.

Im Augenblick hatte sie immer noch die Möglichkeit, einfach den Mund zu halten und den Dingen ihren Lauf zu lassen. Elaine und ihr Team und vielleicht auch das FBI würden tun, was sie tun mussten. Mercer konnte vorgeben, nicht weiterzukommen, und Frustration angesichts ihres Misserfolgs heucheln. Sie war unten im Tresorraum gewesen und hatte jede Menge Beweismaterial geliefert. Sogar ins Bett war sie mit dem Kerl gegangen – und würde es vielleicht wieder tun. Bisher hatte sie ihr Bestes gegeben, und sie würde auch weiterhin mitspielen. Vielleicht würde Bruce, wie er gesagt hatte, den *Taikun* bald spurlos in den dunklen Weiten des Schwarzmarkts verschwinden lassen, und der Tresorraum würde sauber sein, wenn das FBI anrückte. Bald waren ihre sechs Monate vorbei, dann würde sie die Insel verlassen, mit ihren schönen Erinnerungen im Gepäck. Vielleicht würde sie sogar irgendwann zurückkehren, zu einem Sommerurlaub im Strandhaus oder, noch besser, eines Tages auf Vorstellungsreise mit einem gelungenen neuen Roman, und nicht ihrem letzten.

Die Vereinbarung, die sie geschlossen hatte, war erfolgsunabhängig. Sie bekam ihr Geld so oder so. Ihre Studiendarlehen waren bereits Geschichte. Die Hälfte ihres Honorars lag auf der Bank. Die andere Hälfte würde mit Sicherheit ebenfalls eintreffen, wie versprochen.

Lange versuchte sie in jener Nacht, sich davon zu überzeugen, dass sie sich besser bedeckt hielt, die trägen Sommertage verstreichen ließ, den Stein nicht selbst ins Rollen brachte. Der Herbst würde noch früh genug kommen, und dann würde sie nicht mehr hier sein.

Gab es moralisch gesehen ein Richtig oder Falsch? Sie hatte sich bereit erklärt, an einer Unternehmung mitzuwirken, deren Ziel es letztendlich war, in Bruce Cables Welt einzudringen und die Manuskripte aufzuspüren. Das hatte sie schließlich getan, wenn auch nur durch einen groben Schnitzer seinerseits. Die Operation, in deren Mittelpunkt Mercer stand, hatte soeben ihr Ziel erreicht. Welches Recht hatte sie nun, die Legitimität des Plans zu hinterfragen? Bruce hatte sich bewusst auf eine Verabredung eingelassen, das Manuskript verschwinden zu lassen, gewinnbringend zu veräußern und seinem rechtmäßigen Eigentümer vorzuenthalten. Für Bruce Cable gab es keine moralischen Grundsätze. Er stand im Ruf, mit gestohlenen Büchern zu handeln, und hatte das ihr gegenüber praktisch zugegeben. Früher oder später würde er auffliegen, wenn nicht wegen dieses Verbrechens, dann wegen eines anderen.

Sie fing an, am Wasser entlangzugehen, wo die ruhigen Wellen den Schaum des Ozeans leise auf den Strand spülten. Der Himmel war wolkenlos, und der weiße Sand kilometerweit zu sehen. Am Horizont schimmerten die Lichter von einem Dutzend Krabbenschiffen auf dem ruhigen Meer. Bevor sie es gemerkt hatte, stand sie am North Pier, einem langen hölzernen Steg, der weit ins Wasser hineinreichte. Seit ihrer Rückkehr auf die Insel hatte sie den Bereich gemieden, weil Tessa dort an Land gespült worden war. Warum war ihre Enkelin jetzt hier?

Sie stieg die Stufen hinauf und folgte dem Pier bis ans Ende, wo sie sich an das Geländer lehnte und zum Horizont hinaussah. Was hätte Tessa getan? Zunächst einmal hätte sich Tessa nie in eine solche Zwickmühle manövriert. Sie hätte sich nie von Geld verführen lassen. Für Tessa gab es nur richtig und falsch, Grauzonen existierten für sie nicht. Lügen war eine Sünde, ein Wort war ein Wort, ein Handel ein Handel, so unangenehm die Folgen auch sein mochten.

Mercer überlegte hin und her, widerstreitende Gedanken peinigten sie. Zu einer grauenhaft frühen Stunde kam sie schließlich zu dem Schluss, dass sie eigentlich nur das Geld zurückgeben und sich von der ganzen Sache verabschieden konnte, wenn sie wieder ruhig schlafen wollte. Doch selbst dann war es nicht ihr Geheimnis, das sie für sich behielt, sondern eines, das anderen zustand, denen auf der richtigen Seite. Tessa hätte sie verachtet, wenn sie jetzt davonlief.

Um drei Uhr morgens ging sie ins Bett, tat aber kein Auge zu.

Um Punkt fünf Uhr rief sie an.

15.

Elaine war wach und trank leise im Dunkeln ihre erste Tasse Kaffee, während ihr Mann neben ihr schlief. Der Plan erforderte einen weiteren Besuch auf Camino Island, ihren bisher zehnten oder elften. Sie würde wieder den gleichen Flug vom Reagan National Airport nach Jacksonville nehmen, wo Rick oder Graham auf sie warten würde. Sie würden sich in ihrem Lagezentrum auf der Insel treffen, um die Situation zu bewerten. Es herrschte erwartungsvolle Anspannung, weil ihr Mädchen das Wochenende mit der Zielperson verbracht hatte. Mit Sicherheit hatte sie etwas in Erfahrung gebracht. Sie würden für den späten Nachmittag eine Besprechung mit ihr ansetzen, um sich alles berichten zu lassen.

Um 5.01 Uhr war dieser Plan bereits hinfällig.

Als Elaines Telefon vibrierte und sie die Anruferkennung sah, stand sie leise auf und ging in die Küche. »Es ist ein bisschen früh für Sie.«

»Er ist nicht so clever, wie wir dachten«, sagte Mercer. »Er hat mir gestern Abend das Manuskript von *Der letzte Taikun* gezeigt. Es liegt in seinem Tresorraum, genau wie vermutet.«

Das musste Elaine erst einmal verdauen, und sie schloss die Augen. »Sind Sie sicher?«

»Ja. Basierend auf den Kopien, die Sie mir gezeigt haben, bin ich sehr sicher.«

Elaine setzte sich auf einen Barhocker an der Frühstückstheke. »Erzählen Sie mir alles.«

16.

Um sechs rief Elaine Lamar Bradshaw an, den Leiter der für Kunstraub zuständigen Abteilung des FBI, und holte ihn aus dem Bett. Seine Pläne für den Tag landeten ebenfalls in der Tonne. Zwei Stunden später trafen sie sich in seinem Büro im Hoover Building in der Pennsylvania Avenue zu einem umfangreichen Briefing. Wie Elaine es nicht anders erwartet hatte, waren Bradshaw und sein Team verärgert, dass Elaine und ihre Firma insgeheim einen solch komplexen Plan entwickelt hatten, um Bruce Cable auszuspionieren, einen Verdächtigen, den sie vor einigen Monaten eher beiläufig erwähnt hatten. Cable stand zwar zusammen mit einem

Dutzend anderen auf der Liste des FBI, aber nur wegen seines Rufs. Bradshaw hatte ihn nicht ernst genommen. Das FBI hasste private Parallelermittlungen, aber im Augenblick führten Revierkämpfe zu nichts. Bradshaw musste seinen Stolz auch hinunterschlucken, weil Elaine Shelby wieder einmal das Diebesgut aufgespürt hatte. Bald war ein Waffenstillstand geschlossen, es kehrte Frieden ein, und gemeinsame Pläne wurden geschmiedet.

17.

Um sechs Uhr erwachte Bruce Cable in seinem Apartment über dem Geschäft. Er trank Kaffee und las eine Stunde lang, bevor er nach unten in sein Büro im Raum mit den Erstausgaben ging. Er schaltete den PC ein und fing an, seinen Bestand durchzugehen. Zu den unangenehmsten Aufgaben gehörte für ihn zu entscheiden, welche Bücher sich nicht verkauften und zur Gutschrift an den Verlag zurückgeschickt werden mussten. Bei jedem Buch, das er zurücksandte, fühlte er sich wie ein Versager, aber nach zwanzig Jahren war der Prozess für ihn fast schon Routine. Eine Stunde lang durchforstete er den abgedunkelten Laden und nahm Bücher von Regalen und Tischen, die er im Lagerraum zu traurigen Türmchen stapelte.

Wie üblich ging er um 8.45 Uhr ins Apartment zurück, duschte kurz und legte den Seersucker-Anzug des Tages an, und um Punkt neun Uhr schaltete er die Beleuchtung ein und öffnete die Eingangstür. Zwei Mitarbeiter waren die Ersten, und Bruce verteilte die Aufgaben. Dreißig Minuten später stieg er in den Keller und schloss die Metalltür auf, die zu Noelles Lagerraum führte. Jake war bereits da und schlug Polsternägel in die Lehne einer antiken Chaiselongue. Mercers Sekretär war fertig und zur Seite gestellt worden.

»Unsere Freundin Ms. Mann kauft den Sekretär jetzt doch nicht«, sagte Bruce nach ein paar Höflichkeitsfloskeln. »Noelle will, dass er an eine Adresse in Fort Lauderdale versandt wird. Montieren Sie die Beine ab, und suchen Sie sich eine Kiste dafür.«

»Geht klar«, sagte Jake. »Heute?«

»Ja, das ist ein Eilauftrag. Kommen Sie in die Gänge.«

»Wird gemacht.«

18.

Um 11.06 Uhr hob ein gecharterter Jet vom Dulles International Airport ab. An Bord waren Elaine Shelby und zwei ihrer Mitarbeiter sowie Lamar Bradshaw und vier Special Agents. Unterwegs sprach Bradshaw noch einmal mit dem Bundesanwalt in Florida, und Elaine rief Mercer an, die sich in eine örtliche Bücherei zurückgezogen hatte, um zu schreiben. Sie behauptete, die Pension ersticke jegliche Kreativität im Keim. Elaine riet ihr, sich in den nächsten Tagen von der Buchhandlung fernzuhalten, und Mercer versicherte ihr, sie habe keine Pläne, sich auch nur in deren Nähe zu begeben. Für den Augenblick habe sie genug von Bruce und brauche eine Pause.

Um 11.20 Uhr parkte ein ziviler Transporter in der Main Street von Santa Rosa gegenüber der Buchhandlung. Darin saßen drei FBI-Beamte vom Büro in Jacksonville. Sie richteten eine Videokamera auf den Eingang von Bay Books und fingen an, jeden zu filmen, der den Laden betrat oder verließ. Ein anderer Transporter mit zwei weiteren Beamten parkte in der Third Street und nahm die Überwachung auf. Ihre Aufgabe war es, alle Lieferungen zu filmen und zu beobachten, die in der Buchhandlung eintrafen oder von dort aus verschickt wurden.

Um 11.40 Uhr betrat ein FBI-Beamter in Shorts und Sandalen den Laden und sah sich einige Minuten lang um. Cable bekam er nicht zu Gesicht. Er kaufte eine Hörbuchversion von *Weg in die Wildnis*, bezahlte bar und verließ das Geschäft. Im ersten Transporter öffnete ein Techniker die Hülle, nahm die acht CDs heraus und installierte eine Mini-Videokamera mit Batterie.

Um 12.15 Uhr verließ Cable das Geschäft mit einer unbekannten Person und ging zum Essen in ein Lokal in derselben Straße. Fünf Minuten später trat eine Beamtin, ebenfalls in Shorts und Sandalen, mit der Hülle des Hörbuchs von *Weg in die Wildnis* in die Buchhandlung. Sie holte sich oben einen Kaffee, trieb sich eine Weile dort herum, ging zurück ins Erdgeschoss und suchte sich zwei Taschenbücher aus. Als die Angestellte hinten im Laden zu tun hatte, stellte die Beamtin die Hülle von *Weg in die Wildnis* geschickt zurück ins CD-Regal und nahm dafür das nächste Hörbuch mit, *Die letzte Vorstellung*. Schließlich bezahlte sie die Taschenbücher und das Hörbuch und erkundigte sich bei der Angestellten, wo man am besten zu Mittag aß. Im ersten Transporter starrten die Beamten auf einen Laptop. Nun hatten sie vom Inneren des Geschäfts aus freie Sicht auf jeden, der hereinkam, und zwar von vorn. Sie konnten nur hoffen, dass so schnell niemand *Weg in die Wildnis* hören wollte.

Um 12.31 Uhr landete die Chartermaschine auf dem kleinen Flughafen von Camino Island, zehn Minuten vom Stadtzentrum von Santa Rosa entfernt. Rick und Graham holten Elaine und ihre beiden Mitarbeiter ab. Zwei SUV warteten auf Bradshaw und sein Team. Da es Montag war, waren Zimmer verfügbar, zumindest für die nächsten paar Tage, und in einem Hotel in der Nähe des Hafens, zu Fuß keine fünf Minuten von der Buchhandlung entfernt, waren mehrere reserviert worden. Bradshaw belegte die größte Suite mit Beschlag und richtete dort seine Kommandozentrale ein. Auf einem Tisch wurden Laptops arrangiert, auf denen permanent die Überwachungsbilder der Kameras liefen.

Nach einem kurzen Mittagessen traf Mercer in der Suite ein und wurde reihum vorgestellt. Sie war etwas bestürzt angesichts dieses Personaleinsatzes und fühlte sich unwohl bei dem Gedanken, dass sie alle diese Leute auf einen ahnungslosen Bruce Cable gehetzt hatte.

Elaine hielt sich im Hintergrund, während Mercer von Bradshaw und einem anderen Special Agent namens Vanno befragt wurde. Wieder erzählte sie ihre Geschichte und ließ nichts aus, bis auf die intimen Details ihres ausgedehnten Wochenendes, eines romantischen Abenteuers, an das sie sich jetzt schon mit einer gewissen Nostalgie erinnerte, als läge es in weiter Ferne. Bradshaw legte ihr eine Reihe von hochaufgelösten Fotos des Fitzgerald-Manuskripts vor, die vor Jahren in Princeton aufgenommen worden waren. Elaine hatte dieselben Bilder und sie Mercer alle schon gezeigt. Ja, ja, ihrer Meinung nach habe sie letzte Nacht im Keller das Original von *Der letzte Taikun* gesehen.

Ja, es könne sich um eine Fälschung handeln. Alles sei möglich, aber sie glaube nicht daran. Warum sollte Bruce Cable solche Sicherheitsvorkehrungen treffen, um ein gefälschtes Dokument zu schützen?

Als Bradshaw eine Frage zum dritten Mal wiederholte und dabei ein gewisses Misstrauen anklingen ließ, machte sie ihrer Verärgerung Luft. »Stehen wir nicht auf derselben Seite?«, fragte sie.

»Natürlich tun wir das«, sagte Vanno beruhigend, »aber wir müssen sichergehen, dass alles seine Richtigkeit hat.«

»Das hat seine Richtigkeit, glauben Sie mir.«

Nach einer Stunde Hin und Her war Mercer überzeugt, dass Elaine Shelby klüger und viel diplomatischer war als Bradshaw und Vanno. Aber Elaine hatte sie dem FBI übergeben, und es war klar, dass die Beamten die Sache zu Ende führen würden. In einer Pause nahm Bradshaw den Anruf eines Vertreters der Bundesanwaltschaft in Jacksonville entgegen, danach war die Stimmung angespannt. Offenbar bestand der Bundesrichter in Jacksonville darauf, »die Zeugin« unter Ausschluss der Öffentlichkeit persönlich anzuhören, statt ihr eine Aussage über Video zu gestatten. Bradshaw und Vanno waren empört, aber der Richter ließ sich nicht umstimmen.

Um 14.15 Uhr wurde Mercer in ein Auto verfrachtet, das von Rick gesteuert wurde, während Graham auf dem Beifahrersitz Platz genommen hatte und Elaine mit ihr hinten im Fond saß. Sie folgten einem mit FBI-Beamten vollgestopften SUV auf das Festland in Richtung Jacksonville. Auf der Brücke über den Camino River reichte es Mercer. »Raus damit. Was läuft hier?«

Rick und Graham starrten vor sich hin und sagten kein Wort. Elaine räusperte sich.

»Die Bundesbehörden streiten sich untereinander, weil sie offenbar beweisen müssen, dass sie etwas tun für unsere Steuergelder. Bradshaw, ein Bundesbeamter, ärgert sich über den Bundesanwalt für diesen Bezirk, und alle scheinen sauer auf den Bundesrichter zu sein, der die Durchsuchungsbeschlüsse ausstellen muss. Ursprünglich sollte Ihre Aussage per Video übertragen werden, damit Sie die Insel nicht verlassen müssen, aber aus unerfindlichen Gründen will dieser Bundesrichter Sie persönlich befragen. Deswegen fahren wir jetzt zum Gericht.«

»Gericht? Von Gericht war nie die Rede.«

»Zum Gebäude des Bundesgerichts. Wahrscheinlich wird es ein privates Treffen mit dem Richter in seinem Büro oder etwas in der Art. Kein Grund zur Beunruhigung.«

»Sie haben leicht reden. Ich habe eine Frage. Falls Cable festgenommen wird – kann er dann auf einer mündlichen Verhandlung bestehen, selbst wenn er in flagranti mit dem gestohlenen Manuskript erwischt wird?«

Elaine sah nach vorn. »Graham, du bist der Anwalt.«

Graham schnaubte, als wäre das ein Scherz. »Ich habe einen Abschluss in Jura, aber nie als Rechtsanwalt gearbeitet. Auf jeden Fall kann niemand gezwungen werden, sich schuldig zu bekennen. Wer eines Verbrechens beschuldigt wird, kann auf einer mündlichen Verhandlung bestehen. Das wird in diesem Fall aber nicht passieren.«

»Und warum nicht?«

»Wenn Cable das Manuskript hat, wird man mit allen Mitteln versuchen, ihn zum Reden zu bringen. Alle fünf zurückzubekommen ist viel wichtiger, als die Diebe und Hehler zu bestrafen. Die Behörden werden Cable sehr weit entgegenkommen, wenn er den Mund aufmacht und sie zu den anderen führt. Wir haben keine Ahnung, wie viel er weiß, aber er wird mit Sicherheit singen, um seine Haut zu retten.«

»Falls es aber rein zufällig doch zu einer Verhandlung kommen sollte, würde ich auf keinen Fall als Zeugin geladen werden, richtig?«

Alle drei schwiegen, während Mercer wartete.

»Von einer Gerichtsverhandlung war nie die Rede, Elaine, und Sie haben mit keinem Wort erwähnt, dass ich unter Umständen gegen Cable aussagen muss«, protestierte sie nach einer langen, unbehaglichen Pause. »Das werde ich ganz bestimmt nicht tun.«

Elaine versuchte, sie zu beruhigen. »Sie werden nicht aussagen müssen, Mercer, das können Sie mir glauben. Sie leisten hervorragende Arbeit, und wir sind sehr stolz auf Sie.«

»Reden Sie nicht so von oben herab mit mir, Elaine«, fuhr Mercer sie an, heftiger, als sie eigentlich wollte.

Lange Zeit sagte niemand etwas, aber die Spannung hielt an. Sie fuhren auf der Interstate 95 in südlicher Richtung und hatten bereits das weitläufige Stadtgebiet von Jacksonville erreicht.

Das Bundesgericht war in einem vielstöckigen modernen Gebäude mit viel Glas untergebracht. Sie wurden durch eine Seitenzufahrt hereingewinkt und parkten auf einem kleinen Parkplatz für Berechtigte. Die FBI-Beamten umringten Mercer, als bräuchte sie Schutz. Mit ihrem ganzen Gefolge passte sie kaum in den Aufzug. Wenige Minuten später betraten sie die Büros des Bundesanwalts für den mittleren Distrikt von Florida und wurden in ein Besprechungszimmer geführt, wo das Warten begann. Bradshaw und Vanno zückten ihre Handys und telefonierten in gedämpftem Ton. Elaine sprach mit Bethesda. Rick und Graham mussten wichtige Anrufe erledigen. Mercer saß allein an dem massiven Tisch und hatte niemand, mit dem sie reden konnte.

Nach etwa zwanzig Minuten kam ein ernsthafter junger Mann im dunklen Anzug – trugen die nicht alle dunkle Anzüge? – mit wichtiger Miene herein und stellte sich als Janeway vor, Vertreter der Bundesanwaltschaft, was auch immer das heißen mochte. Er erklärte den Anwesenden, der Bundesrichter, ein gewisser Richter Philby, sei noch mit einer Anhörung beschäftigt, bei der es um Leben und Tod gehe, und es könne noch, äh, etwas dauern. Janeway sagte, er würde gern Mercers Aussage aufnehmen, wenn sie einverstanden sei.

Mercer zuckte die Achseln. Sie konnte schlecht Nein sagen.

Janeway verschwand wieder und kehrte mit zwei anderen Gestalten in dunklen Anzügen zurück, die sich ebenfalls vorstellten. Mercer schüttelte ihnen die Hand, wahrhaft ein großes Vergnügen.

Sie zückten Notizblöcke und setzten sich ihr gegenüber an den Tisch. Janeway fing an, Fragen zu stellen, und es wurde sofort klar, dass er kaum etwas über den Fall wusste. Quälend langsam füllte Mercer die Lücken.

19.

Um 16.50 Uhr folgten Mercer, Bradshaw und Vanno Janeway ins Büro von Richter Arthur Philby, der sie empfing, als wären sie unerwünschte Eindringlinge. Er hatte einen harten Tag hinter sich und wirkte gereizt. Mercer setzte sich an ein Ende eines weiteren langen Tisches neben eine Gerichtsstenografin, die sie bat, die rechte Hand zu heben und zu schwören, dass sie die Wahrheit sagen würde. Eine Videokamera auf einem Stativ war auf die Zeugin gerichtet. Richter Philby, der seine schwarze Robe abgelegt hatte, thronte majestätisch am anderen Ende.

Eine Stunde lang wurde sie von Janeway und Bradshaw befragt, und sie erzählte dieselbe Geschichte, die sie an diesem Tag mindestens schon dreimal von sich gegeben hatte. Bradshaw legte Großaufnahmen des Kellers, des Tresorraums und des Inneren des Safes vor. Philby unterbrach immer wieder mit eigenen Fragen, sodass sie ihre Aussage häufig nicht nur einmal wiederholen musste. Aber sie behielt die Fassung und amüsierte sich des Öfteren bei dem Gedanken, dass Bruce Cable viel sympathischer war als diese Männer, die auf der richtigen Seite standen.

Als sie mit ihrer Aussage fertig war, bedankten sie sich zum Abschluss für ihr Kommen und ihre Mühe.

Keine Ursache, hätte sie fast gesagt, dafür werde ich schließlich bezahlt.

Sie durfte gehen und verließ das Gericht in aller Eile mit Elaine, Rick und Graham.

»Was passiert jetzt?«, wollte Mercer von Elaine wissen, als sie endlich aus dem Gebäude heraus waren.

»Im Augenblick wird der Durchsuchungsbeschluss ausgestellt«, erwiderte Elaine. »Es hätte nicht besser laufen können, Ihre Aussage hat den Richter voll und ganz überzeugt.«

»Und wann nehmen Sie sich die Buchhandlung vor?«

»Bald.«

KAPITEL 8

DIE ÜBERGABE

1.

Denny war seit zehn Tagen auf der Insel und verlor allmählich die Geduld. Er und Rooker beobachteten Cable und verfolgten jede seiner Bewegungen, eine monotone, anspruchslose Aufgabe. Auch Mercer wurde beschattet und bei ihrer täglichen Routine überwacht, ebenfalls ein Kinderspiel.

Oscar Stein in Boston war unter Druck eingeknickt, und vielleicht war das der einzige Weg zum Erfolg. Eine direkte Konfrontation und die Drohung mit Gewalt. Cable konnte genauso wenig zur Polizei gehen wie Stein. Wenn er die Manuskripte hatte, konnten sie ihn zwingen, sich auf einen Handel einzulassen. Wenn nicht, wusste er mit an Sicherheit grenzender Wahrscheinlichkeit, wo sie waren.

Cable verließ das Geschäft normalerweise um achtzehn Uhr und ging nach Hause. Am Montag um 17.50 Uhr betrat Denny den Laden und tat so, als wollte er sich ein wenig umsehen. Wie das Glück es wollte, in diesem Fall Bruce Cables Glück, war Bruce im Keller beschäftigt, und seine Angestellten wussten, dass das niemand etwas anging.

Dafür riss Dennys Glückssträhne. Nachdem er monatelang mit falschen Ausweisen und Pässen in verschiedenen

Verkleidungen Flughafen, Zoll- und Sicherheitskontrollen passiert hatte, ohne aufzufallen, und in Hotels und bei Autovermietungen möglichst nur bar bezahlt hatte, hielt er sich für sehr schlau, wenn nicht unfehlbar. Diese Selbstgefälligkeit wurde ihm zum Verhängnis.

Seit Jahren feilte das FBI an einer Gesichtserkennungstechnologie, der sogenannten FacePrint-Software. Das Programm arbeitete mit einem Algorithmus zur Berechnung des Abstands zwischen Auge, Nase und Ohren der verdächtigen Person und glich das Ergebnis in Millisekunden mit der für die jeweilige Ermittlung relevanten Datenbank ab. In der Gatsby-Akte, wie das FBI den Fall der gestohlenen Manuskripte nannte, war der Datenbestand relativ klein. Er enthielt ein Dutzend Fotos der drei Diebe an der Information der Firestone Library, von denen Jerry Steengarden und Mark Driscoll im Gefängnis saßen. Außerdem beinhaltete er mehrere Hundert Fotos von Personen, die dafür bekannt waren oder verdächtigt wurden, in den Handel mit gestohlenen Kunstobjekten und Büchern verwickelt zu sein.

Als Denny das Geschäft betrat, zeichnete die in der Hülle von *Weg in die Wildnis* versteckte Kamera sein Gesicht auf, wie sie seit den Mittagsstunden routinemäßig das Gesicht jedes anderen Kunden erfasst hatte. Das Bild wurde an den Laptop hinten im Transporter auf der anderen Straßenseite übermittelt und, viel wichtiger, an das gigantische kriminaltechnische Labor des FBI in Quantico, Virginia. Es gab einen Treffer. Ein Techniker erhielt eine Warnung. Binnen Sekunden nachdem er das Geschäft betreten hatte, war Denny als der dritte Gatsby-Dieb identifiziert.

Zwei waren gefasst worden. Der vierte, Trey, verrottete auf dem Grund eines Sees in den Pocono Mountains und würde nie gefunden und schon gar nicht zur Rechenschaft gezogen werden. Der fünfte, Ahmed, hielt sich weiterhin in Europa versteckt.

Nach fünfzehn Minuten kam Denny aus dem Laden, ging um die Ecke und stieg in einen Honda Accord Baujahr 2011. Der zweite Transporter folgte ihm in einigem Abstand, verlor ihn, fand ihn aber auf dem Parkplatz des Sea Breeze Motel am Strand wieder, rund hundert Meter vom Lighthouse Inn entfernt. Die Beobachtung lief an.

Der Honda Accord war bei einer Firma in Jacksonville gemietet worden, die mit Schrottautos warb und nichts gegen Barzahlung hatte. Der Mietvertrag lautete auf den Namen Wilbur Shifflet, und der Geschäftsführer gab dem FBI gegenüber zu, dass ihm der angeblich in Maine ausgestellte Führerschein verdächtig vorgekommen war. Shifflet hatte für zwei Wochen einen Mietpreis von tausend Dollar bezahlt und auf die Versicherung verzichtet.

Die FBI-Beamten konnten ihr Glück nicht fassen. Aber warum trieb sich einer der Diebe acht Monate nach dem Diebstahl an der Buchhandlung herum? Spionierte er Mercer nach? Hatte er eine Verbindung zu Cable? Viele verwirrende Fragen, die später geklärt werden mussten, aber im Augenblick deutete alles darauf hin, dass Mercer recht hatte. Zumindest eines der Manuskripte musste sich im Keller befinden.

Bei Sonnenuntergang kam Denny aus Zimmer achtzehn und Rooker aus dem daneben. Sie gingen hundert Meter zum Surf, einem beliebten Grillrestaurant mit Bar unter freiem Himmel, wo sie sich Sandwichs und Bier zu Gemüte führten. Während sie aßen, marschierten vier FBI-Beamte in das Büro des Sea Breeze und übergaben dem Geschäftsführer einen Durchsuchungsbeschluss. In Zimmer achtzehn fanden sie eine Sporttasche unter dem Bett. Sie enthielt eine Neun-Millimeter-Pistole, sechstausend Dollar in bar und gefälschte Führerscheine der Bundesstaaten Tennessee und Wyoming. Nichts davon ließ Rückschlüsse auf Wilburs wahre Identität zu. Im Zimmer nebenan fanden die Beamten nichts Verwertbares.

Als Denny und Rooker ins Sea Breeze zurückkehrten, wurden sie festgenommen und in vollkommenem Schweigen in getrennten Autos zum FBI-Büro in Jacksonville kutschiert. Beide wurden erkennungsdienstlich behandelt. Die Fingerabdrücke liefen durch die Datenbank, und um zehn Uhr abends war ihre wahre Identität bekannt. Denny wurde seine Militärakte zum Verhängnis, der zufolge er Dennis Allen Durban hieß, dreiunddreißig Jahre alt und in Sacramento geboren war. Rooker lieferte sein Vorstrafenregister ans Messer: Bryan Bayer, neununddreißig Jahre alt, geboren in Green Bay, Wisconsin. Beide weigerten sich zu kooperieren und wurden in Haft genommen. Lamar Bradshaw beschloss, sie ein paar Tage lang verschwinden zu lassen und ihre Verhaftung für sich zu behalten.

Mercer spielte mit Elaine, Rick und Graham in der Maisonettewohnung Gin Rummy und schlug die Zeit tot. Sie waren über die Festnahmen informiert worden, kannten aber keine Einzelheiten. Um elf Uhr rief Bradshaw an, sprach mit Elaine und füllte die meisten Lücken. Es ging offenbar alles sehr schnell. Trotzdem waren noch viele Fragen offen. Am nächsten Tag sollte es losgehen.

Was Mercer betraf, sagte Bradshaw nur: »Bringen Sie sie von der Insel runter.«

2.

Den Donnerstag über behielten sie die Buchhandlung noch genauer im Auge, entdeckten aber nichts Ungewöhnliches. Keine Diebe, die dort herumlungerten, keine verdächtigen Pakete, die versandt wurden. Um 10.50 Uhr lieferte ein UPS-Lkw sechs Kisten mit Büchern, nahm aber nichts mit. Cable war mal oben, mal unten, beriet Kunden, las wie immer an seinem Lieblingsplatz und ging, natürlich, um 12.15 Uhr zum Essen, um eine Stunde später zurückzukehren.

Um fünf Uhr betraten Lamar Bradshaw und Derry Vanno den Laden und fragten Cable, ob er kurz Zeit habe. Bradshaw sagte leise »FBI«. Sie folgten ihm in den Raum mit den Erstausgaben, und er schloss die Tür hinter ihnen. Er fragte nach ihren Ausweisen, und sie zückten ihre Dienstmarken. Vanno übergab ihm einen Durchsuchungsbeschluss.

»Wir sind hier, um den Keller zu durchsuchen«, sagte er.

Bruce stand immer noch. »Okay, und wonach?«

»Nach gestohlenen Manuskripten von F. Scott Fitzgerald aus der Sammlung der Bibliothek der Princeton University«, erklärte Bradshaw.

Bruce lachte und zeigte sich völlig unbeeindruckt. »Soll das ein Witz sein?«

»Sehen wir aus, als würden wir Witze reißen?«

»Eher nicht. Sie haben sicherlich nichts dagegen, wenn ich das hier lese?« Er wedelte mit dem Durchsuchungsbeschluss herum.

»Nur zu. Ab sofort sind fünf Beamte in der Buchhandlung im Einsatz, uns eingeschlossen.«

»Fühlen Sie sich wie zu Hause. Kaffee gibt es oben.«

»Das wissen wir.«

Bruce setzte sich an seinen Schreibtisch und las den Durchsuchungsbeschluss. Er ließ sich Zeit, blätterte die Seiten um und gab sich unbesorgt. »Okay, das ist alles ziemlich eindeutig«, sagte er, als er fertig war. »Der Beschluss gilt nur für den Tresorraum im Keller, richtig?«

»Das stimmt«, bestätigte Bradshaw.

»Ich bewahre da unten jede Menge wertvolle Bücher auf, und Ihre Leute sind bekannt dafür, dass sie bei Durchsuchungen eine Schneise der Verwüstung hinterlassen.«

»Sie sehen zu viel fern«, gab Vanno zurück. »Wir verstehen unser Geschäft, und wenn Sie kooperieren, wird außer Ihnen niemand im Laden merken, dass wir überhaupt hier sind.«

»Das bezweifle ich.«

»Gehen wir.«

Mit dem Durchsuchungsbeschluss in der Hand führte Bruce sie in den hinteren Teil der Buchhandlung, wo sie von drei weiteren Beamten erwartet wurden, die ebenfalls Freizeitkleidung trugen. Bruce ignorierte sie und sperrte die Tür zum Keller auf.

»Passen Sie auf, wo Sie hintreten«, warnte er, während er einen Lichtschalter betätigte.

Nachdem er im Keller weitere Lampen eingeschaltet hatte, gab er den Code an der Tür zum Tresorraum ein. Er öffnete den Tresorraum, schaltete auch hier das Licht an, und als sich alle fünf Beamten in den Raum gezwängt hatten, deutete er mit einer ausholenden Handbewegung auf die Wände.

»Das sind alles seltene Erstausgaben. Ich kann mir nicht vorstellen, dass die für Sie von Interesse sind.«

Ein Beamter holte eine kleine Videokamera heraus und fing an, das Innere des Tresorraums zu filmen.

»Öffnen Sie den Safe«, befahl Bradshaw, und Bruce kam der Aufforderung nach.

Als er die Tür geöffnet hatte, deutete er auf die oberen Regale.

»Die hier sind besonders selten. Wollen Sie sie sehen?«

»Vielleicht später«, sagte Bradshaw. »Fangen wir mit diesen vier Schubfächern an.« Er wusste genau, was er wollte.

Bruce zog das erste heraus. Es enthielt zwei Kästen aus Zedernholz, genau wie von Mercer beschrieben. Er nahm einen davon heraus, stellte ihn auf den Tisch und öffnete den Deckel.

»Das ist das Originalmanuskript des 1966 erschienenen Buchs *Dunkler als Bernstein* von John D. MacDonald. Ich habe es vor etwa zehn Jahren gekauft und kann Ihnen die Rechnung dazu vorlegen.«

Bradshaw und Vanno beugten sich über das Manuskript. »Haben Sie etwas dagegen, wenn wir es anfassen?«, fragte Vanno. Beide besaßen langjährige Erfahrung und wussten, was sie taten.

»Von mir aus.«

Das Manuskript war mit der Schreibmaschine geschrieben, die Seiten waren in gutem Zustand und wiesen kaum verblichene Stellen auf. Sie blätterten ein wenig und verloren schnell das Interesse.

»Und der andere?«, fragte Bradshaw.

Bruce nahm den zweiten Zedernholzkasten heraus, stellte ihn neben den ersten und öffnete den Deckel. »Das ist ein weiteres Manuskript von MacDonald, *Gefangen im Silberregen*, erschienen 1985. Auch dafür kann ich Ihnen die Rechnung vorlegen.«

Es war ebenfalls fein säuberlich mit der Maschine geschrieben, mit Anmerkungen am Rand.

Bruce setzte noch eins drauf. »MacDonald lebte auf einem Boot, auf dem er nicht immer Strom hatte«, erklärte er. »Er benutzte eine alte mechanische Underwood-Schreibmaschine und arbeitete mit akribischer Genauigkeit. Seine Manuskripte sind unglaublich ordentlich.«

Das war ihnen ziemlich egal, aber sie sahen sich trotzdem ein paar Seiten an.

»Wenn ich mich nicht irre, hat Fitzgerald seine Originalmanuskripte doch mit der Hand geschrieben«, sagte Bruce, der offenkundig seinen Spaß hatte.

Er bekam keine Antwort.

Bradshaw drehte sich erneut zum Safe um. »Das zweite Schubfach.«

Bruce zog es heraus, und die beiden Beamten schoben sich näher heran, um einen Blick auf das Innere zu erhaschen. Es war leer. Genau wie das dritte und vierte Schubfach. Bradshaw war wie vor den Kopf geschlagen und blickte verzweifelt Vanno an, der ungläubig die leeren Schubfächer anstarrte.

»Räumen Sie den Safe aus«, sagte Bradshaw, am Boden zerstört.

»Gern«, sagte Bruce. »Allerdings liegt es, zumindest für mich, auf der Hand, dass Sie einer Fehlinformation aufgesessen sind. Ich handle nicht mit gestohlenen Objekten, und schon gar nicht mit den Fitzgerald-Manuskripten.«

»Räumen Sie den Safe aus«, wiederholte Bradshaw, ohne ihn zu beachten.

Bruce legte die beiden MacDonald-Manuskripte zurück in das oberste Schubfach und holte eine Buchklappschachtel vom obersten Regal, die den *Fänger im Roggen* enthielt. »Wollen Sie das Buch sehen?«

»Ja«, erwiderte Bradshaw.

Vorsichtig öffnete Bruce die Klappschachtel und nahm das Buch heraus. Er hielt es in die Höhe, damit sie es sehen und auf Video verewigen konnten, dann legte er es zurück.

»Sie wollen wirklich alle sehen?«

»Ganz recht.«

»Das ist Zeitverschwendung. Das sind bereits veröffentlichte Romane, keine Manuskripte.«

»Das wissen wir.«

»Die Klappschachteln werden für jedes Buch passgenau angefertigt und sind viel zu klein für ein Manuskript.«

Das war offensichtlich, aber sie hatten Zeit und durften bei der Durchsuchung nichts auslassen. »Weiter«, sagte Bradshaw und deutete mit dem Kopf auf die Regale im Safe.

Methodisch nahm Bruce ein Buch nach dem anderen heraus, öffnete die Klappschachtel, zeigte das Buch und legte es beiseite. Während er fröhlich vor sich hin arbeitete, blickten Bradshaw und Vanno einander kopfschüttelnd an, verdrehten die Augen und sahen so dumm aus der Wäsche, wie es zwei hinters Licht geführten FBI-Beamten nur möglich war.

Als sich alle achtundvierzig Bücher auf dem Tisch stapelten, war der Safe leer bis auf die beiden MacDonald-Manuskripte im obersten Schubfach. Bradshaw trat näher an den Safe heran, als hielte er nach Geheimfächern Ausschau, aber es war offensichtlich, dass dafür kein Platz war. Er kratzte sich am Kinn und fuhr sich mit den Fingern durch das schüttere Haar.

»Was ist mit denen hier?«, fragte Vanno und deutete auf die Bücherregale an den Wänden.

»Das sind seltene Erstausgaben«, sagte Bruce, »von Büchern, die vor vielen Jahren erschienen sind. Ich habe zwanzig Jahre gebraucht, um diese Sammlung aufzubauen. Das sind aber ebenfalls Romane, keine Manuskripte. Wahrscheinlich wollen Sie die auch alle sehen.«

»Warum nicht?«, sagte Vanno.

Bruce holte die Schlüssel hervor und sperrte die Regale auf. Die Beamten schwärmten aus und fingen an, die Glastüren zu den Regalen zu öffnen und die Bücher Reihe um Reihe zu inspizieren, ohne etwas zu finden, das einem unhandlichen Manuskript auch nur entfernt ähnelte. Bruce behielt sie genau im Auge, um sofort einzugreifen, wenn ein

Buch herausgenommen wurde. Aber sie gingen vorsichtig und sehr professionell vor, und nach einer Stunde im Tresorraum war die Suche vorbei und hatte nichts ergeben. Jeder Quadratzentimeter war untersucht worden. Als sie den Raum verließen, zog Bruce die Tür zu, schloss aber nicht ab.

Bradshaw sah sich im Keller um und musterte die mit alten Büchern, Illustrierten, Korrekturfahnen und Leseexemplaren vollgestopften Regale.

»Haben Sie etwas dagegen, wenn wir uns hier umsehen?«, fragte er in einem letzten verzweifelten Versuch, doch noch etwas zu finden.

»Der Durchsuchungsbeschluss gilt nur für den Tresorraum«, gab Bruce zu bedenken, »aber wenn Sie meinen. Sehen Sie sich ruhig um. Finden werden Sie nichts.«

»Sie sind also einverstanden.«

»Na klar. Warum nicht? Wenn Sie unbedingt Ihre Zeit verschwenden wollen.«

Sie schwärmten in der »Rumpelkammer« aus und stöberten und wühlten eine halbe Stunde lang, als wollten sie das Unvermeidliche hinauszögern. Sie konnten und wollten sich ihre Niederlage nicht eingestehen, aber letztendlich gaben sie doch auf. Bruce folgte ihnen die Treppe hinauf und begleitete sie zum Ausgang.

Bradshaw streckte ihm die Hand hin. »Entschuldigen Sie die Unannehmlichkeiten.«

Bruce schüttelte die ausgestreckte Hand. »Ist die Sache damit für mich erledigt, oder stehe ich immer noch unter Verdacht?«

Bradshaw holte eine Visitenkarte aus der Tasche und gab sie ihm. »Ich rufe Sie morgen an und beantworte diese Frage.«

»Sehr schön. Ich habe einen besseren Vorschlag: Mein Anwalt ruft Sie an.«

»Auch gut.«

Als sie weg waren, drehte Bruce sich um und blickte in die weit aufgerissenen Augen der beiden Angestellten an der Kasse.

»Drogenfahndung«, sagte er. »Die suchen ein Crystal-Meth-Labor. Und jetzt zurück an die Arbeit.«

3.

Die älteste Bar auf der Insel war der Pirate's Saloon drei Häuserblocks östlich von der Buchhandlung. Nach Einbruch der Dunkelheit traf sich Bruce dort mit seinem Anwalt Mike Wood auf einen Drink. Sie steckten die Köpfe über einem Bourbon zusammen, und Bruce beschrieb die Durchsuchungsaktion. Mike fragte als erfahrener Rechtsanwalt gar nicht erst, ob Bruce etwas über die gestohlenen Manuskripte wusste.

»Lässt sich irgendwie herausfinden, ob noch gegen mich ermittelt wird?«, fragte Bruce.

»Vielleicht. Ich rufe dort morgen an, aber ich nehme an, die Antwort ist Ja.«

»Ich wüsste gern, ob ich die nächsten sechs Monate beschattet werde. Nächste Woche fliege ich nach Südfrankreich, um mich mit Noelle zu treffen. Wenn mir dabei ständig jemand auf den Fersen ist, wüsste ich das gern. Ich kann ihnen meine Flugnummer geben und mich melden, wenn ich wieder zu Hause bin. Ich habe nichts zu verbergen.«

»Wenn du willst, richte ich dem Beamten das aus, aber für den Augenblick musst du davon ausgehen, dass sie jede deiner Bewegungen beobachten, jedes Telefonat abhören und jede E-Mail und Textnachricht lesen.«

Bruce spielte den Ungläubigen und Verärgerten, aber tatsächlich hatte er in den vergangenen beiden Monaten stets angenommen, dass ihn das FBI oder sonst jemand beobachtete und mithörte.

Am folgenden Tag, einem Mittwoch, rief Mike Wood Lamar Bradshaw viermal auf dem Handy an und landete auf der Mailbox. Er hinterließ Nachrichten, erhielt aber keinen Rückruf. Am Donnerstag meldete sich Bradshaw bei ihm und informierte ihn darüber, dass sich das FBI zwar nach wie vor für Mr. Cable interessiere, jedoch nicht mehr gegen ihn ermittle.

Wood teilte Bradshaw mit, sein Mandant werde bald ins Ausland reisen, und gab ihm die Flugnummer und den Namen des Hotels in Nizza, wo er einige Tage mit seiner Frau verbringen wolle. Bradshaw bedankte sich für die Information, erklärte aber, das FBI sei nicht an Mr. Cables Auslandsreisen interessiert.

4.

Am Freitag wurden Denny Durban und Bryan Bayer alias Rooker nach Philadelphia geflogen und von dort mit dem Auto nach Trenton gebracht, wo sie erneut erkennungsdienstlich behandelt und dann in getrennten Zellen untergebracht wurden. Danach wurde Denny in ein Vernehmungszimmer geführt, wo er, nachdem er sich an einen Tisch gesetzt hatte und mit Kaffee versorgt worden war, warten musste. Mark Driscoll und sein Anwalt Gil Petrocelli wurden von Special Agent McGregor in den Gang vor dem Vernehmungszimmer gebracht, wo sie durch ein nur auf ihrer Seite durchsichtiges Fenster Denny begutachten konnten, der sich so mutterseelenallein zu langweilen schien.

»Wir haben Ihren Kumpel erwischt«, sagte McGregor zu Mark Driscoll. »In Florida.«

»Na und?«, fragte Petrocelli.

»Das heißt, dass wir jetzt alle drei haben, die drei, die in der Firestone Library waren. Haben Sie genug gesehen?«

»Ja«, sagte Driscoll.

Sie gingen zwei Türen weiter zu einem anderen Vernehmungszimmer.

»Wir wissen nicht, wer sonst noch beteiligt war, aber es gab Komplizen«, sagte McGregor, als sie um einen kleinen Tisch saßen. »Irgendwer außerhalb der Bücherei hat das Ablenkungsmanöver inszeniert, während Sie drei drinnen aktiv waren. Irgendwer hat sich in die Sicherheitsanlage und die Stromversorgung des Campus gehackt. Das sind fünf Beteiligte, vielleicht mehr, das können nur Sie uns sagen. Wir sind nah dran an den Manuskripten, und demnächst wird gegen eine ganze Reihe von Personen Anklage erhoben werden. Wir sind bereit, Ihnen eine Absprache anzubieten, nach der sich andere die Finger lecken würden, Mr. Driscoll. Sie singen und kommen frei. Wenn Sie uns alles sagen, ist die Anklage gegen Sie vom Tisch. Sie gehen in den Zeugenschutz, und wir besorgen Ihnen an einem netten Ort eine neue Existenz mit neuen Papieren, einem guten Job, was immer Sie wollen. Wenn es eine Verhandlung gibt, werden Sie zurückkommen und aussagen müssen, aber ich bezweifle ehrlich gesagt, dass das passiert.«

Driscoll reichten die acht Monate im Gefängnis. Denny war die große Gefahr gewesen, und jetzt, wo er neutralisiert war, war der Druck weg. Das Risiko einer Vergeltung war drastisch gesunken. Trey war nicht der gewalttätige Typ und außerdem auf der Flucht. Wenn er der Polizei Treys richtigen Namen lieferte, hatten sie ihn vielleicht bald erwischt. Ahmed war ein Computernerd und ein Waschlappen, der

Angst vor seinem eigenen Schatten hatte. Dass er Rache nahm, war kaum zu erwarten.

»Geben Sie mir etwas Zeit«, sagte Driscoll.

»Wir müssen das erst besprechen«, mischte sich Petrocelli ein.

»Gut, heute ist Freitag. Sie haben das Wochenende, um sich zu entscheiden. Montagmorgen bin ich wieder hier. Danach ist das Angebot vom Tisch.«

Am Montag nahm Mark Driscoll den Deal an.

5.

Am Dienstag, dem 19. Juli, flog Bruce Cable von Jacksonville nach Atlanta, ging dort an Bord einer Air-France-Maschine und reiste ohne Zwischenstopp nach Paris, wo er zwei Stunden auf seinen Anschlussflug nach Nizza warten musste. Er traf dort um acht Uhr morgens ein und fuhr mit dem Taxi ins Hôtel La Pérouse, ein elegantes Boutique-Hotel am Meer, das er und Noelle vor zehn Jahren auf ihrer ersten Frankreichreise entdeckt hatten. Sie wartete in der Lobby auf ihn und sah mit ihrem kurzen weißen Kleid und dem eleganten breitkrempigen Strohhut sehr französisch aus. Sie küssten und umarmten sich, als wären sie jahrelang getrennt gewesen, dann schlenderten sie Händchen haltend zu der Terrasse am Pool, wo sie Champagner tranken und sich erneut küssten. Als Bruce hungrig wurde, gingen sie auf ihr Zimmer im zweiten Stock und bestellten Roomservice. Sie aßen auf dem Balkon und genossen die Sonne. Unter ihnen erstreckte sich kilometerweit der Strand, und dahinter glitzerte das Mittelmeer in der Morgensonne. Bruce hatte seit Monaten keinen freien Tag gehabt und war urlaubsreif. Nach einem langen Mittagsschlaf war der Jetlag verflogen, und sie gingen an den Pool.

Wie immer erkundigte er sich nach Jean-Luc, und Noelle sagte, es gehe ihm gut. Er lasse grüßen. Sie fragte nach Mercer, und Bruce erzählte die ganze Geschichte. Höchstwahrscheinlich würden sie Mercer nie wieder zu Gesicht bekommen.

Am späten Nachmittag verließen sie das Hotel und gingen die fünf Minuten ins Altstadt-Dreieck, das viele Jahrhunderte alt war und den eigentlichen Charme der Stadt ausmachte. Sie schwammen in der Menge mit, genossen die belebten Straßenmärkte, bewunderten die Schaufenster der Boutiquen in den Gassen, die zu schmal für Autos waren, aßen in einem der vielen Straßencafés Eis und tranken Kaffee. Sie schlängelten sich durch die schmalen Sträßchen und verloren gelegentlich die Orientierung, aber nie für lange. Schon hinter der nächsten Ecke war wieder das Meer zu sehen. Oft hielten sie sich an der Hand, blieben immer dicht beieinander und schienen sich manchmal gar nicht loslassen zu wollen.

6.

Am Donnerstag schliefen Bruce und Noelle lange und frühstückten auf dem Balkon, bevor sie schließlich duschten, sich ankleideten und zu einem erneuten Bummel durch die Altstadt aufbrachen.

Sie flanierten über die Blumenmärkte und bewunderten die spektakulären Sorten, von denen selbst Noelle viele nicht kannte. Sie tranken in einem anderen Café einen Espresso und beobachteten die Menschenmenge, die sich um die barocke Kathedrale am Place Rossetti drängte. Gegen Mittag schlenderten sie schließlich zu einer etwas breiteren Straße am Rande der Altstadt, auf der sich einige Autos drängelten. Sie betraten ein Antiquitätengeschäft, und Noelle plauderte mit dem Eigentümer. Eine Hilfskraft führte sie nach hinten, in eine kleine Werkstatt, die vollgestellt war mit Tischen und Schränken in verschiedenen Restaurierungsphasen. Der Mann deutete auf eine Holzkiste und erklärte Noelle, diese sei gerade erst eingetroffen. Sie überprüfte den Versandanhänger, der an eine Ecke geklammert war, und bat den Angestellten, die Kiste zu öffnen. Er holte sein Werkzeug und fing an, die fünf Zentimeter langen Schrauben zu lösen, mit denen der Deckel befestigt war. Es war ein Dutzend, und er arbeitete langsam und methodisch, wie er es offenkundig seit vielen Jahren tat. Bruce beobachtete ihn genau, während sich Noelle mehr für einen anderen alten Tisch zu interessieren schien. Als der Mann endlich fertig war, nahmen er und Bruce den Deckel von der Kiste und legten ihn zur Seite.

Noelle sagte etwas zu dem Angestellten, und er verschwand. Bruce holte die dicke Schaumstoffverpackung aus der Kiste, unter der Mercers Sekretär zum Vorschein kam. Die drei Schubladen unter der Tischplatte waren bis auf die Blenden entfernt worden, um Platz für ein Geheimfach zu schaffen. Mit einem Klauenhammer löste Bruce vorsichtig die Verkleidung. Dahinter befanden sich fünf identische Kästen aus Zedernholz, die ein Möbelschreiner auf Camino Island nach Maß für ihn angefertigt hatte.

Gatsby und Co.

7.

Die Besprechung begann um neun Uhr, und es sah ganz danach aus, als würde es ein Marathon werden. Überall auf dem langen Tisch lagen Papiere verstreut, als hätten sie bereits stundenlang gearbeitet. Am hinteren Ende war ein großer Bildschirm installiert worden, neben dem eine Platte mit Donuts und zwei Kannen Kaffee standen. Agent McGregor und drei weitere FBI-Beamte setzten sich auf eine Seite. Carlton, der Vertreter der Bundesanwaltschaft, und sein Gefolge ernsthafter junger Männer in dunklen Anzügen auf die andere. Am anderen Ende des Tisches, auf dem heißen Stuhl, saß Mark Driscoll mit seinem getreuen Anwalt Petrocelli zu seiner Linken.

Driscoll schwelgte bereits in süßen Gedanken an das Leben draußen, an die Freiheit in einer neuen Welt. Er wollte reden.

McGregor ergriff zuerst das Wort. »Fangen wir mit der Gang an. Drei von Ihnen waren in der Bibliothek, richtig?«

»Das stimmt. Ich, Jerry Steengarden und Denny Durban.«

»Und die anderen?«

»Also, draußen vor der Bibliothek war Tim Maldanado postiert, Spitzname Trey. Ich weiß nicht genau, wo er her ist, weil er praktisch sein ganzes Leben lang auf der Flucht war. Seine Mutter heißt Iris Green und wohnt in der Baxter Road in Muncie, Indiana. Sie können ihr einen Besuch abstatten, aber ich glaube, sie hat ihren Sohn seit Jahren nicht gesehen. Trey ist vor etwa zwei Jahren aus einem Bundesgefängnis in Ohio ausgebrochen.«

»Wieso wissen Sie, wo seine Mutter wohnt?«, fragte McGregor.

»Das gehörte zum Plan. Wir haben jede Menge nutzlose Details auswendig gelernt, damit wir alle dichthalten, falls einer gefasst wird. Aus Angst vor Vergeltung, das kam uns damals sehr schlau vor.«

»Und wann haben Sie Trey zuletzt gesehen?«

»Letztes Jahr, am 12. November, an dem Tag, an dem Jerry und ich von der Jagdhütte nach Rochester gefahren sind. Er war mit Denny zusammen. Ich habe keine Ahnung, wo er jetzt sein könnte.«

Auf dem Bildschirm grinste ihnen Trey von einem Verbrecherfoto entgegen.

»Das ist er«, bestätigte Mark.

»Und was war seine Aufgabe?«

»Er sollte ein Ablenkungsmanöver inszenieren. Er hat damals mit Rauchbomben und Feuerwerkskörpern für den ganzen Aufruhr gesorgt. Dann hat er den Notruf gewählt und behauptet, jemand knallt Studenten ab. Ich habe aus der Bibliothek selbst noch zwei- oder dreimal angerufen.«

»Okay, darauf kommen wir noch zu sprechen. Wer war noch beteiligt?«

»Wir waren nur zu fünft, der Fünfte war Ahmed Mansour, ein Amerikaner libanesischer Abstammung, der von Buffalo aus gearbeitet hat. Er war an dem Abend nicht vor Ort. Er ist ein Hacker, Fälscher, Computerexperte. Er hat lange für die Regierung gearbeitet, bevor er seinen Job verlor und kriminell wurde. Er ist etwa fünfzig Jahre alt, geschieden und lebt mit einer Frau in der 662 Washburn Street in Buffalo. Soviel ich weiß, ist er nicht vorbestraft.«

Obwohl Driscolls Aussage gefilmt und aufgezeichnet wurde, kritzelten alle vier FBI-Beamten und die fünf grimmig dreinblickenden jungen Männer von der Bundesanwaltschaft hektisch vor sich hin, als wären ihre Notizen unerlässlich.

»Wenn Sie nur zu fünft waren, wer ist dann das?«, fragte McGregor.

Bryan Bayers Gesicht erschien auf dem Bildschirm.

»Keine Ahnung.«

»Das ist der Kerl, der mich vor ein paar Wochen auf dem Parkplatz bedroht hat«, sagte Petrocelli. »Ich sollte meinem Mandanten ausrichten, dass er auf keinen Fall den Mund aufmachen soll.«

»Wir haben ihn zusammen mit Denny in Florida erwischt. Ein Berufskrimineller namens Bryan Bayer, der als Rooker bekannt ist.«

»Kenne ich nicht«, erklärte Driscoll. »Der hat jedenfalls nicht zu unserem Team gehört. Wahrscheinlich hat Denny ihn engagiert, um nach den Manuskripten zu suchen.«

»Wir wissen nicht viel über ihn, und er redet nicht«, sagte McGregor.

»Er war keiner von uns«, sagte Driscoll.

»Auf Ihre Gang kommen wir noch zu sprechen. Erzählen Sie uns von Ihrem Plan. Wie hat alles angefangen?«

Driscoll lächelte, machte es sich gemütlich, trank einen kräftigen Schluck Kaffee und begann mit seiner Geschichte.

8.

Tief im Rive Gauche, dem südlich der Seine gelegenen Teil von Paris, in der Rue Saint-Sulpice im Herzen des 6. Arrondissements, führte Monsieur Gaston Chappelle eine gepflegte kleine Buchhandlung, die sich in den letzten achtundzwanzig Jahren kaum verändert hatte. Solche Läden finden sich überall im Stadtzentrum verstreut, und jeder hat ein anderes Spezialgebiet. Das von Monsieur Chappelle waren antiquarische französische, spanische und amerikanische Romane des neunzehnten und zwanzigsten Jahrhunderts. Zwei Häuser weiter handelte ein Freund von ihm ausschließlich mit alten Landkarten und Atlanten. An der nächsten Ecke hatte sich ein Geschäft für alte Drucke und Briefe historischer Persönlichkeiten niedergelassen. Generell gab es in diesen Läden nur wenig Laufkundschaft, Neugierige, die nur herumstöbern wollten, ja, aber kaum Kunden. Ihre Kundschaft bestand aus ernsthaften Sammlern aus der ganzen Welt, nicht aus Touristen auf der Suche nach Urlaubslektüre.

Am Montag, dem 25. Juli, schloss Monsieur Chappelle sein Geschäft um elf Uhr vormittags und stieg in ein wartendes Taxi. Zwanzig Minuten später hielt der Wagen vor einem Bürogebäude in der Avenue Montaigne, und er stieg aus. Als er das Gebäude betrat, warf er einen vorsichtigen Blick auf die Straße hinter ihm, obwohl er keine Auffälligkeiten erwartete. An seinem Auftrag war nichts Gesetzwidriges, zumindest nicht nach französischem Recht.

Er sprach mit der bildschönen Empfangsdame und wartete, während sie oben anrief. Er schlenderte in der Lobby umher, bewunderte die Gemälde an den Wänden und ließ sich vom ambitionierten Auftreten der Kanzlei beeindrucken. Scully & Pershing verkündeten dicke Bronzelettern, mit Niederlassungen in, und er zählte sie, vierundvierzig Städten in allen wichtigen und ein paar weniger wichtigen Ländern. Er hatte sich eine Weile auf der Website herumgetrieben und wusste, dass Scully damit prahlte, dreitausend Rechtsanwälte zu beschäftigen und die größte Kanzlei der Welt zu sein.

Nachdem sie die Erlaubnis eingeholt hatte, gestattete ihm die Rezeptionistin, sich auf den Weg in den zweiten Stock zu machen. Er nahm die Treppe und begab sich ins Büro eines gewissen Thomas Kendrick, eines Partners der Kanzlei, für den sich Chappelle nur entschieden hatte, weil er sein Grundstudium in Princeton absolviert hatte.

Danach hatte er zwei Abschlüsse in Jura erworben: an der Columbia University und an der Sorbonne. Mr. Kendrick war achtundvierzig Jahre alt und stammte aus Vermont, besaß aber inzwischen die doppelte Staatsbürgerschaft. Er war mit einer Französin verheiratet und hatte seit seinem Studium ständig in Paris gelebt. Sein Fachgebiet waren komplexe internationale Rechtsstreitigkeiten, und er hatte, zumindest am Telefon, den Eindruck erweckt, dass er seine Zeit nicht mit einem gewöhnlichen Buchhändler vergeuden wollte. Monsieur Chappelle hatte sich jedoch nicht abwimmeln lasen.

Ziemlich steif tauschten sie Begrüßungsfloskeln aus, und Mr. Kendrick kam schnell zur Sache. »Was kann ich für Sie tun?«

»Sie haben enge Verbindungen zur Princeton University«, erwiderte Monsieur Chappelle, »und gehörten früher dem Kuratorium an. Ich nehme an, Sie kennen den Präsidenten, Dr. Carlisle.«

»Ja. Ich engagiere mich sehr für meine Hochschule. Darf ich fragen, warum das von Bedeutung ist?«

»Es ist sogar sehr wichtig. Ein Freund von mir hat einen Bekannten, der den Mann kennt, in dessen Besitz sich die Fitzgerald-Manuskripte befinden. Dieser Mann würde sie Princeton gern zurückgeben, allerdings nicht kostenlos.«

Kendricks professionelle Tausend-Dollar-pro-Stunde-Fassade bröckelte, sein Mund klappte auf, die Augen quollen hervor, und er sah aus, als hätte er einen Schlag in die Magengrube bekommen.

Chappelle sprach weiter. »Ich bin nur der Vermittler, genau wie Sie. Wir benötigen Ihre Unterstützung.«

Mr. Kendrick hatte mehr als genug Arbeit, und er brauchte ganz bestimmt keinen Job, der ihm finanziell nichts einbrachte und dafür wertvolle Zeit verschlang. Allerdings war die Aussicht, an einer solch einzigartigen Transaktion beteiligt zu sein, allzu verlockend. Wenn der Mann die Wahrheit sagte, konnte er, Kendrick, wesentlich dazu beitragen, dass seine geliebte Hochschule den Schatz zurückbekam, der ihr so sehr am Herzen lag.

Er räusperte sich. »Wenn ich Sie richtig verstehe, sind die Manuskripte in Sicherheit und befinden sich in einer Hand.«

»So ist es.«

Kendrick lächelte, während sich seine Gedanken überschlugen. »Und wo würde die Übergabe stattfinden?«

»Hier. In Paris. Die Übergabe ist sorgfältig geplant, und allen Anweisungen ist strikt Folge zu leisten. Es liegt auf der Hand, dass wir es mit einem Kriminellen zu tun haben, der Objekte von unschätzbarem Wert in seinem Besitz hat und sich nur ungern erwischen lassen möchte. Er ist hochintelligent und extrem vorsichtig, beim geringsten Fehler oder Missgeschick, falls es auch nur die Andeutung eines Problems gibt, wird er die Manuskripte für immer verschwinden lassen. Princeton hat nur diese eine Chance, die Dokumente zurückzubekommen. Die Polizei zu benachrichtigen wäre ein schwerer Fehler.«

»Ich bin mir nicht sicher, ob Princeton bereit ist, das FBI außen vor zu lassen. Das weiß ich natürlich nicht.«

»Dann kommen wir nicht ins Geschäft. Punkt. Princeton wird die Manuskripte nie wiedersehen.«

Kendrick erhob sich und stopfte sein teures Hemd tiefer in seine maßgeschneiderte Hose. Er ging zum Fenster und starrte ins Leere.

»Was ist der Preis?«

»Ein Vermögen.«

»Natürlich. Ich muss aber zumindest eine ungefähre Zahl nennen.«

»Vier Millionen pro Manuskript. Und das ist nicht verhandelbar.«

Als Profi, der Prozesse führte, bei denen es um Milliarden ging, ließ sich Kendrick von der Höhe des Lösegelds nicht beeindrucken. Princeton würde sich davon gewiss nicht abschrecken lassen. Er bezweifelte, dass seine Hochschule so viel Geld in der Portokasse hatte, aber es gab eine Stiftung mit einem Kapital von fünfundzwanzig Milliarden Dollar und Tausende wohlhabender Alumni.

Kendrick löste sich vom Fenster. »Ich muss natürlich erst telefonieren. Wann treffen wir uns wieder?«

Chappelle erhob sich. »Morgen. Und ich warne Sie noch einmal, Mr. Kendrick, wenn die Polizei hier oder in den USA hinzugezogen wird, hätte das katastrophale Folgen.«

»Das habe ich verstanden. Danke fürs Kommen, Mr. Chappelle.« Sie schüttelten sich die Hände und verabschiedeten sich.

Am nächsten Morgen um zehn Uhr hielt eine schwarze Mercedes-Limousine in der Rue de Vaugirard vor dem Palais du Luxembourg. Dem Fond entstieg Thomas Kendrick, der auf dem Bürgersteig ein paar Schritte ging. Er betrat den berühmten Jardin du Luxembourg durch ein schmiedeeisernes Tor und ließ sich mit einer Gruppe Touristen zum achteckigen Wasserbecken treiben, wo Hunderte Pariser und Touristen in der Sonne sitzend und lesend den Vormittag genossen. Kinder veranstalteten mit ihren Modellbooten Wettrennen auf dem Wasser. Liebespaare schmusten auf der niedrigen Betoneinfassung des Beckens. Gruppen von Joggern trabten lachend und plaudernd vorbei. Am Delacroix-Denkmal schloss sich ihm grußlos Gaston Chappelle an, der einen Aktenkoffer in der Hand trug. Sie gingen weiter, schlenderten über die breiten Wege und entfernten sich dabei immer mehr vom Wasserbecken.

»Werde ich beobachtet?«, fragte Kendrick.

»Es sind Leute vor Ort, ja. Der Mann mit den Manuskripten hat Komplizen. Werde ich beobachtet?«

»Nein. Das kann ich Ihnen versichern.«

»Gut. Ich nehme an, Ihre Gespräche sind erfolgreich verlaufen.«

»Ich fliege in zwei Stunden in die USA. Morgen treffe ich mich mit den Leuten aus Princeton. Sie wissen, wie die Regeln sind. Wie Sie sich vermutlich schon gedacht haben, Mr. Chappelle, hätten sie gern irgendeinen Beweis.«

Ohne mit der Wimper zu zucken, holte Chappelle eine Mappe aus seinem Aktenkoffer.

»Das dürfte reichen«, sagte er.

Kendrick nahm sie ihm im Gehen ab.

»Darf ich fragen, was das ist?«

Chappelle grinste verschmitzt. »Die erste Seite von Kapitel drei aus *Der große Gatsby*. Soweit ich das beurteilen kann, ist sie echt.«

Kendrick blieb wie angewurzelt stehen. »Ach du großer Gott«, murmelte er.

9.

Dr. Jeffrey Brown eilte praktisch im Dauerlauf über den Campus von Princeton und spurtete die Treppe zur Nassau Hall, dem Verwaltungsgebäude, hinauf. Als Leiter der Manuskriptabteilung der Firestone Library konnte er sich kaum erinnern, wann er zuletzt im Büro des Präsidenten gewesen war. Und er wusste ganz genau, dass er nie zu einer »dringenden« Besprechung eingeladen worden war. So aufregend war sein Amt noch nie gewesen.

Die Sekretärin wartete schon auf ihn und eskortierte ihn in das prunkvolle Büro von Präsident Carlisle, der ihn im Stehen erwartete. Rasch wurde Dr. Brown dem Justitiar der Universität, Richard Farley, und Thomas Kendrick vorgestellt. Zumindest für Brown war die Anspannung greifbar.

Carlisle versammelte die vier an einem kleinen Konferenztisch und wandte sich an Brown.

»Entschuldigen Sie die kurzfristige Anberaumung, aber wir haben etwas erhalten, das überprüft werden muss. Gestern in Paris wurde Mr. Kendrick ein einzelnes Blatt Papier übergeben, bei dem es sich angeblich um die erste Seite des dritten Kapitels von F. Scott Fitzgeralds Originalmanuskript von *Der große Gatsby* handeln soll. Bitte sehen Sie es sich an.«

Er schob ihm eine Mappe hin und öffnete sie. Beim Anblick der Seite stockte Brown der Atem, er berührte vorsichtig die obere rechte Ecke und vergrub das Gesicht in den Händen.

10.

Zwei Stunden später berief Präsident Carlisle eine zweite Besprechung am selben Tisch ein. Dr. Brown war verabschiedet worden, seinen Platz hatte Elaine Shelby eingenommen. Neben ihr saß ihr Kunde Jack Lance, der CEO der Versicherungsgesellschaft, für die es um fünfundzwanzig Millionen ging. Es ärgerte sie immer noch, dass ihr brillanter Plan, Bruce Cable zu überführen, fehlgeschlagen war, aber als sie hörte, dass die Manuskripte möglicherweise wieder im Spiel waren, hob sich ihre Stimmung schlagartig. Sie wusste, dass

Cable nicht auf Camino Island war, aber nicht, dass er sich in Frankreich aufhielt. Dem FBI war bekannt, dass er nach Nizza geflogen war, er war jedoch nicht verfolgt worden. Elaine hatte man nicht informiert.

Thomas Kendrick und Richard Farley nahmen Elaine und Lance gegenüber Platz. Präsident Carlisle reichte ihnen die Mappe. »Das wurde uns gestern in Paris ausgehändigt. Es handelt sich um eine Musterseite aus dem *Gatsby*, die Echtheit haben wir bereits überprüft.«

Elaine öffnete die Mappe und inspizierte die Seite. Lance folgte ihrem Beispiel, aber keiner der beiden verzog eine Miene.

Kendrick schilderte das Treffen mit Gaston Chappelle und erläuterte die Bedingungen der Absprache.

»Für uns hat natürlich oberste Priorität, dass wir die Manuskripte zurückbekommen. Den unrechtmäßigen Besitzer zu erwischen wäre eine feine Sache, aber im Augenblick ist das zweitrangig.«

»Wir informieren das FBI also nicht?«, fragte Elaine.

»Rein rechtlich sind wir nicht dazu verpflichtet«, erklärte Farley. »Eine private Transaktion ist grundsätzlich nicht zu beanstanden, aber wir wüssten gern, was Sie davon halten. Sie kennen das FBI viel besser als wir.«

Elaine schob die Mappe ein paar Zentimeter weit weg und überlegte, was sie antworten sollte. Sie sprach langsam, wog jedes Wort ab.

»Ich habe vor zwei Tagen mit Lamar Bradshaw gesprochen. Die drei Männer, die die Manuskripte gestohlen haben, sind in Haft, und einer von ihnen hat sich auf eine Absprache eingelassen. Die beiden Komplizen wurden noch nicht gefasst, aber das FBI kennt ihre Namen, und die Fahndung läuft. Soweit es das FBI angeht, ist das Verbrechen aufgeklärt. Ein privater Handel wird ihnen nicht gefallen, aber sie werden Verständnis dafür aufbringen. Ehrlich gesagt, werden sie erleichtert sein, dass die Manuskripte wieder da sind.«

»Haben Sie so etwas schon einmal gemacht?«, fragte Carlisle.

»Oh, ja, mehrfach. Das Lösegeld wird unter der Hand bezahlt. Die gestohlenen Objekte werden zurückgegeben. Letztendlich sind alle zufrieden, vor allem der Eigentümer. Und der Erpresser, nehme ich an.«

»Ich weiß nicht«, sagte Carlisle. »Die Zusammenarbeit mit dem FBI war bisher sehr angenehm. Die Beamten haben hervorragende Arbeit geleistet. Ich finde es nicht richtig, sie jetzt außen vor zu lassen.«

»Aber sie sind in Frankreich nicht zuständig. Sie müssten die französischen Behörden um Amtshilfe bitten, und damit verlieren wir die Kontrolle. Wenn zu viele Leute involviert sind, könnte die Sache aus dem Ruder laufen. Ein kleiner Fehler, ein unvorhergesehener Zwischenfall, und die Manuskripte sind weg.«

»Aber wie wird das FBI reagieren, falls wir die Manuskripte zurückbekommen?«, fragte Farley.

Sie lächelte. »Ich kenne Lamar Bradshaw ziemlich gut. Wenn die Manuskripte sicher verwahrt in Ihrer Bibliothek liegen und die Diebe im Gefängnis sitzen, ist er glücklich. Er wird die Ermittlung noch ein paar Monate lang weiterlaufen lassen, für den Fall, dass der Erpresser einen Fehler macht, aber bald werden wir beide, er und ich, in Washington bei einem Drink zusammensitzen und über die Sache lachen.«

Carlisle sah Farley und Kendrick an.

»Also gut«, willigte er schließlich ein. »Wickeln wir die Sache ohne das FBI ab. Kommen wir zur heiklen Frage der Finanzen. Mr. Lance?«

Der CEO räusperte sich. »Wir stehen für fünfundzwanzig Millionen gerade, aber das gilt nur bei einem Totalverlust. Das hier entwickelt sich völlig anders.«

»Das stimmt.« Carlisle lächelte. »Wenn wir davon ausgehen, dass der Erpresser alle fünf Manuskripte hat, ist es eine einfache Rechnung. Wie viel von den zwanzig Millionen würden Sie beisteuern?«

»Die Hälfte«, erwiderte Lance, ohne zu zögern. »Mehr nicht.«

Die Hälfte war mehr, als Carlisle sich erhofft hatte, und als Universitätsprofessor fühlte er sich Verhandlungen mit dem mit allen Wassern gewaschenen CEO einer Versicherungsgesellschaft ohnehin nicht gewachsen.

Er sah Farley an. »Organisieren Sie die andere Hälfte.«

11.

Nur gute zwölf Meter vom Eingang zur Librairie Gaston Chappelle in der Rue Saint-Sulpice lag das Hôtel Proust, ein malerisches altes Gebäude mit vier Stockwerken und den typischen viel zu kleinen Zimmern sowie einem einzigen Aufzug, in den mit Mühe ein Erwachsener mit Gepäck passte. Bruce legte einen gefälschten kanadischen Pass vor, um ein Zimmer im zweiten Stock zu reservieren, das er bar bezahlte. Im Fenster stellte er eine kleine Kamera auf, die er auf den Eingang zu Gastons Geschäft richtete. In seinem Zimmer im Hôtel Delacroix, um die Ecke in der Rue de Seine, verfolgte er die Aufnahmen live auf seinem iPhone. Noelle, die im Hôtel Bonaparte abgestiegen war, sah dieselben Bilder. Auf ihrem Bett lagen die fünf Manuskripte, alle in unterschiedlichen Taschen.

Um elf Uhr ging sie mit einer Einkaufstasche in der Hand zur Rezeption und erklärte, ihr Zimmer solle nicht geputzt werden, weil ihr Ehemann noch schlafe. Sie verließ das Hotel und stellte sich auf der anderen Straßenseite vor das Schaufenster einer Modeboutique. Bruce ging vorbei und nahm ihr die Tasche ab, ohne stehen zu bleiben. Sie ging in ihr Zimmer zurück, um auf die verbleibenden Manuskripte aufzupassen, und die Vorgänge in Gastons Buchhandlung zu verfolgen.

Unterdessen schlenderte Bruce am Brunnen vor der klassizistischen Kirche Saint-Sulpice vorbei und gab sich große Mühe, unter den Touristen nicht aufzufallen, während er die Zeit totschlug und versuchte, sich für alles zu wappnen. Die nächsten Stunden würden sein Leben von Grund auf verändern. Wenn er in eine Falle tappte, würde er in Ketten in die Vereinigten Staaten zurückgeschickt werden und auf Jahre ins Gefängnis wandern. Wenn es aber klappte, würde er ein reicher Mann sein, und nur Noelle würde davon wissen. Er ging ein paar Blocks weit, wobei er immer wieder einen Bogen schlug, um seine Spuren zu verwischen. Schließlich war es Zeit, mit der Übergabe zu beginnen.

Er betrat die Buchhandlung, wo Gaston einen alten Atlas studierte, um beschäftigt zu wirken, während er in Wirklichkeit die Straße im Auge behielt. Es waren keine Kunden im Laden. Seinem Angestellten hatte er den Tag freigegeben. Sie zogen sich in das enge, vollgestopfte Büro hinten im Laden zurück, und Bruce holte einen Kasten aus Zedernholz heraus. Er öffnete den Kasten, dann die Archivbox darin.

»Das erste«, sagte er. *»Diesseits vom Paradies.«*

Gaston berührte vorsichtig das oberste Blatt. »Scheint in Ordnung zu sein«, erklärte er auf Englisch.

Bruce ging wieder. Als er die Eingangstür hinter sich schloss, sah er sich auf der engen Straße kurz in beide Richtungen um und schlenderte dann so lässig wie möglich davon. Noelle, die die Videoaufnahmen der Kamera im Hôtel Bonaparte verfolgte, fiel nichts Ungewöhnliches auf.

Von einem Prepaidhandy aus rief Gaston eine Nummer bei der Crédit Suisse in Genf an und teilte seinem Ansprechpartner mit, die erste Lieferung sei erfolgt. Wie von Bruce angewiesen, lag das Lösegeld bei einer Züricher Bank. Vereinbarungsgemäß wurde die erste Rate auf ein Nummernkonto bei der AGL Bank in Zürich überwiesen und von dort sofort weiter auf ein anderes Nummernkonto bei einer Bank in Luxemburg.

Ein schwarzer Mercedes hielt vor Gastons Geschäft, und Thomas Kendrick stieg aus. Nach nicht einmal einer Minute kam er mit dem Manuskript wieder heraus. Er fuhr direkt zu seiner Kanzlei, wo Dr. Jeffrey Brown zusammen mit einem weiteren Bibliothekar aus Princeton auf ihn wartete. Sie öffneten die Behälter und bewunderten den kostbaren Inhalt.

Nun war Geduld gefordert, aber das Warten wurde zur Qual. Bruce zog sich um und unternahm einen langen Spaziergang. In einem Straßencafé in der Rue des Écoles im Quartier Latin würgte er einen Salat hinunter. Zwei Tische weiter trank Noelle einen Kaffee. Sie beachteten einander nicht, bis er ging, mit einem Rucksack, den sie auf einem Stuhl abgestellt hatte. Kurz nach ein Uhr betrat er erneut Gastons Buchhandlung, wo er diesen zu seiner Überraschung im Gespräch mit einem Kunden vorfand. Bruce ging nach hinten durch und stellte den Rucksack auf den Schreibtisch im Büro. Als Gaston sich endlich loseisen konnte, öffneten sie den zweiten Zedernholzkasten und betrachteten Fitzgeralds Gekritzel.

»Die Schönen und Verdammten«, sagte Bruce. »1922 erschienen und vielleicht sein schwächstes Werk.«

»Scheint mir in Ordnung zu sein«, erklärte Gaston.

»Rufen Sie an«, sagte Bruce und ging. Fünfzehn Minuten später waren die Überweisungen bestätigt. Kurz darauf hielt derselbe schwarze Mercedes an derselben Stelle, und Thomas Kendrick holte Nummer zwei bei Gaston ab.

Nach der Reihenfolge des Erscheinens wäre *Gatsby* daran gewesen, aber den behielt sich Bruce bis zum Schluss vor. Er hatte mittlerweile ein schönes Sümmchen zusammen, aber die letzte Lieferung bereitete ihm Kopfzerbrechen. Noelle saß im Schatten einer Ulme im Jardin du Luxembourg. Neben ihr stand eine braune Papiertüte mit dem Namen einer Bäckerei. Damit sie noch echter wirkte, ragte das Ende eines Baguettes heraus. Er brach ein Stück ab und kaute darauf herum, während er sich auf den Weg zu Gaston machte. Um 14.30 Uhr betrat er die Buchhandlung, übergab seinem Freund die Tüte und den Rest des Baguettes zusammen mit *Zärtlich ist die Nacht* und enteilte wieder.

Um die Spuren zu verwischen, ging die dritte Überweisung an eine Zweigstelle der Deutschen Bank in Zürich und von dort auf ein Nummernkonto bei einer Londoner Bank. Als beide Transaktionen bestätigt waren, war sein Vermögen von einer siebenstelligen Summe auf einen achtstelligen Betrag angewachsen.

Kendrick erschien erneut, um Nummer drei abzuholen. In der Kanzlei war Dr. Jeffrey Brown angesichts der wachsenden Sammlung geradezu beschwingt.

Das vierte Manuskript, *Der letzte Taikun*, war in einer Nike-Sporttasche versteckt, die Noelle in eine polnische Buchhandlung am Boulevard Saint-Germain schaffte. Während sie stöberte, nahm Bruce die Tasche an sich und marschierte die vier Minuten zur Librairie Chappelle.

Die Schweizer Banken schlossen um fünf. Wenige Minuten vor vier rief Gaston Thomas Kendrick an und übermittelte ihm eine schlechte Nachricht. Für den *Gatsby* wollte sein Bekannter im Voraus bezahlt werden. Kendrick bewahrte die Fassung, gab aber zu bedenken, dass das nicht in Ordnung sei. Sie hätten eine Vereinbarung, an die sich beide Seiten bisher gehalten hätten.

»Das stimmt«, erwiderte Monsieur Chappelle höflich. »Allerdings befürchtet mein Ansprechpartner, dass er seine letzte Lieferung übergibt, und Sie die letzte Rate nicht bezahlen.«

»Und was, wenn wir die letzte Rate überweisen, und er beschließt, das Manuskript zu behalten?«, konterte Kendrick.

»Ich fürchte, das Risiko müssen Sie eingehen«, sagte Gaston. »Er lässt sich nicht erweichen.«

Kendrick atmete tief durch und blickte in das entsetzte Gesicht von Dr. Brown. »Ich rufe Sie in fünfzehn Minuten zurück«, sagte er zu Gaston.

Dr. Brown hing schon am Telefon und sprach mit Princeton, wo sich Präsident Carlisle in den vergangenen fünf Stunden nicht von seinem Schreibtisch weggerührt hatte. Eigentlich gab es nichts zu besprechen. Princeton wollte den *Gatsby* viel dringender als der Erpresser die restlichen vier Millionen. Sie würden das Risiko eingehen.

Kendrick rief Chappelle an und gab die Nachricht weiter. Als die letzte Überweisung um 16.45 Uhr bestätigt war, rief Chappelle Kendrick zurück und ließ ihn wissen, er sitze mit dem *Gatsby*-Manuskript in einem Taxi vor dem Bürogebäude in der Avenue Montaigne.

Kendrick rannte aus seinem Büro, dicht gefolgt von Dr. Brown und seinem Kollegen. Sie sprinteten die breite Treppe hinunter, hasteten an der verblüfften Empfangsdame vorbei und stürzten auf die Straße, als Gaston gerade aus dem

Taxi stieg. Er übergab ihnen einen dicken Aktenkoffer und sagte, er enthalte den kompletten *Gatsby*, mit Ausnahme der ersten Seite des dritten Kapitels.

Bruce Cable, der keine fünfzig Meter entfernt an einem Baum lehnte und den Austausch beobachtete, lachte sich ins Fäustchen.

Epilog

Zwanzig Zentimeter Neuschnee über Nacht ließen den Campus unter einer weißen Decke verschwinden, und den Vormittag über waren Trupps mit Schneepflügen und Schaufeln im Einsatz, um Gehwege und Eingänge zu räumen, damit der Unterrichtsbetrieb weitergehen konnte. Studenten in schweren Stiefeln und dicken Mänteln hasteten von einer Vorlesung zur nächsten. Die Temperaturen bewegten sich um zehn Grad unter Null, und der Wind war eisig.

Dem Lehrplan zufolge, den er im Internet gefunden hatte, hielt sie gerade in einem Hörsaal eine Vorlesung über kreatives Schreiben. Er fand das Gebäude, suchte den Raum und schaffte es, sich in einer Aula im ersten Stock, wo es schön warm war, bis 10.45 Uhr zu verstecken. Dann stürzte er sich wieder in die Kälte hinaus und trieb sich auf einem Bürgersteig an dem Gebäude herum, wobei er so tat, als telefoniere er mit seinem Handy, um keinen Verdacht zu erregen. Es war zu kalt, als dass irgendwer darauf geachtet oder sich um ihn geschert hätte. Dick eingepackt, wie er war, hätte er auch ein Student sein können. Sie kam aus dem Haupteingang und folgte der Menge, die zunehmend anschwoll, als die Studenten aus den anderen Gebäuden strömten, um den Hörsaal zu wechseln, in die entgegengesetzte Richtung. Er folgte ihr aus der Ferne und stellte fest, dass sie mit einem jungen Mann mit Rucksack zusammen war. Sie bogen immer wieder ab und wollten offenbar zum Strip, einer Ladenzeile mit Geschäften, Cafés und Bars, die direkt an den

Campus der Southern Illinois University angrenzte. Sie überquerten eine Straße, wobei ihr Begleiter sie am Ellbogen fasste, wie um ihr zu helfen. Als sie, jetzt noch schneller, weitergingen, ließ er sie los.

Sie verschwanden in einem Café, und Bruce ging in die Bar daneben. Er stopfte seine Handschuhe in seine Manteltasche und bestellte schwarzen Kaffee. Er wartete zehn Minuten, bis er halbwegs aufgetaut war, dann ging er in das Café. Mercer und ihr Freund saßen an einem kleinen Tisch, Mäntel und Schals über ihre Stuhllehnen gehängt, exotische Espresso-Mixturen vor sich, und waren ins Gespräch vertieft. Bruce stand schon an ihrem Tisch, bevor sie ihn sah.

»Hallo, Mercer«, sagte er, ohne ihren Freund zu beachten.

Sie war überrascht, geradezu schockiert, und rang nach Luft.

Bruce wandte sich an ihren Freund. »Tut mir leid, aber ich brauche ein paar Minuten allein mit ihr. Ich habe eine weite Reise hinter mir.«

»Was soll das?«, erwiderte der Mann angriffslustig.

Sie berührte seine Hand. »Das geht schon in Ordnung. Es dauert nur ein paar Minuten.«

Widerwillig erhob er sich, nahm seinen Kaffee, und als er ging, rempelte er Bruce an, der sich nicht provozieren ließ.

Bruce setzte sich auf seinen Stuhl und lächelte Mercer an. »Netter Junge. Einer deiner Studenten?«

Sie hatte sich wieder gefasst. »Du hast vielleicht Nerven. Meinst du, das geht dich was an?«

»Nicht das Geringste. Du siehst toll aus, Mercer, nur ein bisschen blass.«

»Es ist Februar im Mittleren Westen, der Strand ist weit weg. Was willst du?«

»Mir geht es gut, danke der Nachfrage. Und dir?«

»Bestens. Wie hast du mich gefunden?«

»Du lebst ja nicht gerade im Untergrund. Mort Gasper war mit deiner Agentin beim Essen, die ihm erzählt hat, dass Wally Starke tragischerweise am Tag nach Weihnachten tot umgefallen ist. Sie brauchten einen Ersatz für das Schriftstellerstipendium, und da kommst du ins Spiel. Gefällt es dir hier?«

»Geht schon. Es ist kalt und sehr windig.« Sie trank einen Schluck Kaffee. Keiner von beiden senkte den Blick.

»Und wie kommst du mit dem Roman voran?«, fragte er lächelnd.

»Gut. Ich bin halb fertig und schreibe jeden Tag.«

»Zelda und Ernest?«

Sie lächelte belustigt. »Nein, das war eine dumme Idee.«

»Ziemlich dumm, aber wenn ich mich recht erinnere, gefiel sie dir damals. Worum geht es dann?«

Mercer atmete tief durch und ließ den Blick durch den Raum schweifen. Dann lächelte sie ihn an. »Es geht um Tessa, ihr Leben am Strand, ihre Enkelin und ihre Liebesgeschichte mit einem jüngeren Mann, alles natürlich frei erfunden.«

»Porter?«

»Jemand, der ihm sehr ähnlich ist.«

»Gefällt mir. Hast du das in New York schon jemandem gezeigt?«

»Meine Agentin hat die erste Hälfte gelesen und ist begeistert. Ich glaube, das funktioniert. Ich kann es kaum fassen, Bruce, aber ich freue mich tatsächlich, dich zu sehen. Jetzt, wo der Schock nachlässt.«

»Und ich freue mich auch, dich zu sehen, Mercer. Ich wusste nicht, ob es noch einmal dazu kommen würde.«

»Und warum bist du hier?«

»Weil wir noch eine Rechnung offen haben.«

Sie trank einen Schluck und wischte sich die Lippen mit einer Serviette ab. »Sag mal, Bruce, wann hast du mich zum ersten Mal verdächtigt?«

Er warf einen Blick auf ihren Kaffee, eine Latte-Variation mit zu viel Schaum und einem Spritzer von etwas, das aussah wie Karamell, obendrauf. »Darf ich?«, fragte er und streckte die Hand aus.

Sie sagte nichts, als er einen Schluck trank.

»Von Anfang an. Damals war ich in Alarmstimmung, und jedes neue Gesicht war mir verdächtig – aus gutem Grund. Du hattest die perfekte Tarnung, die perfekte Geschichte, und ich dachte, vielleicht stimmt sie. Ich dachte aber auch, vielleicht ist es ein genialer Plan, den sich irgendwer ausgedacht hat. Wessen Idee war das, Mercer?«

»Das behalte ich lieber für mich.«

»Von mir aus. Je näher wir uns kamen, desto misstrauischer wurde ich. Damals sagte mir mein Gefühl, dass mir die falschen Leute auf der Spur waren. Zu viele unbekannte Gesichter, zu viele Pseudotouristen, die in der Buchhandlung herumschnüffelten. Meine Befürchtungen, was dich anging, hatten sich bestätigt, deswegen musste ich handeln.«

»Die perfekte Flucht, was?«

»Ja. Ich hatte Glück.«

»Glückwunsch.«

»Du bist toll im Bett, Mercer, aber als Spionin taugst du nichts.«

»Das nehme ich als Kompliment – beides.« Sie trank noch einen Schluck und gab ihm die Tasse.

»Und welche Rechnung hast du noch offen?«, fragte sie, als er sie zurückgab.

»Ich will wissen, warum du das getan hast. Du hast versucht, mich für lange Zeit ins Gefängnis zu bringen.«

»Geht nicht jeder, der mit Diebesgut handelt, das Risiko ein?«

»Du nennst mich einen Hehler?«

»Natürlich.«

»Ich finde, du bist ein hinterhältiges kleines Miststück.«

Sie lachte. »Okay, wir sind quitt. Willst du mich noch weiter beschimpfen?«

Er lachte ebenfalls. »Nein, im Augenblick nicht.«

»Ich könnte vieles über dich sagen, Bruce, aber mehr Gutes als Schlechtes.«

»Das soll wohl ein Kompliment sein. Also, zurück zu meiner Frage. Warum hast du das getan?«

Sie holte tief Luft und sah sich erneut um. Ihr Freund saß in einer Ecke und spielte mit seinem Handy herum.

»Geld. Ich war pleite, hatte Schulden, war in einer schwierigen Lage. Im Grunde sind das alles nur Ausreden. Ich werde immer bereuen, dass ich das getan habe, Bruce. Es tut mir leid.«

Er lächelte. »Deswegen bin ich hier. Das war es, was ich wollte.«

»Eine Entschuldigung?«

»Ja. Ich nehme sie an. Ich bin nicht mehr wütend auf dich.«

»Du bist furchtbar großmütig.«

»Ich kann es mir leisten«, sagte er, und sie kicherten beide.

»Warum hat du das getan, Bruce? Rückblickend war es das natürlich wert, aber damals war es unglaublich riskant.«

»Es war nicht geplant, das kannst du mir glauben. Ich habe immer wieder seltene Bücher auf dem Schwarzmarkt gekauft und verkauft. Das ist wahrscheinlich vorbei, aber damals war ich mit meinem eigenen Kram beschäftigt, als ich einen Anruf bekam. Eins führte zum anderen, und die Sache wurde zum Selbstläufer. Ich sah eine Chance, beschloss, sie zu ergreifen, und bald danach hatte ich das Zeug in der Hand.

Aber ich tappte im Dunkeln und hatte keine Ahnung, wie dicht mir die falschen Leute auf den Fersen waren, bis du aufgetaucht bist. Als ich merkte, dass ich eine Spionin im Haus hatte, musste ich handeln. Ohne dich wäre es nicht passiert, Mercer.«

»Willst du dich bei mir bedanken?«

»Ja. Dir gehört mein aufrichtiger Dank.«

»Nicht der Rede wert. Wie wir wissen, bin ich eine miserable Spionin.«

Beide genossen das Gespräch und nippten noch einmal an dem Kaffee.

»Als ich gehört habe, dass die Manuskripte zurück in Princeton sind, musste ich laut lachen. Ich kam mir ein wenig dumm vor, mich so über den Tisch ziehen zu lassen, aber zugleich konnte ich dir nur Glück wünschen.«

»Es war ein richtiges Abenteuer, aber jetzt ist für mich Schluss damit.«

»Das bezweifle ich.«

»Ich schwöre es. Hör mal, Mercer, ich möchte, dass du wieder auf die Insel kommst. Sie bedeutet dir viel. Das Haus, der Strand, die Freunde, die Buchhandlung, Noelle und ich. Die Tür steht dir immer offen.«

»Wie du meinst. Wie geht es Andy? Ich muss ständig an ihn denken.«

»Nüchtern und fest entschlossen, es zu bleiben. Er geht zweimal pro Woche zu den Anonymen Alkoholikern und schreibt wie ein Wahnsinniger.«

»Das ist ja wunderbar.«

»Letzte Woche habe ich mit Myra über dich gesprochen. Dein Verschwinden hat Fragen aufgeworfen, aber niemand hat auch nur eine Ahnung. Du gehörst dorthin, und ich will, dass du weißt, dass du uns willkommen bist. Schreib deinen Roman fertig, und wir schmeißen eine große Party.«

»Das ist sehr nett von dir, Bruce, aber ich könnte dir nie vertrauen. Vielleicht komme ich wieder, aber kein Techtelmechtel mehr.«

Er drückte ihr die Hand und erhob sich. »Wir werden sehen.«

Dann küsste er sie auf den Kopf. »Für den Augenblick verabschiede ich mich.«

Sie sah ihm nach, als er sich durch die Tische schlängelte und das Café verließ.

Anmerkungen des Autors

Ich möchte mich bei der Princeton University entschuldigen. Wenn man deren Website glauben darf – ich habe keinen Grund, daran zu zweifeln –, beherbergt die Firestone Library tatsächlich die handschriftlichen Manuskripte von F. Scott Fitzgerald. Aus erster Hand weiß ich nichts darüber. Ich war noch nie in dieser Bibliothek, schon gar nicht, während ich diesen Roman geschrieben habe. Die Manuskripte könnten im Keller, auf dem Dachboden oder in einem geheimen Grab lagern und von Bewaffneten bewacht werden. Ich habe mich diesbezüglich nicht um Richtigkeit bemüht, vor allem weil ich keine irregeleiteten Seelen zu kriminellen Ideen inspirieren will.

Bei meinem ersten Buch habe ich gelernt, dass es viel einfacher ist, Romane zu schreiben, als sie zu verkaufen. Da ich nichts über den Buchhandel weiß, habe ich mich auf meinen alten Freund Richard Howorth verlassen, den Inhaber von Square Books in Oxford, Mississippi. Er hat das Manuskript Korrektur gelesen und unzählige Verbesserungsmöglichkeiten gefunden. Danke, Rich.

Die Welt der seltenen Bücher ist faszinierend, doch ich bin dort nur ein Dilettant. Wenn ich Hilfe brauchte, habe ich mich an Charlie Lovett, Michael Suarez und Tom und Heidi Congalton, die Inhaber von Between the Covers Rare Books, gewandt. Vielen Dank.

David Routh in Chapel Hill und Todd Doughty in Carbondale waren meine Rettung, als es kritisch wurde.

Werkverzeichnis der im Heyne Verlag erschienenen Titel von John Grisham

© Leonardo Cendamo/Grazia Neri/Agentur Focus

› Bonusmaterial

HEYNE ‹

Der Autor

John Grisham wurde am 8. Februar 1955 in Jonesboro/ Arkansas, geboren. Als junger Mann träumte er von einer Karriere als Profi-Baseballspieler, doch als sich diese Pläne zerschlugen, studierte er in Mississippi Rechnungswesen und Jura. 1981 schloss er sein Studium erfolgreich ab und heiratete im selben Jahr Renee Jones.
Er ließ sich in Southaven/Mississippi als Anwalt für Strafrecht nieder und engagierte sich außerdem in der Politik. 1983 und 1987 wurde er in das Abgeordnetenhaus von Mississippi gewählt.
Der schreckliche Fall einer vergewaltigten Minderjährigen brachte ihn zum Schreiben. In Früh- und Nachtschichten entstand sein erster Thriller *Die Jury,* der 1988 in einem kleinen, unabhängigen Verlag erschien.
Sofort nach Fertigstellung von *Die Jury* begann John Grisham mit seinem nächsten Buch, *Die Firma.* Noch vor Erscheinen des Buches erwarb Paramount Pictures die Filmrechte, wodurch die großen Verlage aufmerksam wurden. Schließlich kaufte Doubleday die Buchrechte, und *Die Firma* wurde der Bestseller des Jahres 1991 und stand 47 Wochen in Folge auf der *New York Times*-Bestsellerliste.
Seither hat John Grisham jedes Jahr ein neues Buch veröffentlicht. Alle seine Bücher kamen auf die internationalen

Bestsellerlisten; sie wurden in 38 Sprachen übersetzt. Weltweit sind über 275 Millionen Exemplare verkauft worden. Die meisten seiner Romane wurden auch verfilmt.
Heute lebt John Grisham mit seiner Frau Renee zurückgezogen in Charlottesville/Virginia und auf einer Farm in Oxford/Mississippi. Neben dem Schreiben fördert er die Baseball-Jugend und engagiert sich in karitativen Projekten. Er versucht dem Medienrummel zu entgehen und ein möglichst normales Familienleben zu führen.

»Grisham bürgt für Hochspannung und Qualität, er ist die oberste Instanz des Thrillers.« *Neue Zürcher Zeitung*

»Mit John Grishams Tempo kann keiner mithalten.«
The New York Times

»John Grisham ist so viel besser als alle anderen.«
Süddeutsche Zeitung

Die Romane

Die Jury

A Time to Kill

Ein zehnjähriges schwarzes Mädchen wird brutal misshandelt und vergewaltigt. Ihr Vater, Carl Lee Hailey, übt Selbstjustiz und tötet die geständigen Täter. Mord oder Hinrichtung? Gerechtigkeit oder Rache? Jetzt geht es um viel mehr: den Rassenkonflikt, die Machenschaften der Presse und nicht zuletzt die persönlichen Interessen von Staatsanwalt, Richter und Verteidiger.

Die Firma

The Firm

Etwas ist faul an der exklusiven Kanzlei, der Mitch McDeere sich verschrieben hat. Der hochbegabte junge Anwalt wird auf Schritt und Tritt beschattet, er ist umgeben von tödlichen Geheimnissen. Als er dann noch vom FBI unter Druck gesetzt wird, erweist sich der Traumjob endgültig als Albtraum.

Die Akte

The Pelican Brief

In einer Oktobernacht werden zwei Richter des obersten Bundesgerichts der USA ermordet. Die Jurastudentin Darby Shaw legt eine Akte über den schlimmsten politischen Skandal seit Watergate an – ein tödliches Dokument für alle, die sie kennen. Eine erbarmungslose Jagd beginnt.

Der Klient

The Client

Der elfjährige Mark beobachtet den Selbstmordversuch eines Mannes. Er will eingreifen, aber es ist zu spät. Der Mann, ein New Yorker Mafia-Anwalt, stirbt, nachdem er ein Geheimnis preisgegeben hat: Er nennt den Ort, an dem der ermordete Senator begraben liegt, dessen mutmaßlicher Mörder vor Gericht steht. Mark gerät in die Zwickmühle: FBI und Staatsanwaltschaft setzen ihn unter Druck, damit er auspackt. Die Mafia ihrerseits versucht mit allen Mitteln das zu verhindern.

Die Kammer

The Chamber

Im Hochsicherheitstrakt des Staatsgefängnisses von Mississippi wartet Sam Cayhall auf die Hinrichtung. Er ist wegen eines tödlichen Bombenanschlags verurteilt. Seine Lage ist hoffnungslos. Nur der Anwalt Adam Hall kann ihm noch eine Chance bieten. Es geht um Tage, Stunden, Minuten.

Der Regenmacher

The Rainmaker

Rudy Baylor, ein Jurastudent im letzten Semester, gewinnt seine ersten »Mandanten«, ein Ehepaar, dessen Sohn an Leukämie erkrankt ist. Die Krankenversicherung weigert sich, für die wahrscheinlich lebensrettende Therapie zu zahlen. Rudy erkennt bald, dass er es mit einem riesigen Versicherungsskandal zu tun hat. Er nimmt den Kampf gegen eines der mächtigsten, korruptesten und skrupellosesten Unternehmen Amerikas auf.

Das Urteil

The Runaway Jury

In Biloxi, einer verschlafenen Kleinstadt in Mississippi, findet ein Prozess statt, der weltweit Aufsehen erregt. Der Richter lässt die Geschworenen von der Außenwelt abschotten, weil er fürchtet, dass die Jury von außen kontrolliert wird. Für einen mächtigen Konzern geht es um Milliardengeschäfte.

Der Partner

The Partner

Bevor sie die Falle zuschnappen ließen, hatten sie Danilo Silva rund um die Uhr bewacht. Er führte ein ruhiges Leben in einem heruntergekommenen Viertel einer kleinen Stadt in Brasilien. Nichts deutete darauf hin, dass er neunzig Millionen Dollar beiseitegeschafft hatte.

Der Verrat

The Street Lawyer

Michael Brock ist der aufsteigende Stern bei einer einflussreichen Anwaltskanzlei in Washington. Er führt ein Leben auf der Überholspur, bis eine Geiselnahme alles verändert. Der Geiselnehmer, ein heruntergekommener Obdachloser, wird erschossen. Michael forscht nach den Hintergründen dieser Tat und spürt ein schmutziges Geheimnis auf.

Das Testament

The Testament

Ein milliardenschwerer, lebensmüder Geschäftsmann, eine gierig lauernde Erbengemeinschaft, die im brasilianischen Regenwald arbeitende Missionarin Rachel und ein ehemaliger Staranwalt, der es noch einmal wissen will – das sind die Akteure in diesem Drama. Es geht um Geld, Macht und Ehre, und es geht um Leben und Tod.

Die Bruderschaft

The Brethren

Drei verurteilte Richter brüten im Gefängnis über einem genialen Coup. Wenn alles klappt, haben sie für die Zeit nach dem Knast ausgesorgt. Sie sind gerissen und haben die richtigen Kontakte, aber ist ihre Strategie wirklich wasserdicht? Meisterhaft entwirft John Grisham ein raffiniertes Szenario, bei dem keiner seiner Helden ungeschoren davonkommt.

Die Farm

A Painted House

In der staubigen Hitze von Arkansas wird ein neugieriger Siebenjähriger plötzlich mit den harten Realitäten des Lebens konfrontiert. Während Luke noch von Baseball träumt und heimlich die Erwachsenen belauscht, gerät er unvermutet in ein Drama um Liebe und Tod, in dem er selbst eine entscheidende Rolle spielt.

Das Fest

Skipping Christmas

Als Luther und Nora zum ersten Mal seit zwanzig Jahren ein kinderloses Weihnachtsfest auf sich zukommen sehen, beschließen sie, mit den gesellschaftlichen Konventionen zu brechen und das Fest erstmals ausfallen zu lassen. Obwohl deshalb allerorts geächtet, halten sie eisern durch, bis am Morgen des 24. Dezembers ein Anruf aus der Ferne alle Pläne durchkreuzt. Ein Wettlauf gegen die Zeit beginnt.
Mit seiner urkomischen Weihnachtskomödie beweist John Grisham, dass er auch als Humorist unschlagbar ist.

Der Richter

The Summons

In diesem Bestseller kehrt John Grisham zurück nach Clanton, Mississippi, der fiktiven Kleinstadt in dem Bezirk, wo der Autor einst selbst als Anwalt tätig war. Dort, im tiefen Süden der USA, muss Ray Atlee das finstere Erbe seines patriarchalischen Vaters, des alten Richters Atlee, antreten. Und schon bald merkt Ray, dass er nicht der Einzige ist, der dessen schreckliches Geheimnis kennt.

Die Schuld

The King of Torts

Clay Carter muss sich schon viel zu lange und mühsam seine Sporen im Büro des Pflichtverteidigers verdienen. Nur zögernd nimmt er einen Fall an, der für ihn schlicht ein weiterer Akt sinnloser Gewalt in Washington. ist: Ein junger Mann hat mitten auf der Straße scheinbar wahllos einen Mord begangen. Clay stößt aber auf eine Verschwörung, die seine schlimmsten Befürchtungen weit übertrifft.

Der Coach

Bleachers

Grishams wohl persönlichstes Buch – ein bewegender Roman um eine väterliche Freundschaft, um Rückkehr und Abschied und um das Spiel des Lebens, das ganz eigenen Regeln gehorcht. Fünfzehn Jahre nach dem tragischen Ende seiner kurzen, glorreichen Profi-Karriere kehrt Neely heim, um sich von seinem damaligen Coach zu verabschieden, der im Sterben liegt.

Die Liste

The Last Juror

Ein junger Zeitungsreporter trägt mit exklusivem Material zur Aufklärung eines grausamen Mordes bei, woraufhin die Begeisterung groß ist. Doch als der mächtige Verurteilte in aller Öffentlichkeit das Leben der Geschworenen bedroht und Rache schwört, verstummen die Jubelrufe. Neun Jahre später kommt der Mörder frei und macht sich daran, seine Drohung in die Tat umzusetzen.

Die Begnadigung

The Broker

Die letzte Amtshandlung des Präsidenten der Vereinigten Staaten ist die Begnadigung eines berüchtigten Wirtschaftskriminellen. Joel Backman war bis zu seiner Verurteilung einer der skrupellosesten Lobbyisten in Washington. Niemand weiß, dass die umstrittene Entscheidung des Präsidenten erst auf großen Druck des CIA zustande kam.
Eine brisante Geschichte aus dem Zentrum der Macht, die nicht vom Weißen Haus, sondern von einem unkontrollierbaren Staat im Staate ausgeht.

Der Gefangene

The Innocent Man

Debbie Carter arbeitet als Bardame im Coachlight Club in Ada, Oklahoma. Eines Morgens wird die junge Frau vergewaltigt und erwürgt in ihrer Wohnung aufgefunden. Sechs Jahre später werden Ron Williamson, ein Stammgast von Debbie, und sein Freund Dennis Fritz aufgrund einer Falschaussage der Tat bezichtigt. Williamson wird zum Tode, Fritz zu lebenslanger Haft verurteilt. Beide beteuern ihre Unschuld.

Touchdown

Playing for Pizza

Als einst umjubelter Football-Star steht Rick Dockery plötzlich vor dem Aus. Ein Angebot aus dem fernen Italien kommt ihm da sehr gelegen: Die Parma Panthers suchen einen neuen Spielmacher. Rick zögert nicht, und aus der Reise ins Ungewisse wird der Aufbruch in ein neues Leben.

Berufung

The Appeal

Sie verlor ihre ganze Familie. Um ihren Tod zu sühnen, zieht Jeannette Baker gegen einen der größten Chemiekonzerne der USA vor Gericht. Als ihrer Klage stattgegeben und das Unternehmen zu 41 Millionen Dollar Schadenersatz verurteilt wird, ist die Sensation perfekt. Doch dann geht Krane Chemical Inc. in Berufung, und eine Intrige unglaublichen Ausmaßes nimmt ihren Lauf.

Der Anwalt

The Associate

Kyle Mc Avoy steht eine glänzende Karriere als Jurist bevor. Bis ihn die Vergangenheit einholt. Eine junge Frau behauptet, Jahre zuvor auf einer Party in Kyles Appartement vergewaltigt worden zu sein. Kyle weiß, dass diese Anklage seine Zukunft zerstören kann. Und er trifft eine Entscheidung, für die er mit allem brechen muss, was bisher sein Leben bestimmt hat.

Das Gesetz

Ford County

Inez Graney scheut keine Mühe, ihren Sohn zu besuchen. Seit elf Jahren sitzt Raymond im Todestrakt. Seine Brüder, die ihre Mutter stets begleiten, halten Raymond für einen schrägen Vogel. Oft muss Inez zwischen ihren Söhnen vermitteln. So auch diesmal, an diesem besonderen Besuchstag, an dem Raymond Graney hingerichtet wird. John Grisham erzählt Stories, die den Leser ins Herz treffen, und schafft Figuren, die man nie mehr vergisst. Ein Meisterwerk!

Das Geständnis

The Confession

Ein Geständnis in letzter Sekunde steht am Anfang von John Grishams neuem großem Roman. Travis Boyette, ein rechtskräftig verurteilter Sexualstraftäter, der mehr als sein halbes Leben hinter Gittern verbracht hat, gesteht einen Mord, für den ein anderer verurteilt wurde: Donté Drumm. Der sitzt seit acht Jahren in der Todeszelle und soll in genau vier Tagen hingerichtet werden. Ein verzweifelter Wettlauf gegen die Zeit beginnt.

Verteidigung

The Litigators

Als Harvard-Absolvent David Zinc Partner bei einer der angesehensten Großkanzleien Chicagos wird, scheint seiner Karriere nichts mehr im Weg zu stehen. Doch der Job erweist sich als die Hölle. Fünf Jahre später zieht David die Reißleine und kündigt. Stattdessen heuert er bei Finley & Figg an, einer auf Verkehrsunfälle spezialisierten Vorstadtkanzlei, deren chaotische Partner zunächst nicht wissen, was sie mit ihm anfangen sollen. Bis die Kanzlei ihren ersten großen Fall an Land zieht. Der Prozess könnte Millionen einspielen – die Feuertaufe für David.

Home Run

Calico Joe

Joe Castle ist ein Ausnahmetalent. Bereits in seinen ersten Spielen für die Chicago Cubs schlägt er einen Home Run nach dem anderen. Die Fans sind begeistert, und es dauert nicht lange, bis das ganze Land den jungen Spieler frenetisch feiert. Joes Weg an die Spitze scheint vorgezeichnet zu sein, bis er eines Tages auf dem Spielfeld Warren Tracey gegenübersteht, einem mittelmäßigen Werfer der New Yorker Mets, der Joes Erfolg nicht vertragen kann.

Das Komplott

The Racketeer

Malcolm Bannister, in seinem früheren Leben Anwalt in Winchester, Virginia, sitzt wegen Geldwäsche zu Unrecht im Gefängnis. Die Hälfte der zehnjährigen Strafe hat er abgesessen, da wendet sich das Blatt. Ein Bundesrichter und seine Geliebte wurden ermordet aufgefunden. Es gibt weder Zeugen noch Spuren, und das FBI steht vor einem Rätsel – bis Bannister auf den Plan tritt. Als Anwalt mit

Knasterfahrung kennt er viele Geheimnisse, darunter auch die Identität des Mörders. Dieses Wissen will er gegen seine Freiheit eintauschen.

Die Erbin

Sycamore Row

Spektakulärer hätte Seth Hubbard seinen Tod nicht inszenieren können. Als ein Mitarbeiter ihn eines Morgens an einem Baum aufgehängt findet, ist die Bestürzung im beschaulichen Clanton groß. Hubbards Familie sieht das pragmatischer und ist in erster Linie an der Testamentseröffnung interessiert. Was sie nicht weiß: Kurz vor seinem Tod hat Hubbard sein Testament geändert. Alleinige Erbin ist seine schwarze Haushälterin Lettie Lang. Ein erbitterter Erbstreit beginnt.

Anklage

Gray Mountain

Als New Yorker Anwältin hat es Samantha Kofer binnen wenigen Jahren zu Erfolg gebracht. Mit der Finanzkrise ändert sich alles. Samantha wird gefeuert. Doch für ein Jahr Pro-Bono-Engagement bekommt sie ihren Job zurück. Samantha geht nach Brady, Virginia, ein 2000-Seelen-Ort, der sie vor große Herausforderungen stellt. Denn anders als ihre New Yorker Klienten, denen es um Macht und Geld ging, kämpfen die Einwohner Bradys um ihr Leben. Ein Kampf, den Samantha bald zu ihrem eigenen macht und der sie das Leben kosten könnte.

Der Gerechte

Rogue Lawyer

Sebastian Rudd ist Anwalt. Seine Kanzlei ist ein Lieferwagen, eingerichtet mit Bar, Kühlschrank und Waffenschrank. Rudd arbeitet allein, sein einziger Vertrauter ist sein Fahrer. Rudd verteidigt jene Menschen, die von anderen als Bodensatz der Gesellschaft bezeichnet werden. Warum? Weil er Ungerechtigkeit verabscheut und überzeugt ist, dass jeder Mensch einen fairen Prozess verdient.

Bestechung

The Whistler

Wir vertrauen darauf, dass Richter für faire Prozesse sorgen, Verbrecher bestrafen und eine geordnete Gerichtsbarkeit garantieren. Doch was, wenn ein Richter korrupt ist? Lacy Stoltz, Anwältin bei der Rechtsaufsichtsbehörde in Florida, wird mit einem Fall richterlichen Fehlverhaltens konfrontiert, der jede Vorstellungskraft übersteigt. Ein Richter soll über viele Jahre hinweg Bestechungsgelder in schier unglaublicher Höhe angenommen haben. Eines wird schnell klar: Der Fall ist hochgefährlich. Lacy Stoltz ahnt nicht, dass er auch tödlich enden könnte.

Das Original

Camino Island

In einer spektakulären Aktion werden die Manuskripte von F. Scott Fitzgerald aus der Bibliothek der Universität Princeton gestohlen. Eine Beute von unschätzbarem Wert.

Das FBI übernimmt die Ermittlungen, und binnen weniger Tage kommt es zu ersten Festnahmen. Ein Täter aber bleibt wie vom Erdboden verschluckt und mit ihm die wertvollen Schriften. Eine heiße Spur führt schließlich nach Florida, in die Buchhandlung von Bruce Cable. Das Ermittlungsteam heuert eine junge Autorin an, die sich gegen eine großzügige Vergütung in Cables Leben einschleichen soll. Doch die Ermittler haben die Rechnung ohne Bruce Cable gemacht, der überaus findig sein ganz eigenes Spiel mit ihnen treibt.

Forderung

The Rooster Bar

Sie wollten die Welt verändern, als sie ihr Jurastudium aufnahmen. Doch jetzt stehen Zola, Todd und Mark kurz vor dem Examen und müssen sich eingestehen, dass sie einem Betrug aufgesessen sind. Die private Hochschule, an der sie studieren, bietet eine derart mittelmäßige Ausbildung, dass sie das Examen nicht schaffen werden. Doch ohne Abschluss wird es schwierig sein, einen gut bezahlten Job zu finden. Und ohne Job werden sie die Schulden, die sich für die Zahlung der horrenden Studiengebühren angehäuft haben, nicht begleichen können. Aber vielleicht gibt es eine Möglichkeit, dem Schuldenberg zu entkommen und die Verantwortlichen zur Rechenschaft zu ziehen. Ein geniales Katz- und Mausspiel nimmt seinen Lauf.